新注和歌文学叢書 8

続詞花和歌集新注　下

鈴木徳男 著

青簡舎

目次

続詞花和歌集新注　上　目次

凡例

一、本書は藤原清輔の撰した『続詞花和歌集』の全注釈である。

二、本文は国立歴史民俗博物館蔵の続詞花和歌集を底本として用いた。貴重典籍叢書文学篇第六巻〈私撰集〉（臨川書店、一九九九年）に影印が載る。

三、底本の本文をできるだけ忠実に伝えるようにつとめたが、便宜に仮名に漢字をあて、反復記号（おどり字）を改めたり、歴史的仮名遣いに統一したところがある。その場合、底本の表記は傍書によって復原できるようにした。また送り仮名などを補う場合は（　）を付した。また次のような処置をした。

・漢字の字体は原則として新字体、通行の字体を用いる。

・適宜に濁点、句読点を付した。

・みせけちなどは修訂後の本文を示した。小字補入なども同様。

・底本の明らかな誤りを訂正したが、該当箇所に傍点を付し、〔補説〕において解説した。

・諸本との校異について、底本が書写年代も群を抜いて古く、源流的本文を持つ善本と認められるので、誤りを校訂する場合、あるいは指摘すべき異文のある場合などに限って〔補説〕において述べたが、逐次取り上げることはしない。なお拙著『続詞花和歌集の研究』（和泉書院、一九八七年）は陽明文庫蔵本を底本として八本（本書の底本以外）の校異をあげている。

・各歌に歌番号を付した。これは新編国歌大観番号と同じである。

四、〔現代語訳〕〔他出〕〔語釈〕〔補説〕の順で注釈を行う。

・〔現代語訳〕における詞書の訳について、題知らずは略し、前の歌を受けて不記載の場合は、（　）内に記す。歌題は「　」中に記し、漢文体は適宜に訓読して歴史的仮名遣いを残した。
・〔他出〕は私家集、勅撰集、私撰集などの歌集を主として掲げる。本文は新編国歌大観により、その番号を付す。便宜に続詞花和歌集との異同を記し、他系統本の参照が必要な場合は注記する。表記は改め、歌番号は省略した場合がある。なお宝物集の番号は新日本古典文学大系所収に付されたものによる。
　私家集は必要に応じて私家集大成（新編CD・ROM版を含む）を参考にして、その他注記が必要な場合と同じく〔補説〕に述べた。私家集大成を参考にした主なものは、例えば定頼、実方、元輔、基俊、能宣などの各家集。歌合、歌学書、説話集などは〔補説〕に掲げた場合がある。
・〔語釈〕は、詞書、歌を読解するのに必要な語句や事項を掲げ、解説した。和歌などの用例は勅撰集、私家集を中心にして他出は省略にしたがい、また撰者清輔に関連するものを優先して引いた。参考文献も多く省略し、引用する際は論者の敬称を略した。作者については後掲の入集作者略伝にまとめて記す。
・〔補説〕は出典の歌合・歌会を指摘した。また撰集、配列構成の意図を記すほか、他項で説明できなかった事項について述べた。
・注釈に引用した文献について、前述の新編国歌大観、私家集大成のほか、日本古典文学大系（新旧）、日本古典文学全集、日本歌学大系、平安朝歌合大成など主として通行のテキストを用い、影印本などの善本をできるだけ参照した。
五、解説・参考文献・入集作者略伝・初句索引を付けた。

注釈

続詞花和歌集巻第十三　恋下

題《たい》しらず　　藤原惟成

しのびしに心のかぎりつきにしをあやしやなにのものはおもふぞ

〔現代語訳〕
思いを抑えてきたあまり心の果てまで尽きてしまったが、不思議なことよ、心が尽きたのに何がいまさらに、もの思いをするのであろう。

〔他出〕　匡衡集一〇九「又、人に」。万代集・恋歌三・二一七一「題知らず」。別本和漢兼作集。

〔語釈〕　**○あやしやなにの**　「ちぎりあらば思ふがごとぞ思はましあやしやなにのむくいなるらん」（後拾遺集・恋四・八一一源高明「題知らず」、和泉式部集に「いかなる人にかいひ侍る」歌としてみえる）、「心をばとどめてこそはかへりつれあやしやなにのくれをまつらん」（詞花集・恋下二三六藤原顕広「左京大夫顕輔が家に歌合し侍りけるによめる」、後葉集・恋三・三七二にも）。

〔補説〕　本歌の作者を惟成とするが、匡衡集にみえる。匡衡集の当該歌には惟成集にある旨の注記があるが、現存の惟成弁集にはみえない。
断ち切れぬ恋慕の情をうたう。

かねてよりおもひしことのたがはぬはほどなく人のつらきなりけり　　斎院小式部

〔現代語訳〕

前もって思っていたことが違わないのは、間もなくあの人が薄情な仕打ちをしたことであったよ。

〔他出〕　新千載集・恋歌四・一四七六「恋歌の中に」、三句「かはらぬは」。

〔語釈〕　**○かねてより**　津守国基集に「かたらひて侍りし女のもとに、久しうおとせざりしかば、いひおこせて侍りし」の詞書で「かねてより人の心をしらませばちぎりしことをたのまましやは」（六七）とみえる。**○人のつらき**　あの人が自分に対してつれなくてつらい。「いかばかり人のつらさをうらみましうき身のとがと思ひなさずは」（詞花集・恋上一九八賀茂成助「つれなき女につかはしける」）、「言の葉をたのまざりせば年ふとも人をつらしと思はざらまし」（六条修理大夫集一六九「内府於東三条、夏夜月并怨人恋」）など。

〔補説〕　永暦元年（一一六〇）七月清輔家歌合「恋」に次のような師光（右歌）の同工の詠がみえる。判者は源通能、二条天皇の追判。

二十五番　　左　　家基

恋ひしなん後は煙とのぼりなばたなびく雲をそれとだにみよ

右　　師光

わが身だに思ふにたがふものなればことわりなりや人のつらきは

右、げにとおぼえたり、なさけあり

612
参議為通

契《ちぎ》りしもろともにこそ契《ちぎ》りしかわすれればともにわすれましかば

〔現代語訳〕
将来を誓ったのはふたりそろって誓ったのだったが、それをあの人が忘れるなら、いっしょに忘れたらよいのに、わたしだけが忘れられない。

〔他出〕 月詣集・恋下五四〇「ちぎりけることのたがひにける女につかはしける」、四句「忘れば我も」。千載集・恋歌四・八六四「ちぎりけることたがひにける女につかはしける」、四句「忘れば我も」。

〔語釈〕 **〇わすればともに**　あの人が誓言を忘れるならば自分もともに。月詣集や千載集には「わすればわれも」とある。一首における同音の反復（契り、忘る、あるいは「も」「わ」など）に関連する改作と思われるが、「題知らず」とする本集が改めたか。

613
宰相

わすらるるわが身のうさはわすられてわするる人のわすられぬかな

〔現代語訳〕
忘れられるわが身のつらさは忘れてしまい、わたしのことを忘れたあの人が忘れられないことよ。

〔他出〕 今撰集・恋一五九「題知らず」。

〔語釈〕 **〇わすらるるわが身**　以下「忘る」が一首中に四回繰り返される。わが身は下句の人と対比的。「いづれをかよになかれとは思ふべき忘るる人と忘らるる身と」（和泉式部集三四一「人にさだめさせまほしき事」）。

〔補説〕　同音の反復を用いた作の連想による並び。

小大君

君《きみ》はかくわすれがひこそひろひけれうらなきものはわが心《こゝろ》かな

〔現代語訳〕　あなたはそんなふうに忘れ貝を拾って、わたしを忘れたけれども、それでもあなたを忘れられないのはわが心であるよ。

〔他出〕　小大君集、〔補説〕参照。新続古今集・恋歌五・一四六〇「題知らず」、作者表記「三条院女蔵人左近」。

〔語釈〕　**○わすれがひ**　忘れ貝。二枚貝の一片で、拾うと思いを忘れるとされた。「うらみゆるあまの衣もわづらはし忘れ貝をもひろひてしかな」（能宣集三四六、「（女のつれなく侍りしに）又、同じ人に」として「いへばえにふかき思ひはわたつみのかひなしとてもやまれざりけり」に対する女の返し）。なお〔補説〕参照。**○うらなき**　いつわりのない、二心のない。不実な人を自分は忘れられないの意。「うら（なき）」は浦を掛けて忘れ貝の縁語。うらなきものの例、「うしとてもさらに思ひぞかへされぬ恋はうらなきものにぞありける」（後拾遺集・恋四・八二六頼宗「永承四年内裏歌合によめる」、新撰朗詠集七三六「恋」ほか）。

〔補説〕　小大君集（一三四・一三五）に次のようにある。思慕のかい（貝を掛ける）がないとは思ってもいなかったという為頼に対する返歌。

為頼がいひたる

人しれず心のままにひろひけるかひなからんと思ひけんやは

返し

君はかく忘れ貝こそひろひけれうらなきものはわが心かな

清輔集に次のような忘れ貝を詠み込む贈答（二九八・二九九）がみえる。

物いひわたりける女に、ほいにはあらでたえにける後、わすれがたくや思ひけむ、よみてつかはしける

恋しさのたぐひも波に袖ぬれてひろひわびぬる忘れ貝かな

返し

恋しさに袖ぬるばかり思ひせば忘れ貝をもひろはざらまし

三河

人しれず袖《そで》をぞしぼるかずならぬ身をしる雨《あめ》のおと《を》はたてねど

〔現代語訳〕

あの人に知られることなく袖をしぼることだ、物の数でないわが身の、運命を知る雨が音をたてないように、泣き声はあげないけれども。

〔他出〕　後葉集・恋一・三一〇「左京大夫顕輔家歌合に」。

〔語釈〕　**〇袖をぞしぼる**　涙に濡れた袖をしぼる。506歌参照。「いつはりの涙なりせば唐衣しのびに袖はしぼらざらまし」（古今集・恋歌二・五七六藤原忠房「題知らず」）。**〇身をしる雨**　伊勢物語・一〇七段（古今集・恋歌四・七〇五）による歌語。身の程を知る雨。「わすらるる身をしる雨はふらねども袖ばかりこそかわかざりけれ」（後拾遺集・恋二・七〇四よみ人知らず「輔親ものいひ侍りける女のもとによべは雨のふりしかばはばかりてなんといへりける返りごとに、とくやみにしものをとて女のつかはしける」）、「わすらるる身をしる雨は音もせで忍ぶるにしもぬるる袖かな」（基俊集一四二「女のもとよりかくいひて侍りし」、返しは「忍ぶるはくるしきものをわぎもこが身をしる雨となりやしなまし」）な

ど。

〔補説〕 長承三年（一一三四）九月一三日顕輔家歌合に次のようにある。判者は藤原基俊。

十二番　恋　左　　　三河

人しれず袖をぞしぼる数ならぬ身をしる雨の音はたてねど

右

人しれずねをのみなけば衣河袖のしがらみせかぬ日ぞなき

左歌の身をしる雨に袖をしぼるをききては、あやなく袖のうへに時雨の音はれがたく、右の、袖のしがらみせかぬ日ぞなきといへるを聞きては、又あやなく右の袖の浦にあまもつりしつべく思ひ給へられて、これを聞きて情をかけ、かれにむかひて心を通はすほどに、老の心いとどほれまさりていづれまされりと定めがたくぞ侍るや、むかし潯陽の江のほとりに、よる琵琶をききてみどりの袖うるほしける人もかくやありけんとさへぞ思ひやられける。

神祇伯顕仲

なかなかにたのむばかりのことのはを契《ちき》らざりせばうらみざらまし

〔現代語訳〕 なまじっか、あてにさせるほどのことばを約束しなかったならば、こんなに恨むこともなかっただろうに。

〔他出〕 堀河百首・恋一二七〇「恨」。

〔語釈〕 **○たのむばかりの** 「身のうきにはひふす葦のかりにてもたのむばかりのことのはぞなき」（小大君集六六「女のもとにものをだにいはんとてきたりける人」の返し）。

〔補説〕　堀河百首の詠進歌であるが明記されない。堀河百首の歌にもかかわらず「題知らず」とされている五首中（ほかに641・681・716・915）の一首で、この歌を含めうち四首は十四人本にみえない顕仲と永縁の歌。したがって撰集資料の問題があるが、本歌の場合は前歌も歌合の詠であり、冒頭から「題知らず」として配される歌群には作歌事情が明らかな作も含まれるので配列上の意図も推察される。恋人に忘れらてしまった実感を表す。

かたらふ人のひさしくおとせぬに　　大弐三位

うたがひし命《いのち》ばかりはありながら契《ちき》りしなかのたえもゆくかな

〔現代語訳〕　親しくしている人が長いこと音信がないので詠んだ歌
長らえられるかと疑っていたわが命だけはまだあるけれども、命の限り忘れまいと約束したあなたとの仲は途絶えていくことよ。

〔他出〕　藤三位集三二「かたらふ人のおとせぬに」、（「返し、少納言」として「ことのはいさやいかにぞ世の中にありてもなしと思ふ身なれば」と続く）。千載集・恋歌五・九一〇「かたらひける人の久しくおとづれざりければ、つかはしける」、五句「たえぬべきかな」。新時代不同歌合。

〔語釈〕　**○うたがひし命**　相手の言葉への疑いも含意されるか。「うたがひし心のうらのまさしさはとはぬにつけてまづぞしらるる」（久安百首一〇七〇堀河、新勅撰集・恋歌五などにも）。あり、たえは命の縁語。

〔補説〕　諸本は上句を「うたがひも命ばかりはちりながら」とするがとらない。

題《たい》しらず　　藤原実方朝臣

契《ちき》りこしことのたがふぞたのもしきつらさもかくやかはるとおもへば

〔現代語訳〕

誓ってきたことが反故になるのを期待していることだ。薄情な仕打ちも、そのように変わると思うから。

〔他出〕 実方朝臣集三八（実方中将集二九にも）、〔補説〕参照。千載集・恋歌三・七八〇「題知らず」。

〔語釈〕 **○契りこし**　長い間信頼してきた約束事、忘れないという誓言。「契りこし心のほどをみつるかなせめて命のながきあまりに」（赤染衛門集四二六「殿にさぶらひし女房をかたらひしに、久しうおともせざりしに」）。

〔補説〕 千載集では恋歌三の巻頭に配置され不逢恋の歌と解しているが、本集は逢不遇恋の歌としている。実方朝臣集によれば「小侍従にものいふ人の、かれがれになりぬと聞きて」（三七）とある歌「かづらきやひとことぬしをたのむかなくめぢのはしもたえまありやと」の次にみえる。

相模

春《はる》の野のきぎすなりともわればかりかりにあやふきもの《物》はおもはじ

〔現代語訳〕

狩りのために危ない目に遭う春の野の雉であっても、わたしくらいには、かりそめにも不安なもの思いはしないであろう。

〔他出〕 相模集二三一「中春」（走湯権現奉納百首）。

〔語釈〕 **○春の野のきぎす**　きぎすは雉（キジ）、春の雉は妻恋の声をあげ狩猟のかっこうの対象となる。「春の野にあさるきぎすの妻恋におのがありかを人にしれつつ」（拾遺集・春二一大伴家持「題知らず」、万葉歌）、「みかりする人もこそきけ春の野にたがくるとみてきぎすなくらん」（赤染衛門集四九〇「人におどろきて、いとはなやかになきしに」）。**〇かりにあやふき** 仮りと狩りを掛ける。きぎすの縁語。狩りのために危険だとかりそめにも心配な（悩み）の意を掛ける。

女の、つゝむことあればいまはえなんあふまじきといへりければ、つかはしける

藤原頼輔

あふことをいまはかぎりとおもふには命《いのち》もともにたえぬべきかな

〔現代語訳〕 女が、隠すことがあり今はあうことができないといってきたので、送った歌

逢うことをこれが最後だと思うにつけて、命も一緒に絶えてしまいそうだよ。

〔他出〕 頼輔集六七「つつむことありて、いまはあふまじきよし申したる人のもとへ」。新続古今集・恋歌三・一二八九「女のつつむ事あればいまはえなんあふまじきよしいひて侍りけるに」。治承三十六人歌合。

〔語釈〕 **〇つつむことあれば** 人目を憚ること、夫がいるなど。詞花集・雑上に「たがひにつつむことある男のたやすくあはずとうらみければよめる」と詞書で、和泉式部詠「おのが身のおのが心にかなはぬを思はばものは思ひしりなん」（三二〇）。

〔補説〕 五句「きえぬべきかな」の本文をもつ伝本（陽明文庫本）があるがとらない。

類歌として月詣集・恋下に「遇不逢恋の心をよめる」の詞書で高松院右衛門佐の作「あふことのたえば命もたえなんと思ひしかどもあられける身を」（五七四、十訓抄ほかにも）などがみえる。

621　もの申（す）女のうらめしきことありければ、いまはとはじとおもふに、さすがかなしくおぼえ侍（り）ければつかはしける

藤原親重

たえなんとおもふ心《こゝろ》はたれなれば人やりならずこひしかるらん

〔現代語訳〕 親しい女に、恨みがましいことがあったので、今はもう訪ねて行くまいと思うが、やはり悲しく思われましたので、送った歌

仲が絶えるだろうと思う心はいったいだれのだといって、他のだれのせいでもなく自身の心から、こんなに恋しいのであろうか。

〔他出〕 万代集・恋歌五・二六八九「題知らず」、作者表記「勝命法師」、二句「思ふ心の」。

〔語釈〕 **○人やりならず** 他人のせいではなく自らの心から。「世にしらぬ秋の別れにうちそへて人やりならず物ぞかなしき」（千載集・恋歌五・九四九通親「九月晦日、女につかはしける」）。

〔補説〕 女の側に原因があって逢うことが絶える歌が並ぶ。

622　女をうらみ侍（り）て、いまはまうでこじなど申（し）て侍（り）けるが、なほ《を》わすれがたくおぼえければつかはしける

藤原家通朝臣

つらしとはおもふものからふししばのしばしもこりぬ心なになり

〔現代語訳〕 女を恨みまして、もはや訪ねて行くこともありますまいと言っておりましたが、やはり、忘れがたく思いましたので送った歌

あなたの仕打ちが薄情とは思うものの、少しの間も懲りないわが心とはいったい何だろう、やはり忘れられず

にいる。

〔他出〕 新古今集・恋歌三・一二二四「女をうらみて、いまはまからじと申してのち、なほわすれがたくおぼえければ、つかはしける」、五句「心なりけり」。

〔語釈〕 **○ふししばの** 伏柴は柴の異称。ふしに共寝の臥しを掛け、同音のしばし、柴を樵る（伐採する）から懲りぬを導く序詞。「かねてより思ひしことぞ伏柴のこるばかりなるなげきせんとは」（千載集・恋歌三・七九九待賢門院加賀「花園左大臣につかはしける」）。

丹後守に侍（り）けるころ、ものいふ女のもとに又人いくとききてつかはしける

藤原兼房朝臣

まことにや人のくるにはたえにけんいくののさとの夏引《なつひ》きの糸《いと》

〔現代語訳〕 丹後守でおりましたころ、親しい女のところに別な男が通うと聞いて送った歌

ほんとうに、別の男が通ってきて、ふたりの仲は絶えたのだろうか。生野の里で夏に手繰り出す糸が切れるように。

〔他出〕 玄々集一五四「（兼房一首備中守）いかなる女にかありけん」。金葉集三奏本・雑上五二九「いかなる女のもとにかありけんつかはしける」。新続古今集・恋歌五・一五一九「丹後守に侍りける比あひかたらひける女のもとに、又人ものいひわたるよし聞きてつかはしける」。

〔語釈〕 **○いくののさと** 生野の里、丹波国の歌枕。現在の京都府福知山市。「来る」に対して「行く」を掛ける。詞書に作者が丹後守であったと記すので女の居所を暗示する。**○夏引きの糸** 蚕から夏に引く糸。二句の「くる」は、繰るを掛け、三句の絶えとともに、糸の縁語。「わぎもこがこやの篠屋の五月雨にいかでほすらん夏引きの糸」

（詞花集・夏六六匡房「堀河院御時百首歌たてまつりけるによめる」、堀河百首「五月雨」）。

新院人々に百首歌めしけるに　堀河《川》

ささがにのいかさまにかはうらむべきかきたえぬるも人のとがかは

〔現代語訳〕　新院（崇徳院）が百首歌をお召しになった時詠んだ歌
どのように恨んだらよいのか、恨みようがない。ふたりの仲がすっかり途絶えてしまったのもあの人の咎ではないのだから。

〔他出〕　久安百首・恋一〇七六。待賢門院堀河集七五「（新院の百首の中の）恋」。中古六歌仙。

〔語釈〕　**○ささがにのいかさまに**　「ささがに（蜘蛛）」はいかさまに（どのように）を導く序詞。「ささがにのい」は蜘蛛の網（い）。四句のかき絶えぬるは蜘蛛の縁語。「篠薄上葉にすがくささがにのいかさまにせば人なびきなん」（金葉集・恋部上三五一大江公資「女のがりつかはしける」）、「かきたえてほどもへぬるをささがにのいまは心にかからずもがな」（金葉集・恋部上四〇四皇后宮美濃「恋の心を人々のよみけるによめる」）。**○人のとがかは**　あの人の過失であろうか、自分に原因がある。「恋死なむ身こそ思へばをしからねうきもつらきも人のとがかは」（詞花集・恋上二二一平実重「左京大夫顕輔が家に歌合し侍りけるによめる」）。

〔補説〕　途絶えた恋を恨む歌、夏引きの糸と蜘蛛の網という糸の連想による並び。

625

師宮おはせでのちよみ侍（り）ける　　和泉式部

ねざめする身をふきとほ《を》す風のお《を》とをむかしはみみ《ゝ》のよそにきき《ゝ》けん

〔現代語訳〕 師宮敦道親王が亡くなって後詠みました歌

ひとり夜中に寝覚めるわが身を吹きぬけるような風の音を、あの人と一緒に過ごした昔はわが耳とは無関係なものと聞いていたのだろう、あのころはこんなさびしい音は聞かなかった。

〔他出〕 和泉式部続集一四五「（つれづれのつきせぬままに、おぼゆる事をかきあつめたる歌にこそにたれ、ひるしのぶ、ゆふべのながめ、よひの思ひ、よなかのねざめ、あかつきのこひ、これをかきわけたる）夜なかの寝覚」。新古今集・哀傷歌七八三「弾正尹為尊親王におくれて、なげき侍りけるころ」、四句「昔は袖の」。

〔語釈〕 **○師宮** 敦道親王。冷泉天皇第四皇子、母は兼家女の超子。寛弘四年（一〇〇七）一〇月二日没。為尊親王（長保四年六月一三日没）の同母弟。兄弟どちらも和泉式部を愛したと伝えられる（和泉式部日記）。

〔補説〕 和泉式部続集、新古今集と作歌事情が異なる。新古今集と人物が異なるが亡き恋人への思いを読みとると哀傷的な作であり、それだけに思いは哀切である。作者からみれば、630・631の贈答と関連する。また恋人との死別という事情からみれば恋部巻軸の669・670との関連もうかがえる。

626

題《たい》しらず　　従一位宗子

ながきよのねざめはいつもせしかどもまだこそ袖《ゝて》はしぼらざりしか

〔現代語訳〕 長き夜の寝覚めはいつもしていたけれども、まだ涙にぬれた袖をしぼったことはなかったのだが。

〔語釈〕 **○ながきよのねざめ** 「秋ふかみさびしきやどの寝覚めにぞげに長き夜は思ひしらるる」（教長集五一二「秋夜長ことを思ひてよめる」）。 **○袖はしぼらざり** 506・615歌参照。

〔補説〕 夜の寝覚め（独り寝を暗示する）の連想による並び。

627

鳥子

ありしを《お》りつらさをわれにならはせでにはかにものをおもはするかな

〔現代語訳〕

あの人が生きていた時は、薄情な仕打ちをわたしに慣れさせないで、突然に思い悩ますことよ。

〔語釈〕 **○ありしをり** 生きていた時。「恋死なむ後だにせめてありしをりあはでといはむことのはもがな」（頼政集四五一「同（恋）」）。

〔補説〕 恋人との死別後の悲しみ。625歌の式部歌を受けて、このあたりの配列は究極の悲嘆。なお本歌は、源氏釈、奥入、紫明抄、河海抄などの源氏物語の注釈書が「かねてよりつらさをわれにならはさでにはかに物を思はするかな」の形で引く（夕霧、河海抄は若菜に二句「つらさを人の」で引用）。題知らずで作歌事情が不明であるから、初句「かねてより」の方がわかりやすい。

628

藤原教良母

ことのはもたえはてぬればつらかりしそらだのめさへこひしかりけり

〔現代語訳〕

手紙もすっかり絶えてしまったのでつらいことだ。いまとなってはそんな空約束までも恋しいことだよ。

〔他出〕新後拾遺集・恋歌四・一一五五「題知らず」、作者表記「よみ人知らず」、二句「かきたえぬれば」。

〔語釈〕○ことのは　手紙、(思いを伝える) 便りととる。「あらし吹くと山の紅葉冬くれば今はことのは絶えはてぬらん」(公任集二〇二「思ひやみにける人のもとより」)。○そらだのめ　あてにならない約束。「夜な夜なのそらだのめこそうれしけれわすれずがほのなさけと思へば」(清輔集二七〇「毎夜違約恋」)。

越後

いまはただ人をわするる心《こゝろ》こそ君《きみ》にならひてしらまほしけれ

〔現代語訳〕

ふたりの仲が絶えた今はただ恋しい人を忘れる心をあなたにならって知りたいと思っているのだ。

〔他出〕新後拾遺集・恋歌五・一二二七「男のかれがれになりける女にかはりてよめる」、作者表記「よみ人知らず」。

〔語釈〕**○いまはただ人をわするる**　類歌に「うらむればかひなかりけり今はただ人をわするる事をしらばや」(堀河百首一二六七国信「恨」)がある。

〔補説〕詞花集・恋下の終わり近くに次のようにあり、同様の趣向がみえる。二六六～二六八。後葉集・恋四(四〇〇・三九八・三九九の順)にも入集。

久しくおとせぬ男につかはしける　　よみ人知らず

いまよりはとへどもいはじわれぞただ人を忘るることを知るべき

中納言通俊絶え侍りにければいひつかはしける

さりとてはたれにかいはんいまはただ人を忘るる心教へよ

返し　　中納言通俊

まだ知らぬことをばいかが教ふべき人を忘るる身にしあらねば

泉式部、道貞にわすられてほどなく師宮へまゐ《ぃ》るとききて

赤染衛門

うつろはでしばししのだのもりを見よかへりもぞするくずのうら風

〔現代語訳〕　和泉式部が、橘道貞に忘れられてほどなく師宮敦道親王へ参上すると聞いて詠んだ歌

心変わりをせず、しばらく堪えて「あの人」を見ていなさい、葛の葉が風に翻るように、戻ってくるやもしれないよ。

〔他出〕　赤染衛門集一八一「和泉式部と道貞となかたがひて、師の宮にまゐると聞きてやりし」。和泉式部集三六四「道貞さりてのち、師の宮に参りぬと聞きて、赤染衛門」。玄々集一四一「(衛門六首赤染)式部、道貞にわすられて、ほどもなく、一宮にまゐると聞きて、和泉の守なりしころ」。新古今集・雑歌下一八二〇「和泉式部、道貞にわすられて後、ほどなく、敦道親王かよふと聞きてつかはしける」。

〔語釈〕　**〇道貞**　和泉式部の名は夫である道貞が和泉守であったことによる。橘道貞は長保元年(九九九)に和泉守に任ぜられており、このころまでに結婚していたか。**〇師宮**　625歌参照。**〇うつろはで**　心変わりをせずに。四句の「かへり」とともに葛の葉の縁語。**〇しのだのもり**　信太の杜、和泉国の歌枕。717歌参照。大阪府和泉市葛の葉神社。(しばし)忍ぶを掛け、また和泉守であった道貞に擬する。「いづみなる信太の杜の葛の葉のちへにわかれてものをこそ思へ」(古今六帖一〇六九)。**〇くずのうら風**　葛の葉を秋風が翻し白い葉裏をみせる。恨みに通ず。か

へすに裏を返すと夫が帰るを掛ける。「わするなよわかれぢにおふる葛の葉の秋風ふかば今帰りこむ」（拾遺集・別三〇六よみ人知らず「題知らず」、抄一九九）。

〔補説〕 本歌は和歌初学抄・秀句（葛　ハフ　クル　ウラ　カヘル）にみえる。

631

返し　　和泉式部

秋風《あきかせ》はすごくふくともくずのはのうらみがほには見えじとぞおもふ

〔現代語訳〕 返しの歌

秋風がひどく吹いて葛が葉裏を見せるように、あの人がつらくあたったとしても恨めしい様はみせまいと思うよ、もはやあの人には逢わないつもりだ。

〔他出〕 和泉式部集三六五「返し」。赤染衛門集一八二「返し、式部」。新古今集・雑歌下一八二一「返し」。

〔語釈〕 **○秋風** 秋に飽きを掛け、夫の仕打ちを喩える。 **○うらみがほ** 恨んだ様子。（葛の葉の）裏見と恨み顔を掛ける。「秋風の吹きうらがへす葛の葉のうらみてもなほうらめしきかな」（古今集・恋歌五・八二三平貞文「題知らず」）。

632

月の夜《よ》女のもとへまかれるに、人のあるけしきなりければ、かへりていひつかはしける　　平忠盛朝臣

人心《こゝろ》あさみどりなるおほぞらになにとて月のすみわたるらん

〔現代語訳〕 明月の夜、女のところへ出かけたが、別の男がいる様子なので、帰ってきて言い送った歌

これほど薄情なあなたのところに、それにもかかわらず、住み続けたのはなぜだろう、薄い緑色をした大空に月が澄みわたるように。

〔他出〕 忠盛集一二九「月のあかかりける夜、めのもとにおはしましたりけるに、ある気色はしながら、あはざりければ、かへりてつかはしける」、五句「すみのぼるらん」。

〔語釈〕 **○人心** 相手の心。「人心うす花ぞめの狩衣さてだにあらで色やかはらん」（小大君集九六「心ざし深からぬ男の、花ぞめの狩衣せさする、やるとて」、後葉集・雑一・四五一、「題知らず」で新古今集・恋歌三にも入集）。**○あさみどりなる** （心）浅いと浅緑色の（空、霞の色でもある）を掛ける。「春霞たちいでむこともおもほえずあさみどりなる空のけしきに」（後拾遺集・雑二・九〇七新左衛門「しのびたる男のほかにいであへなどいひ侍りければ」）、「はるばるとあさみどりなる大空にあそぶ糸をやながめくらさん」（永久百首三四常陸「遊糸」）。**○すみわたる** 月が澄みわたると住みわたる（続ける）を掛ける。「やほよろづよろづの秋をわがやどに月とともにぞすみわたるべき」（重家集五二六「六条にわたりてはじめて会せしに月契多秋」）。

633

備中守仲実朝臣国へぐしてまかれりけるに、おもひうすくなりてつねはひとりのみ侍（り）けるに、月のあかきよながめあかして、あしたにつかはしける

遊女とく

かずならぬ身にも心《こゝろ》のありがほにひとりも月をながめつるかな

〔現代語訳〕 備中守であった仲実朝臣が任国へ下るとき連れられてきたが、愛情が薄くなっていつも独りだけでおりましたころ、月の明るい夜にながめあかして、朝方に送った歌

物の数ではないこの身にも心があるような様子で、たったひとり月をじっと見つめて物思いにふけったことよ。

〔他出〕 千載集・恋歌三・八一九「藤原仲実朝臣備中守にまかれりける時、ぐしてくだりたりけるを、思ひうすくなりてのち、月をみてよみ侍りける」。六華集。

〔語釈〕 **〇備中守仲実朝臣** 藤原仲実は本集作者。その備中守在任は康和元年（一〇九九）一二月から同年五年まで。**〇心のありがほに** 情趣がわかる様子で。俊成卿女集に「わすられぬもとの心のあり顔に野中の清水影をだにみじ」（二〇八「老の後都を住みうかれて野中の清水を過ぐとて」）、十六夜日記ほか）がみえる。新古今集・雑歌下に入集の西行歌に「かずならぬ身をも心のもちがほにうかれてはまたかへりきにけり」（一七四八「題知らず」）がある。

〔補説〕 月の連想で並ぶ。男の任国につれられてきて忘れられた女が異郷で嘆く歌。

しなのなりける女をいひかたらへりけるをとこ、京にゐ《お》てのぼりてこと女をかたらひてとはずなりにければ、女のいひつかはしける

しなのなるよもさらじなとおもひしをわれをばすての山のはぞうき

〔現代語訳〕 信濃にいた女と親しくなった男が、都に連れて上って、別な女と親しくなって訪ねなくなってしまったので、女が言い送った歌

信濃にいて決してそのようにはなるまいと思っていたが、わたしは捨てられてしまい、みるたびになぐさまぬという姥捨山の山の端（の月）のように、つらい仕打ちにあったことだ。

〔語釈〕 **〇よもさらじな** 決して去るまい、別れないだろうと「更級」（姨捨山のある地名）を掛ける。「さらじな」は然あらじ（そんなことはあるまい）の意とも考えられる。「まことにや姨捨山の月はみるよにもさらしなと思ふわたりを」（後拾遺集・雑四・一〇九一赤染衛門「義忠朝臣ものいひける女の姪なる女に又すみうつり侍りけるを聞きてつかはし

ける」)。清輔集に「人ごとによもさらしなと思ひしをきくにはまさる姨捨の月」(一三九「月三十五首のなかに」)がみえる。**〇われをばすての山**　姨捨山、信濃国の歌枕と、我をば捨てを掛ける。182歌参照。「契りおきしこと姨捨の山なれどよもさらしなとなほたのむかな」(散木奇歌集一三七九「契りしことどもをわすれにけるにや、ことざまに思ひなりにけりときこゆる人のがりつかはしける」)。

〔補説〕　京につれられてきた女が裏切られて嘆く。前歌と作歌状況の似た並び。

635

題不知　　藤原為親

身のうさも人のつらさをおもふにもひとかたならずぬるる袖《そて》かな

〔現代語訳〕　わが身のつらさもあの人の薄情さを思うにつけて、どちらか一方のせいではなくひどく涙にぬれる袖であるよ。

〔語釈〕　**〇身のうさ**　「身のうさはすぎぬるかたを思ふにもいまゆくすゑのことぞかなしき」(詞花集・雑上三四一師頼「堀河院御時百首歌たてまつりけるによめる」)。**〇ひとかたならず**　並々でないの意と一方(片方)ではなくの意を掛ける。

636

読人不知

われからとわれもわが身をしりながらつらきはつらきものにぞありける

〔現代語訳〕　自分のせいだとわたしも自分自身を知っていながら、あの人のつらい仕打ちはほんとうにつらいものであったことよ。

〔語釈〕　**○われからと**　わが身ゆえにと。「われからと思ひしれども真葛原返す返すぞうらみられける」(堀河百首一二七九紀伊「恨」)。**○われもわが身を**　「それをだに君が心にかなふやとわれもわが身をいとふあはれさ」(月詣集・恋上三八九覚延法師「題知らず」)。**○つらきはつらき**　河海抄(薄雲)に「つらからん人のためにはつらからんつらきはつらきものとしらせん」が引かれる。

〔補説〕　一首中に同音の繰り返しがみえるなど、共通した内容表現の並び。

赤染衛門わづらひけるころ、人のとぶらひにきたりけるを、うたがはしくやおもひけん、いひ侍(り)ける　　大江匡衡朝臣

かりにくる人にとこよを見せければよを秋風《あき》におもひなるかな

〔現代語訳〕　赤染衛門が病気だったころに、ある人が見舞いに来ましたのを、疑わしく思ったのだろうか、詠みました歌

かりそめに来る人に寝床をみせたので、ふたりの間が、雁が常世から渡って来るころ秋風が吹くように、疎遠になったと思うことだ。

〔他出〕　赤染衛門集八〇「秋わづらひしをとひにきたるをうたがひて、同じ人」(その返し「秋風はかりよりさきに吹きにしをいとど雲ゐにならばならなん」)。〔補説〕参照。

〔語釈〕　**○かりにくる**　仮と雁を掛ける。**○とこよ**　常世と床を掛ける。常世は雁の故郷とされる。「おきもゐぬわがとこよこそかなしけれ春かへりにし雁もなくなり」(後拾遺集・秋上二七五赤染衛門「久しくわづらひけるころ雁のなきけるを聞きてよめる」、赤染衛門集六二一にも)。**○よを秋風に**　「よ」は二人の関係、秋に飽きを掛ける。雁が秋に

渡って来る意をこめる。

〔補説〕　匡衡集（四七）に次のようにみえる。

人きたりなどいふことやありけむ、秋の事なるべし

かりにくときくに心のみえぬればよを秋風に思ひなるかな

袖中抄・第五「トコヨノクニ」の項に〔語釈〕に掲出の後拾遺集入集の赤染衛門詠を引いて「此歌ニツキテ雁ハ常世国ヨリ来トリナリトイヘル髄脳等アリ。ツネニハ胡国ヨリキタル」云々とあり、さらに「又赤染所労之時トブラヒニキタル人ヲウタガヒテ江匡衡ガヨメル」として本歌を載せる。

内にたてまつり給（ひ）ける　　斎宮女御

里《さと》わかずとびわたるめるかりがねを雲《くも》ゐにきくはわが身なりけり

〔現代語訳〕　村上天皇に奉りなさった歌

里を区別することなく飛びわたるような雁の鳴き声をはるか雲の上で聞くのは、訪れのないわたしであることよ。

〔他出〕　斎宮女御集二三「又、女御、いはむかひなのよや、めのさめつつ」、二三句「とびわたるらむ雁がねは」（御返し「たまづさをつげけるほどは遠けれどとふことたえぬ雁にやはあらぬ」）、村上天皇御集七二、二句「とびわたるなる」。

〔語釈〕　**○内**　村上天皇をいう。作者はその後宮のひとり。**○とびわたる**　飛びと訪ひを掛ける。後宮のあちこちを訪れる帝を雁のなぞらえ、訪れのかなわぬ孤独な自分を表す。

〔補説〕　雁の連想による並び。

639

題不知

藤原顕方

うきせにもうれしきせにもさきにたつ涙《なみた》はおなじ涙《なみた》なりけり

〔現代語訳〕

つらいときにもうれしいときにも先立ってこぼれる涙は同様の涙であったことよ。

〔他出〕 千載集・雑歌中一一一七「題知らず」。

〔語釈〕 ○うれしきせにも 「心みになほおりたたむ涙川うれしき瀬にも流れあふやと」（後撰集・恋二・六一二橘敏仲「又」）。同工の歌に「うれしきもうきも心はひとつにてわかれぬ物は涙なりけり」（後撰集・雑二・一一八八よみ人知らず「もの思ひ侍りけるころ、やむごとなき高き所よりとはせたまへりければ」）がある。

〔補説〕 千載集では恋歌ではなく、不遇の述懐歌に解される。なお千五百番歌合の千三百二十七番・恋三左歌（宮内卿）「われからと人をうらみぬ袖の上も涙は同じ涙なりけり」に対する判詞（顕昭）に「左歌、上句は宜しくみたまふるに、下句の千載集の歌にて侍るなり、藤顕方、うきせにもうれしきせにもさきにたつ涙は同じ涙なりけり、又基俊が歌合の判詞にいはく、ふるき人と心あひかよふことは、はなはだ器用ある事に侍れど、歌合には尤さるべき事なり、たとひ文字少しことなりといへども、おほ心たがへる事なくは、これをさるべし、上の三句、下の二句同じからん、これをとがむべしといへり、すでに勅撰の歌の下二句尤さらるべかりけるか」とみえる。

640

藤原基俊

波《なみ》よするいそべのあしのをれふして人のうきにはねこそなかるれ

〔現代語訳〕

波がうち寄せる磯辺の葦のように折れ伏して、その浮き根が流れるように、あの人のつらい仕打ちに声を出して泣いたことだ。
〔他出〕 基俊集六八「心かたき女のもとに」。万代集・恋歌五・二五九三「女のもとにつかはしける」。続後撰集・恋歌五・一〇〇五「題知らず」。
〔語釈〕 **○波よするいそべ** 「波よするあらき磯辺のかた思ひひまなく袖をぬらすころかな」（堀河百首一二六三紀伊「片思」）。**○うきにはねこそなかるれ** 「憂き」「音」「泣かるれ」と「浮き」「根」「流るれ」を掛ける。後者は波、葦の縁語。「あふことの波の下草みがくれてしづ心なくねこそなかるれ」（新古今集・恋歌五・一三六〇よみ人知らず「題知らず」）。なお、基俊集によれば直接相手に送った歌であるから「人のうき」はその人のしうちを指す。
〔補説〕 底本は第二句「いそへのなみの」とあるが、静嘉堂文庫本、天理図書館本の傍書「あし歟」や類従本などの本文により「いそべのあしの」に改める。基俊集、万代集、続後撰集（五句「ねぞなかれける」）は「いそべのあしの」とある。

皇后宮権大夫師時

さざなみやしがの浦波《うらなみ》うらめしとおもふはかひもなぎさなりけり

〔現代語訳〕
うらめしいと思うても、そのかいもなかったことだ。志賀の浦波がうち寄せる貝もない渚ではないが。
〔他出〕 堀河百首・恋一二七三「恨」、二句「志賀の浦風」。
〔語釈〕 **○さざなみや** 志賀（近江国の歌枕、358・511歌参照）に掛かる枕詞。「さざなみやしがの浦風いかばかり心の内のすずしかるらん」（拾遺集・哀傷一三三六公任「少納言藤原統理に年ごろちぎること侍りけるを、志賀にて出家し侍ると聞きていひつかはしける」、公任集五三六、玄々集五三、新撰朗詠集五七四「僧」など)。初二句は「うらめしと」を導く序詞。**○かひもなぎさ**　甲斐もなきと貝(なき)渚を掛ける。浦波の縁語。「しのぶれどかひもなぎさのあまを舟波のかけてもいまはたのまじ」(金葉集・恋部上四〇九よみ人知らず「忍恋といへることをよめる」)。

〔補説〕堀河百首の詠進歌にもかかわらず「題知らず」で入集(ほかに616・681・716・915、この四首は十四人本にみえない顕仲と永縁の歌)。

642

かきたえておと《を》せぬ人に　和泉式部

うらむべき心《こゝろ》ばかりはあるものをなきになしてもとはぬ君かな

〔現代語訳〕すっかり音沙汰のない人に対して詠んだ歌

恨みに思うはずの心だけはあるのに、そんなわたしを身も心もないものとして訪れないあなたであることよ。

〔他出〕和泉式部集四二八「久しうおともせぬ人に」。千載集・恋歌五・九五八「題知らず」(恋歌の巻軸歌)。古来風体抄。

〔語釈〕**○なきになして**　(心は)あるに対してなき(になして)と表現。この世にいないものとして。

〔補説〕絶えた恋に対する恨みを詠む歌。「なき」の語句を共通にする並び。

643

題不知　よみ人も

うき人をうらみむこともけふばかりあすをまつべきわが身ならねば

〔現代語訳〕

つらい仕打ちをしたあの人を恨むことも今日だけのこと、もはや明日を待てるわが身ではないから。

〔他出〕 月詣集・恋下五九三「題知らず」、作者表記「右大臣家備前」。

〔語釈〕 **○あすをまつべきわが身ならねば** （三句の）今日との対比を意識した表現。「かりにても今日ばかりこそうらやまめ明日を待つべき命ならねば」（成尋阿闍梨母集一四九）。なお和歌一字抄「遅」「（山桜遅開）同座」に範永詠「一木だに今日も咲かなん山桜明日を待つべき我が身ならねば」（一二六七、「山桜庭にひらけたり、東山にて」の詞書で範永朝臣集一六二にも）がみえる。

〔補説〕 月詣集には「右大臣家備前」（右大臣は兼実、寿永元年（一一八二）一一月成立の月詣集の編纂の時点に兼実家に仕えていたか）の作とある。同集には同じ作者の詠「あづさ弓春の花にぞ思ひいづるおもしろかりし雪のまとゐは」（六九八）が「十月ばかりに雪ふりたりけるに、人々あまたまとゐしてあそびあかして侍りけるところへ、次の年の春花のさかりに申しつかはしける」の詞書で載る。この作は今撰集には「冬ころともだちのもとにて雪見てあそび侍りて次の年の春、よみてつかはしける」の詞書で採られ作者表記は「或所女房肥前」（備前と肥前の混同か）。

証蓮法師

なほ《を》ざりのふみもかよはずなる《成》にこそかきたえぬとはおもひしらるれ

〔現代語訳〕
いいかげんな手紙も通うことがなくなって、すっかりふたりの関係は絶えたと思い知られたことよ。

〔他出〕 今撰集・恋一六二「題知らず」、五句「思ひしりぬれ」。

〔語釈〕 **○なほざりの** いい加減な、本気でない。「なほざりのなげのなさけをたのまずはよしなきものは思はざらまし」（肥後集一六五「人の、たえぬものからたのむべくもなきを、さすが心にかけてすぐす、よめといひしに」）。**○かき**

たえぬ　消息などが絶える。「かばかりもかきたえぬべきみづぐきをみるに涙のたまぞみだるる」（経衡集一七〇「かくつつむもくるしければ、ふみなどもかきたえぬべきことなどいひやりたりければ、をうんな」、返しは「みだるらむ君が涙のたまのをのほどばかりだにいかであひみん」）。

三条院、みこの宮と申（し）ける時、ひさしくおほせごとなかりければ

安法法《々》師女

よのつねの秋風ならば荻《おき》の葉にそよとばかりのお《を》とはしてまし

【現代語訳】　三条院が、御子の宮と言いました時、長い間おことばがなかったので詠んだ歌

ふつうの秋風ならば荻の葉にそよとばかりの音がするでしょうに、少しばかりのお声もかけてくださらないのですね。

【他出】　玄々集一〇九「安法女一首　三条院東宮と申しける時、久しくとはせ給はざりければ」。金葉集三奏本・恋四一一「三条院宮のみことましける時久しくとはせたまはざりければ、申さすとおぼしめして女房のもとへつかはしける」。新古今集・恋歌三・一二一二「三条院、みこの宮と申しける時、久しくとはせたまはざりければ」。

【語釈】　**○三条院**　三条天皇（九七六〜一〇一七）のこと。本集作者。寛和二年（九八六）七月、一一歳で立太子、三六歳の寛弘八年（一〇一一）一〇月に即位。この間がみこの宮（東宮）時代。**○秋風**　飽きを掛ける。自分宛の便りを荻の葉に吹く風に喩えた。478歌参照。**○おとはしてまし**　「秋風の吹くにつけてもとはぬかな荻の葉ならばおとはしてまし」（後撰集・恋四・八四六中務「平かねきがやうやうかれがたになりにければ、つかはしける」、古今六帖三七一八、和漢朗詠集四〇一など）。

【補説】　荻の葉を吹く風を便りに喩えている内容から、恋上の巻頭478歌との対応が考えられる。

あひかたらふ人の、まぎるることどもありてなんえまゐ《い》りこぬ、わすれぬるとやおもふといへりければ　　意尊法師母

646
わすれずといふにつけてぞなかなかにとはぬひかずのつもるとはしる

【現代語訳】互いに親しくつきあう人が、他の事などに紛れて訪ねられないのだ、忘れてしまったと思っているかと言ってきたので詠んだ歌
忘れてはいないとあなたがいうにつけても、かえって訪れてこない日数が積み重なると知ることです。

【他出】新後拾遺集・恋歌五・一二三四「ものいひわたる男の久しうおとせで、忘れずといひたりければ、よめる」、作者表記「よみ人知らず」。

【語釈】**○わすれずといふにつけてぞ**　578歌に類似の表現「わするなといふにつけてぞ」がある。配列上、関連させる意図がみえる。

題不知　　西院皇后宮

647
わすれてもあるべきものをなかなかにとふにつらさをおもひいでつる

【現代語訳】
忘れたらよかったのに、かえって訪ねてくるとつらい仕打ちが思い出される。

【他出】続古今集・恋歌四・一二四一「恋歌中に」。

【語釈】**○わすれてもあるべきものを**　「忘れてもあるべきものをこのごろの月夜よいたく人なすかせそ」（後拾遺集・雑六誹諧歌一二一二藤原義孝「七月ばかりに月のあかかりける夜女のもとにつかはしける」）。類似の表現は他にも公任

集の「忘れてもあるべきものをなかなかに雲ますくなき月をこそ思へ」（三三四「かげすくなきよひの月」）、道命阿闍梨集の「忘れてもあるべきものをなかなかに思ひをのこす秋にもあるかな」（二三〇「九月ふたつありし年ののちの九月に、秋すぎて秋ありといふ題を人々よみしに」）にみえる。

〔補説〕 上句の類似表現による連想的な並び。

たえてのちの恋《こひ》といへることをよめる　　藤原為忠朝臣

いまさらにいひないだしそかつまたの池のつゝみはむかしきれにき

〔現代語訳〕 「絶えて後の恋」という題で詠んだ歌

今さらに言い出してくれるな、勝間田の池の堤はとうの昔にきれてしまい、池には水がなく樋がいらないように、ふたりの関係もとっくに絶えている。

〔他出〕 為忠家後度百首・恋十五首六三一「絶後恋」。月詣集・恋下五八七「題知らず」。

〔語釈〕 **○いひ**　言ひに樋《いひ》（箱のように作った樋、地中に埋めて池の水などを流すのに用いる）を掛ける。「鳥もゐでいくよへぬらん勝間田の池には樋のあとだにもなし」（後拾遺集・雑四・一〇五三藤原範永「関白前大臣家にて勝間田の池をよみ侍りけるに」）。**○かつまたの池**　本集に頻出の歌枕。130・455・931歌参照。

649

ひさしくお《を》とせぬを《お》とこのもとよりことをかりて侍（り）ける、つかはすとて

安芸

うき身をばなににつけてかおもひいでむたづぬることのなからましかば

〔現代語訳〕 長い間音沙汰のない男のところから琴を借りていましたのを、返すという時に詠んだ歌

つらいわが身を何によって思い出そうか、借りていた琴を返すなどの用事で尋ねることがなかったならば。

〔語釈〕 **○なににつけてか** 「恋しきをなににつけてかなぐさめむ夢だに見えずぬる夜なければ」（拾遺集・恋二・七三五順「天暦御時歌合に」、抄二六五）、「恋しさをなににつけてかなぐさめんたのめし月日すぎぬと思へば」（六条修理大夫集一四七「いつはりにてあはぬ恋」）。恋歌以外では「むかしをば花橘のなかりせばなににつけてか思ひいでまし」（後拾遺集・夏二一五高遠「花橘をよめる」）など。**○たづぬること** ことに（借りていた）琴を掛ける。

650

ことひく女にもの申（し）わたりけるを、きくこと侍りければとはずなりにけるに、女のもとより、ことをさへやわすれぬるなどいへりければ　藤原尹明

人にまたつまなれにけることなればうきためしにはひくとしらずや

〔現代語訳〕 琴を弾く女に長年親しくしており、その琴を聞くことがありましたが、訪ねなくなっていたところ、女から琴までも忘れてしまったのかといってきたので詠んだ歌

他の男に琴を弾き聞かせて、またつまとして親しくしていることだから、あなたのことはつらい例として引いていると知らないのかい。

〔語釈〕 **○きくこと** 琴の演奏を聞くと訳したが（他の男とのことを聞くなど）訪わなくなった理由を指すとも解せ

られる。**〇つまなれにけること**　妻馴れにける事と爪馴れにける琴（琴爪で何度も掻き弾いてなじんだ琴）を掛ける。「人しれず思ひかけてし琴のをのいつつまなれてあはむとすらん」（今撰集一二四僧増俊「年ごろいかでと思ひける人のもとより、琴をかりにつかはしたりける返事に」、なお今撰集では本集の497歌を次に配する）。**〇ためしにはひく**　引くと弾くを掛ける。琴の縁語。言葉集に「二条院御時、箏をあまたたまはせて、よしあしきさだめ申すべきよしを、おほせありければ、しるし申す」の詞書で季通詠「わが君にしらるることのつまなればまづはうれしきためしにぞひく」（三二〇）が載る。

〔補説〕　琴の連想による並び。497歌との関連を考慮すべき配列。

わすれにけるを《お》とこのおもひいでてまうきかよひけるが、又たえにければ

二条大宮別当

今さらになにかは袖《そで》をぬらさましのなかのしみづおもひいでずは

〔現代語訳〕　かつて自分を忘れた男が思い出して通ってきていたが、再び絶えて来なくなったので詠んだ歌

今さらにどうして袖をぬらすであろう、かつての妻を思い出さないならば。

〔語釈〕　**〇のなかのしみづ**　野中の清水、播磨国の歌枕。現在の神戸市西区。和歌初学抄・所名には「播磨野中の清水　ムカシヲオモヒイヅルニ」とある。ここでは昔の妻をいう。袖中抄・第一〇「ノナカノシミヅ」所引の能因歌枕に「ノナカノシミヅトハモトノメヲイフ」とある。〔補説〕参照。本来、古今集・雑歌上の「いにしへの野中の清水ぬるけれど本の心をしる人ぞくむ」（八八七よみ人知らず「題知らず」）によるが、後撰集・恋四に「もとのめにかへりすむと聞きて、男のもとにつかはしける」の詞書で「わがためはいとどあさくやなりぬらん野中の清水ふかさまされば」（八七四よみ人知らず）などとある。「くみみてし心ひとつをしるべにて野中の清水わすれやはする」

（詞花集・恋下二六三藤原仲実「家に歌合し侍りけるに、あひてあはぬ恋といふことをよめる」）。

〔補説〕野中の清水をめぐって、元永二年（一一一九）忠通家歌合「尋失恋」五番に次のようにある。判者は顕季。

五番　左勝　女房上総

尋ねわび恋しき人をありといはば雲のはてにもゆきてとはばや

右　基俊

思ひかねしみづくみにと尋ぬれば野中ふるみちしをりだにせず

左歌、はじめの句なん心よからねども、心ざしはふかくなん見給ふる、右歌、なに事にか、恋といふ事は見えずなん、水くみにとて野中のみちになんまどひたるとぞ見ゆる、仍、左勝。又判云、左歌、雲のはてとはいかなる所ぞ、けうとき所にかくれたり、たづねでもありなんかし、右歌は、清水たづぬる事、思ひかけず、もしあつかりけるにや、しをりは人のかくれ所にするにや、又、清水のほとりにする事にや、もし又、野中の清水といへる事のあるをよめるにや、さらば、水と野中と事のほかにはなれたり、いかにも心えがたき歌なめり、あはれ持の歌かな。

袋草紙・下巻が基俊詠のみを引き、判詞は「なにごとにか、恋といふ事は見えず。水くみにとてまどひたるなん見ゆる、仍りて左勝つ」と記す。袖中抄・第一〇「ノナカノシミヅ」に〔語釈〕にあげた古今歌八八七を引いて次のようにある。

顕昭云、ノナカノシ水トハ播磨ノ稲見野ニアリ。此歌ニハヌルケレドトヨミタレド、件シ水ミタル人ノ申シハ、メデタクツメタキシ水也ト云ヘリ。但考能因歌枕云ノナカノシミヅトハモトノメヲイフトイヘリ。今案云、ソノユヘナクモトノメヲノナカノシ水トイフベキニアラズ。アラマシ事ニ野中ノシ水ハヌルクトモ、モトソノシ水ヲ知タラン人ノ（くまんやうにむかし心をつくしいみじくおぼえし人の）ヲトロヘタランヲモモトノ有サマシリタレバナヲムスブヨシヲヨメリケルヲ本トシテ、モトノメヲ野中ノシ水トハイヒナラハシタルニコソ。（以下例歌

などをあげるが略す）
奥義抄・下巻は同じ古今歌をめぐり「野中の清水」について主に地名として次のように注釈するが、本歌においては〔語釈〕に示したように能因歌枕にしたがい「昔の妻」の意味で解した。
この清水の事やうありげに申す人も侍れど、させる見えたる事もなし。この水は播磨の印南野にある也。昔はめでたき水にてありけるがすゑにはわろくなりて、人などもすさめぬを昔聞き伝へたるものの、これにはめでたき水ありとこそきけとてたづねて見るに、あさましくきたなげになりてありけれども、これはめでたかりける水なり。いかでかのまですぎむとてのめりけることをよめるとぞ申すめる。それよりもとをしれる事に言ひ伝へたる也。いまはかたも侍らぬにや。是は人のかたりしこと也。見たる所もなければたのみがたし。

たえてひさしくなりにけるを《お》とこのおもひいでて、いまはあだなることは侍らじなど申（し）けるに　　土御門斎院中将

年《とし》ふれどうき身はさらにかはらねばつらさもおなじつらさなるらん

〔現代語訳〕　途絶えて長い間になった男が思い出して、今は不実なことはありませんなどいってきましたので詠んだ歌
何年経ってもつらいわが身は全く変わっていないのだから、あなたが薄情なのも以前と同じものであろうよ。
〔他出〕　千載集・恋歌五・九三七「たえて久しくなりける男の思ひいでて、いまよりはあだなる心あらじなどいひければつかはしける」、三句「かはらじを」。
〔補説〕　関係が一度絶えながらの復縁をめぐる並び。636、639歌と表現の面で響き合う。

653

かれがれになりにける人のもとへ、むつきの比ほ《を》ひつかはしける

関白家弁

わすれにし人をわすれぬ心《こゝろ》こそかはれる年《とし》もかはらざりけれ

〔現代語訳〕 疎遠になってしまった人のところへ、正月のころに送った歌
忘れてしまった人を忘れない心は、新年が来てあらたまりかわる年も相変わらずであるよ。

〔語釈〕 **○かれがれに** 男女の仲が疎遠になること。後拾遺集・恋二の「風のおとの身にしむばかりきこゆるはわが身に秋やちかくなるらん」（七〇八よみ人知らず）の詞書に「男かれがれになり侍りけるころよめる」とあるのは一例。**○かはれる年** 新年。「あたらしくかはれる年と思へどもかへりし春のきたるなりけり」（久安百首一一〇二兵衛、今撰集二にも）。

〔補説〕 上句の「わする」、下句の「かはる」の繰り返しの表現がそれぞれ対をなす。

654

ときどきまうできかよふ人の馬《むま》をうしなひて、もしそこにまうできてや侍（る）とたづねければ

馬内侍

あくがれてゆくへ《ゑ》もしらぬ春駒《はるこま》はおもかげならでみゆるよもなし

〔現代語訳〕 時々通ってきた人が、馬を失って、もしかしたらあなたの家にきてやしませんかと尋ねてきたので詠んだ歌
離れてしまいどこへ行ったかもわからない春駒は、幻影でなくてはみる夜もないあなた同様、ここにはきていません。

【他出】 馬内侍集一八八「ときどきみゆる人、馬やそこにいりたるといひたれば」、三句「春駒の」、五句「みゆるよぞなき」。

【語釈】 **○春駒** 春になって放し飼いにされている馬。不実な相手の男を重ねる。22歌参照。971・972歌にもみえる。**○おもかげ** 幻影。「いかばかりうれしからましおもかげにみゆるばかりのあふよなりせば」（後拾遺集・恋三・七三六忠家「題知らず」）。馬の縁語である鹿毛を掛ける。

【補説】 馬内侍集の詞書によれば、「馬やそこにいりたる」は久しぶりに訪ねてくる男の言葉であり「馬」は馬内侍を指すとも解される。

むすめの許にかよふを《お》とこの、かりにまかるになんとて、たちをこひにお《を》こせたりければ、つかはすとてむすびつけける　赤染衛門

かりにぞといはぬさきよりたのまれずたちとまるべき心ならねば

【現代語訳】 娘のところに通う男が、狩りに出るのだと言って、太刀をもらいに人をよこしたので、太刀を送る時に結びつけた歌

かりそめにと言う以前から、あなたがあてにできないことです。立ちとどまるはずの心ではないので。狩りに出るからと依頼されなくても太刀はお貸しします。

【他出】 赤染衛門集三四八「小鷹狩りしになん行くとて、太刀とりにおこせたりしに、むすびつけさせし」。千載集・恋歌五・九一四「むすめのもとにかよふ男の、狩りになんまかるとて太刀をこひにおこせて侍りければ、むすめにかはりてつかはしける」。

【語釈】 **○かりに** 狩りと仮を掛ける。**○いはぬさきより** あなたが「狩りに出かけるため」（ほんの一時的に）と

いう前から（頼りにできない）。「その事といはぬさきよりいつとてもうきをわするる時しなければ」（和泉式部集六三七「ほかにかよふ男、いかに思ふにかありけむ、いまただひと月のほどわするな、といひたるに」）、「袖かけていはぬさきより人しれず君がかけこになりねとぞ思ふ」（相模集一六六「ちひさき手箱を、人の幼きむすめのもとへやるとてよませし」「あけくれは袖うちかけてはぐくまむわがこてばこになり心みよ」の返しの親の歌」）。**〇たちとまる**　立ち止まると太刀留まるを掛ける。

〔補説〕　それぞれ馬と太刀というものに託けて不実な男に送った歌の並び。

忠盛朝臣あながちにいはせければ、心よわ《は》くなりにけるのち、かれがれになり侍（り）けれ

ばいひつかはしける　　平教盛朝臣母

ならはねば人の心《こゝろ》もつらからずくやしきにこそ袖《そで》はぬれけれ

〔現代語訳〕　忠盛朝臣が強引に言い寄ってきて心弱くなってしまった後、疎遠になってしまいましたので言い送った歌

恨むことに慣れていないので、不実なあなたの心もつらいとは思わないが、そんなあなたに心弱くも従ったことを後悔して悔し涙で袖はぬれたのです。

〔他出〕　新古今集・恋歌五・一四〇〇「忠盛朝臣、かれがれになりてのち、いかが思ひけん、久しくおとづれぬ事をうらめしくやなどいひて侍りければ、返事に」、二三句「人のとはぬもつらからで」。

〔語釈〕　**〇忠盛**　本集作者。**〇あながちに**　無理に、一途に。金葉集・恋部上に「かたらひ侍りける人の、あながちに申さすることのありければいひつかはしける」の詞書で藤原有教母詠「したがへば身をばすててん心にもかなはでとまる名こそをしけれ」（三九三）がみえる。**〇心よわく**　建礼門院右京大夫集に「たえま久しく思ひいでたる

に、ただやあらましと返す返す思ひしかど、心よわくてゆきたりしに、車よりおるるをみて、世にありけるはと申ししを聞きて、心ちにふとおぼえし」の詞書がみえ「ありけりといふにつらさのまさるかななきになしつつすぐしつるほど」（一五三）とある。

657

題《たい》しらず　　権中納言実国

うきながらつらさはことのかずならず恋《こひ》しきにこそねはなかれけれ

〔現代語訳〕

つらいと思いながら、あの人のつらい仕打ちはたいしたことはない、恋しさに声を上げて泣き出したのだ。

〔語釈〕　**○ねはなかれけれ**　「年へぬる人の心をうらめしと思ふにしもぞねはなかれける」（堀河百首一二六八師頼「恨」）。

〔補説〕　つらさより自らのくやしさ、恋しさに泣くという並び。恋しさは次歌に連なる。

658

弁乳母

恋《こひ》しさはつらさにかへてやみにしをなにの残《のこ》りてかくはかなしき

〔現代語訳〕

あの人への恋しさはそのつらい仕打ちにとりかえて決着がついたのに、何がまだ残っていてこんなに悲しいのか。

〔他出〕　玄々集一六五「弁乳母一首順時が女」、四五句「なにの名残かかくは恋しき」。金葉集三奏本・恋下四五四

「題知らず」、四句「なにの名残に」。万代集・恋歌五・二七三一「題知らず」、四句「なにのこりてか」。続後撰集・恋歌四・八六五「心かはりたる人につかはしける」。新時代不同歌合。

〔語釈〕 **○つらさにかへて**　つらさと交換して。恋慕の情は恋人の薄情さによってなくなったの意。**○やみにしを**　終わってしまったが。「あふことは夢ばかりにてやみにしをさこそ見しかと人にかたるな」（金葉集・恋部下四四五「題よみ人知らず」）。

〔補説〕　破局後の思いには複雑なものがある。つらさは悲しみへ。

俊恵法師

おもひかねなほこひぢにぞかへりぬるうらみはすゑもとほ《を》らざりけり

〔現代語訳〕

恋しさをおさえられず、やはり恋路に戻ってしまった。あの人に対する恨みは最後まで達せられないものだ。

〔他出〕　林葉集六八二「歌林苑、人々方をわかちて、歌をえらびて歌合し侍りしに、恋歌三首」。千載集・恋歌四・八八五「歌合し侍りける時、恋歌とてよめる」。治承三十六人歌合、中古六歌仙、定家八代抄、時代不同歌合。

〔語釈〕　**○すゑもとほらざりけり**　終わりまで貫き通せない。（恋）路と通るは縁語。

〔補説〕　林葉集の詞書によって歌林苑歌合の詠。歌合証本は現存しないが、仁安二年（一一六七）の冬（一二月か）と推定されている（平安朝歌合大成）。

断ちきれない思いの並び。

660

人心《こゝろ》つらきもいまはものなれてうらめしとだにいはれざりけり

前律師俊宗

〔現代語訳〕

あの人の薄情な仕打ちも、今は慣れっこになって、恨めしいとさえ言うことができないほどだ。

〔他出〕 今撰集・恋一四四「題知らず」、二句「つらきにいまは」。

〔語釈〕 **○人心** 632・798歌参照。**○うらめし** つらしと対した例に「命だに心なりせば人つらく人うらめしきよにへましやは」(和泉式部続集一七二「ひとりごとに」)がみえる。

661

身のうさをおもひもしらでありふればつれなき名さへたちぬべきかな

左大臣家卿

〔現代語訳〕

わが身のつらさを思いいたらずに生きながらえていると、無情なうわさまでもきっとたつだろうよ。

〔語釈〕 **○おもひもしらで** 「たぐひなく人数ならぬ身のうさを思ひもしらで過すなりけり」(堀河百首一五八三肥後「述懐」)。**○ありふれば** 「をしと思ふをりやありけむありふればいとかくばかりうかりける身を」(和泉式部集二九三)、「ありふればうきよなりけりながからぬ人の心を命ともがな」(相模集一一一「そらごといひつけて久しうみえぬ人に」、なお詞花集・恋下二五五に「ほどなくたえにける男のもとへいひつかはしける」の詞書で「ありふるもくるしかりけりながらへぬ人の心を命ともがな」などとみえる歌)。**○つれなき名** 冷淡という評判。「つれなしと見つつつれなく忍ぶまに我もつれなき名をぞたちぬる」(思女集八「といひたりしかば、かくこそおぼえしか」、「そらごといひつる人のもとより」とあって「人のうへと見しつれなさを今はまた我になりてもなげかるるかな」に対して）。

かざし、ふたば、といふざうしをともにものいひけるを《お》とこの、ふたばにつきて、かざしをばたえにければ、かざしにかはりて、みあれの日あふひにかきてつかはしける

小大進

662

おもひきやふたばにかけしあふひ草《くさ》よそのかざしにならむものとは

〔現代語訳〕「かざし」「ふたば」という名の雑仕女に同時に言い寄っていた男が、「ふたば」にきめて「かざし」の方は途絶えてしまったので、「かざし」に代わって、みあれの日に葵に書いて送った歌

思ってもいなかったよ。今日の賀茂の祭に、かけてかざした二葉葵が他の人の插頭になってしまうように、ふたまたをかけていたが、「ふたば」に決めて一方の「かざし」を捨ててしまうとは。

〔語釈〕　**○ざうし**　雑仕。雑役をつとめる下級の女官。**○みあれの日**　御生れ、四月の午の日に賀茂の祭に先立って行われた神事。後拾遺集・雑二に「為家朝臣ものいひける女にかれがれになりてのち、みあれの日くれにはといひて葵をおこせて侍りければむすめにかはりてよみ侍りける」の詞書で「その色の草ともみえずかれにしをいかにいひてか今日はかくべき」（九〇八小馬命婦）、清輔集に「みあれの日、ともだちのもとより葵を送りて、いかにしそめたりけることにか、昔の契りこそうれしけれといふ心をいへりければ」の詞書で「いにしへの契りはしらず葵草思ひかけける今日ぞうれしき」（四〇七）がみえる。**○ふたばにかけし**　105歌参照。「（葵の）二葉にかけ」に二人の女をふたまたにかけた意を含ませる。**○あふひ草**　賀茂祭（葵祭）で用いられた。冠に挿し插頭にする。「思ひきやそのかみやまの葵草かけてもよそにならんものとは」（顕綱集四「斎院の辺にさぶらひける人の、世の中にかくてあ

るやうありて、思ひがけぬところにありければ、年ごろになりて、四月の賀茂の祭の日、葵にかきてつかはしける」）、「しめゆひしそのかみならば葵草よそのかざしを尋ねざらまし」（後葉集・雑一・四四七ただむね「九条前斎院より、祭のころ、葵やあるとたづねられければ、つかはすとて」）など。

女のふかき山にもいらまほしきよしいひたりけるに　民部卿斉信

山《やま》よりもふかきところをたづぬればわが心にぞ人はいるべき

〔現代語訳〕　女が深山にでも籠もりたいと言ってきたのに対して詠んだ歌

山よりも深いところを尋ねるならば、さらに深いわたしの心の中にあなたは入ればよいのだ。

〔他出〕　千載集・恋歌五・九一二「女の、深き山にもいらまほしきよしいひて侍りければ、つかはしける」、三句「たづねみば」。

〔語釈〕　**〇いらまほしきよし**　山に籠もりたい、出家遁世したい旨。「あしひきの山におふてふもろかづらもろともにこそいらまほしけれ」（後撰集・恋二・六九四よみ人知らず、「男のほど久しうありてまできて、み心のいとつらさに十二年の山ごもりしてなむ久しうきこえざりつるといひいれたりければ、よびいれて物などいひて返しつかはしけるが、またおともせざりければ」とあって「いでしより見えずなりにし月影はまた山の端に入りやしにけん」とある返し）。**〇山よりもふかきところ**　〔補説〕参照。

〔補説〕　公任集（四八二、四八三）に斉信と公任の次のような贈答がみえる。公任詠は斉信の詠む本歌と表現も内容も酷似している。

山におはしけるころ、斉信の中将

世をうしとのがるときけばわれはいとどこれよりふかく入りぬべきかな

返し

山よりも深きところをもとむればわが心にも君はいらなん

をとこにわすられてなげき侍《お》（り）けるころ、霜のふれるあしたに人のもとへつかはしける　和泉式部

けさはしもおもはむ人はとひてましつまなきねやのうへはいかにと

〔現代語訳〕　男に忘れられて嘆いておりましたころ、霜が降った早朝にある人のところへ送った歌

霜の降るちょうど今朝のようなときには、思っている人にたずねてほしいものです、夫のいない閨はどうかと。

〔他出〕　和泉式部集一九八「霜の白きつとめて、人のもとより」、三句「とひくまじ」、五句「うへはいかがと」（よりのぶの返し「つまなしといふはまろやはかずならぬきくにしもこそ心おかるれ」）。〔補説〕参照（後拾遺集の奏覧本から除かれた歌）。

〔語釈〕　**○しも**　霜と強意の表現「しも」を掛ける。**○つまなきねや**　式部にとってのつま（夫）をいう。男をつまと表現することを難ずる議論があったが、清輔は容認し評価していた。〔補説〕参照。俊頼髄脳も、本歌を引き「これは、式部が保昌にすてられて嘆き侍りけるとき、雪のあしたに詠める歌なり。これらを見れば、男をも、などか詠まざらむと、人は申せど、なほつまとは女なり」と述べている。

〔補説〕　袋草紙「故人の和歌の難」の引く「後拾遺問答」（逸書。問者経信、答者通俊）中にみえ、「つま」の語句をめぐり「問ふ、女歌にてはつまとはよみてんや。ただつまなきやどとよみたるは、さてはよしなうこそおぼゆれ。つまなきこひをわれはするかなといふことを思ひたるや。それはいはれたるものを」に始まる論難を載せる。すなわち本歌は当初は後拾遺集に採用されていたが、この経信の指摘を受けて除かれた歌だと思われる。玉葉・安元三

年（一一七七）正月一二日条に「遂通俊伏レ理、出二件歌一了」と本歌をめぐる事情を述べ、「清輔検二万葉集一、男女共有二可レ称レ妻之証一、彼人々臨レ期不二覚悟一歟、尤遺恨事也云々」と清輔の考証などを記している。袖中抄・第四「ワカクサノツマ」にも「後拾遺問答云、霜ノイトシロクヲキハベリケルツトメテ和泉式部ガ人ノ許ヘツカハシケルウタ（略）」」と引く。

かたらひけるわらはをゑ《え》じてしばしはとはず侍（り）けるに、かのわらはのふみをおこせて侍りけるが、うすずみにかきたりければ　僧都覚基

うすずみにかくまでしりぬ君はさはみえぬをよしとおもふなるべし

〔現代語訳〕親しくつきあう童子を不満に思ってしばし訪ねずにいましたところ、その童子が手紙をよこしましたが、薄墨で書いてあったので、詠んだ歌

薄墨で書いた文をみて、おまえのそうした薄情な気持ちを知ったことだ。おまえはそのようにわたしが訪ねないのをよいことだと思っているに違いない。

〔語釈〕　**○ゑじて**　ゑんじて。ゑんずは不満をいだく意。**○うすずみにかく**　「うすずみ」に薄い（薄情）を掛け、「かく」に書くと斯く（まで）を掛ける。727歌参照。薄墨との関係から訪ねないことを「（さは）みえぬ」と表現した。「薄墨にかくたまづさとみゆるかなかすめる空にかへる雁がね」（後拾遺集・春上七一津守国基「帰る雁をよめる」）。

666

ただならずなれる女をわすれて、こと人にうつりけるを《お》とこのもとへ、かの女にかはりてつかはしける

平実重

いかだしのこのせばかりをすごせかし心のひかむかたはありとも

〔現代語訳〕身ごもった女を忘れて、別人に心をうつした男のところへ、かの女に代わって送った歌

筏師のように、この瀬だけで過ごしてよ。心のひかれる方はあったとしても。

〔語釈〕**○いかだし** 筏師。「あさき瀬をこすいかだしの綱よわみなほこのくれもあやふかりけり」(後拾遺集・雑二・九〇五よみ人知らず「女のもとに暮れにはと男のいひつかはしたる返りごとによみ侍りける」、和歌初学抄・秀句「杣山付河 クレ タツ オロス ヒク イカダシ コス トル サス オトス サヲ アサキノツナ セ」にも)。**○このせ** 850歌参照。「ただならずなれる女」(妊娠している女)であるから「こ」に子を響かせているか。「ちぎりしはあすかの淵の水なれやいづらこの瀬にとふ人もなし」(和泉式部集七七八「とかくあらんにはとはむといひし人の、おとづれでやみにしかば、ほどへてかくといひやる」)。後の例だが、新後撰集・雑歌中に「一品ののぞみとどこほり侍りけるころ、人のもとにつかはしける」の詞書で前内大臣実重(本歌の作者とは別人)詠「のぼりえぬ淀のいかだの綱手縄この瀬ばかりをひく人もがな」(一四〇一)がみえる。**○ひかむかた** 引くは筏師の縁語。「思へども心もくまぬ筏師のなにひかれてすぎわたるらん」(出観集七二二「片思」)。

667

さうぶのねのながきを入道前大きおほいまうち君のつかはしたりければ

高松北方

なかじともしらずやねのみなかれつつ心《こころ》のうきにおふるあやめは

〔現代語訳〕　根の長い菖蒲を、入道前太政大臣道長が送ってきたので詠んだ歌
　あなたのつれない心がつらくて、泣くまいと思っても知らず知らず、声に出して泣き続けているばかり。泥土《うき》に生えたあやめの長い根が流されるように。
〔他出〕　玄々集一四三「（高松殿の上二首）あやめの根の長きを、殿よりたてまつらせ給へりければ」、五句「おふるあやめぞ」。金葉集三奏本・夏一三〇「あやめの根長きを宇治入道太政大臣のもとよりつかはしたりけるをみてよめる」、四句「心のうちに」。続古今集・恋歌四・一二五九「法成寺入道前摂政長き根をつかはしたりける返事に」、作者表記「堀河右大臣母」。
〔語釈〕　**○なかじ**　泣かじ（泣くまいと思っても）という意に、思い続ける長さを暗示する根が長いを掛ける。**○ねのみなかれ**　音のみ泣かれに根のみ流れを掛ける。**○心のうきにおふる**　（心の）憂きと泥土（に生ふる）を掛ける。「うきにおふる葦のねにのみなかれつついきて世にふるここちこそせね」（九条右大臣集一三「心かはりたりとみて、衛門」、返しとして「世のうきにおふるみくりのみがくれてなかるることはわれもたえせず」とある）、「つれもなき人の心のうきにはふ葦のしたねのねをこそはなけ」（新古今集・恋歌一・一〇七六師俊「法性寺入道前関白太政大臣家歌合に」）、「なにかわがたぐひなるべきうきにおふるあやめも人にひかれこそすれ」（林葉集二六七「大納言実房家にて、あやめを」）。**○あやめ**　菖蒲と文目（分別）を掛ける。分別なく泣くを含意する。長し、根、うきは縁語。
〔補説〕　別解として「声を出して泣きながら長い間あなたを思うわたしの心をご存じないのですか。あなたのつれない心に生えた菖蒲の根が長いことを知らないように」とすることもできるがひとまず上のように訳した。

　五月五日人につかはしける　　　　読人不知
身のうきにあやめのおふるものならばけふばかりにも人はきなまし

〔現代語訳〕 五月五日、途絶えた人に送った歌
忘れられたわが身のつらさのせいで、泥土にあやめが生えるものならば、五月五日の今日だけでもあなたは来るだろうに。
〔他出〕 後葉集・恋四・三九六「たえたる男のもとへ、五月五日、つかはしける」、五句「尋ねきなまし」。
〔語釈〕 **○うきに** 憂きと泥土（うき）を掛ける。 **○けふ** 五月五日の今日。端午の節句の日に菖蒲を軒にさして邪気を払うのに因む表現。
〔補説〕 菖蒲の連想による並び。次の巻軸二首も五月五日の菖蒲を詠み込む。

669
四条宰相を年《とし》ごろいひわたりける、あるまじきさまにのみおもへりける、心ざしにまけてしたしくなりにけるを、はたおもふ心《こゝろ》やありけむ、お《を》ともせで四五日ばかりありて、五月五日ながきねをやるとて

藤原能通朝臣

みしま江におりたちしよりあやめ草《くさ》まだことさはのねをも見ぬかな

〔現代語訳〕 四条宰相に長年求愛していたが、宰相はあってはなるまいと思っていたのだが、愛情に負けて親しくなったのを、あるいは何か思う心があったのだろう、便りもせず四五日ほどあって、五月五日に長い菖蒲の根を送るに添えて詠んだ歌
三島江におり立ったときから、そのあやめ草の他に、別の沢の根をみることはないよ、そのように結婚後はあなた以外の他の人と共寝したことはない。
〔他出〕 袋草紙・雑談。670歌の〔補説〕参照。

〔語釈〕　**○あるまじきさま**　四条宰相が能通の求愛を拒んでいたと解する。ただし四条宰相が自らの死を予感していたとも解せる。**○みしま江**　三島江、摂津国の歌枕。和歌初学抄・所名。現在、大阪府の、摂津、高槻、茨木の各市にわたる淀川沿いの地。みしに見し（結婚した）を掛ける。「春霞かすめるかたや津の国のほのみしま江のわたりなるらん」（詞花集・雑上二七二源頼家「所々の名を四季によせて人々歌よみ侍りけるに、みしま江の春の心をよめる」）。**○ねをも見ぬ**　根と寝を掛ける。

ありしよりお《を》もくわづらひてなむとて、かへりごともいはざりければ、ゆきとぶらはんとおもふを、おほやけごとさしあひて、二三日ばかりありてまかれりければ、はや身まかりにけりと、お《を》とづれはべらばたてまつるべきよしにてかきお《を》きたまへるとて、ありしさうぶのねにむすびつけたるふみをとりいでたるにかけりける歌

おりたちしみしまの水やあせにけむおひしあやめのねもかれにけり

〔現代語訳〕　以前から重く患っていて、返事も言えないほどだったので、行って見舞おうと思うが、公事が差し障りになって、二三日ほど経ってから出かけたところ、はやくも亡くなってしまった、訪問がありましたらあなたにお渡しくださいといって書き置いておられる、ということだった。かつて送った菖蒲の根に結びつけられていた手紙を取り出してみると書き付けてあった歌

おり立った三島江の水も涸れてしまったのでしょうか、生えていたあやめの根も枯れてしまいましたよ。あなたの愛情も色あせたのでしょうか、夜離れをすることになりました。

〔語釈〕　**○あせにけむ**　浅す（水が涸れる）に褪す（愛がさめる）を掛ける。自らの衰弱も表すか。**○ねもかれ**　根

も枯れと寝も離れを掛ける。

【補説】 袋草紙・雑談に次のようにある。「大様意に染みぬる事にはよろしき歌出で来るものか」とある例歌中の一話である。

能宣朝臣、斎院宰相と嫁して後、五月五日に送る所の歌

三島江におりたちしよりあやめ草またことざまのねをも見ぬかな

返り事なくして数日をへたり。病悩の由を聞きてその家にいたる。人の曰く、已んぬる後八日をへたりと。ただし遺書あるか。これを見付く。

おりたちし三島の水やあせにけむおひしあやめの根もかれにけり

いのりけんことは夢にてかぎりてよとよむも、この間の事なり。

記事中、能宣は能通の誤り。この前後に能宣の話が出ることに拠る清輔の錯覚かという（『袋草紙考証』）。斎院宰相も四条宰相の誤りか（本集766歌の作者とは別人）。「いのりけんことは夢にて」の歌は後拾遺集・雑二（九四四）に次のよううみえる。

能通朝臣女を思ひかけて石山にこもりてあはむことをいのり侍りけり、あふよしの夢をみて女のめのとのもとにかくなんみたるといひつかはして侍りければかくよみてつかはしける　　四条宰相

いのりけむことは夢にてかぎりてよさてもあふてふ名こそをしけれ

死別をもって恋が結末を迎える。恋部の巻軸に、長い詞書を添えて、この贈答歌を置く意図は重い。しかも、この贈答にみる男女はそれまでの絶えたる恋の歌群での関係とはいささか事情を異にする。清輔には深い思い入れがあったに違いない。

続詞花和歌集巻第十四　別

源道済筑前守にてくだり侍（り）けるにつかはしける　能因法師

ならはねばかりのわかれもかなしきをうとくぞすこしなるべかりける

〔現代語訳〕 源道済が筑前守になって任地に下向しました時に送った歌
慣れていないので、かりそめの別れでも悲しいのに、今度は疎遠に少しなるであろうよ。

〔他出〕 能因集、〔補説〕参照。後葉集・別二五二「道済筑前守になりて、くだりけるに」、三句「かなしきに」。続後拾遺集・離別五三八「源道済筑前守にてくだり侍りけるに」、四句「うとくぞ人に」。

〔語釈〕 **○源道済** 本集作者。**○ならはねば** 「別れをしきみちにまだわがならはねば思ふ心ぞおくれざりける」（貫之集七六〇「近江守公忠のぬしのくだるにおくる」、返事は「せき人におどろかれける君がため心とどめぬときはなけれど」）。

〔補説〕 親友であった源道済との別れ。能因集などによると二人の親しい交流がみられる。道済が筑前守に赴任したのは長和四年（一〇一五）二月一四日。能因集（八一・八二）に次のようにある。注記の寛和は誤り。

道済朝臣筑前になりてくだるに、詠二首送之寛和四

ならはねばかりの別れもわびしきをうとくぞすこしなるべかりける

朝倉や木のまろ殿に君ゆかばあやなんとせやわがこひをらん

平兼盛駿河守になりてくだりけるに　　清原元輔

しらざりつたごの浦波《うらなみ》袖《そで》ひちておいのわかれにくちむものとは

〔現代語訳〕　平兼盛が駿河守になって任地に下向する時に詠んだ歌
知らないでいた、田子の浦の波が袖をぬらして、老いの別れに、朽ちようとするとは。

〔他出〕　元輔集一〇九「兼盛が駿河にまかりしに」、初二句「しらざりき田子の浦なる」、五句「かかる物とは」（冷泉家時雨亭叢書『平安私家集三』所収の坊門局筆本元輔集は「しらさりきたこのうらなみそてひちておいのわかれやか丶るものとは」）。続古今集・離別歌八四二「兼盛駿河になりてくだり侍りけるに」、初句「しらざりき」、五句「かかるものとは」。

〔語釈〕　○平兼盛　本集作者。○たごの浦波　田子の浦、駿河国の歌枕。現在の静岡市清水区蒲原町の海浜。和歌初学抄・所名「駿河たごの浦　ナミタエズタツ」。「駿河なる田子の浦波たたぬひはあれども君をこひぬ日はなし」（古今集・恋歌四八九よみ人知らず「題知らず」）。和歌一字抄「結」に「あさ氷にほもかよはずなりにけりなにをよすらん田子の浦波」（八一五「氷結波不起」六条宮）とみえる。

〔補説〕　兼盛の任駿河守は天元二年（九七九）八月。時に元輔は七二歳であり、まさしく老いの別れであった。なお冷泉家時雨亭叢書『承空本私家集中』所収の元輔集には本歌に続き次のようにあり、671歌に詠み込まれている語句「うとし」、「ならふ」を用いた歌がみえる。

又クラノカミトイフ人カネモリニ
クヤシキハスルガノカミニナリシヨリナドウドハマノウトクナルラン
カネモリ
ウドハマノウトクモアラズワカレヂノコヒシカランヲナラフホドナソ

また兼盛集には次のやうにある。

駿河になりて久しくおとづれざりければ、能宣

あやしきは駿河のかみといひしよりなど有度浜のうとくなるらん

返し

有度浜のうときにはあらず田子の浦のこひしからんをかねてならふぞ

大弐高遠くだり侍（り）けるにつかはしける　　小野宮右大臣

ゆきめぐりあひみまほしきわかれには命《いのち》もともにをしまるゝかな

〔現代語訳〕　大弐高遠が筑紫に下向しました時に送った歌

めぐり戻り再びお会いしたい別れにあっては、互いの命もともに惜しく思われるよ。

〔他出〕　大弐高遠集、〔補説〕参照。万代集・雑歌四・三三三一「宰府にくだりけるとき、人の返りごとに」。続古今集・離別歌八二三「大宰大弐高遠筑紫にくだりけるに、装束つかはすとて」（返しとして「君がよのはるかにみゆるたびなればいのりてぞゆくいきの松原」も載る）。

〔語釈〕　**〇大弐高遠**　本集作者。**〇ゆきめぐり**　帰京を意識した表現。「したの帯の道はかたがたわかるともゆきめぐりてもあはむとぞ思ふ」（古今集・離別歌四〇五友則「道にあへりける人の車にものをいひつきて、わかれける所にてよめる」、奥義抄・下巻が引き「帯は、端は左右にわかるれども引きまはして前にあへば、かの帯のやうにかたかたわかるとも、ゆきめぐりてあはむとはそへたる也」などとある）、「身ひとつにあらぬばかりをおしなべてゆきめぐりてもなどかみざらん」（後撰集・離別羇旅一三二三「みかど御覧じて御返し」、「亭子のみかどおりゐたまうける秋、弘徽殿の壁に書きつけける」の詞書での伊勢詠「別るれどあひもをしまぬももしきを見ざらん事やなにかかなしき」に対する返歌、伊勢集二四〇、大和物

語・一段、大鏡などが引く)。「ゆきめぐりたれもみやこにかへる山いつはたときくほどのはるけさ」(紫式部集一六「返しは、西の海の人なり」、「あねなりし人なくなり、又、人のおとうしなひたるが、かたみにゆきあひて、なきがかはりに思ひかはさんといひけり、ふみのうへにあねぎみとかき、中の君とかきかよはしけるが、おのがじし遠きところへゆきわかるるに、よそながらわかれをしみて」の詞書で「北へゆく雁のつばさにことづてよくものうはがきかきたえずして」に対する)。

〔補説〕 兄高遠との別れ。大弐高遠集(一五一・一五二)に次のようにある。

筑紫にくだりしに、右大殿装束給ふとて

ゆきめぐりあひみまほしき別れには命もともにをしまるるかな

返し

君がよのはるかにみゆるたびなればいのりてぞゆくいきの松原

修行にいでたちけるに、人々まうできあひて、いつほどにかかゝへりきたり侍(る)べきなど

申(し)侍(り)ければ　　前大僧正行尊

かへりこむ日数《ひかず》はいつといひおかじさだめなきよは人だのめなり

〔現代語訳〕 修行に出発した時、人々がやってきて、いつくらいに戻って来られますかなどと言いましたので詠んだ歌

かえりくるだろう日程はいつだと言い置くまい。無常の世は当てにならない、頼りに思わせて実は期待を裏切るものだから。

〔他出〕 千載集・離別歌四八二「修行にいでたち侍りける時、いつほどにかかへりまうでくべきと人のいひ侍りければよめる」、二句「ほどをばいつと」、四句「定なき身は」。定家八代抄。

〔語釈〕　**〇人だのめ**　人を頼りにさせる。「かつこえてわかれもゆくか逢坂は人だのめなる名にこそありけれ」（古今集・離別歌三九〇貫之「藤原の惟岳が武蔵の介にまかりける時に、おくりに逢坂を越ゆとてよみける」）。

675

公資朝臣さがみのかみにてくだりけるにつかはしける　　能因法師

ふるさとをおもひいでつつ秋風《あきかせ》にきよみがせきをこえむとすらん

〔現代語訳〕　公資朝臣が相模守として任地に下向した時に送った歌

　君は故郷を思い出しながら、秋風の中を清見が関を越えようとするのであろうか。わたしも旅中のあなたを思うことだ。

〔他出〕　能因集八八「公資朝臣のさがみになりてくだるに」（「寛仁四年云々」の注記がある）。新千載集・離別歌七五四「大江公資朝臣さがみになりてくだりけるにつかはしける」。

〔語釈〕　**〇公資朝臣**　本集作者。**〇ふるさと**　住み慣れた都をいう。**〇きよみがせき**　清見が関、駿河国の歌枕。現在の静岡市清水区興津。和歌初学抄・所名「駿河きよみが関　海辺也、波ノマヲハカリニスグ、サレバナミノセキモリトイフ」。

〔補説〕　親友であった公資との別れ。公資の相模守任官は治安元年（一〇二一）から万寿二年（一〇二五）の間と推定されている。妻の相模を伴って下向した。本歌について、川村晃生『能因集注釈』（11歌〔補説〕に前掲）は白氏文集・巻九「出ニ関路一」の「山川函谷路、塵土游子顔、蕭条去レ国意、秋風生ニ故関一」を重ねて読むべきと説く。白詩は新撰朗詠集・雑六〇二「行旅」に載る。

隆家帥くだり侍（り）けるにあふぎ給はすとて　　　　　　枇杷殿皇后宮

すゞしさはいきの松原《はら》まさるともそふるあふぎの風なわすれそ

〔現代語訳〕　隆家が大宰帥として下向しました時に扇を贈ると言って詠み添えた歌
　涼しさは、あなたの行き先にある、生の松原がまさっているとも、あなたの身にそえる扇の風を忘れてくれるな。

〔他出〕　栄花物語・第一二「玉のむら菊」、「かくて帥中納言、祭の又の日下り給ふべければ、さるべき所々より御馬のはなむけの御装束どもある中に、中宮もとより御心よせ思ひきこえさせ給へりければ、さべき御装束せさせ給ひて、御扇に」。今鏡・藤波の上「藤波」、「隆家の帥くだりけるに、この宮より扇たまはすとて」。新古今集・離別歌八六八「大宰帥隆家くだりけるに、あふぎたまふとて」。

〔語釈〕　**○隆家**　藤原隆家は中関白道隆の子、中宮定子の弟、伊周の同母兄。その太宰府赴任は長和四年（一〇一五）四月。〔他出〕にあげた栄花物語参照、また御堂関白記によれば四月二一日に本歌作者妍子中宮の方へ出発の挨拶に参上している。道長の次女である作者にとって隆家は従兄。**○いきの松原**　生の松原、筑前国の歌枕。現在の福岡市西区の今津湾沿い。和歌初学抄・所名に「筑後いきの松原　命ニソフ、ユクニモ」とある。生に行きを掛ける。「みやこへと生の松原いきかへり君がちとせにあはんとすらん」（後拾遺集・雑五・一一二八源重之「一条院御時大弐佐理筑紫に侍りけるに御手本かきにくだしつかはしたりければ思ふ心かきてたてまつらんとてかきつくべき歌とてよませ侍りけるによめる」、袋草紙・下巻に引く後拾遺問答にみえる）。新勅撰集・羈旅歌に「宇佐使餞に」の詞書で顕輔の詠「たちわかれはるかに生の松ほどはちとせをすぐす心ちせむかも」（五〇八）がみえる。〔補説〕参照。

〔補説〕　六条修理大夫集に次のようにある（一二五、一二六）。
　筑紫へくだらんとせしに永縁僧都鹿毛なる馬をおこせて

たちわかれはるかに生の松なれば恋しかるべき千代のかげかな

返し

波ぢわけはるかに生の松なれば心づくしに恋しかるべし

右の永縁詠「たちわかれ」は、詞花集・別に「修理大夫顕季、大宰大弐にてくだらむとし侍りけるに、馬にぐしていひつかはしける」（一八五、後葉集・別二五〇にも）の詞書で入集する。

修理のかみ顕季はりまのすけにくだりけるとき、河じりまでおくりにまかりて、船こぎはなるゝほどばかりに、霞《かすみ》わたれりけるを見てよめる　津守国基

しまがくれこぎゆくまでも見るべきにまだきへだつる春《はる》の霞《かすみ》か

〔現代語訳〕　修理大夫顕季が播磨の介として任地に下向した時に、川尻まで見送りに行って、泊を船が漕ぎ離れるころくらいになると、霞があたり一面にたってきたのをみて詠んだ歌

島かげにかくれてこぎ行くまで、あなたの乗った船を見送るつもりなのに、早くもへだてる春の霞か、別れの名残惜しさよ。

〔他出〕　津守国基集七二「修理大夫の播磨くだりに、いちの州までおくりきこえ侍りしに、船こぎはなるるほどに、霞のへだてしかば」。新続古今集・離別歌九〇一「修理大夫顕季播磨の介にてくだりける時、川尻までおくりにまかりて、船こぎはなるるほどはるかに霞わたれるをみて」。

〔語釈〕　○河じり　淀川河口の泊ととる。現在の大阪市東淀川区江口あたり。694歌にも。詞花集・雑下に「帥前内大臣播磨へまかりけるともにて、河じりをいづる日よみ侍りける」の詞書で大江正言詠「思ひいでもなきふるさとの山なれどかくれゆくはたあはれなりけり」（三九一）が入集。

〔補説〕 顕季が播磨介になったのは嘉保元年（一〇九四）、この年修理大夫にも任じられている（中右記）。その頃の春の作。

678

人の法会お《を》こなふ導師に越前国にまかりて、のぼりなんとするとき、あるじわかれを《お》しみけるに

天台座主源心

ながらへてあるべき身としおもはねばわするなとだにえこそちぎらね

〔現代語訳〕 ある人の法会を催す導師として越前国に出かけて、法会後に上京しようとする時、その願主である人が別れを惜しんだので詠んだ歌

とても生きながらえるような身とは思われないので、忘れてくださるなとさえお約束できないことだ、なんともつらい別れだ。

〔他出〕 千載集・離別歌四八八「人の法会おこなひける導師に、越前国にまかりてのぼりなむとする時、かの国の願主わかれをしみけるに、よみ侍りける」。

〔語釈〕 **○わするなとだに** 「ゆく人もをしむ涙もとどめかね忘るなとだにえこそいはれね」（久安百首一〇九三堀河、後葉集・別二六一などにも）。

679

つくしなりけるを《お》とこ京へのぼるとて、かどでの所より女のもとに、のぼるべきここちなんせぬなどいへりけるかへりごとに

女

あはれとしおもはむ人はわかれじを心は身よりほかのものかは

〔現代語訳〕 筑紫にいた男が都へ上るというので、門出のところから女のもとに、上京するような気持ちになれないなど言った返事に詠んだ歌

本当にいとしいと思っている人は別れないだろうに、心は体と別のものでしょうか。

〔他出〕 千載集・離別歌四八九「つくしにまかりける男京にのぼるとて、かどでの所より女のもとに、のぼるべき心ちなんせぬといへりける返事につかはしける」、作者表記「よみ人知らず」。

〔語釈〕 **○かどでの所** 出発の前に吉日吉方を選んで移る場所。**○心は身よりほかのものかは** 心は体と別なものではないはずだ。つまり、今さら京に上るべき心地がしないなどと本心かしら、あなたがわたしをいとしいと思うなら別れはしないだろうにの意。

〔補説〕 千載集も同じ並びで採る。

とほく《を》まかりける人に餞すとて　　賀茂政平

かへりこむほどをまつこそひさしけれ行するとほ《を》きたびのわかれは

〔現代語訳〕 遠国へ出かける人を送別する宴にて詠んだ歌

帰ってくる間を待つことは久しく、ほんとうに長い間に思われる。とくに行き先の遠い旅の別れに際しては。

〔語釈〕 **○餞す** うまのはなむけ（別れる人を送る宴）をする。後拾遺集・別に「大江公資朝臣遠江守にてくだり侍りけるに、しはすの二十日ころにむまのはなむけすとてかはらけとりてよみ侍りける」の詞書で源為善の詠「暮れてゆく年とともにぞわかれぬる道にや春はあはんとすらん」（四八九）がある。**○行するとほきたび** 遠隔地への旅と待つ期間の長さをもいう。「武蔵野を霧のたえまに見わたせばゆくするとほき心ちこそすれ」（後拾遺集・賀四二七、平兼盛「（入道摂政の賀し侍りける）同じ屏風に武蔵野のかたをかきて侍りけるをよめる」）。

681

題《たい》しらず

神祇伯顕仲

かへりきて見るべき身としおもはねばけふのわかれのあはれなるかな

〔現代語訳〕

帰ってきて、また会える身とも思わないので、見納めと思うと今日の別れはしみじみとしたものだ。

〔他出〕 堀河百首・雑一四七八「別」、二三句「みるべき身ともたのまねば」。新続古今集・離別歌九〇七「堀河院の御時百首歌に」、二三句「みるべき身ともたのまねば」。

〔補説〕 堀河百首の詠進歌が「題知らず」で載る五首中（616・641・681・716・915、このうち四首は十四人本にみえない顕仲と永縁の歌）の一首。

682

僧都覚雅

心《こゝろ》をも君をもやどにとゞめおきて涙《なみた》とゝもにいづるたびかな

〔現代語訳〕

心もあなたも家にとどめおいて、わたしは涙とともに出立する旅であるよ。

〔他出〕 千載集・離別歌四九二「百首歌よみ侍りけるとき、別れの心をよめる」。

〔補説〕 681歌同様、千載集の詞書によれば百首歌。作者覚雅は久安百首の作者として選ばれていたが披講が遅れている間に亡くなった（久安二年）ので、本歌は当初の久安百首詠として詠まれた作か。家族を残して旅立つ側の作。

683

ころも川《かは》みなれし人のわかれにはたもとまでこそ波《なみ》はたちけれ　源重之

〔現代語訳〕

なれ親しんだ人との別れには、衣川の水に浸りなれ、川波の立つように袂まで涙でぬれることだ。

〔他出〕 重之集三一五「（帯刀の長源重之、三十日の日をたまはりて、歌百よみてたてまつらんときはたばんとおほせられければ、たてまつる）うらみ十」、三句以下「わかるれば袂までにぞ波はよせける」。新撰朗詠集・雑五九九「餞別」、三句「別るれば」、五句「波は寄せけれ」。新古今集・離別歌八六五「題知らず」。

〔語釈〕 **○ころも川** 衣川、陸奥国の歌枕。現在の岩手県胆沢郡を流れ中尊寺の北で北上川に合流する。和歌初学抄・所名に「陸奥ころもがは　ナミタツナド」とある。852歌にも。なれ（馴れ）、たもと（袂）、たつ（裁つ）は衣の縁語。「袂よりおつる涙は陸奥の衣川とぞいふべかりける」（拾遺集・恋二・七六二よみ人知らず「題知らず」）。**○みなれし** 見馴れと水馴れを掛ける。「みなれにし人をわかれて衣川へだててこひむほどのはるけさ」（能宣集二二七「また、みはつる人のまかり侍るに」）。**○波はたちけれ** 袂に立つ波は涙をたとえた表現。

〔補説〕 涙の連想による並び。

684

十月ばかり女のものへまかりけるに　橘則長

あふことをなにゝいのらんかみなづきを《お》りわびしくもわかれぬるかな

〔現代語訳〕 一〇月のころ、女があるところへ出かけました時に詠んだ歌

再び逢うことを何に祈ろう、神のいない神無月という折から、心細くも別れることであったよ。

〔他出〕 玄々集一二一「橘則長一首越中守 十月ばかりに、女に」、二句「なにいのるらん」。金葉集三奏本・恋下四二九「十月ばかりにわかれける女のもとへつかはしける」。新続古今集・離別歌九〇二「十月ばかり女の遠き所へまかりけるに」。

〔語釈〕 **○ものへまかり** 後拾遺集・雑二に「ものへまかるとて人のもとにいひおき侍りける」と詞書して和泉式部詠「いづかたへゆくとばかりはつげてましとふべき人のある身と思はば」(九二四)がみえる。**○かみなづき** 一○月の異名から神のいない月とした趣向。「なにごともゆきていのらむと思ひしに神無月にもなりにけるかな」(詞花集・冬一四〇好忠「題知らず」)、顕昭注に「十月ニハ出雲ノ大社ニ神アツマリテ他国ニ神オハセヌ故ニカミナシ月ト云也」とある)。

685

あひしれりけるわらはのみちのくにへまかりなんとしけるに、月あかきよ人々わかれを《お》しみて歌よみけるに

実叡法師

おもひいでよこよひの月のひかりをばたれも雲《くも》ゐのよそになるとも

〔現代語訳〕 親しくしていた童子が陸奥国へ出立しようとした時、月の明るい夜、人々が別れを惜しんで歌を詠んだ際に詠んだ歌

今夜の明るい月の光を思い出してくれよ、誰もがはるか遠い雲の彼方に離れるにしても。

〔他出〕 新続古今集・離別歌八八七「あひしれりけるわらはのみちの国へまかりなんとしけるに、月あかき夜人々別れをしみて歌よみけるに」。

〔語釈〕 **○雲ゐのよそに** 古今集・離別歌に「かぎりなき雲ゐのよそにわかるとも人を心におくらさむやは」(三六七よみ人知らず「題知らず」)がみえる。「いまよりは同じ心に月はみむ雲ゐのよそに思はざるべく」(高遠集一一二

「女房にかはりて」、「四月十四日、月のいとあかかりしに、女房のもとにたかのりがいひにおこせたりし」「ここながらひかりさやけき月なれどよそに見るにぞかひなかりける」に対して）。

ものへゆきける人のぬさこひける、やるとて　　読人不知

ぬさはなしこれをたむけのつとにせよけづれば神もなびくとぞきく

〔現代語訳〕 旅に出る人が幣を求めたので、送るといって詠んだ歌

幣はない、これをお供えの土産にしなさいよ、梳づれば髪がなびくように神も服従すると聞いている。

〔他出〕 〈補説〉参照。

〔語釈〕 **○ぬさ** 神に祈願して手向けるもの。和歌初学抄・由緒詞「ぬさ　弊也」。269歌参照。貫之集の詞書に「あひしれる人のものへゆくにぬさやるとてよめる三首」（六二「ゆくけふもかへらむときもたまぼこのちぶりの神をいのれとぞ思ふ」、六三「紅葉をも花をもをれる心をばたむけの山の神ぞしるらん」、六四「ちとせをばつるにまかせてわかるともあひ見んことをあすもとどめん」）とある。**○神もなびく** （櫛でとくと）髪がなびくと神が服従するを掛ける。袖中抄・第七「ユツノツマグシ」があげる「あさまだきたぶさいとなくかきなづる神なびくなりゆつのつまぐし」にみえる表現（斎《ゆ》つの爪櫛《つまぐし》の語義については奥義抄・下巻余問答にも袖中抄同様、日本紀やその注などを引いて説明する）。

〔補説〕 本歌は古今和歌集頓阿序注（『中世古今集注釈書解題』二所収）「一、力をもいれずして天地をうごかし」の項に「又日本紀云、仲哀天皇の御宇に、大和国のなにがし、重代の所領を公へめしあげられて、年久しく訴事申しけれども、かなはずして、家にかへりて」で始まる説話中にみえる。最後の訴訟をすると決意した男が賀茂大明神に暇乞いするべく参詣しようとするが、奉るものがなかったので妻にいうと、

女房おりふし髪をけづりてゐたりけるが、そのくしを紙につつみて歌を読みそへて是ならでは物なしとて遣し

たりける。

ぬさはなし是を手向のつとにせんけづればかみもなびくなりけり

男是を見て、おもしろくあわれに思ひて、歌とくしを御宝殿におさめて、右の歌を七度詠吟して祈念申しゐたりければ、御宝殿うごきて、内よりけだかき御声にて、

我が頼む人いたづらになすならば天の下にて名をばながさじ

その後、道中で起請のかなったことを知る。説話は「ひとへに神納受ましますゆへなり」と結ばれる。袋草紙「希代歌」中の「賀茂の御歌」には賀茂明神の歌として「われたのむ人いたづらになしはてばまた雲わけてのぼるばかりぞ」を載せる。この歌は月詣集の序中（「ただあさゆふにあふぐところは、〈我がたのむ人いたづらになしはてば又雲わけてのぼるばかりぞ〉、このたへなる御ことを思ふに、神の御心をうごかさんこと、やまと歌にはすぐべからず」）、新古今集・神祇歌（一八六一左注「賀茂の御歌となむ」）などにもみえる。

筑前守にてくだれるに、資通大弐、いつとせはててのぼり侍（り）けるにいひつかはしける

藤原経衡

ゆく人をとどめまほしくおもふかなわれもこひしき都《宮こ》なれども

〔現代語訳〕 筑前守として任地に下向していたが、大弐であった資通が、五年の任期が終わって上京しました時に言い送った歌

都に帰って行くあなたをとどめたく思うよ、わたしにとっても恋しい都だけれども。

〔他出〕 経衡集、〔補説〕参照。千載集・離別歌四八五「参議資通、大弐はててのぼりけるに、筑前守にて侍りける時、つかはしける」、初句「行くきみを」。

〔語釈〕○筑前守にて　経衡は天喜二年三月時に筑前守であったことが知られる（宮寺縁事抄筥崎・鎌倉遺文一五七）。**○資通大弐**　資通の大弐在任は永承五年（一〇五〇）九月一七日から天喜二年（一〇五四）一一月二八日まで。底本の表記「大二」。

〔補説〕経衡集（一三七・一三八）には次のようにある。

くだり侍りてほどもなく、資通の大弐、京へのぼらるる別れをしまれて、あはれにくちをしきことを、かたみになげかれてさかづきとりて

ゆく人をとどめまほしく思ふかなわれもこひしき都なれども

返し

年へたる人の心を思ひやれ君だにこふる花の都を

返し　　前大弐資通

年《とし》へたる人の心《こゝろ》をおもひやれ君《きみ》だにこふる花《はな》の都《みやこ》を

〔現代語訳〕返事に詠んだ歌

筑前にて年月を過ごしたわたしの心を思いやってほしい。赴任したばかりのあなたでさえ恋しい花の都を。わたしはその都へ帰る日を待ち望んでいたのだ。

〔他出〕経衡集、687歌の〔補説〕参照。千載集・離別歌四八六「返し」。

〔語釈〕○年へたる人　大弐として五年間任地にあった資通自身。贈歌の「ゆく人」と同じ。**○花の都**　華やかな都をいう歌語。外側から都を把握し対象化した観念的な表現で能因交友圏などの限られた使用がみられる（小町谷照彦「和歌的幻像の追求―能因」『古今和歌集と歌ことば表現』岩波書店、一九九四年）。「五とせはしるしの杉につかへてき

ことしは梅の花の都へ」（玄々集四四「在国卿大弐一首　任はてて京にのぼる時、香椎社にて」）、「わかれてのよとせの春の春ごとに花の都を思ひおこせよ」（後拾遺集・別四六五藤原道信「遠江守為憲まかりくだりけるに、あるところよりあふぎつかはしけるによめる」）。

〔補説〕　花の都への思慕を詠む。

689

河内にくだりてひごろ侍（り）ける人ののぼらむとするとき、きみをおきてかへるそらなきよしなどいへりける返しに　　山口重如

心《こゝろ》をばきみにたぐふるたびなれば我もとどまる心地やはする

〔現代語訳〕　河内に下向して何日かたちました人が上京しようという時、あなたを置いて帰る気がしない由などを言った返事に詠んだ歌

心をあなたといっしょに行かせる旅なので、わたしもとどまる気持ちがしませんよ。ともに上京したいものです。

〔他出〕　新続古今集・離別歌八九九「河内にくだりて日比侍りける人ののぼらむとしける時、君をおきてかへる空なきよしなどいへりける返事に」。

〔語釈〕　**○そら**　気持ち。**○たぐふ**　連れ添う。和歌初学抄・由緒詞「たぐふ　加也《クワウ》具也《グスル》」。「とどむべき物とはなしにはかなくも散る花ごとにたぐふ心か」（古今集・春歌下一三二躬恒「やよひのつごもりの日、花つみよりかへりける女どもを見てよめる」）。

〔補説〕　六条修理大夫集に次のような贈答がみえる（三四・三五）。なお677歌参照。歌中の「ぶち」は鞭。

播磨へくだりしに日のあれしかば、河尻より馬にてかちよりまかりしに、馬にのりし所にて馬のくちをと

りて、住吉の神主国基

もろともにぶちはあげねどしたはるる心は君におくれざりけり

といひかけしかば、返し

心をば同じ道にはたぐふともなほ住吉の岸はせじかし

津守国基集（一四一、一四二）には

同じ人の播磨くだりに、かちぢなりしかば

もろともにむちはあげねどしたはるる心は君におくれやはする

返し

心をば同じ道にはたぐふともなほ住吉の岸もせじかし

いよのくにに侍るころ、守ののぼりけるときよめる　　能因法師

ことしげきみやこなりともさよふけて浦《うら》になくたづおもひお《を》こせよ

〔現代語訳〕伊予の国におりましたころ、国守が都に上る時に詠んだ歌

あれこれ忙しい都であっても、夜が更けて浦で鳴く鶴を思い出してください。

〔他出〕能因集二一二「大守上洛之時送之」。続後拾遺集・離別五五〇「伊予国に侍りけるころ、守ののぼりけるによみてつかはしける」、四句「浦になくつる」。

〔語釈〕〇守　能因の旧友である藤原資業。長暦三年（一〇三九）正月二六日に伊予守に任じている。能因は資業をたよって伊予国にくだった。目崎徳衛「能因の伝における二、三の問題」（『平安文化史論』桜楓社、一九八八年）参照。資業は任期中にも時折上洛したらしく、後拾遺集・羈旅に「伊予国より十二月の十日ころに船にのりて急ぎま

かりのぼりけるに」とあって資業詠「急ぎつつ船出ぞしつる年のうちに花の都の春にあふべく」（五三一）がみえる。**○ことしげきみやこ**　わずらわしい用事が多い都。「ことしげき世をのがれにし深山べに嵐の風も心してふけ」（新古今集・雑歌中一六二五寂然法師「題知らず」、法門百首七二「志楽於静処」が出典）、846歌参照。**○浦になくたづ**　伊予に残る自分を鶴にたとえた。能因のことをいう。能因集の「もしほやくあまとや思ふ都鳥なほなつかしみしる人にせむ」（二〇八）の詞書に「長暦四年春、伊予の国にくだりて、浜に都鳥といふ鳥のあるを見て、ながむ」があり、長暦四年（一〇四〇）は能因五三歳のこと。本歌は能因集の配列により長久二年（一〇四二）のことかと推定される。

691

春《はる》比ちち仲正あづまのかたにすまむとてまかりけるに、人々餞して花下惜別心《こゝろ》をよみ侍（り）けるによめる　源頼行

おもへただかげにかくれぬ人だにもとまらぬ花《はな》はを《お》しくやはあらぬ

〔現代語訳〕　春ごろに父仲正が東国に住もうと出かけた際に、人々が餞別の宴を催して「花の下に別れを惜しむ」の題で詠みました時に詠んだ歌

ただ別れがたい気持ちを察してください。そのかげに隠れない人でさえ、とどまらず散る花はどんなにか惜しいのですから、まして父を頼りにしているわたしは誰より別れがつらく、不安です。

〔語釈〕　**○かげにかくれぬ**　花の陰に隠れると親の庇護を受ける意を掛ける。「しばしだにかげにかくれぬ時はなほうなだれぬべきなでしこの花」（拾遺集・雑春一〇八〇贈皇后宮懐子「一条摂政の北の方ほかに侍りけるころ、女御と申しける時」、義孝集七四にも）。

みちのくにのすけにてまかりける時、範永朝臣（の）もとにつかはしける

高階経重朝臣

ゆくすゑにあぶくま川《かは》のなかりせばいかにかせましけふのわかれを

〔現代語訳〕 陸奥国の介として赴任した時、範永朝臣のところへ送った歌
行き先に阿武隈川があるが、その名のように将来再会することがなかったならば、今日のつらい別れをどうしたらよいのかわからないほど不安です。

〔他出〕 範永朝臣集、〔補説〕参照。新古今集・離別歌八六六「陸奥国の介にてまかりける時、範永朝臣のもとにつかはしける」。

〔語釈〕 **○あぶくま川**　阿武隈川、陸奥国の歌枕。現在の福島県の旭岳を発し阿武隈山地の北を流れて宮城県南部で海に注ぐ。和歌初学抄・所名「陸奥あぶくま河　ワタリガタシナド」。ここは会ふを掛ける。金葉集・雑部上に「橘為仲朝臣陸奥守にて侍りけるとき、延任しぬと聞きてつかはしける」と詞書して藤原隆資詠「待つわれはあはれやそぢになりぬるを阿武隈川の遠ざかりぬる」（五八一）がみえる。散木奇歌集に酷似した詠「ゆく末に阿武隈川のなかりせばけふのわかれをいきてせましや」（七三七「陸奥国へまかりける人に別れをしみてよめる」）がある。「君がよに阿武隈川のそこきよみちとせをへつつすまむとぞ思ふ」（詞花集・賀一六一道長「一条院、上東門院に行幸せさせ給ひけるによめる」、賀部の巻頭）。

〔補説〕 範永朝臣集（冷泉家時雨亭叢書『承空本私家集中』所収）に次のようにある。

ミチノクニノカミノリシゲガ、国ヘクダルトテカクイヘル

ユクスヱニアブクマガハノナカリセバイカニカセマシケフノワカレヲ

返シ

693

キミニマタアブクマガハヲマツベキニノコリスクナキワレゾカナシキ

かへし　藤原範永朝臣

きみにまたあぶくま川《かは》をまつべきにのこりすくなきわれぞかなしき

〔現代語訳〕返事に詠んだ歌

あなたに再び会う機会を待ちたいのだが、余命の少ないわたしは悲しいばかり。

〔他出〕範永朝臣集、692歌〔補説〕参照。新古今集・離別歌八六七「返し」。

〔語釈〕○のこりすくなき「かぞふるにのこりすくなき身にしあればせめてもをしき年の暮れかな」（金葉集・冬三〇一藤原永実「摂政左大臣家にて各題どもをさぐりてよみけるに、歳暮をとりてよめる」、左注「この歌よみて年のうちに身まかりにけるとぞ」）。

694

源惟盛年《とし》ごろ侍る者《物》にてことなどをしへけるを、土佐国へまかりける時、お《を》くりに河《かは》じりまできたれりけるに、ことの双調には滄海波曲といふことのあるを、そのあひだのことなど申（し）て、かたみにもおもへなどいひてよみ侍（り）ける　前中納言師長

をしへお《を》くかたみのことをしのばなんみはあを《お》うみの波《なみ》にながれぬ

〔現代語訳〕源惟盛は長年仕えていた者で琴などを教えていたが、土佐国へ流される時、送りに淀の河口まで見送りにきたが、琴の双調に滄海波の曲があることを、あれこれの事情などを言い伝えて、記念に思ってくれなど言って詠みました歌

教え置く形見のことを（琴の双調、秘曲を忘れずに）しのんでほしい。わたしは青い海原の波に流され配所に行ってしまうが。

〔他出〕今鏡、〔補説〕参照。月詣集・別一五七「中納言の時、おほやけの御かしこまりにて土佐国へ下向のをり、式部丞源惟盛が播磨まで送りてかへりけるに、年ごろ琴をならひ侍りければ、青海波秘曲のことかきて給ひけるに」、二句「かたみをふかく」。千載集・離別歌四九四「源惟盛年ごろ侍るものにて、箏の琴など教へ侍りけるを、土佐国にまかりける時、河じりまで送りにまうできたりけるに、青海波の秘曲の琴ぢたつることなど教へ侍りて、そのよしの譜かきてたまふとて、奥にかきつけて侍りける」、二句「かたみをふかく」。保元物語、十訓抄など。

〔語釈〕**○河じり**　677歌参照。**○滄海波**　十訓抄に詳しく記される。その伝承によると、清輔が青海波との違いを主張しても人々が信用しなかったが、琵琶の師によって廃絶した秘曲であるなどが解明される。**○かたみのこと**　記念（形見）となる（秘曲伝授の）事（琴を掛ける）。**○あをうみの波**　海路と秘曲の名を掛ける。

〔補説〕詞書「双調」は底本「羽調」とあるのを改めた。作者師長が保元元年（一一五六）、父頼長に連座して土佐に配流になった時の詠。惟盛は師長の前駆として台記に「縫殿助源惟盛陪従」（久寿二年四月二〇日条、陪従は地下の楽人）などとあり、胡琴教録などにも名がみえる。師長が土佐に流罪になるときに秘曲を陪従（名は様々に伝えられる）に伝授した説話は諸書にある。人口に膾炙された本歌をめぐる伝承の最も早い時点に成立したのが本集であり、この話を世の広める先鞭をつけたといえる（河合一也「『続詞花集』別部の配列構成について」『語文』第75輯、一九八九年一二月）。今鏡・藤波の中「飾太刀」に、次のようにある。

都別れて、土佐の国へおはしけるに、これもりとかやいふ陪従、御送りに参りける道にて、箏の琴のえならぬ調べ伝へ給ふとて、その奥に、歌詠み給へりけるこそ、あはれに悲しくうけたまはりしか。

教へおくかたみを深くしのばなむ身は蒼海の波にながれぬ

とかやぞ聞き侍りし。蒼海はかの調べの心なるべし。いとかなしくてやさしく侍りけることかな。

695

はなれにけるをとこのとほ《を》きほどへゆくを、いかがおもふといひたる人に

和泉式部

わかれてもおなじみやこにありしかばいとこのたびの心ちやはせし

【現代語訳】 離婚した男が遠国へ行くのを、どのように思うかと言ってきた人に詠んだ歌

いままでは別れても同じ都にいたので、遠く離れる今度の旅のようにはそれほどつらい気持ちはしていませんでした。

【他出】 和泉式部集一八三「さりたる男の、遠き国へゆくを、いかがきくといふ人に」。赤染衛門集、【補説】参照。千載集・離別歌四九〇「はなれにける男の遠きほどにゆくを、いかが思ふといひて侍りければつかはしける」。

【語釈】 **○はなれけるをとこ** 離婚した夫。赤染衛門集などから、橘道貞と知られる。道貞が寛弘元年（一〇〇四）陸奥守として赴任した折のこと。三月一八日に道長から餞の盃を賜っている（御堂関白記）。この年、和泉式部は帥宮（敦道親王）とすでに恋愛中であった。**○いひたる人** この人は赤染衛門。**○このたび** （今）度と（此の）旅を掛ける。離婚していたが、その元の夫が遠国に旅立つという今度は悲しい思いがひとしおだ。

【補説】 赤染衛門集（一八三、一八四）に次のようにある。630・631歌参照。

道貞陸奥になりぬと聞きて、和泉式部にやりし

行く人もとまるもいかに思ふらん別れてのちのまたの別れは

返し、式部

別れても同じみやこにありしかばいとこのたびの心ちやはせし

なお、赤染衛門の詠は後拾遺集・別に「橘道貞式部を忘れて陸奥国にくだり侍りければ式部がもとにつかはしける」の詞書で入集（四九一）。

696

をはりのくにに京よりくだれりけるを《お》とこかたらひつきにけるを、のぼりなむとしける時、あすののぼりはかならず侍（る）べきにやとたづね侍（り）けるに、しぬばかりおぼゆればあすはいくべきここちせぬよしを申（し）て侍（り）ければ

傀儡あこ丸

しぬばかりまことになげく道《みち》ならばいのちとともにのびよとぞおもふ

〔現代語訳〕 尾張国に都より下向した男と親しくなったのを、上京しようとした時、「明日の上京は必ずなさらなければなりませんか」と尋ねると、死ぬような思いがするので、明日は行く（生きている）気持ちがしない事を言ってきましたので詠んだ歌

死ぬほどに本心から嘆く道中ならば、命とともに出発の日程も延びよと思うことです。

〔他出〕 新続古今集・離別歌九〇〇「尾張の国に京よりくだれりける男のかたらひつき侍りけるが、あすのぼりなんとしける時、しぬばかりおぼゆればいくべき心ちせぬよしいひけるに」。

〔語釈〕 **○京よりくだれりけるをとこ** 新勅撰集・羇旅歌に入集する道因法師詠「しぬばかりけふだになげく別れぢにあすはいくべき心ちこそせね」（五〇九「題知らず」）から道因法師に比定される。鈴木徳男「傀儡あこ丸と道因法師」（『ぐんしょ』25号、一九九四年七月）参照。**○しぬばかり** 前項の新勅撰集の入集歌を指すか。いくべきここちは行くと生くを掛ける。

〔補説〕 詞花集・別（一八六）に次のような傀儡の詠がみえる。なお887歌参照。

東へまかりける人のやどりて侍りけるが、あかつきにたちけるによめる

くぐつなびく

はかなくもけさの別れのをしきかないつかは人をながらへてみし

二条太《大》后宮の式部にいひわたるを、つれなくてすぐるほどに、まめなる人につきてあづまのかたへゆきけるが、あはづといふ所よりかへる人につけて、くずのはのかへらんをまてなどいへりければ、くにへお《を》ひていひつかはしける　　左京大夫顕輔

697

あはづののくずのすゑばのかへるまでありやはつべき露《つゆ》のいのちは

〔現代語訳〕二条太后宮に仕える式部にながく言い寄っていたが、冷淡にされて過ぎているうちに、ある誠実な人に添い随って東国の方に行ったが、粟津という所から帰京する人に言付けて、葛の葉が返るまで待てなど言ってきたので、国に追って言い送った歌

粟津野の葛の末葉が裏返るように、逢わないまま、あなたが帰るまで生きていようか、今にもはてる露のようにはかないわが命は。

〔他出〕顕輔集、〔補説〕参照。新続古今集・離別歌八八三「二条太皇太后宮式部にいひわたりけるを、つれなくてすぐるほどにこと人につきて東の方へ行きけるが、粟津といふ所よりかへる人につけて、葛の葉のかへらむをまてなどいへりければ、国へおひていひつかはしける」。

〔語釈〕**○二条太后宮**　白河院皇女、令子内親王。748歌参照。**○くずのはのかへらんをまて**　〔補説〕にあげた顕輔集によれば女（式部）の詠五一を指す。くずの葉が風に吹かれて裏返ることから帰るにかかる（恨みを響かせる）。すぐに帰るから忘れずに待っていてほしいの意。630・631歌参照。露は葉の縁語。**○あはづの**　粟津野、近江国の歌枕。現在の滋賀県大津市膳所。琵琶湖岸、瀬田川西岸の一帯。和歌初学抄・所名「近江あはづの　アハズト

モ」。逢は（ず）を掛ける。兼盛集に「駿河へくだるに、粟津といふ所に恵慶がきたるにあはねばかく」という詞書で「うらめしき里の名なれや君にわが粟津の原のあはでかへれば」（一二、返事二首のうち一四は「粟津野のあはで帰れば勢田の橋こひてかへれと思ふなるべし」、恵慶集一六二・一六三にも「兼盛が駿河の守になりてまかるに、粟津といふ所にやどりたるに、まかりたれど、いみて、あはざりければ」の詞書で載る）。

〔補説〕 顕輔集（五一・五二）に次のようにある。女の歌は「わするなよ別れ路におふる葛の葉の秋風ふかばいまかへりこん」（拾遺集・別三〇六よみ人知らず「題知らず」、抄一九九）をふまえている。

つれなくてすぐる女の、人にかたらひつきて東の方へなむ、ときけば、心ぼそく思ひをるに、粟津といふ所よりいひおこせたりし

わするなよ粟津の原のあはずともいまかへりこん葛のすゐ葉に

返し

粟津の野葛のすゑ葉のかへるまでありやはすべき露の命は

続詞花和歌集巻第十五　旅

みちのくにのすけにてまかりくだりけるにいひつかはしける

橘為仲朝臣

わかれしはきのふばかりとおもへどもみちにて年《とし》のくれにけるかな

〔現代語訳〕 陸奥国の介として任地に下向した折に詠んで送った歌

出立のときお別れしたのは昨日のことのように思いますが、道中にて年は暮れてしまったことです。

〔他出〕 為仲集一四〇「くだりつきて、京へ、頼俊がもとへいひつかはす」。

〔語釈〕 **○みちのくにのすけにて** 「すけ（介）」とあるが為仲集などによれば「守」の誤りか。為仲が陸奥守に任ぜられたのは承保三年（一〇七六）のこと。水左記の同年九月一二日条に「此間陸奥守為仲朝臣入来、示下昨日所二送与一馬之悦上」とあり、その年の暮れに任地に着いた。**○みちにて** 「雪深くゆくあづまぢはとひくれどみちにて春にあひぬべきかな」（伊勢集四五九「大雪に旅ゆく人、十二月つごもりに」、左注「これは中務が集にもいれり」）。為仲集によれば、一二二（「陸奥国の守になりてくだらんとし侍りしに、式部大輔実綱が七条の泉にて、わかれをしみ侍りしに」、この時の実綱詠は金葉集・別に入集、本朝続文粋には敦宗の歌会の序が載る）以下、一三八（「十一月七日、白河の関を過ぎ侍りしに」）、一三九（「武隈にて、国の人いできたりていはく、古へは松侍りけり、うせて久しうなりけれども、国の司いらせ給ふ時、かならず松の枝をもとめて、かくたて侍るなり、さきざき物の心をしらせ給へる人は、ここにて歌をなむよませたまふ、といへば」）まで、道中の詠がまとまって配されている。715歌参照。

〔補説〕　本歌を送った相手が為仲集の詞書に「頼俊」とみえる。源頼俊は為仲の前前任の陸奥守であり、任国に下るに先だって陸奥の情況などを聞いたりしたので下りついてすぐ歌を送ったのであろうという（石井文夫『橘為仲集全釈』笠間書院、一九八七年）。

　また為仲の歌は本集において旅部の二首（本歌と715歌）のみで、河合一也「『続詞花集』旅部の配列構成について」（『語文』第76輯、一九九〇年三月）は「清輔の為仲に対する認識・評価はやはり国守として各地に赴いた旅の歌人」にあったと述べる。

　現存する為仲の家集は三系統に分類され、一類（伝西行筆本など）と二類（真観本など）は全く別個のもので、三類（郡書類従本など）はその合体した形。新編国歌大観は便宜に三類を底本にしており、本注釈もそれによったが、本集入集歌二首は二類に属する。

題不知　　　　源盛家朝臣

あづまぢをおもひたちしはとほ《を》けれどたづねきにけりしらかはのせき

〔現代語訳〕

　東国路を目指して出発したときははるか遠いと思ったけれど、この白河の関に、こうしてはるばるやってきたことだ。

〔語釈〕　○あづまぢをおもひたちし　東路を思いついた（時）。目指した時は遥かに遠いと想像していたが、そこへ実際に訪ねてきたの意。たつに出立する意を掛ける。「やすらはで思ひたちにし東路にありけるものかはばかりの関」（後拾遺集・雑五・一一三六実方「陸奥に侍りけるに中将宣方朝臣のもとにつかはしける」）。○しらかはのせき　白河の関、陸奥国の歌枕。101歌参照。「こえぬより思ひこそやれ陸奥の名にながれたる白河の関」（堀河百首一四二三紀伊「関」）。

〔補説〕 永久三年（一一一五）一〇月二六日忠通家後度歌合（二十巻本の注記に「同夜講了　当座被下題奥州所名探分左右」とあり、兼題の歌合に引き続き同じ日に行われたので後度歌合と称する）「白河関」に詠んだ歌。題知らずにしているのは現実味を強めるためか。

御形宣旨

みやこにてこしぢの空《そら》をながめつつ雲《くも》ゐといひしほどにきにけり

〔現代語訳〕

都において越路の空をながめながら、はるかかなたといっていたあたりに来たことだ。

〔他出〕 玄々集七五「みあれの宣旨二首」、四句「雲ゐにききし」。新古今集・羈旅歌九一四「題知らず」。

〔語釈〕 **○こしぢ** 越路、北陸路。「よそながらよをそむきぬときくからに越路の空はうちしぐれつつ」（金葉集・雑部下六一四藤原通宗「範永朝臣出家してけりと聞きて、能登の守にて侍りけるころ国よりいひつかはしける」）。越に来しを掛け結句の「きにけり」と響かせる。「思ひきや越路の雪をふみ分けてきませる君にあはん物とは」（為仲集一一五「十月つごもりごろに、雪降りたるに、信濃の守たかもとがまうできてあそびしに」、返しは「今さらにいなと思ひし道なれど君にあふちのせきぞうれしき」）。**○雲ゐ** はるかな遠方の意。

つのくになるところにしほゆあみにまかれりけるころ、中納言国信せうそこして侍（り）けるに　　　肥後

草まくらささがきうすくあしのやはところせきまで露《つゆ》ぞお《を》きける

〔現代語訳〕　摂津国にあるところに潮湯あみに出かけていたころ、中納言国信が便りをくださいましたので詠んだ歌

葦屋に旅寝して、めぐらした笹の垣がうすくて小屋は所狭しとばかり露がおいています。

〔他出〕　肥後集一七二「しほゆのことに、津の国わたりにかりやのものはかなきにゐて、みやこもこひしうつれづれなれば、人のがり」、二句「ささがきうすき」。散木奇歌集・旅宿、〔補説〕参照。万代集・雑歌四・三四四九「旅歌」、作者表記「俊頼朝臣」、二句「ささがきうすき」、五句「袖ぞ露けき」。夫木抄一四九八八「俊頼朝臣のもとへ、旅なる所にて」、作者表記「二条太皇太后宮肥後」、二句「ささがきうすき」、五句「袖ぞ露けき」（俊頼の返し「ささがきのうすきあし屋の露けさにしほれにけりと見えもするかな」が載る）。玉葉集・旅歌一一八七「旅歌の中に」、作者表記「俊頼朝臣」、二句「ささがきうすき」、五句「袖ぞ露けき」。

〔語釈〕　**○しほゆあみ**　潮湯浴み。病気療養のためにした。都から摂津の海岸に出かけたことが知られる。基俊集に「つきごろわづらふこと侍りて、しほゆあみんとて津の国のかたにまかりて、ゆあみはてのぼり侍りしかど、なほやまひやみ侍らざりしかば、心ぼそく思ひ給へ侍りしに、松の木あまたたてる所をすぎ侍りしに、ここはいづくぞととひ侍りしかば、みかげの松となんいふと人の申ししかば」の詞書で「世にあらばまた帰りこん津の国のみかげの松よおもがはりすな」（一四六）とある。詞花集・雑上の「ながゐすなみやこの花もさきぬらんわれもなにゆゑいそぐ綱手ぞ」（平忠盛二七五）の詞書「播磨守に侍りける時、三月ばかりに船よりのぼり侍りけるに、津の国に山路といふところに参議為通朝臣しほゆあみて侍ると聞きてつかはしける」など。**○国信**　本集作者。散木奇歌集

では肥後が歌を送った相手が行宗になっており、経緯も違う。〔補説〕参照。本集がなにに拠ったかは不明。**○あしのや** 葦屋、摂津国の歌枕。葦で葺いた小屋を掛ける。現在の兵庫県芦屋市。「あしのやの昆陽のわたりに日はくれぬいづちゆくらん駒にまかせて」（後拾遺集・羈旅五〇七能因法師「津の国へまかりける道にて」）。和歌初学抄・喩来物（ひまなき事には　アシノヤヘブキ　カヤブキ　アシガキ）に和泉式部詠「津の国の昆陽とも人をいふべきにひまこそなけれ葦の八重葺き」（後拾遺集・恋二・六九一など）がみえる。

〔補説〕 散木奇歌集（七五二、七五三、七五四）に次のようにある。

肥後君と修理大夫行宗といひかたらふなかにて、つねに歌よみかはすと聞きけるに、津の国にしほゆあみにまかりてかの国よりかの大夫のもとに

草枕ささがきうすきあしのやはところせきまで袖ぞ露けき

とよみておくりたりけるをみて、この歌の心にてはただのかたらひにてはあらざりけり、とみえければよみてつかはしける

ささがきのうすきあしやの露けさにしをれにけりとみえもするかな

返し　　　　　　　　　　肥後君

あしのやにしをれもふさずかりにても露も心をなににおくらん

万代集、夫木抄、玉葉集は散木奇歌集を元にしたと思われるが、万代集、玉葉集は詠者を、夫木抄は送った相手を誤り、いずれにしても作歌事情を誤解している。

しほゆあみにまかれりけるところちかく、ともなりける人又まかり侍（り）て、かくときき《ゝ》て、たびねのところはうらうら《く》なりとも、みやここ《ゝ》ひしきことはおなじくやなどやうにいへりけるかへり事に　源頼政

きみがすむうらこひしくぞ我はおもふしのぶみやこもたれがゆゑ《へ》そは

〔現代語訳〕 潮湯あみに出かけたところ近くに、仲間の人がまた出かけてきまして、事情を聞いて、旅寝する場所は浦々で異なるけれども、都が恋しいことは同じですねなどと言ってきた返事に詠んだ歌

あなたがいる浦が恋しく、わたしは思いますよ。思い慕っている都も、だれのせいですかね、あなたですよ。

〔他出〕 頼政集、師光集、いずれも〔補説〕参照。

〔語釈〕 **○ともなりける人** 頼政集などでは源師光（師頼の男）。〔補説〕参照。**○うらうらなりとも** 頼政集などで、師光が消息の奥に書いて送ってきた「旅ねするかたは浦々かはれども同じみやこや恋しかるらん」の歌の一節を引く。〔補説〕にあげた師光集では頼政は渡辺に来ていた。松野陽一「歌林苑の原型―難波塩湯浴み逍遙歌群注解―」（『鳥帚　千載集時代和歌の研究』風間書房、一九九五年）は、後撰集・雑三の「難波津をけふこそみつの浦ごとにこれやこの世をうみわたる舟」（一二四四業平「身のうれへ侍りける時、津の国にまかりてすみはじめ侍りけるに」、伊勢物語・六六段）を響かせているという。心心（うらうら）に違うを掛けた表現。なお治承三十六人歌合にも「しほゆあみに河じりにまかりけるに、頼政卿くぼつのかたへまうできぬと聞きてつかはしける」（二八五）として採られる。

〔補説〕 頼政集（三二三、三二四）に次のようにある。

九月ばかりに難波わたりにしほゆあみにまかり侍りしに、侍従師光素覚入道河じりに同じくくだられたり、後侍従のもとより消息つかはしたる奥にかかれ侍りし

旅ねするかたは浦々かはれども同じ都や恋しかるらん

返歌

君がすむ浦恋しくぞわれは思ふしのぶ都もたれがゆゑぞは

師光集（七八、七九）にも次のようにある。

秋のころ、しほゆあみに難波のかたへまかりたりしに、頼政卿もわたのべがかたに侍ると聞きて申しつかはし侍りし

旅ねするかたは浦々かはれども同じ都や恋しかるらむ

返し　　頼政

君がすむ浦かなしくぞわれは思ふしのぶ都もたれがゆゑぞは

新院人々に百首歌めしけるに　　堀河《川》

しのぶべきみやこならねどしかすがのわたりもやらずあはれなるかな

〔現代語訳〕 新院（崇徳院）が百首歌をお召しになった時詠んだ歌

恋しいはずの都ではないけれども、さすがに志賀須香の渡りはわたりきれずに、感慨深いものだ。

〔他出〕 久安百首・羇旅一〇九六。待賢門院堀河集八七「（新院の百首の中の）旅」。

〔語釈〕 **○しかすがのわたり** 志賀須香の渡り、三河国の歌枕。現在の愛知県宝飯郡豊川の河口。和歌初学抄・所名に「三河しかすがの渡　サスガナルコトニ」、同由緒詞に「しかすが　サスガ也」とある。地名に「そうではあるが」、「さすがに」の意を掛ける。「惜しむともなきものゆゑにしかすがの渡りときけばただならぬかな」（拾遺集・別三一六赤染衛門「大江為基あづまへまかりくだりけるに、あふぎをつかはすとて」）。「思ふ人ありとなけれどふるさと

はしかすがにこそ恋しかりけれ」（後拾遺集・羈旅五一七能因法師「しかすがの渡りにてよみ侍りける」）、「ゆく人もたちぞわづらふしかすがの渡りや旅のとまりなるらん」（金葉集・雑部上五八三藤原家経「屏風の絵にしかすがの渡り行く人たちわづらふかたかけるところをよめる」）など。枕草子・一八段に「渡りはしかすがの渡り」、更級日記に「三河と尾張となるしかすがの渡りげに思ひわづらひぬべくをかし」とある。

704

みまさかのすけにて侍（り）けるとき、国にて月を見てよみける

左京大夫顕輔

すぎつらむみやこのこともとふべきに雲《くも》のよそにもわたる月かな

〔現代語訳〕 美作国の介として任地におりました時、美作国において月を見て詠んだ歌

東方の、過ぎてきただろう都のこともたずねるべきなのに、雲のかなたに通り過ぎて行く月であるよ。

〔他出〕 顕輔集三八「美作にて月を見て」。秋風集・羈旅歌一〇一二「みまさかになりてくだりて、月のあかかりける夜よめる」。続古今集・羈旅歌八八六「みまさかになりてくだりて、月のあかかりけるよよめる」。

〔語釈〕 **○みまさかのすけ** 美作国の介（次官）として顕輔が下国したのは天治元年（一一二四）から大治元年（一一二六）。井上宗雄『平安後期歌人伝の研究』（増補版、笠間書院、一九八八年）参照。**○雲のよそ** 「心をばいかにも君につくせども雲のよそにて年をふるかな」（六条修理大夫集一四六「追従の恋」）、「雁がねの雲のよそなる玉づさに心も空になりぞはてぬる」（清輔集二六六「見書恋」）。他にも重家集（一一五）、永暦元年（一一六〇）清輔家歌合（十三番左・大輔）などに用例のある措辞であり、袋草紙・下巻にも寛治八年（一〇九四）高陽院七番歌合（「郭公」三番左）の周防内侍詠「よをかさね待兼山の郭公雲のよそにて一声ぞきく」を引く。

〔補説〕 以下、704～711歌は月が詠み込まれている。旅先で月を詠ずる歌群。

705

月前旅宿といふ事を

あたらよを伊勢《いせ》の浜荻《はまおきぉ》をりしきていもこひしらにみつる月かな

藤原基俊

〔現代語訳〕「月の前の旅の宿」という題で詠んだ歌

もったいないこの夜を、伊勢の浜の荻を折りしいて、妻を恋しく思いながらみる月であるよ、家にいたなら妻とみたものを。

〔他出〕基俊集四二「月の前の旅の心」。月詣集・羇旅二六七「月前旅宿といへる心をよめる」。千載集・羇旅歌五〇〇「月前旅宿といへる心をよめる」。中古六歌仙、定家八代抄、近代秀歌、別本和漢兼作集など。

〔語釈〕**○あたらよ**　そのまま過ごすのは惜しい夜。万葉語。「たまくしげあけまくをしきあたら夜を衣手かれてひとりかもねん」（新古今集・恋歌五・一四二九よみ人知らず「題知らず」、原は万葉歌）。**○伊勢の浜荻**　葦のこととすべきか、202歌参照。万葉語。六条修理大夫集に長い詞書を記し「しらずやは伊勢の浜荻風ふけばをりふしごとに恋ひわたるとは」（三三九）がみえる。860・861歌参照。**○こひしらに**　「あまのがはいむかひたちてこひしらにことだにつげむつまどふまでは」（万葉集・巻十・二〇一五、三句の西本願寺本による訓は「コフラクニ」、本文「恋等尓」）。

706

あかしに人々まかりて、月の歌よみけるに

ふるさとをおもひやりつゝながむれば心ひとつにくもる月かげ

登蓮法師

〔現代語訳〕明石に人々出かけて、月の歌を詠んだときの歌

故郷を思いやりながらながめると、そういうわが心ひとつのためにくもる月の光だ。

〔他出〕新続古今集・羇旅歌九二五「明石に人々まかりて月をみて歌よみけるに」、歌仙落書「明石といふ所にて」。

中古六歌仙「旅宿月」（現存の家集はここから登蓮の部分のみ独立したもの、夫木抄などによると別に家集が存在したか）。

〔語釈〕 **○あかし**　明石。播磨国の歌枕。現在の兵庫県明石市。707、723歌参照。**○ふるさとをおもひやりつつ**　「ふるさとを思ひやりつつゆく雁の旅の心はそらにぞあるらむ」（躬恒集二〇「旅の雁ゆく」）。**○心ひとつ**　「たまくしげあけがたにする秋の夜は心ひとつをさめかねつる」（躬恒集四五一「秋」）、「野べまでに心ひとつはかよへどもわがみゆきとはしらずやあるらん」（後拾遺集・哀傷五四三・一条院「長保二年十二月に皇后宮うせさせたまひて葬送の夜、雪のふりて侍りければつかはしける」）。

〔補説〕 松野陽一「登蓮法師の作風」（『鳥帚　千載集時代和歌の研究』風間書房、一九九五年）は、登蓮が歌林苑の人々と有名な歌枕に赴き実際の地で試作した詠と述べている。

707

堀河院御時百首歌たてまつりけるに　　大蔵卿匡房

月かげにあかしの浦をこぎゆけば千鳥《ちとり》しばなくあけぬこの夜《よ》は

〔現代語訳〕 堀河院の御代、百首歌をたてまつりました時に詠んだ歌

明るい月の光のもとで明石の浦をこぎ行くと、千鳥がしきりに鳴いて、この夜は明けてしまったようだ。

〔他出〕 堀河百首・冬九七八「千鳥」、初句「月かげの」（十四人本の中には本集と同じ本文をもつ伝本が見える）。万代集・冬歌一四三四「堀河院御時の百首に」。新続古今集・冬歌六七四「堀河院御時の百首歌に」。

〔語釈〕 **○あかしの浦**　和歌初学抄・所名「播磨あかしの浦　アカキコトニ、月メデタシ」。地名に（月光が）明かしを掛ける。706歌参照。「月かげのさすにまかせてゆく船は明石の浦やとまりなるらん」（金葉集・秋部二〇八藤原実光「水上月をよめる」）。元永元年（一一一八）一〇月一三日忠通家歌合「千鳥」に「旅ねして明石の浦の冬の夜にうらさびしくも鳴く千鳥かな」（二一番左、右中弁雅兼）とみえる。〔補説〕参照。**○千鳥しばなく**　万葉集・巻六に「ぬ

ばたまのよのふけゆけばひさぎおふるきよきかはらにちどりしばなく（知鳥数鳴）」（九三〇）とあり、この万葉歌を本歌にした顕季詠「夜ぐたちに千鳥しばなく楸生ふる清き川原に風やふくらん」（堀河百首九八一「千鳥」）がある。和歌初学抄・由緒詞に「しばなく　数鳴也」とある。**○あけぬこの夜は**　夜が明けたように思われるの意。「近江よりあさたちくればうねの野にたづぞなくなるあけぬこのよは」（古今集・大歌所御歌一〇七一「近江ぶり」）。

〔補説〕　明石の月を詠んだ歌が並ぶ。

後拾遺集・羈旅（五二三、五二四）に次のようにある。

播磨の明石といふところにしほゆあみにまかりて月のあかかりける夜、中宮の台盤所にたてまつり侍りける

中納言資綱

おぼつかなみやこの空やいかならむこよひあかしの月をみるにも

返し

絵式部

ながむらん明石の浦のけしきにてみやこの月は空にしらなん

和歌一字抄「路径」「海路月」には顕輔詠「有明の月の出しほに船出して明石の浦ぞ過ぐる空なき」（五四三）がみえる。

紀伊守にて国にはべりける時、源則重おほやけの御かしこまりにて土佐国に侍（る）をとぶらひにまかれりけるに、月のあかく侍（り）けるよよみける

高階経重朝臣

はるばるとやへのしほぢをかきわけておもはぬかたの月を見るかな

〔現代語訳〕紀伊守として任国にいました時、源則重が勅勘を受けて、土佐国に流されておりましたのを見舞うために出かけていきましたが、月が明るく照っていました夜に詠んだ歌
はるかかなたに潮路をかきわけてきて、思ってもみないところの月をみることよ。
〔他出〕宝物集二一六。
〔語釈〕○源則重　長暦元年（一〇三七）閏四月二〇日、石清水八幡別宮の神人と争闘し土佐に流された、但馬守源則理のことか。高階経重の紀伊守の任期は不明。○おほやけの御かしこまり　勅勘。後拾遺集・雑一に「おほやけの御かしこまりに侍りけるころ賀茂の御社に夜夜まゐりていのりまうしけるに月のおもしろく侍りけるに」の詞書で「かくばかりくまなき月を同じくは心もはれてみるよしもがな」（八四九賀茂成助）がみえる。○やへのしほぢ　遠くはるかな海原。「はるばると八重の潮路におく網をたなびくものは霞なりけり」（後拾遺集・春上四一藤原節信「春難波といふところに網ひくをみてよみ侍りける」）。

旅宿待月心を　　源頼家朝臣
おぼつかなありあけの月のいでかねしいかなる山のふもとなるらん
〔現代語訳〕「旅の宿に月を待つ」という題で詠んだ歌
もどかしいな、有明の月が出かねたこの宿は、どのような山の麓なのであろう。
〔語釈〕○おぼつかな　待ち遠しい意で歌題の「待月」を表現。気がかりだの意を含み、なれない山路に宿る不安を表す。707歌の〔補説〕に引く資綱詠参照。○いかなる山の　「ひねもすに見れどもあかぬ紅葉ばはいかなる山の嵐なるらん」（拾遺集・冬二一五よみ人知らず「題知らず」）。
〔補説〕和歌一字抄「宿」「旅宿待月」六八七（三句「いでねかし」）に載る。

題《たい》しらず　　　　　　　　　　　　　　藤原範永朝臣

ありあけの月も清水《し》にやどりけりこよひはこえじあふさかのせき

〔現代語訳〕
有明の月も関の清水に宿をとったことだ、わたしも月とともにとどまり、この逢坂の関を今夜は越えまい。

〔他出〕 範永朝臣集二三「左大臣殿にて、山路のあかつきの月」、四句「こよひはこえで」。新撰朗詠集・雑「行旅」六二。金葉集三奏本・秋二一一「宇治前太政大臣白河家にて関路暁月といへることをよめる」。千載集・羈旅歌四九八「題知らず」（巻頭歌）。和歌童蒙抄、古来風体抄、定家八代抄、時代不同歌合など。〔補説〕参照。

〔語釈〕 **○清水**　関の清水、近江国の歌枕。逢坂の関にある湧き水。187歌参照。「越えて行くともやなからむ逢坂の関の清水のかげはなれなば」（千載集・羈旅歌五二三定房「中院右大臣家にて、独行関路といへる心をよみ侍りける」）。

〔補説〕 他出文献によると、頼通の歌会での詠歌。長承二年（一一三三）一一月一八日相撲立詩歌合（忠通の依嘱により基俊が撰進）六番にも次のようにある。

六番　右　関路暁月　　　範永
有明の月も清水にやどりけりこよひはこえじ逢坂の関
　左　月前多遠情　孝道
遊子不帰郷国夢　明妃有涙塞垣秋

また、和歌一字抄「暁」「関路暁月」一七七、「路径」「山路暁月」五三二にそれぞれみえる。

みのをにこもらせ給（ひ）ていで給（ひ）けるあかつきに、月のおもしろかりければ

仁和寺宮

このまもるありあけの月のおくらず《を》はひとりや山のみねをいでまし

〔現代語訳〕 箕面に参籠なさって退出なさった暁に、月が興趣深かったので、詠んだ歌
木の間をもれる有明の月が送ってくれなければ、ひとりで山の峰を出たであろうよ、月に見送られて山を出てきたことだ。

〔他出〕 出観集七四五「津の国の箕面にこもりたまへりけるが、それより高野へまゐりたまへりけるあかつき、有明の月を御覧じて」。千載集・雑歌上一〇〇一「箕面の山寺に日ごろこもりて、いで侍りけるあかつき、月のおもしろく侍りければ」。〔補説〕参照。

〔語釈〕 **○みのを** 箕面。摂津国豊能郡、現在の大阪府箕面市。箕面山滝安寺がある。出観集によると、高野山に赴くために退出した折のこと。

〔補説〕 今鏡・藤波の下「志賀のみそぎ」にも次のようにある。
この宮、いとよき人におはして、真言よくならひ給ひ、御手も書かせ給ひ、詩つくり歌詠みなどもよくし給ひき。その御歌多く侍る中に、箕面に籠もりて出で給ひけるに、有明の月おもしろかりけるに、
木の間もる有明の月のおくらずはひとりや秋の峰を越えまし
と詠み給へるとかや。
このあたりの配列は、山路の有明の月の連想による並び。ここまで月の歌群。

712

新院人々に百首歌めしけるに、旅の心を　　　　堀河《川》

みちすがら心《こゝろ》もそらにながめやるみやこの山の雲《くも》がくれぬる

〔現代語訳〕新院（崇徳院）が百首歌をお召しになった時、旅の題で詠んだ歌

道中、心もうわの空になりながらはるか見上げると、都の山は雲に隠れてしまった。

〔他出〕久安百首・羈旅一〇九四。待賢門院堀河集八五「（新院の百首の中の）旅」。後葉集・旅二七四「（百首御歌中に）同じ歌たてまつりけるに」。千載集・羈旅歌五一三「（百首歌めしける時、旅歌とてよませ給うける）」。中古六歌仙。

〔語釈〕**○心もそらに**　心もうつろにとはるかに空を眺めるの意を掛ける。

〔補説〕詞花集・雑下にみえる「思ひいでもなきふるさとの山なれどかくれゆくはたあはれなりけり」（三九一大江正言「帥前内大臣播磨へまかりけるともにて、河じりをいづる日よみ侍りける」）の趣がある（上条彰次校注『千載和歌集』和泉書院、一九九四年）。この正言の作は拾遺集・別では弓削嘉言詠として入集（三五〇「帥伊周筑紫へまかりけるに、河じりはなれ侍りけるによみ侍りける」、新撰朗詠集四五六「山」にも）、また金葉集三奏本・雑上にもみえる（五二八大江正言「ふるさとをうらむることありてわかれけるとき河尻のほどにてよめる」）。

713

題《たい》しらず　　　　式部大輔資業

ふなでしていくかになりぬふるさとは山みゆばかりけふぞきにける

〔現代語訳〕船出をして何日になったか、故郷は山が見えるだけ。今日、はるかここまで来たことよ。

〔他出〕玄々集一五六「（資業二首）故郷を思ふ」。

〔語釈〕 **○いくかになりぬ** 「都出でていくかになりぬ東路の野原しのはら露もしみみに」（久安百首九三崇徳院）。
〔補説〕 旅の途上、山の彼方のふるさと（都）に対する思いを述べる並び。

714

屏風歌　　大江嘉言

山《やま》見ればちかくきぬるをふるさとはいつともしらでまちやわたらん

〔現代語訳〕 屏風歌として詠んだ歌
山をみると、近くまで来ているのに、故郷では、わたしの帰りをいつともしらず、待ち続けていようか。
〔他出〕 大江嘉言集一二「屏風の絵に、旅人、山のせおりて、あなたに家あり、女、すをおしいりてゐたり」、四五句「いつともしらず待ちやわぶらむ」。玄々集九八「（嘉言四首）屏風に山路を行く人あるところに」、五句「待ちやわぶらん」。続古今集・羈旅歌八六二「題知らず」、二三句「ちかづきぬるをふるさとに」、五句「まちやわぶらん」。六華集。
〔語釈〕 **○屏風歌** 大江嘉言集によると、主題となった屏風の絵柄が知られる。旅人が山路をおりてくるが、向かう先の遠方にある家では、旅人の家人であろう女がすだれを押しこんで住んでいる場面が描かれている。
〔補説〕 山を眺めながらも、前二首と違い、帰途の思いを詠む。

715

みちのくにのすけにてまかりける時、しなののみさかをこゆとて
橘為仲朝臣

よそにのみききしみさかはしら雲のうへまでのぼるかけぢなりけり

〔現代語訳〕 陸奥国の介として任地へ下向した時、信濃の御坂を越えるというので詠んだ歌

よそごととしてだけ聞いていた御坂は、実際来てみると、白雲の上までのぼる険しい山道であったことだ。

〔他出〕 為仲集一一八「園原をたちて、御坂を過ぐとて」。万代集・雑歌四・三三七六「御坂を過ぐとてよみ侍りける」。

〔語釈〕 **○みちのくにのすけにて** 698歌参照。為仲集の詞書（園原は御坂の東）や配列（一一二に「越後守にてくだり侍りしに」とあるなど）によると、本歌は越後守の任期が終わり上京する途中での詠と考えられる。為仲の越後守就任は延久元年（一〇六九）から四年で陸奥守着任より以前。**○みさか** 信濃国と美濃国の境、現在の岐阜県中津川市神坂峠。「白雲のうへよりみゆるあしびきの山のたかねや御坂なるらん」（後拾遺集・羈旅五一四能因法師「為善朝臣三河の守にてくだり侍りけるに墨俣といふわたりにおりゐて信濃の御坂をみやりてよみ侍りける」、能因集八九にも「三河にあからさまにくだるに、信濃の御坂のみゆる所にて」としてみえる）。

題不知　　　　権僧正永縁

しら雲のかかるたびねもならはぬにふかき山ぢにひはくれにけり

〔現代語訳〕

このような旅寝も慣れないのに、白雲のかかる深い山道で日は暮れてしまった。深山路の心細さよ。

〔他出〕 堀河百首・雑一三七二「山」。新古今集・羈旅歌九五〇「旅にてよみ侍りける」。

〔語釈〕 **○かかる** （白雲が峰に）かかるとかくある（かかる旅寝）を掛ける。

〔補説〕 堀河百首の詠進歌を「題知らず」として載せる五首中（ほかに616・641・681・915、このうち四首は十四人本にみえない顕仲と永縁の歌）。新古今集は明確に実情歌とする。

深山の旅、白雲の連想としての並び。

717
　　　　　　　　　　　　読人不知
今よりはしのだのもりにやどりせじちえのしづくは雨《あめ》にまされり

【現代語訳】
これからは信太の森に宿をとることはするまい。楠の木の千々の枝から落ちる雫は雨より多かった。

【語釈】　**○しのだのもり**　信太の杜、和泉国の歌枕。630歌参照。和歌初学抄・所名「和泉しのだのもり　木一本アリ、チエトヨメリ」。「日をへつつ音こそまされいづみなる信太の杜の千枝の秋風」（新古今集・秋歌上三〇七藤原経衡「題をさぐりてこれかれ歌よみけるに、信太の杜の秋風をよめる」）など。**○ちえのしづく**　千枝の滴。信太の杜にある楠の大樹の枝々から落ちる滴であろう。「くまもなく信太の杜の下晴れて千枝の数さへみゆる月かげ」（詞花集・雑上二九五実能「題知らず」）、「わが思ふことのしげさにくらぶれば信太の杜の千枝は数かは」（詞花集・雑下三六五増基法師「題知らず」、金葉集三奏本四三三に「女のもとへつかはしける」として入集、玄々集にも）。**○雨にまされり**　「みさぶらひみかさと申せ宮城野の木の下露は雨にまされり」（古今集・東歌一〇九一「陸奥歌」）。

718
　備中介にてくだり侍（り）けるとき、みちにてよみける　　橘道時
しながどりゐなのわたりにたびねしてきびのなか山《やま》いつかこゆべき

【現代語訳】　備中国の介として任地に下向した時、道中で詠んだ歌
猪名のあたりで旅寝をして、吉備の中山をいつ越えることができようか。

〔他出〕玄々集六二「橘道時一首備中守仲遠男 国へ下るとて」、五句「なにか越ゆべき」。

〔語釈〕○しながどり　息長鳥、猪名野の枕詞。「しながとり（志長鳥）ゐなのをくればありまやまゆふぎりたちぬやどりはなくて」（万葉集・巻七・一一四〇摂津作）、「しながどり猪名のふし原とびわたる鴫が羽音おもしろきかな」（拾遺集・神楽歌五八六）。〔補説〕参照。○ゐなの　猪名野、摂津国の歌枕。猪名川流域の平野、現在の兵庫県伊丹市、尼崎市あたり。和歌初学抄・所名「摂津ゐな野　コヤノイケアリ、ササアリ、アシハラアリ」。「しながどり猪名野は山に旅ねしてよはのひがたに目を覚しつつ」（堀河百首一四六四俊頼「旅」）。○きびのなか山　吉備の中山。20歌参照。「備中　備後境也」（八雲御抄）。「たれかまた年へぬるみをふりすてて吉備の中山こえむとすらん」（後拾遺集・雑三・九七一清原元輔「備中守棟利みまかりにけるかはりを人々のぞみ侍りと聞きて内なりける人のもとにつかはしける」）。

〔補説〕「しながどりゐなの」について、奥義抄・中巻は万葉歌「しながどり猪名野をゆけば有馬山夕霧たちぬともはなくして」をあげて次のように述べる。

是はよのふる事也。雄略天皇かの野にて狩りし給ひしに、しろきかのししをひとつとりて、ゐのししなどはなかりければ、かのししをしながどりゐなのと云ふ。白鹿をとりて猪はなきのと云ふ也。

和歌初学抄・両所ヲ詠ム歌も同じ万葉歌を引く。また能因歌枕に「しながどりゐなとりといふことは、むかししろきししをとれりけるところにてよみつたへたるなるべし」とあり、俊頼髄脳、綺語抄、袖中抄・第七「シナガドリヰナノ」などに解説がある。

ことありてあづまのかたへまかりけるみちに、京よりあはれなることども申（し）お《を》くれりける消息の返事に　　法眼静賢

こひしくはきても見よとてあふさかのせきの清《し》水にかげはとめてき

〔現代語訳〕　流罪にあって東国へ下向する道中で、都から情あふれることなどを言ってきた手紙の返事に詠んだ歌
　恋しいときは来てみてほしい、そうしたら逢えると、逢坂の関の清水にわが姿をとどめておいたことよ。

〔他出〕　治承三十六人歌合（「事ありて東のかたへまかりける道にて、故郷より装束おこせたりける返事」）。正治二年三百六十番歌合。平治物語、〔補説〕参照。宝物集一七一。

〔語釈〕　**○こひしくは**　「恋しくはきてもみよかし人づてに岩瀬の森のよぶこどりかな」（玄々集九三「孝宣一首儒者為義朝臣人づてによばせければ」）。袋草紙「希代歌」が三輪明神御歌として引く「恋しくはとぶらひきませわが宿は三輪の山もと杉たてる門」（「神明の御歌」、「古今の歌か、ただし上下せり。またかの集にこの由を注せず」とある、なお俊頼髄脳では三句「ちはやぶる」）は、綺語抄では「恋しくはきてもみよかしちはやぶる三輪の山もと杉たてる門」の形でみえる。**○あふさかのせきの清水**　710歌参照。「逢坂の関の清水やにごるらんいりにし人のかげのみえぬは」（後拾遺集・恋三・七四一僧都遍救「思ひけるわらはの三井寺にまかりて久しくおともし侍らざりければよみ侍りける」）。

〔補説〕　平治物語・中巻「謀叛人流罪付けたり官軍除目の事并びに信西子息遠流の事」に次のようにある。
　さるほどに少納言信西入道の子供十二人、皆配所へつかはさる。（中略）十二人の人々すでに都を出にけり。各才覚世に超えて、なさけは人に勝れたりしかば、二泊三泊に着くまで、歌をよみ詩をつくり、下人どもをやりて互に名残をしまれ、東国へくだる人々には、逢坂・不破の関の嵐を袖にてふせぎ、西のそらをぞながめける。西国へくだる人々には、須磨より明石の浦づたひ、沖のしらすに舟をとどめ、東風吹く風に身をまかせ、故郷の名残を惜しみけり。（中略）播磨中将成憲は東山道下野国室の八島へながされけり。何事も思ひいり給へる人なれば、旅のそらのあはれをも思ひいりてぞ下られける。粟田口にて故郷の名残をしみてかくこそ思ひつづけられける
　　道の辺の草の青葉に駒とめてなほふるさとをかへり見らるる
関の清水をみ給ひて

恋しくは来てもみよとて逢坂の関の清水にかげをとどめき

（後略）

「恋しくは来てもみよとて」の歌は成憲が詠んだことになっている。静賢は同じく安房国へ配流、成憲と同道したか。本集の配列をみると、内容的に関連する710歌が伏線になっている。

720

をはりのなるみのさとゝいふところにとまれりけるによめる

むかしにもあらずなるみのさとにきてみやこ恋しきたびねをぞする

〔現代語訳〕 尾張国の鳴海の里という所に泊まった時に詠んだ歌

配流になり、昔とは全く違う境遇となった身として、尾張の鳴海の里に来て、都を恋しく思う旅寝をすることよ。

〔他出〕 夫木抄一四六六二「鳴海の里、尾張三十六人歌合」。治承三十六人歌合。

〔語釈〕 **〇なるみ** 鳴海、尾張国の歌枕。527歌参照。地名に成る身を掛ける。「おぼつかないかに鳴海のはてならむゆくゑもしらぬ旅のかなしさ」（千載集・羇旅歌五一八師仲「下野国にまかりける時、尾張国鳴海といふ所にてよみ侍りける」）。〔補説〕参照。

〔補説〕 永暦元年（一一六〇）七月清輔家歌合「述懐」（判者源通能、二条天皇勅判）に次のようにあり、左の公重の詠は同工の作。

三十三番　左持　公重朝臣

人数にあらず鳴海の浦にまた老の波さへよるぞかなしき

右　師光

うきながらなほをしまるる命かな後の世とてもたのみなければ
ともに心えぬふしもなし

721

みやこはなれて、とほ《を》きところへつかはされけるみちにて　藤原脩範朝臣

日をへつゝゆくにはるけきみちなれどすゑをみやことおもはましかば

〔現代語訳〕都を離れて遠い所へおくられる道中において詠んだ歌
幾日もかけながら行くというはるかな道中であるが、行く先を都と思うならば慰めになろうに。

〔他出〕月詣集・羈旅二五一「おほやけの御かしこまりにて、東のかたへまかりけるに、ゆくすゑはるかにおぼえ侍るによめる」。千載集・羈旅歌五一九「東のかたにまかりける時、ゆくさきはるかにおぼえ侍りければよめる」。宝物集一七三。

〔語釈〕○とほきところ　平治の乱で父信西に連座して隠岐国に流罪になった。月詣集、千載集などに東国とあるのは兄成範の誤伝。

〔補説〕平治の乱の配流者の歌が並ぶ。

722

すみよしのへにやどりてよめる　源俊頼朝臣

すみよしのしきつの浦にたびねして松《まつ》の葉風《はかせ》にめをさましつる

〔現代語訳〕住吉のあたりに泊まって詠んだ歌
住吉の敷津の浦に旅寝をして、松の葉風に目を覚ましたことだ。

〔他出〕散木奇歌集・雑上一三〇五「住吉にて旅の心をよめる」。
〔語釈〕○しきつの浦　敷津の浦、摂津国の歌枕。現在地は未詳ながら住吉社付近の海岸。「すみのえのしきつのうらの（敷津之浦乃）なのりそのなはのりてしをあはなくもあやし」（万葉集・巻一二・三〇七六）、「もしほ草敷津の浦のねざめには時雨にのみや袖はぬれける」（千載集・羈旅歌五二六俊恵法師「（住吉社の歌合とて、人々よみ侍りける時、旅宿時雨といへる心をよみ侍りける）」）。

723

あかしにかれこれまかりてあそびけるとき、海辺旅宿の心をよみける

登蓮法師

みさごゐるいその松《まつ》がねまくらにてしほ風《かせ》さむみあかしつるかな

〔現代語訳〕明石に親しい人たちが何人か出かけて歌会をした時、「海辺の旅宿」の題で詠んだ歌
みさごのいる磯の松の根を枕にして旅寝をしたが、潮風が寒くて寝られず夜を明かしてしまったことだ。

〔他出〕続後撰集・羈旅歌一三二七「旅の心を」。歌仙落書「海辺旅宿」。中古六歌仙「海辺旅宿」（登蓮の部分のみ独立して登蓮集となる）。

〔語釈〕○海辺旅宿　月詣集・羈旅に「海辺旅宿といふことをよめる」の詞書で定伊法師詠「たびねする人も枕に結べとや磯の草根を波あらふらん」（二六五）がみえる。○みさごゐる　鶚、鳥の名。海浜に棲み魚を獲る。万葉語。「みさごゐるいそべの松にもろともにしほ風にほのおいにけらしも」（能因集一一〇「この浦（塩釜の浦）にいみじう年へたるあまのあるを見て」）。

〔補説〕706歌参照、同じく明石で詠まれた登蓮作がみえる。海辺における旅情が730歌まで並ぶ。旅愁という点では726歌あたりまでか。

724

海路時雨をよみける

藤原顕広朝臣

袖《そで》ぬらすをじまがいそのとまりかな松風さむみ時雨《しくれ》ふるなり

〔現代語訳〕「海路の時雨」の題で詠んだ歌

袖をぬらすをじまの磯の泊であるよ、松風が寒くて時雨が降っている。

〔他出〕長秋詠藻二六二「海路時雨をよみける」。続古今集・羇旅歌九〇四「海路時雨を」。歌仙落書「海路の時雨といふことを」、二三句「雄島の磯のとまり船」。

〔語釈〕○海路時雨　長方集に「海路時雨」の詞書で「松風のおとかときけば淡路島時雨すぐとてとまたづぬなり」（一〇八）がみえる。○をじまがいそ　雄島が磯、陸奥国の歌枕。松島湾内の島。「袖ぬらす」は波にぬれると涙を暗示。「松島や雄島の磯にあさりせしあまの袖こそかくはぬれしか」（後拾遺集・恋四・八二七源重之「題知らず」）、「みせばやな雄島のあまの袖だにもぬれにぞぬれし色はかはらず」（千載集・恋歌四・八八六殷富門院大輔「歌合し侍りける時、恋歌とてよめる」、百人一首などにも）。

725

なにはわたりにまかれりけるに

中納言定頼

おきつ風《かせ》よはにふくらしなにはがたあかつきかけてなごろたつなり

〔現代語訳〕難波の辺りに出かけた時に詠んだ歌

沖の方で風が夜に吹いたらしい。難波潟に暁にかけてなごりの波がたってうち寄せている。

〔他出〕定頼集九二「しほゆにおはして、あかつきがたに波のたてば」、五句「波ぞたつなる」。玄々集一五二「入道中納言一首四条定頼　和泉のさかひといふところにて」、五句「ちどりたつなり」。新古今集・雑歌中一五九五「題知らず」、五句「波ぞよすなる」。定家八代抄、別本和漢兼作集、新時代不同歌合。

〔語釈〕 **○なにはがた**　難波潟、摂津国の歌枕。現在の大阪市、淀川の河口付近。「難波潟浦ふく風に波たてばつのぐむ葦のみえみみえずみ」（後拾遺集・春上四四よみ人知らず「題知らず」、なお四三は能因の「心あらむ人にみせばや津の国の難波わたりの春のけしきを」）。**○なごろ**　余波、風が静まって後もしばらく静まらない波。「奥つ風吹飯の浦のけはしさになごろとともに千鳥たつなり」（散木奇歌集六一八「吹飯の浦の千鳥を」）。

ものへゆくみちにふねにてよるきけば、波《なみ》のおとのいとあはれに侍（り）ければ
肥後

さよふけてあしのすゐこす浦風にあはれうちそふ波《なみ》のおとかな

〔現代語訳〕　ある所に参る道中、船中で夜に聞いていると、波の音がたいそう情趣深く感じられましたので詠んだ歌

夜が更けて葦の葉末を越えて吹く浦の風に、しみじみとした情趣を加える波の音だな。

〔他出〕　肥後集一六九「船にて目をさましてきけば、みなとの波にきほひて、葦の風になびく音を聞きて」、二句「葦のうへこす」。新古今集・羇旅歌九一九「天王寺にまゐりけるに、難波の浦にとまりてよみ侍りける」。

〔語釈〕 **○ものへゆくみちに**　〔他出〕の新古今集によれば天王寺に参詣する道中。**○あしのすゐこす浦風**　葦の葉末を吹いていく浦風。葦は難波の風物で新古今集が明記するように難波の浦での詠であることを示す。なお続千載集・冬歌に「長承元年内裏十五首歌に、千鳥を」の詞書で公能の作「さ夜深けてあしのすゐこす浜風にうらがなしくもなく千鳥かな」（六三一、万代集・冬歌にも）がある。

〔補説〕　新古今集の詞書は詳細であるが、根拠は不明で、憶測すれば本集の配列などから（難波での詠の間に位置し

次の七二七の詞書に「天王寺」もみえる）の影響が考えられるか。肥後集の場合、筑紫行きの歌が次に配されている。

727

天王寺へまゐ《い》り侍（り）けるとき、くれかかるほどになにはをすぐとてよみ侍（り）ける

前大僧正行慶

ゆふされになにはわたりをみわたせばただうすずみのあしでなりけり

【現代語訳】 天王寺に参詣しました時、暮れかかる時分に難波を通過するというので詠みました歌
夕暮れに難波のあたりを見渡すと、その景色はまさに、ただ薄墨で書いた葦手書きの絵であったことだ。

【他出】 玉葉集・雑歌二・二一〇〇「天王寺にまうでて難波浦にてよみ侍りける」、初句「夕暮に」、三句「きてみれば」。

【語釈】 **○天王寺** 371・468・469歌参照。作者行慶は保延五年（一一三九）に天王寺別当になっている（僧綱補任）。
○ゆふされに 夕暮れ時に。「夕されにそよとおとする荻の葉のつれなき人の心なりせば」（久安百首七七二実清）。
○うすずみ 薄墨。665歌参照。**○あしで** 葦手書き。水辺の景色にしたて葦が茂ったように絵画的に書く書風。
「難波潟つらねて帰る雁がねは同じもじなる葦手なりけり」（広言集一九「刑部卿頼輔朝臣家歌合、帰雁を」）。

【補説】 今鏡・御子たち「腹々の御子」に白河院の子について述べる段に次のようにある。
三井寺大僧正行慶と聞こえ給ひしもおはしき。（中略）天王寺へ詣で給ひけるに、難波をすぎ給ふとて
夕暮れに難波わたりを来て見ればただ薄墨の葦手なりけり
となむ聞こえし。異所の夕べの望みよりも難波の葦手と見えむ、げにと聞こえ侍り。帰る雁の薄墨、夕暮れの葦手になりたるも、やさしく聞こえ侍り。

728

題不知　　　　　　　　　　　　　　　　　　　　山口重如

ゆくするゑも見えぬふなぢのかなしきは波《なみ》のなかにぞいるここちする

〔現代語訳〕

行く先もみえない船旅の悲しさは、波の中に入っていく気持ちがすることだ。

〔語釈〕　**○ゆくするゑも見えぬ**　船旅の不安を表す。「よろづよをつみてこぎつる船なればゆくするゑ遠き心ちこそすれ」（元輔集五六「船に人のりてゆく」）。和歌一字抄に「ゆくするゑも見えぬ路かな霧こめて千鳥の鳴くは川べなるべし」（三七三「籠」「秋霧籠路」良暹）とみえる。**○ふなぢ**　船旅。「ふなぢには思ふことのみ恋しくてゆくするゑもとくわするるめるかな」（重之集一三二「花のあはれなる事をみて」）。

729

たごにてよみ侍（り）ける　　　　　　　　　　赤染衛門

おもふことなくてぞみましよさのうみのあまのはしだてみやこなりせば

〔現代語訳〕　丹後にて詠みました歌

思い悩むこともなくて眺めたであろう、与謝の海の天の橋立が都であったならば。

〔他出〕　玄々集一三七「衛門六首赤染　丹波にくだりて」、二句「なくてや見まし」。金葉集三奏本・雑上五一五「宇治入道前太政大臣兵衛佐にて侍りけるころ一条左大臣の家にまかりそめて、かかる事なむあるとはしりたりやといひおこせて侍りける返りごとにつかはしける」、作者表記「馬内侍」、二句「なくてやみまし」。千載集・羇旅歌五〇四「丹後国にまかりける時、よめる」。

〔語釈〕　**○よさのうみ**　与謝の海、丹後国の歌枕。現在の京都府宮津市の宮津湾。湾を東西に分ける砂嘴が天の橋立。和歌初学抄・所名「丹後よさの海　アマノハシダテアリ」。「与謝の海の天の橋立見わたせばかた波をわくるしめかも」（能宣集一九五「天の橋立」）。

【補説】 金葉集三奏本の詞書と作者は、後拾遺集・雑二の「春雨のふるめかしくもつくるかなはや柏木のもりにしものを」（九三二）の詞書「入道前太政大臣兵衛佐にて侍りけるとき一条左大臣の家にまかりそめて、かくなんあるとはしりたりやといひにおこせて侍りける返りごとによめる」と同じ（ただし金葉集は入道前太政大臣道長を宇治入道前太政大臣頼通と誤っており、何らかの錯誤があったか）で、旅の歌とは無関係。

遠江へまかりける時、みのの《ゝ》かみ義通朝臣国にありときき《ゝ》てまかりよれりけるに、あるじなどして、なにごとにていづこへまかるぞなど申（し）ければよみける

能因法師

さすらふる身はいづこともなかりけりはまなのはしのわたりへぞゆく

【現代語訳】 遠江へ出かけた時、美濃守義通朝臣が任国にいると聞いて立ち寄ったところ、あれこれもてなして、何用でどこへ行くのかなど言ったので詠んだ歌

漂泊の身はどこへ行くとも当てはないことだ、著名な歌枕である浜名の橋のあたりへ行き、その景色でもみようか。

【他出】 能因集一八七「浜名のわたりへ行くとて」、二句「身はいづくとも」。

【語釈】 **○さすらふる身**　「さすらふるわが身にしあればきさがたや海人の苫やにあまたたびねぬ」（堀河百首一四六六顕仲「旅」、新古今集・羈旅歌にも）。888・889歌参照。**○はまなのはし**　浜名の橋、遠江国の歌枕。静岡県浜名郡新

居町。和歌初学抄・所名「遠江はまなの橋　ハマニワタセリ」。枕草子・六五段や更級日記にみえる。更級日記の記事「浜名の橋、下りし時は黒木を渡したりし。この度は跡だに見えねば船にて渡る」は寛仁五年（一〇二一）の事である。その後新造されたと考えられる。「しほみてるほどにゆきかふ旅人や浜名の橋となづけそめけん」（拾遺集・別三四二兼盛「恒徳公家の障子に」）、「あづまぢの浜名の橋をきてみればむかしこひしきわたりなりけり」（後拾遺集・羈旅五一六大江広経「父のともに遠江国にくだりて年へてのち下野の守にてくだり侍りけるに、浜名の橋のもとにてよみ侍りける」）など。和歌一字抄に「白波の立ちわたるかとみゆるかな浜名の橋にふれる白雪」（一六「上」「橋上初雪」前斎院尾張、金葉集入集歌二七九）がみえる。

〔補説〕　増田繁夫「能因の歌道と求道」（古代学協会編『後期摂関時代史の研究』吉川弘文館、一九九〇年）に清輔は現存能因集とは別の資料からこの歌を採ったのであろうと推測している。義通は能因の同族であり親交のあった橘為義の子。義通が美濃守であったのは長元九年（一〇三六）ころである（左経記類聚雑例）。なお、能因集には浜名の橋を見たいと願い実際に訪れて詠んだと思しき作（一三九、一五八）がみえる。

　　遠江に公資朝臣許に送之于時在摂州

目にちかき難波の浦に思ふかな浜名の橋の秋霧のまを

　　浜名の橋をはじめて見て

けふみれば浜名の橋をおとにのみききわたりけることぞくやしき

公資の遠江守赴任も長元年間と推定され（なお後拾遺集・別四八九に「大江公資朝臣遠江守にてくだり侍りけるに、しはすの二十日ころにむまのはなむけすとてかはらけとりてよみ侍りける」の詞書で源為善の詠「くれてゆく年とともにぞわかれぬる道にや春はあはんとすらん」がある）、橋を実見した詠は本歌と関連するか。

731

しなののかみにて侍（り）ける、よとせはてての《ゝ》ぼりける、みのの《ゝ》くにの野がみといふところにやどれるに、かのくにのかみ知房朝臣せうそこして、さけなどお《を》くれりける返事に

藤原永実

ことの葉に露のなさけの見えぬればうれしきたびの草まくらかな

〔現代語訳〕 信濃守として任国におりましたが、任期の四年が終わり上京する途中、美濃国の野上というところで宿泊した時、この国の守知房朝臣が便りをくれて酒などを送ってくれた返事に詠んだ歌

お手紙とともに、ちょっとしたお心遣いにお酒を送って下さり、うれしい旅の宿りですよ。

〔語釈〕 **○しなののかみにて** 永実の信濃守在任は、殿暦によれば康和五年（一一〇三）には守であったことが知られ（六月二〇日条）、長治二年（一一〇五）には前司とあり（一二月二二日条）、この間に退任。一方、藤原知房は康和元年正月美濃守に任ぜられており（本朝世紀）、殿暦（九月一四日条）には康和四年に守としてみえる。**○野がみ** 732歌参照。**○露のなさけ** ちょっとした思いやり。露はことの葉、草まくらの縁語。なさけに「酒」を掛ける。「花のもと露のなさけはほどもあらじゑひなすすめそ春の山風」（新古今集・釈教歌一九六四「不酤酒戒」）。**○うれしきたび** 「走り井の水の心もゆきはててうれしきたびの逢坂の関」（弁乳母集六二「関に人のあひたりしかば」）。**○草まくら** 旅寝の意。「ささの葉を夕露ながら折りしけば玉ちるたびの草枕かな」（久安百首一二九四安芸）など。

732

返し

藤原知房朝臣

いかでかは露《つゆ》のなさけもお《を》かざらんのがみのさとの草のまくらに

〔現代語訳〕 返事の歌

どうしてちょっとした心遣いをいたさないことがありましょう、野上の里にお泊まりになっているからには、野の草に露が置くように。

〔語釈〕 **○のがみのさと** 野上の里、美濃国の歌枕。現在の岐阜県不破郡関ヶ原町。更級日記に「美濃の国になる境に墨俣といふ渡りして野上といふ所に着きぬ。そこに遊女ども出で来て夜ひと夜歌うたふ」云々とある。和歌一字抄に「いかでけふ野上の里を過ぎゆかん夜ふかく関の雪ふりにけり」（二七五「暁」「関路暁雪」永胤）とみえる。

〔補説〕 河合一也「『続詞花集』旅部の配列構成について」（698歌〔補説〕に前掲）は、辛い旅中におけるほんの一時のはかない喜びとして捉えた方がよさそうであるという。露のなさけという語句を中心に縁語・掛詞を用いた機知的趣向の強い本贈答は、前後との違和があり不審であるが、配列上そうした効果をねらったものか。

野ちかきところによるとまりて、虫《むし》のいたくなきければ　赤染衛門

ひと夜だにあかしかねぬる秋《あき》の野になくなくすぐす虫《むし》ぞかなしき

〔現代語訳〕 野に近い所に夜泊まって、虫がさかんに鳴いていたので詠んだ歌

こうして一晩でさえ明かすことができかねる秋の野に、毎晩に鳴いて過ごす虫は悲しいね。

〔他出〕 赤染衛門集一九三「野ちかき所によるとまりたるに、虫のいたうなきしに」、二三句「あかしわびぬる秋の夜に」。

〔語釈〕 **○なくなく** 虫が鳴くに泣くを掛ける。「人はいさわれは忘れじ秋の野に虫のなくなく契りしことを」（散木奇歌集七三五「男にさそはれて遠き所へまかりける人の、ほどはくもゐにと申したりければ」）。

734

秋ごろ高野へまうで給（ひ）けるみちにて　仁和寺宮

秋《あき》の夜《よ》はたびのねざめぞあはれなるをかのかやねの虫《むし》のこゑごゑ

〔現代語訳〕秋のころ、高野山へ参詣された道中で詠んだ歌

秋の夜、旅の寝覚めはしみじみとしてあわれであるよ、草の枕を結んだ岡のかやの根元にしきりになく虫の声がする。

〔他出〕出観集四六六「秋高野へまうで給ふに、ほしかはといふところにて虫のいたくなきければ」。今撰集・秋八一「高野へまゐらせ給ひける道にて」。

〔語釈〕**○をかのかやね**　岡の萱根。「君がよもわがよもしらず岩代の岡の萱根をいざむすびてん」（古今六帖二五八〇、万葉歌、五代集歌枕「岩代の岡　紀伊」など）。岩代は500歌参照。浜辺に岩代王子があった。出観集には「ほしかは」で詠んだとある。高野山に行く道中での詠。「思ひいでぬ人のなきかな萱根かり袂露けき旅の寝覚めは」（堀河百首一四六一　顕季「旅」）。新古今集・羈旅歌に式子内親王詠「ゆくすゑはいまいくよとか岩代の岡の萱根に枕むすばん」（九四七「百首歌たてまつりし時」、正治初度百首）、重家集には「うちとけていかになくらむ岩代の岡の萱根の松虫のこゑ」（二七三「（大進、会すとてこはれしかば）叢虫」）がみえる。

〔補説〕虫の鳴く夜の連想による。「なくなく」「こゑごゑ」の表現も注意される。

735

かうやへまうで侍（り）けるみちにて　前仁和寺宮

さだめなきうきよの中としりぬればいづくもたびの心ちこそすれ

〔現代語訳〕高野山に参詣しました道中にて詠んだ歌

現世が無常な定めなき世の中だと分かってしまうと、どこにいても旅をしている気持ちがすることだ。

〔他出〕 月詣集・羈旅二五二「高野へまゐりたまひける道にて」。千載集・羈旅歌五一七「高野にまうで侍りける道にてよみ侍りける」、四句「いづこも旅の」。〔補説〕参照。

〔語釈〕 **○いづくもたび** 常住の地がない意を表す。袋草紙・下巻が行平家歌合・九番右歌「み山いでていづくも旅の郭公ここにも結べ草の枕は」を引く。

〔補説〕 今鏡・御子たち「腹々の御子」において覚法法親王についての記事中に次のようにある。

高野へ詣で給ひける道にて

さだめなきうき世の中と知りぬればいづこも旅の心ちこそすれ

と詠み給へりけるとぞ。横川の覚超僧都の、よろづのことを夢とみるかなといふ歌思ひ出でられて、あはれに聞こえ侍る御歌なり。

右の僧都覚超の歌は後拾遺集・雑六「釈教」にみえる「月の輪に心をかけしゆふべよりよろづのことを夢とみるかな」（一一八八「月輪観をよめる」）を指す。

〔補説〕 高野山への道中での詠が並び、作者も仁和寺宮覚性と前仁和寺宮覚法で密接。「さだめなきうきよ」という表現が無常を表し、巻軸の二首につながっていく。

百首御歌中に　　新院

はかなくもこれをたびねとおもふかないづくもかりのやどとこそきけ

〔現代語訳〕 百首の御歌中に詠まれた歌

はかないことにこれを旅寝と思うことよ、どこにいても仮の宿と聞くことだ。

〔他出〕　久安百首・羈旅一〇九八。待賢門院堀河集八九「旅」、四句「いづれもかりの」。万代集・雑歌四・三四四一「久安百首に」、四句「いづこもかりの」。閑月集・羈旅歌三八七「久安百首歌に、旅」。続後拾遺集・羈旅歌五七七「久安百首歌に、羈旅」。中古六歌仙。以上すべて作者は待賢門院堀河とする。

〔語釈〕　**○かりのやど**　仮の宿、現世。「こしらへて仮のやどりにやすめずはまことの道をいかでしらまし」（後拾遺集・雑六「釈教」一一九二赤染衛門「化城喩品」、法華経・化城喩品の「…汝等当二前進一、此是化城身、我見二汝疲極一、中路欲二退還一、故以二方便力一、権化二作此城一…」に拠る）、「長き夜のくるしきことを思へかしなになげくらむ仮のやどりに」（詞花集・雑下四〇九「親の処分をゆゑなく人におしとられけるを、この事ことわり給へと稲荷にこもりていのり申しける法師の夢に、社のうちよりいひだし給へりける歌」、袋草紙「希代歌」などにも稲荷の御歌として引かれる、また後葉集・雑四・五七五の左注には「或人云、この歌三輪の明神の御歌ともかたり伝へたり」とある）。

〔補説〕　作者について、他出文献がすべて堀河とする通り、出典である久安百首によれば、次の737歌のみが新院（崇徳院）の作である。誤写などの理由によるのか、配列上の意図があっての撰者の所為か、不審は残るが、737歌〔補説〕に述べたように旅部巻軸の巧みな構成からみると、単なる誤りとみなせないように思われる。

737

松がねのまくらもなにかあだならんたまのゆかとてつねのとこかは

〔現代語訳〕（同じ百首歌の御歌）

松の根元の枕もどうしてはかないことがあろうか、無常の世の中では玉で飾った床であっても、永遠不変の床ではないのだ。

〔他出〕　久安百首・羈旅九七、四五句「玉のとことてつねの床とは」（部類本「玉の床とてつねの事かは」）。千載集・羈旅歌五一〇「百首歌めしける時、旅歌とてよませ給うける」。

〔語釈〕 **○松がね** 万葉語。314歌参照。松が根の枕は粗末な旅寝の意、玉の床（玉で飾った立派な寝所）の対。**○つねのとこかは** 常住不変の床ではなく、無常なものであるの意の反語表現。

〔補説〕 本歌をふまえて、西行詠「よしや君昔の玉のゆかとてもかからん後はなににかはせん」（山家集一三五五など）は詠まれている。山家集の詞書「（讃岐にまうでて）白峰と申しける所に、御墓の侍りけるにまゐりて」とあり、新院（崇徳院）の白峰陵に詣でての作。

旅部の巻軸三首は仏教的な無常観と旅情を関連させる。別部の冒頭部671、674歌との対応が考えられ、また本集においての旅の歌がたどり着いた境地というべきであろう。

続詞花和歌集巻第十六　雑上

皇嘉門院中宮と申（し）ける時、宮女房と内の御方の女房と歌合あるべしとていどみあへるあひだ、歌よみつゝいひかはしけるに、我（が）御方の女房にかはらせ給（ひ）て、宮の御方にさしお《を》かせさせ給（ひ）ける

新院御歌

久方のあまのかご山《やま》いづるひもわがかたにこそひかりさすらめ

〔現代語訳〕　皇嘉門院聖子が中宮と言いました時、中宮に仕えている女房方と内裏にお仕えの女房方と歌合をすることになり、互いに張り合うことがあったので、歌を詠みながら言い合った時に、ご自分の方の女房にお代わりになって、中宮の御方にお置きになった歌

天の香具山から出る陽の光も、わが方にさしてくるだろうよ。

〔語釈〕　**○久方のあまのかご山**　142・331歌参照。香具山から出る日は天皇の寓意。この場合新院自身を寓することになる。

〔補説〕　詞花集の被除歌。詞花集・雑下の詞書に「新院位におはしましし時、中宮、春宮の女房はかなきことによりいどみかはして、上達部、上のをのこどもを方わきてことにつけつつ歌をよみかはしけるに、上、中宮の御方にわたらせ給ひけるを、方人にとりたてまつりてなんさるべきことといひつかはせとおのおの申しければよみてつかは

しける」とあり、示されている作歌事情は、中宮の女房と東宮（体仁、後の近衛天皇）の女房との挑み合いに際して、中宮方に味方して詠んだとあり、本集の場合とかなり異なる。詞花集は詠作者である新院（崇徳院）が下命する撰集であるから信憑性が高いように思われるが、詞花集の被除歌（22歌など参照）を本集第十六巻「雑上」巻頭に置いた清輔にも何らかの根拠があっての採用かと考えられ、どちらとも断定できない。

739

清輔四位して侍（り）けるとき、よろこびいひにつかはすとて

藤原重家朝臣

むさしののわかむらさきのころもではゆかりまでこそうれしかりけれ

【現代語訳】 清輔が四位になりました時、慶びを言うため送った歌
　四位になったあなたがつける新しい紫色の衣の袖は、武蔵野の若い紫草ではないが、縁者（弟）のわたしもうれしいことです。

【他出】 清輔集、〔補説〕参照。新拾遺集・雑歌中一七四七「清輔朝臣四位して侍りけるにつかはしける」。治承三十六人歌合。

【語釈】 **○むさしののわかむらさき** 紫は四位の参議以上の袍の色。〔補説〕参照。一首は「紫のひともとゆゑに武蔵野の草はみながらあはれとぞ見る」（古今集・雑歌上八六七よみ人知らず「題知らず」）による枕詞的な用法。古今歌は和歌初学抄・喩来物（奥義抄・中巻にも）に引く。483・862歌参照。「武蔵野は袖ひつばかりわけしかどわか紫はたづねわびにき」（後撰集・雑二・一一七七よみ人知らず「題知らず」、奥義抄・下巻にも引く）。

【補説】 清輔が従四位下に叙されたのは保元元年（一一五六）正月六日のこと。時に清輔四九歳。清輔集（四二〇、四二一、四二二）に次のようにある。

四位申したるをゆるされざりければ、おとうとども四位にて侍るに、いまだゆるされぬよしなど申文に書きて奉るとて

ややへやへの人だにのぼる位山老いぬる身にはくるしかりけり

このたびなむゆるされける

四位して侍りし時、重家卿のもとより

武蔵野のわかむらさきの衣手はゆかりまでこそうれしかりけれ

返し

めづらしきわかむらさきの衣手は老の身にしむものにぞありける

なお同じく清輔集（三二一、三二二、三二三）には次のようにある。「従上したりけるをり」は仁安三年（一一六八）一一月二〇日、「隆信朝臣四位して侍りける」は承安四年（一一七四）のこと。

四位して後、年をへて従上したりけるをりに、人のよろこびければ

山かげに老いしじけたるしゐ柴の若葉へいづる春もありけり

隆信朝臣四位して侍りけるよろこびにつかはしける

むらさきの初しほぞめのにひ衣ほどなく色のあがれとぞ思ふ

返し　　　　隆信朝臣

いつしかと色ましそむることのはにいとど身にしむむらさきの袖

後一条院春日行幸侍（り）けるに、みこしにたてまつらせ給（ひ）てまゐ《い》らせ給（ひ）けるに、一条院御時このみゆきははじまれりけることをおぼしめしいでて

上東門院

みかさ山《やま》さしてきにけりいそのかみふるきみゆきのあとをたづねて

〔現代語訳〕 後一条院の春日行幸がありまして、御輿に同乗されて参詣なさった時に、一条院の御代にこの行幸が開始されたことをお思い出しなさって詠んだ歌

三笠山をめざしてやってきたことよ、昔の御幸のあとをたずねて。

〔他出〕 玄々集一四四「女院　後一条院、春日行幸せさせ給ひけるに、母后に、かく御ともにおはしけるに」、三句「そのかみの」、左注「此歌は、前日、先一条院の行幸ありければなり」。千載集・神祇歌一二五六「後一条院の御時、はじめて春日社に行幸ありけるに、一条院御時の例をおぼしいでさせ給うて、よませ給うける」（神祇歌の巻頭）。栄花物語、大鏡など、〔補説〕参照。

〔語釈〕 **○後一条院春日行幸** 保安元年（一〇二二）一〇月一四日（小右記）。**○みかさ山** 381歌参照。「さして」に山名の笠の縁で（目）指すと（傘を）差すを掛ける。**○いそのかみ** 224、571歌参照。**○ふるきみゆき** 古（き）に降る、御幸に深雪を掛けるか。とすると、笠、跡は縁語。

〔補説〕 詞花集の異本歌「後一条院御時、春日行幸みこしにさぶらはせ給ひける」（雑下四一八、天理図書館蔵伝為氏筆本など、三八四の次）としてみえる。

栄花物語・第一六「もとのしづく」に次のようにある。

かくてこの御時に春日の行幸まだしかりつれば、この十月にせさせ給ふ。大宮もおぼしめすやうありて、一つ

御輿にてをはします。宮の女房の車、内の女房の車などあはせて二十余ぞありける。その御有様をしはかるべし。参らせ給へれば、神宝や何やと、さきざきの御時には勝りせさせ給へり。舞人、殿ばらの君達つかうまつり給ふ。上達部殿上人残るなし。ことどももいみじうめでたうて日も暮れぬ。この山の名をなん三笠山と申すと聞しめして、大宮御前

　三笠山さしてぞきつるいにしへのふるき御幸の跡を尋ねて

とのたまはせけり。

大鏡・道長伝には次のようにある。

げにげにと聞えてめでたく侍りしなかにも大宮のあそばしたりし

　三笠山さしてぞきつるいそのかみふるきみゆきのあとをたづねて

これこそ翁らが心およばざるにや。あがりても、かばかりの秀歌えさぶらはじ。その日にとりては春日の明神もよませたまへりけるとおぼえ侍り。今日かかることどもの栄えあるべきにて、先の一条院の御時にも、大入道殿（兼家）、行幸申し行はせたまひけるにやとこそ心得られ侍れな。

741

右大将兼長春日祭の上卿にてくだり侍（り）けるともに、藤原清綱をいとを《お》かしうしたてて、しのぶずりのかりぎぬなどきせたりける、ゆゑ《へ》あるやうに見えければ、又（の）日範綱がもとに、たれともなくてさしお《を》かせける

左京大夫顕輔

昨日見ししのぶもぢずりたれならん心のほどぞかぎりしられぬ

【現代語訳】右大将兼長が春日祭の上卿として下向しましたお供に、藤原清綱をたいそう趣あるように仕立てて信

夫摺りの狩衣など着せていたのを見て、いかにも理由があるように見えたので、次の日（清綱の父）範綱のところに、誰が詠んだということもなく置かせた歌

昨日みた信夫摺りの狩衣を着ていたのは誰であろうか、その姿にわたしの心は深くかぎりがないほどに乱された。

〔他出〕　顕輔集一四四「左大臣殿の中納言中将兼長春日祭上卿にくだり給ひしに、前馬助範綱が、二郎子清綱をいみじくしたててしのぶずりの狩衣などをきせたりし、思ふ所あるやうに見えしかば、又の日、たれともなくて範綱がもとにさしおかせし」、二句「しのぶのみだれ」。千載集・雑歌上九七六「右大将兼長、春日の祭の上卿にたち侍りけるともに、藤原範綱がこ清綱が六位に侍りけるに、しのぶずりの狩衣をきせて侍りけるを、をかしくみえければ、又の日範綱がもとにさしおかせ侍りける」。

〔語釈〕　**○兼長**　悪左府頼長の男で、師長の兄。**○春日祭**　春日祭は奈良の春日社（藤原氏の氏神）の祭礼。二月、一一月の上申の日に行われた。このときの春日祭は仁平四年（一一五四）二月一日。芦田耕一「藤原顕輔の最晩年の詠歌一首―息男清輔との関わりも含めて―」（『六条藤家清輔の研究』和泉書院、二〇〇四年）に考証がある。顕輔は、時に六六歳、非参議正三位左京大夫。芦田は高齢で健康状態はかなり悪かった折（翌年五月に没する）のことと推測している。**○上卿**　公卿首座（台記）で行事を主宰する。兼長は、時に一七歳、正二位権中納言兼右中将。**○清綱**　底本はじめ諸本は「範綱」とある。〔他出〕にあげる顕輔集などをみれば、範綱（本集作者、四首入集）が子の清綱に伊勢物語をふまえ信夫摺りの狩衣を着せた趣向に対して作者顕輔が名を伏せて送った歌と解せられ、本集の詞書には不備（あるいは省略による誤り）があると判断して訂正した。**○しのぶずり**　しのぶもぢずり、139歌参照。袖中抄・第一八「シノブモヂズリ」に「シノブモヂズリトハ陸奥国ノ信夫郡トイフ所ニモヂズリトテミダレタルスリヲスル也」とある。伊勢物語・一段の「みちのくの忍ぶもぢずり誰ゆゑにみだれそめにし我ならなくに」（古今集・恋歌四・七二四にも）による。**○心のほど**　伊勢物語・一段の、初冠した男が奈良の京春日の里に行き美しい姉妹に心

を動かすという内容を連想させる信夫摺りの狩衣をみて、乱される心をいう。〔補説〕参照。**〇かぎりしられぬ** 伊勢物語・一段で男が姉妹に詠み送った「春日野の若紫のすり衣しのぶのみだれかぎりしられず」をふまえた表現。

〔補説〕 袖中抄・第一八「シノブモヂズリ」にも次のようにある。

又故中納言大将兼長冬ノ春日祭使ニクダリ給ヒシトモニ人々イロイロニ花ヲヲリテキラメケル中ニ、前馬助範綱ガ子清綱ガシノブズリノ狩衣ヲキタリケルガココロアリテミエケレバ、故左京兆次ノ日範綱ガモトへ

キノフミシシノブノミダレタレナラムココロノホドゾカギリシラレヌ

世ノスヱニモヲカシキコトハイデキケリ。

前掲芦田論文は、本歌について、伊勢物語に依拠する形で、美しい姉妹へではなく父親（範綱）に向かって、あの信夫摺りの狩衣姿の美しい男（清綱）は誰でしょうかとわざと惚けてみせ、下句において、その人のために私の心は限りなく乱れていますと懊悩する様を恋歌の体で詠んだと論じている。さらに、同じ春日祭には、ようやく正五位下に昇階し（左京大夫に就くことになる）清輔が参列しており（兵範記）、その姿を見るために病を押してまで出かけていったのではないかと、その背景を明らかにしている。

平忠盛朝臣六波羅家を新院女房達見にまかれりけるとき、つまどにかきつけ侍（り）ける

仁和寺一宮母

おと《を》は川《かは》せきれぬやどの池水《いけみつ》も人の心《こゝろ》は見えけるものを

〔現代語訳〕 平忠盛朝臣の六波羅邸を新院の女房たちが見にいきました時、妻戸に書きつけました歌

かの敦忠の山荘のように、音羽川の水を堰き止め引き入れてはいないが、この宿の池水にも、主人の風流な心はあらわれているよ。

〔他出〕 今鏡、〔補説〕参照。
〔語釈〕 ○平忠盛 本集作者。656歌の詞書にもみえる。 ○おとは川 拾遺集・雑上にみえる「音羽川せきいれておとす滝つ瀬に人の心の見えもするかな」（四四五伊勢「権中納言敦忠が西坂本の山庄の滝の岩にかきつけ侍りける」、抄五〇七、伊勢集の詞書「ある大納言、比叡坂本に、音羽といふ山のふもとに、いとをかしき家つくりたりけるに、音羽川をやり水にせきいれて滝おとしなどしたるをみて、やり水のつらなる石にかきつく」）をふまえる。かつて敦忠の山荘があったあたり、現在の京都市左京区修学院室町辺を流れる川。「あさからぬ心ぞみゆる音羽川せきいれし水のながれならねど」（新古今集・雑歌下一七二八周防内侍「権中納言通俊、後拾遺えらび侍りけるころ、まづ片端もゆかしくなど申して侍りければ、申しあはせてこそとて、まだ清書もせぬ本をつかはして侍りけるをみて返しつかはすとて」、なお周防内侍集には「伊勢が、せきれておとすといひけむも、げにとおぼゆ」と左注がみえる）。「音羽川霧の外なる滝ならばいはもる玉のかずは見てまし」（散木奇歌集四六一「右兵衛督伊通のもとにて秋霧隔水といへることをよめる」、和歌一字抄三六三にも）。
〔補説〕 今鏡・御子たち「腹々の御子」に次のようにある。「その遠くおはしましたりける人」が崇徳院に随い讃岐に下向した本歌の作者、仁和寺一宮母（兵衛佐と呼ばれた）で、「池殿」が忠盛の六波羅邸。六波羅は鴨川の東、五条から七条の間あたりで、平家一門の根拠地となったところ。

その遠くおはしましたりける人の、まだ京におはしけるに、白河に池殿といふ所を人のつくりて御覧ぜよなど申しければ、渡りて見られけるに、いとをかしく見えければ、書きつけられけるとなむ
　音羽川せきいれぬ宿の池水も人の心は見えけるものを
とぞ聞き侍りし。

京極前太政大臣家歌合に、康資王母の郭公《ほと、きす》の歌に、なくわたりこそとまりなりけれとよめるがをかしくおぼ《お》えければ、いひつかはしける　　源頼綱朝臣

年《とし》へぬるふなきのくちも郭公《ほと、きす》なくわたりにぞゆられよりける

〔現代語訳〕 京極前太政大臣師実家の歌合で、康資王母の郭公の歌に、「（山ちかく浦こぐ船は郭公）鳴くわたりこそとまりなりけれ」（山に近く浦を漕ぐ船は郭公が鳴いている辺りが停泊地であったことだよ）と詠んでいるのが、趣あるように感じたので、言い送った歌

年を経た舟木の朽ちたものも、郭公が鳴くあたりにゆられ寄るように、すばらしいあなたの歌にひかれたことです。

〔語釈〕 **○京極前太政大臣家歌合** 寛治八年（一〇九四）八月一九日、藤原師実（五四歳）が自邸高陽院に主催した摂関家最後の晴儀歌合。判者源経信。本集の42～44、193、306～309、347歌はこの歌合の出詠歌。**○康資王母** 本集作者。**○ふなき** 船を造る木材。おおく歌枕の舟木山（未詳、美濃国又は近江国か）に掛ける。「さざなみや舟木の山の郭公こゑをほにあげてなきわたるなり」（顕輔集一二「雅定中将歌合に、郭公」）もその例。舟木の朽ち（木）は、風流を解さない作者自身を寓する。**○ゆられより** 康資王母の歌中の「とまり」（船着き場、停泊地）に関連させ、歌に感動したことを表す。

〔補説〕 寛治八年八月一九日師実家歌合に次のようにある。筑前君は康資王母のこと。

郭公の二番の歌を聞きかむじて、頼綱朝臣のたれともなくて

年へぬる舟木の朽ちも郭公なくわたりにぞゆられよりける

返歌　　筑前君

郭公ききしる人はたづねけり綱手たえたる舟のわれをも

康資王母集（一八、一九、二〇）に次のようにある。
（摂政殿の七番歌合に）郭公
山ちかく浦こぐ船は郭公鳴くわたりこそとまりなりけれ
この歌をききて頼綱がおこせて侍りたりける
年へぬる舟木の朽ちも郭公鳴くわたりにぞゆられよりぬる
返しおしはかりてつかはしし
郭公聞き知る人はたづねけりひくかたもなき舟のわれをも
屋敷の風流を賞める歌から秀歌を賞賛する歌へ。

後拾遺えらびけるころ、康資王母に歌こへりけるをつかはしたりければ、これをなんひかりにすべきなどいひてつかはしける
治部卿通俊
年《とし》をへてきみがかきつむもしほ草《くさ》たまもをかれる心ちこそすれ

〔現代語訳〕 後拾遺集を編纂しているころ、康資王母に歌を請うたところ、詠歌を送ってきたので、これを光にいたしましょうなどと言って送った歌
長年かけてあなたが書きためた、藻塩草のような、作品群は、玉藻を刈るように、手本にすべきすぐれたものと思います。

〔他出〕 康資王母集、〔補説〕参照。

〔語釈〕 **○後拾遺えらびけるころ** 後拾遺集は仮名序によると、承保三年（一〇七六）に勅を受け応徳三年（一〇八六）九月一六日に撰進された（袋草紙「故撰集子細」にも「序の如きは承保の比これを奉り応徳三年九月十六日これを奏す。

その間十有年に及びてこれを奏覧す」などとある）。撰集の経緯は鈴木徳男・北山円正「『後拾遺和歌抄目録序』注」（『相愛女子短期大学研究論集』第40巻、一九九三年三月）など参照。**○もしほ草**　藻塩草、製塩のための海藻。搔き集めるところから（書き集める）歌集の意になる。後拾遺集・序に「拾遺集にいらざるなかごろのをかしきことのは、もしほ草かきあつむべきよしをなむありける」とある。「ころをへてかきあつめけるもしほ草けぶりやいかがならむとすらん」（能宣集二八〇「たびたび文つかはす女の、返りごとし侍らぬに」）は一例。月詣集・雑下に賀茂重保詠「和歌の浦のなみなみならぬもしほ草かきあつむるにいかがもらさん」（七八八、「賀茂重保が堂の障子に歌よみのかたを書きて、おのおのよみたるを色紙がたに書きけるを、書きてたべと申したりければ、時の歌よみどもを書くなれば、わが身も入りたるらんなど侍りければ、位高き御姿はびんなければはばかりて書かぬよし申したりければ、色紙がたに書きてたまはすとて」とある内大臣実定詠「和歌の浦の波の数にはもれにけりかくかひもなきもしほ草かな」に対する返歌、左注に「かくて後、かの姿も書きそへ侍りけるとなん」）がみえる。**○たまもをかれる**　玉藻（美しい藻）を刈るは、康資王母の詠草を喩え、そのすばらしさを讃えた表現。「をぶねさしわたのはらからしるべせよいづれかあまの玉藻刈る浦」（後拾遺集・恋一・六一六よみ人知らず「はらからはべりける女のもとにおとと思ひかけて姉なる女のもとにつかはしける」）。

〔補説〕　後拾遺集の撰者であった作者通俊は康資王母にとって甥にあたる。康資王母集（一一一、一一二）に次のようにある。

　　通俊中納言後拾遺つくるに歌こひ侍りしかばつかはして侍りしかば、これをなんひかりにてとてよめる
年をへて君がかきつむもしほ草玉もをかれる心ちこそすれ
　　返し
いかばかり光もみえじ浜千鳥ふみしだきたるもしほ草には

すぐれた歌の賞賛から撰集の折に秀歌を収集する場面に展開する。

745

後拾遺のいできたりける時、二条の大きおほきさきの宮にたてまつれりける、なほ《を》すべきこ
とありて申（し）いでけるときに、おほせごとにてよみてつかはしける

摂津

たづねつゝかきあつめずはことのはもお《を》のがちり〱くちやしなまし

〔現代語訳〕 後拾遺集が完成した時、二条太皇太后宮に奉ったが、その集に修正すべきことがあって申し出たときに、仰せ事によって詠んで送った歌

探し探ししてかき集めなかったならば、このようなりっぱな和歌もそれぞれちりぢりになって朽ちてしまうだろうよ。

〔他出〕 前斎院摂津集、〔補説〕参照。新続古今集・雑歌中一九八〇「（後拾遺抄奏覧の時そへてたてまつりける歌）返しせよと仰せ事ありければ」。

〔語釈〕 **○二条の大きおほきさきの宮**　白河院第三皇女令子。145歌など参照。後拾遺集は応徳三年に完成しているが（744歌参照）その年、宮は九歳。二条太皇太后に奉ったとあるが、奏覧との関係は不明。**○なほすべきことありて**　撰者の方からの申請をいう。奏覧後に経信の批評、袋草紙に引かれる後拾遺問答（佚書）や難後拾遺がある、などによる修正を指すか。後拾遺集目録序によれば応徳三年冬の奏覧後に改訂し、翌年二月に再び召見されている。その間のことか。**○ことのは**　和歌。撰集のこと。

〔補説〕 前斎院摂津集（一〇、一一、一二）に次のようにある。

治部卿、後拾遺まゐらせたりし奥に、かかれたりし

たづねずはかひなからましいにしへのよよのかしこき人のたまづさ

とかかれたりしを、その御草子になほすべき所ありとて申されしに、その奥の歌の返しせよ、とおほせられしかば

たづねつつかきあつめずは言の葉もおのがちりぢりくちやしなまし

返し　　治部卿

きみみよとかきあつめたるたまづさをしるくも風のへだてつるかな

撰集に関する歌の並び。

金葉集のはじめていできたりける時、三河《みかは》がしもに侍（り）けるを、撰集の歌人まゐ《い》れとめしければまゐ《い》れりけるに、かみのきれにかきてたまはせたりける

従一位宗子

むかしよりいかなるいへ《ゑ》の風《かせ》なればちることのはのたえせざるらん

〔現代語訳〕　金葉集が初めて出来た時、三河が末の方に仕えておりましたが、勅撰集の歌人はこちらへと来なさいとお呼びになったので参りましたところ、紙の端に書いてお与えになりました歌

昔から伝えられる、どのような家の伝統であるので、広まる和歌が絶えないのであろうか。

〔語釈〕　**○金葉集**　白河院の下命で源俊頼が撰した五番目の勅撰集。袋草紙「故撰集子細」に「天治元年月日これを奉り大治元、二年の間これを上奏す。この集の本不定なり。奏覧の所両度返却あり。第三度の度中書の草案をもつて先づこれを覧はし而して件の本左右なく納め畢んぬ。仍りて撰者の許にこの本なしと云々」などとある。三河は二首入集。**○いへの風**　代々伝えた家業。歌道の家柄。奥義抄・中巻に「家の風とは、家の業をつたふるなり」

とある。散る、言の葉（和歌）は縁語。「いにしへの家の風こそうれしけれかかることの葉ちりくと思へば」（後拾遺集・雑四・一〇八九後三条院越前「後三条院御時月あかかりける夜、侍りける人など庭におろしてご覧じけるに人々おほかるなかにわきて歌よめとおほせごと侍りければよめる」）、「家の風ふかぬものゆゑ羽束師の森の言の葉ちらしはてつる」（金葉集・雑部上五五五藤原顕輔「この集撰し侍りけるとき、歌こはれておくるとてよめる」）。

かへし　　三河

747 いへ《ゐ》の風《かせ》ふくともなしにことのはのおもひのほかにいかでちるらん

〔現代語訳〕返事の歌

そのような家の風は、はっきり吹いてはいませんが、言の葉（和歌）は思いもしないところにどうして散り広まるのでしょう。

〔語釈〕**○ふくともなしに**　家の伝統をとくに意識しておりませんがの意。作者三河は頼綱、仲正と続いた重代の勅撰歌人であるが歌道の家柄とまでは言えない（ただし本集には祖父、父のほか兄弟の頼政、頼行、妹の美濃の詠がみえる）。

〔補説〕和歌に関する歌群が「家の風」を詠み込んだ贈答でまとめられる。

二条太《大》后宮くすだまのれうに人のもとにはなむすびにつかはしたりけるを、をかしくむすびてたてまつれりければ、いひつかはしける　　摂津

748 しら露のいかにむすべる花《はな》なればにほひもことにみゆるなるらん

〔現代語訳〕 二条太后宮令子が、薬玉にするため、ある人のところに花結びにして送った時のこと、趣深く飾り結んで奉ったのであるが、添えて言い送った歌

白露が、どのようにむすんだ花なので、匂いも格別に思われるのであろう。

〔他出〕 前斎院摂津集三四「五月五日、薬玉みやしろにたてまつらせ給ふ、花むすびに人のもとにつかはしたる、まゐらせたるに」、四句「にほひことには」、（「返し」は「君がため露もむすべる花なれば心とけてや神もみるらん」）。

〔語釈〕 **〇二条太后宮** 745歌参照。**〇くすだま** 薬玉。麝香、沈香、丁子などを錦の袋に入れ、菖蒲、蓬などの造花で飾り五色の糸を垂らす。端午の節句に邪気をはらうために用いた。「心にぞしめてをりつるいろいろの花には露の身もやかかると」（肥後集一四二「小野宮の千日の講のはて五月ありしに、いろいろの花を薬玉につらぬきて、捧物とおぼしくてかきつくる」）。**〇はなむすび** 花の形に結んだ紐結び。造花を結びつけたとも解される。

〔補説〕 摂津集によると薬玉は（賀茂）社に奉るためのものと知られる。令子内親王に仕えた摂津が添えた歌である。745歌参照。

卯月《うつき》の十日比に、宇治の前大きおほいまうち君のもとにとのゐして侍るに、経衡とひとところにねてとのゐものをとりたがへてふくろにいれたりければ、とりかへにつかはすとて

橘俊成

夏《なつ》きてはかぞふばかりになりぬるをたちおく《を》れたるころもがへかな

〔現代語訳〕 四月の一〇日ころに、宇治前太政大臣頼通のもとに宿直しましたが、経衡と同じところで寝て宿直用の夜具や衣服を取り違えて袋に入れたので、取り換えに送った時に詠んだ歌

夏が来て幾日か数えるほどにまでなってしまったが、時期におくれた衣替えだね。

〔他出〕 経衡集一三二「越中守俊成と、宇治殿にて同じところに夜ふして、宿直ものをとりかへて袋にいれて侍りける、返すとて、四月十余日ばかりに」（返しは「なつかしき君が衣のうつり香をしみかねてもかへしつるかな」）。

〔語釈〕 **○たちおくれたるころもがへ** 間違えた宿直用の衣服を交換するのを「ころもがへ」と洒落て、時期に遅れた更衣と表現した。衣の縁で「裁ち」を掛ける。初句の「きて」（着る）、三句の「なり」（萎る）も同様。

俊綱朝臣の伏見の家にて、山家眺望といふことをよみける

藤原国房

山がつの野がひのこまもかへるめりはつせに草《くさ》をしがひかけつつ

〔現代語訳〕 俊綱朝臣の伏見の家において、「山家の眺望」という題を詠んだ歌

山里住みのものが野で飼う馬もかえるようだ。そのはだか馬の背に草を束ねかけながら。

〔語釈〕 **○俊綱朝臣の伏見の家** 多くの歌会が行われ、風流な場所として聞こえた。詞花集・春に「橘俊綱朝臣の伏見の山庄にて、水辺桜花といふことをよめる」の詞書で源師賢詠「池水のみぎはならずは桜花かげをも波にをられましやは」（二八）などとある。「今日辰時許、修理大夫俊綱朝臣臥見亭已以焼亡、件処風流勝㆑他、水石幽奇也、悉為㆓灰燼㆒、誠惜哉」（中右記・寛治七年一二月二四日条）。184歌参照。**○野がひのこま** 「夏草はむすぶばかりになりにけり野がひの駒やあくがれにけん」（二四二「重之集（帯刀の長源重之、三十日の日をたまはりて、歌百よみてたてまつらんときはたばんとおほせられければ、たてまつる）夏二十」）。**○はつせ** 鞍を置かない馬。袖中抄・第一二「ヲロノハツヲニカガミカケ」に「トモヲハナレタレバ、クラヲカヌムマヲバハツムマトイヒ、ハツセトイフ」とある。**○しがひ** しがふ。草などを刈り束ねて、その末を結びあわせる。「朝夕になでつつおほす刈る萱をしがへて君がみま

くさにしつ」（散木奇歌集三九四「百首歌中に刈萱をよめる」）。

〔補説〕　本歌は和歌一字抄「暮晩夕」「山家晩望」一九一に載る。

用語（あまり歌に詠み込まない非歌語の使用）、音律（同音の反復）が注意される。趣向・内容をみても戯れ歌的な並び。

堀河院御時百首歌たてまつりけるに　　修理大夫顕季

あづさゆみいる野《の》の草のふかければあさゆく人の袖《そで》ぞ露けき

〔現代語訳〕　堀河院の御代、百首歌をたてまつりました時に詠んだ歌

入野の草が深いので、朝、その野を行く人の袖は露にぬれてしっとりとなることだ。

〔他出〕　堀河百首・雑一三九七「野」。六条修理大夫集二六八「（百首和歌　雑）野」。風雅集・旅歌九〇五「題知らず」。

〔語釈〕　**○あづさゆみ**　枕詞、射るという弓の縁から「いる」にかかる。他に弓の関連で、はる、ひきなどにかかる。51歌参照。「あづさゆみ春のけしきになりにけりいるさの山に霞たなびく」（金葉集・春部一一長実「霞の心をよめる」）。**○いる野**　入野。和歌初学抄は万葉の地名とする（万葉集所名「さをしかのいる野」）。現在の京都市西京区の大原野辺かという。「さを鹿の入野の薄初尾花いつしか妹が手枕にせん」（新古今集・秋歌上三四六人麿「題知らず」、原は万葉歌）。

夏草をよみける　　源俊頼朝臣

しほみてば野島がさきのさゆりばに波《なみ》こす風のふかぬまぞなき

【現代語訳】「夏草」の題で詠んだ歌

潮が満ちてくると、野島が崎の百合の葉を越す波、その波を立てる風が吹かないときはないよ。

【他出】散木奇歌集・夏三三八「(六月)皇后宮権大夫師時の八条の家歌合に野風を」、五句「ふかぬ日ぞなき」。千載集・雑歌上一〇四五「夏草をよめる」、五句「ふかぬ日ぞなき」。

【語釈】**○しほみてば**　「しほみてば入りぬるいその草なれや見らくすくなくこふらくのおほき」(拾遺集・恋五・九六七坂上郎女「題知らず」、抄三一八、原は万葉歌)。「しほみてば入りぬる磯とながめつつ袖のひるまもなきわが身かな」(清輔集二八九「宮仕へしける女の、つねにもえあはざりけるに」)。**○野島がさき**　淡路国(五代集歌枕)の歌枕、現在の津名郡北淡町の付近とされる。安田純生「野島が崎の百合」(『歌枕試論』和泉書院、一九九二年)参照。俊頼の本歌は平安では早い例で、万葉歌(巻三・二五一「あはぢの(粟路之)のしまのさきの(野島之前乃)はまかぜにいもがむすびしひもふきかへす」、和歌初学抄は「万葉集所名」にあげる)を典拠としている。「なく虫のこゑきくほどにあま人も野島が崎はあさりせられず」(為忠家初度百首・秋四〇七為業「島辺虫」)。なお顕輔に「近江路や野島が崎の浜風に夕波千鳥たちさわぐなり」(顕輔集一〇一「(長承元年十二月廿三日内裏和歌題十五首)千鳥」)の例があり、清輔も近江国の歌枕としていたかに思われるが次項の例歌は本歌によっている。**○さゆりば**　百合の葉。「浜風になびく野島のさゆり葉にこぼれぬ露は蛍なりけり」(清輔集八三「海辺蛍」)。

【補説】天仁三年(一一一〇)四月二九日源師時山家五番歌合に次のようにある。

一番　野草　左　　顕国

を鹿ふす春野の草のふかければさつをのゆみちほしばかりみゆ

右　俊頼

しほみてば野島が崎のさゆり葉に波こす風のふかぬ日ぞなき

顕季・俊頼による万葉表現をもつ歌の並び。

753

堀河《川》院御時百首歌たてまつりけるに　修理大夫顕季

たまもかるいらこがさきのいはね松《まつ》いくよまでにか年《とし》のへぬらん

〔現代語訳〕堀河院の御代、百首歌をたてまつりました時に詠んだ歌

伊良湖が崎の岩根に生えた松よ、いったい幾世までに年を経ているのであろう、久しいことだ。

〔他出〕堀河百首・雑一三〇一「松」。六条修理大夫集二六二「（百首歌 雑）松」。千載集・雑歌上一〇四四「百首の歌の中に、松をよめる」。

〔語釈〕○たまもかる　枕詞。海辺の地名にかかる。○いらこがさき　伊良湖が崎、三河国の歌枕。現在の愛知県渥美半島西端（伊良湖岬）。和歌初学抄・所名「三河いらこがさき　松アリ」。「あまのかる伊良湖が崎のなのりその名のりもはてぬ郭公かな」（江帥集五〇「郭公、おそくなく年」）。○いはね松　岩に生えた松。「もみぢする同じみ山の梢にてひとりさめたる岩ね松かな」（清輔集一七七「紅葉」）。○いくよまでにか　「しらなみのはままつがえのたむけくさいくよまでにかとしのへぬらむ」（万葉集・巻一・三四「幸于紀伊国時川島皇子御作歌或云山上臣憶良作」）による表現。

〔補説〕以下、歌枕を詠む歌群。

754

二月ばかりみかはの国のはなぞの山といふ所にてかりし侍（る）とて

読人不知

春霞《はるかすみ》はなぞの山をあさたてば桜《さくら》がりとや人はみるらん

〔現代語訳〕　二月ほどに三河の国の花園山というところにて狩りをしました時に詠んだ歌

春霞の中、花園山を朝方に出ると、桜狩りに行くと人はみるのだろうか。

〔他出〕　〔補説〕参照。

〔語釈〕　**○はなぞの山**　詞書に三河国とあるが所在不明。和歌初学抄・所名に「三河花ぞの山　春ノスミカトモ、花ゾメトモ」とある。「細川の岩まの氷とぢながら花園山の峰のかすめる」（堀河百首三九仲実「霞」）。

〔補説〕　奥義抄・中巻は「さくらがり」（桜を尋ね求むる）の例歌として本歌を引く（「中ごろの人の歌にも」とある）。袖中抄・巻一九「サクラガリ」に引くが良暹打聞（佚書）にみえる歌とする。

755

春《はる》ころ僧正行尊くまのよりいでたりときゝてつかはしける

僧都公円

ほの〴〵と霞《かすみ》たちけんわかのうらの春《はる》のけしきはいかゞ見てこし

〔現代語訳〕　春のころ、行尊僧正が熊野の修行から帰ってきたと聞いて送った歌

ほのぼのと霞がたっていたことだろう、そのような和歌浦の春の景色をどのように見てきたことでしょう。

〔他出〕　行尊大僧正集一一「まかりかへりし道に、公円阿闍梨がもとより」、二句「かすみたりけん」（返しは「和歌の浦はあまのしほやに煙たち霞のまより花ぞにほひし」）。宝物集四〇七（二句「霞こめたる」、五句「いかがみてまし」）。

〔語釈〕　○わかのうら　498歌参照。「はるばるといづち行くらん和歌の浦の波ぢにきゆるあまのつり舟」（清輔集三六五「是二十五首名所中和歌浦歌」）。

756

遥望漁舟心をよめる　　　皇后宮権大夫師時

波《なみ》まよりあるかなきかにみゆるかな島《しま》づたひゆくあまのつり舟《ふね》

〔現代語訳〕「遙かに漁舟を望む」という題で詠んだ歌
　波の間からあるのかないのかわからないほどはるかに見えるよ、島づたいにいく漁夫の釣り舟が。

〔語釈〕　○遙望漁舟　万代集・雑歌三に「康和四年内裏にて、遥望漁舟といふことをよみ侍りける」と詞書して顕実詠「波まよりあるかなきかに見ゆるひはあまのを舟のいさりなりけり」（三二九六）がみえる。次の757歌もともに、同じ康和四年（一一〇二）の内裏歌会での詠進歌か。○あるかなきか　247歌参照。

757

藤原基俊

さざなみやひらの山風はやからし波《なみ》まにきゆるあまのつり舟《ふね》

〔現代語訳〕（同じ題で詠んだ歌）
　比良の山から吹く風ははやいらしい、波の間に消えて見えなくなる漁夫の釣り舟だよ。

〔他出〕　基俊集二一四「遥望漁舟」。中古六歌仙。

〔語釈〕　○さざなみや　比良にかかる枕詞。○ひらの山　比良山、近江国の歌枕。琵琶湖西岸の連山。和歌初学抄・所名「近江ひらの山　タカネトモ」。本歌は「ささなみのひらやまかぜのうみふけばつりするあまのそでかへるみゆ」（万葉集・巻九・一七一五「槐本歌一首」、よみ人知らず「題知らず」で新古今集・雑歌下一七〇二に入集、奥義抄・下巻余にも）による。**○はやからし**　はやくあるらし。「わたつうみの沖にこち風はやからしかのこまだらに波たかくみゆ」（人丸集二五七「みの」）。

ながらの橋《はし》をよみ侍（り）ける　　藤原公重朝臣

きゝわたるながらの橋《はし》はあとたえてくちせぬなのみとまるなりけり

〔現代語訳〕　長柄の橋を詠みました歌

昔から聞いている長柄の橋は今は跡絶えて、朽ちない名だけがとどまっているのであった。

〔他出〕　風情集八〇「（二十五所を人々よませしに）長柄の橋」。治承三十六人歌合。

〔語釈〕　**○ききわたる**　かねがね聞いている。「ききわたる御手洗川の水きよみそこの心をけふぞ見るべき」（金葉集・雑部上五九二津守国基「賀茂成助にはじめてあひて物申しけるついでにかはらけとりてよめる」）。**○ながらの橋**　長柄の橋、摂津国の歌枕。長柄川に架けられた橋、現在の大阪市北区長柄から東淀川区柴島のあたり。和歌初学抄・所名に「摂津ながらの橋　イマハナシ、ハシバシラバカリヲヨム」とあり、橋そのものはなく橋柱だけが久しく残っているると詠まれる。「難波なる長柄の橋もつくるなり今はわが身をなににたとへむ」（古今集・誹諧歌一〇五一伊勢「題知らず」）、「くちもせぬ長柄の橋の橋柱久しきほどのみえもするかな」（後拾遺集・賀四二六平兼盛「入道摂政の賀し侍りける屏風に、長柄の橋のかたかきたるところをよめる」）など。

〔補説〕　教長家名所二十五首歌会での詠歌。

759

道命法師

なにごともかはりゆくめるよの中はむかしながらの橋《はし》ばしら〳〵かな

〔現代語訳〕（長柄の橋を詠みました歌）

何事も変わりゆくという世の中にあって、昔のままに残っている長柄の橋の橋柱よ。

〔他出〕千載集・雑歌上一〇三一「長柄の橋のわたりにてよめる」、三句「世の中に」。

〔語釈〕**○むかしながらの**　昔のままの意に長柄を掛ける。「年ふればくちこそまされ橋柱昔ながらの名だにかはらで」（新古今集・雑歌中一五九四忠岑「長柄の橋をよみ侍りける」）。「ゆくするを思へばかなし津の国の長柄の橋も名はのこりけり」（千載集・雑歌上一〇三〇源俊頼「天王寺にまうで侍りけるに、長柄にて、ここなん橋のあとと申すを聞きて、よみ侍りける」）。

〔補説〕袋草紙・雑談は壬生忠見の事績を語り次の贈答を載せるが中に類歌がみえる。

伊豆国に下向の時、よしあるうかれめの云ひける

おとに聞きて目にはまだ見ぬ播磨なる響の灘と聞くはまことか

返り事

年ふればくちこそまされ橋柱むかしながらの名だにかはらで

童名は名多なり。

760

藤原顕方

むろのやしまを

たえずたつむろのやしまのけぶりかないかにつきせぬおもひなるらん

〔現代語訳〕室の八島を詠んだ歌

絶えることなくたっている室の八島の煙であるよ、どんなにか尽きない思いの火であるだろう。

〔他出〕後葉集・雑一・四八六「室の八島」。千載集・雑歌上一〇四一「室の八島をよめる」。

〔語釈〕**○むろのやしま**　室の八島（明神）、下野国の歌枕。現在の栃木市惣社町にある大神《おおみわ》神社の古称。そこの池は水気が煙のように立ちのぼっていたことから煙の絶えない所とされた。和歌初学抄・所名は下総とし、「下総むろのやしま　ケブリタエズタツ」とある。「いかでかは思ひありともしらすべき室の八島のけぶりならでは」（詞花集・恋上一八八実方「題知らず」）。849歌参照。**○つきせぬおもひ**　久しく変らない思い（ひ）と尽きない火を掛ける。

〔補説〕本歌も教長家名所二十五首歌会の詠歌と考えられる。

室の八島について、袋草紙・雑談に次のような話が載る。

源経兼下野守にて国に在るの時、ある者便書を持ちて国府に向ふ。叶はざるの間、術なきの由なんど云ひて、はかばかしきこともせず。冷然として出でて一、二町ばかり行くを、更によびかへしければ、不便なりとて然るべき物など賜ふべきかと思ひて、なまじひに帰り来るに、経兼云はく、あれ見給へ、室の八嶋はこれなり。都にて人に語り給へと云ふ。いよいよ腹立つ気有りて出で了んぬと云々。

761

題不知　　大蔵卿経忠

しら雲にまがひやせましよしの山おちくるたきのおと《を》せざりせば

〔現代語訳〕

白雲に間違えてしまうであろう、吉野の山から落ちてくる滝は、その音がしなかったならば。

〔他出〕千載集・雑歌上一〇三四「吉野の滝をよみ侍りける」。

〔語釈〕**○よしの山おちくるたき**　吉野の滝。「冬さむみこほらぬ水はなけれども吉野の滝はたゆる世もなし」（拾遺集・冬二三五よみ人知らず「題知らず」、抄一四一）。吉野山は57歌参照。

雨後山水といふことを　藤原基俊

よしの川《かは》そらやむらさめふりぬらしいはまにたぎつお《を》とと《ゝ》よむなり

〔現代語訳〕「雨の後の山水」という題を詠んだ歌

吉野川は、空に村雨が降ったらしいよ、岩の間をたぎって流れる水の音が高く響いているようだから。

〔他出〕 基俊集二一三「雨後山水」、初句「吉野山」、三四句「降りぬなり岩まをたぎつ」。続後撰集・雑歌上一〇一七「題知らず」、二三句「そそやむらさめふりぬらん」。中古六歌仙。

〔語釈〕 **〇よしの川** 86歌参照。**〇そらやむらさめ** 中古六歌仙、続後撰集は「そそやむらさめ」とある。この形が本来か。そそやはあれまあの意。〔補説〕にあげた和歌一字抄の本文を参考にひとまず「そらや」とみておく。むらさめはにわか雨。和歌一字抄に「むらさめの音にたがはぬ山川にいかでか水のまさらざるらん」（九五一「似」「水声似雨」行宗）とみえる。**〇とよむ** 鳴り響く。和歌初学抄・由緒詞「とよむ　響也」。「峰たかくなきわたるなり呼子鳥谷の小川のおととよむなり」（為忠家初度百首・春九八頼政「谷中喚子鳥」）。

〔補説〕 和歌一字抄「後」に「吉野山空やむらさめふりぬらし麓の滝つ音とよむなり」（九九「雨後山水」）としてみえる。

751歌からここまで歌枕を詠み込む詠歌が並ぶ（756歌を除く）。入野、野島が崎、伊良湖が崎、花園山、和歌浦、比良山、長柄の橋、室の八嶋、吉野。

763

水風驚夢 心《こゝろ》をよめる　　源俊重

たきつせのいはまふきこす風のお《を》とに夢《ゆめ》みるほどもねられざりけり

〔現代語訳〕「水風夢を驚かす」という題で詠んだ歌
たぎり流れる瀬の岩間をこえて吹く風の音がはげしくて、夢を見る間も寝られないことだ。

〔語釈〕○夢みるほど　「うきねして夢みるほどやなかるらむ霜うちはらふよはのをし鳥」（出観集六四四「寒夜水鳥」）。

〔補説〕水風驚夢は他に例を見つけられないが、林葉集に「水鶏驚夢歌林苑」の詞書で「なかなかに夢にはみべき待つ人をたたく水鶏にはかられにける」（二八四）があり、和歌一字抄「驚駭」の項に「波声驚夢」の題で次の二首がみえる。

恋しさは夢にのみこそなぐさむれつらきは波の声にぞありける（七六五源重之）
うらちかくぬるかとすれば白波のよる音にこそ夢覚めにけれ（七六六致親）

764

暮望旅客といふことを　　大納言経信

夕日《ゆふひ》さす浅茅《あさち》が原《はら》のたび人はあはれいづこをやどにかるらん

〔現代語訳〕「暮に旅客を望む」という題を詠んだ歌
夕陽のさす荒野を行く旅人は、ああ、どこに宿を借りるのであろう。

〔他出〕経信集二四四「晩望行客」。新古今集・羇旅歌九五一「暮望行客といへる心を」、四五句「あはれいくよにやどをかるらん」。

〔語釈〕○暮望旅客　清輔集に「朝望旅客」の題で「朝霞ひなのながちにたちにけり墨絵にみゆるをちの旅人」（三六一）がみえる。○浅茅が原　浅茅が生い茂る荒れた野。55・154歌参照。

〔補説〕和歌一字抄「暮晩夕」「暮望行客」一九九（四句「あはれいづくに」）に載る。

765

題《たい》しらず　　藤原公経朝臣

夕日《ゆふひ》さすをちの山里《さと》見わたせば心《こゝろ》ぼそくもたつけぶりかな

〔現代語訳〕夕陽のさす遠方の山里を見渡すと、心細くも立つ煙であるよ。

〔語釈〕○をちの山里　「夏の夜をしたもえあかす蚊遣火の煙けぶたきをちの山里」（基俊集二六「山家蚊遣火」）、「春霞立ちへだつればしるかりし煙もみえずをちの山里」（風情集三四一「僧都児十首歌よむに　霞遠村をこむ」）。○心ぼそく　「心ぼそし」は心情であり、煙の縁語。「炭竈のけぶりならねど世の中を心ぼそくも思ひたつかな」（堀河百首一〇八〇俊頼「炭竈」）、「雪のうちにけふもくらしつ山里はつまぎの煙心ぼそくて」（基俊集五三「山家雪」）。

〔補説〕夕景の並び。初句が共通、二句は原と山里で対。

766

大斎院御あしなやませ給（ふ）を、すぎのゆにてゆでさせ給（ふ）べきよし申（し）ければ、ゆでさせ給へどしるしも見えざりければ　　斎院宰相

あしひきのやまひもやまずみゆるかなしるしのすぎとたれかいひけん

〔現代語訳〕大斎院選子が御足の病を患いなさって、杉の湯で温めなさるのがよろしいと言うので、温めなさった

けれども効果が見えなかったので詠んだ歌

足のご病気もなおらないようですね、杉が効き目があると誰が言ったのでしょう。

〔語釈〕 **○あしひきの** 山にかかる枕詞。あしに足、やまひ（病）に山を掛ける。**○しるしのすぎ** 目印の杉（袋草紙「希代歌」などで三輪明神の歌とされる「恋しくはとぶらひきませわが宿は三輪の山もと杉たてる門」による）に治療の効果を掛ける。和歌初学抄・所名に「山　大和みわの山　スギノシルシヨム、神マス」、「神　大和みわの社　スギノシルシナド」とみえる。「三輪の山しるしの杉はありながら教へし人はなくていくよぞ」（拾遺集・雑上四八六元輔「初瀬の道にて三輪の山を見侍りて」）。稲荷神社の神木も「しるしの杉」という。933歌参照。

〔補説〕 二句「やまひもやまず」の同音反復、掛詞の妙。次の斎院（選子）の返歌も掛詞の技巧を駆使した詠。

返し　　　　斎院

しるしありとすぎにしかたはきくものをわがこのみわのやまぬなるべし

〔現代語訳〕 返事の歌

効き目があるとかつては聞いていたが、わたしの体の病気は治らないようだ。

〔語釈〕 **○すぎにしかた** 昔（過ぎにしかた）の意と（しるしある）杉を掛ける。「あふことをいまはかぎりと三輪の山杉のすぎにしかたぞ恋しき」（後拾遺集・恋三・七三八皇太后宮陸奥「成資朝臣大和守にて侍りける時ものいひわたり侍りけり、たえて年へにける後、宮にまゐりて侍りける車にいれさせて侍りける」）。**○このみわのやまぬ** この身（の病）、止ま（ぬ）と三輪の山を掛ける。

768

八十賀し侍（り）けるに、大僧正観修かはらけとりていはひの歌よみて侍（り）けるかへしに

天台座主覚慶

いはふともかひやながらのおく山《やま》にやそぢの冬にあへるからきは

〔現代語訳〕八十賀をしました時に、大僧正観修が盃を交わして長寿を祝う歌を詠みました返歌として詠んだ歌

祝うともそのかいはないことよ、長等の奥山で、八〇歳の冬を迎えるこの枯れ木のようなつらい身にとっては。

〔語釈〕**○ながらのおく山**　長等山、近江国の歌枕。現在の滋賀県大津市、三井寺の西方にある山。和歌初学抄・所名「近江ながらの山　サザナミヤトモ、ナガキコトニソフ」。「君が世の長等の山のかひありとのどけき雲のゐる時ぞ見る」（拾遺集・神楽歌五九八能宣「安和元年大嘗会風俗、長等の山」）。かひに甲斐（効験）と峡を掛け、また、ながらに（甲斐）なしを掛ける。観修の歌に長しが詠まれていたのであろう、それに対する返歌になっている。**○からき**　枯れ木。辛きを掛ける。「あしびきの山のまにまにたふれたるからきはひとりふせるなりけり」（金葉集・恋部下四九二「題よみ人知らず」）。

〔補説〕三輪山と長等山の並び。

769

上東門院内へまゐ《い》り給（ひ）けるとき御屏風の絵《ゑ》に、人の家に松竹などあるにすだれのまへにふえふくを《お》とこある所

民部卿斉信

ふえたけのよふかきこゑぞきこゆなるきしの松風ふきやそふらん

〔現代語訳〕上東門院彰子が入内なさった時の御屏風の絵柄に、松竹などある人家の、簾の前で笛を吹く男がいる所を、詠んだ歌

笛の音が夜更けて聞こえるようだ。岸の松風が吹き交じるのであろうか。

〔他出〕 公任集三〇〇「（中宮の内にまゐり給ふ御屏風歌、人の家近く松梅の花などあり、簾の前に笛ふく人あり）宰相中将いれり、斉信」、四句「峰の松風」。千載集・雑歌上九六〇「上東門院入内の時の御屏風に、松ある家に笛ふきあそびしたる人あるところをよみ侍りける」、四句「峰の松風」。

〔語釈〕 **〇上東門院** 一条天皇中宮藤原彰子。本集作者。357・441歌など参照。**〇よふかき** 夜と（笛の）節を掛ける。**〇きしの松風** 松風は琴の音に通う。770歌参照。

〔補説〕 長保元年（九九九）一一月の彰子入内に先立って道長が命じて詠ませた屏風歌。公任集によれば、本歌がこの画題において選定され色紙形に書かれたことがわかる。

本集の詞書に「人の家に松竹などあるに」とあり絵柄を示すが、公任集では「人の家近く松梅の花などあり」、千載集では「松ある家に」とあって異なる。本歌の初句に「ふえたけの」とあるのは絵柄の竹を意識し四句の松と対した表現とみられる。また四句「きしの松風」は一首の内容からみていかにも唐突な表現であり（本集の伝本中、群書類従本は「きし」を峰にする）、公任集（きしとする伝本がある）、千載集などのように「峰の松風」が落ち着く。

770

絵に、松の木のしたに人々ゐてことひきたるかたかけるを　　中納言定頼

ひくひとはことごとなれど松風《まつかせ》にかよふしらべはかはらざりけり

〔現代語訳〕 絵に、松の木のもとで人々が琴を弾いているところを画いてあるのを、詠んだ歌

琴をひく人はそれぞれまちまちであるけれども、松風にかよう調べは変わらないよ。

〔他出〕 定頼集一六「松の木の下に人々ゐて琴ひく所」、初句「ひくことは」、五句「たがはざりけり」。

〔語釈〕 ○かよふしらべ 497歌参照。
〔補説〕 屏風絵における笛と琴の連想、いずれも松風を詠み込む。

人のもとにまかれりけるに、あないしてとばかりやすらひけるほどに、あづまのおとのきこえければ、いひいれける
藤原範綱

たけくまの松の風《かせ》にやかよふらんあづまのことのねこそきこゆれ

〔現代語訳〕 ある人のところに参りましたとき、来意を告げて休憩している間に、東の琴の音が聞こえてきたので、詠んで伝えさせた歌
武隈の松を吹く風にかようのだろうか、待つ間に、東琴の音が聞こえるよ。

〔語釈〕 ○あづま 東の琴、和琴。「逢坂の関のあなたもまだみねば東のことも知られざりけり」（後拾遺集・雑二・九三七大江匡衡「女のもとにまかりたりけるに東をさしいでて侍りければ」）。○たけくまの松 武隈は陸奥国の歌枕。和歌初学抄・所名「陸奥たけくまの松 二本也」。松に待つを掛ける。「栽ゑし時契りやしけん武隈の松をふたたびあひみつるかな」（後撰集・雑三・一二四一藤原元善「陸奥国守にまかりくだれりけるに、武隈の松のかれて侍りけるをみて、小松をうゑつがせ侍りて、任はててのち又同じ国にまかりなりて、かの前の任にうゑし松を見侍りて」）、「ふるさとへわれはかへりぬ武隈の松とはたれにつげよとか思ふ」（詞花集・雑上三三八橘為仲「陸奥国の任はててのぼり侍りけるに、武隈の松のもとにてよめる」）。二木の松であった。「武隈の二木の松といはふかな影をならべてちとせへよとて」（清輔集三〇六「祝両人」）。○あづまのことのね 東の琴と東国の事を掛け、音に（松の）根を掛けるか。「もののふも聞けばあはれをかくといふ東のことをいかでならはん」（為忠家初度百首・雑六九〇忠成「和琴」）。
〔補説〕 楽器（琴）と松風の連想による並び。

人の紙をこへりけるをいささかつかはすとて　藤原実方朝臣

いさやまだちぢのやしろもしらぬ身はこやそなるらんすくなみのかみ

〔現代語訳〕ある人が紙をほしいと言ってきたのでわずかばかり送る時に詠んだ歌

さあ、どうしたことか、まだたくさんの社を知らないわたしにとってはよくわからないが、これが、すくなみの神の、それであろうか。少々だが紙を差し上げよう。

〔他出〕実方中将集五五「宇佐よりかへりて、紙など人に心ざすとて」、三句「しらねども」。〔補説〕参照。

〔語釈〕**○いさやまだ**　「いさやまだこひてふ事もしらなくにこやそなるらんいこそねられね」（拾遺集・恋四・八九六よみ人知らず「題知らず」）。**○すくなみのかみ**　少御神、少彦名（すくなびこな）。大国主命（大穴牟遅・おおなむち）とともに力をあわせて心をひとつにして天下をつくった（古語拾遺）。「おほなむちすくなみ神のつくれりし妹背の山を見るぞうれしき」（拾遺集・神楽歌六一九人麿「旅にてよみ侍りける」、原は万葉歌）。「月みればすくなみ神ぞうらめしき西には山をつくらざりせば」（散木奇歌集五三四「月のいらんとするをみてよめる」）。紙の少ない意を表す。二句中の千々の対。「すく」に漉くを掛けるか。

〔補説〕実方朝臣集（一六一、一六二）には次のようにある。

法師の、紙こひたるに、やるとて

いさやまだちぢのやしろもしらぬ身はこやそなるらんすくなみのかみ

かへし

ひろまへにまさぬ心のほどよりはおほなほへなるかみとこそみれ

返し　　　　　　　　　　　　　　　　読人不知

ひろまへにまさぬ心《こゝろ》のほどよりはおほなほびなるかみとこそ見れ

〔現代語訳〕　返しの歌
　神の広前におられないという心の内よりみても、それは大直日の神と思われます。充分に多い紙です。

〔他出〕　実方中将集五六「返し」、四句「おほなほみなる」。772歌〔補説〕参照。

〔語釈〕　○ひろまへ　神前を敬っていう。「あめのしたはぐくむ神の御衣《みぞ》なればゆたけにぞたつみづの広前」（後拾遺集・雑六「神祇」一一七三よみ人知らず「大弐成章肥後守にて侍りける時、阿蘇社に御装束してたてまつり侍りけるにかの国の女のよみ侍りける」、奥義抄・中巻に「神をば瑞の広前といふなり。また衣にゆたけ（裄丈）といふことあり。前を割らでひろながらあるなり。ひろまへともいふ。されば世の中をはぐくむ神のみそ（御衣）なれば広く裁たむとよめり」と注する）。広前にまさぬで紙の少ないことを示し、そうでないと下句につなげる趣向。○心のほど　贈歌の「社も知らぬ身」に対していう。思っているよりもの意。○おほなほびなるかみ　大直日の神、禍を祓い汚れを清める神（日本書紀・神代紀）。古今集の「大歌所御歌」に「おほなほびの歌」として「あたらしき年の始にかくしこそちとせをかねてたのしきをつめ」（一〇六九、左注「日本紀には、つかへまつらめよろづよまでに」）がみえる。紙が多い意を表す。大直紙（美濃紙）を込めるか。

〔補説〕　神名を用いた機知の贈答。

774

うらにものかかむとて、おほくかきあつむなるふみたまへと人のこひければ

藤原経衡

やくとしもかきあつめねばもしほ草《くさ》あまたも見えぬうらとしらなん

〔現代語訳〕裏になにか書きたいといって、たくさん書き集めた文書を下さいとある人が所望したので詠んだ歌
ただひたすらにかき集めていないので、藻塩草がたくさんもない浦だと知ってほしい。少ししかさしあげられませんよ。

〔他出〕経衡集二〇三「おほうかきあつむなる文、とこひたりける人に、やるとて」。

〔語釈〕**〇やくとしも**　「やくと」は「役と」（余念なく、それだけに専念するさま）の意と焼く（藻塩草の縁語）を掛ける。しもは強め。「やくとのみ枕の上にしほたれてけぶりたえせぬとこの浦かな」（後拾遺集・恋四・八一四相模「題しらず」）。**〇もしほ草**　詞書の「ふみ」をいう。手紙、歌稿など。744歌参照。**〇うら**　浦と裏を掛ける。裏は紙の裏に自ら心の意を響かせる。

775

祭主輔親内に侍（る）むすめのもとへ扇調じてつかはしけるをうらやましくやおもひけむ、おととむすめの十一二ばかりなるが、すずりのはこにかきていれたりける

ともすればおもひのあつきかたにこそ風をもまづはあふぎやりけれ

〔現代語訳〕祭主輔親が内裏に仕えている娘のところに扇を作らせて送ったのをうらやましく思ったのだろう、一、二歳の下の娘が、硯の箱に書き入れた歌
ややもすれば火の熱い方に、まず風をあおぎやることです。愛情の厚い方に扇を贈ったのですね。

〔語釈〕 **○ともすれば** 「いさやまたふみもみられずともすればとだえの橋のうしろめたさに」（散木奇歌集一〇三六「人のもとよりたびたび申せど御返りなきはいかなることぞ、もし文をみぬかなどいひたる人の返事にしける」）。**○おもひのあつきかた** 思われている愛情深い姉の方と火（思ひに火を掛ける）の熱い方角を掛ける。

これを見てかたはらにかきつけける　　祭主輔親

ひとりにはちりをもすゑ《へ》じひとりをば風《かせ》にもあてじとおもふなるべし

〔現代語訳〕 この歌を見て傍らに書きつけた歌

ひとりには塵をも置かせまいと思っているのです。もうひとりは風にも当てまいと、どちらも大切に思っているつもりだ。

〔語釈〕 **○ちりをもすゑじ** 大事に育てる意の比喩。「塵をだにすゑじとぞ思ふ咲きしより妹とわがぬる常夏の花」（古今集・夏歌一六七躬恒「となりより常夏の花をこひにおこせたりければ、をしみてこの歌をよみてつかはしける」）、「たまくしげ懸籠に塵もすゑざりしふた親ながらなき身とをしれ」（金葉集・雑部下六一〇よみ人知らず「律師実源がもとに女房の仏供養せんとてよばせ侍りければ、まかりて見ければこともかなはずげなるけしきを見て、いそぎ供養してたちけるに、すだれのうちより女房てづから衣一重と手箱とをさしいだしたりければ、従僧してとらせてかへりてみれば、しろかねの箱のうちにかきていれたりける歌」、袋草紙・雑談にもみえる）。**○風にもあてじ** 拾遺集の長歌に「…ふたばの草を吹く風のあらき方にはあてじとてせばきたもとをふせぎつつ塵もすゑじとみがきては玉のひかりをたれか見むと…」（雑下五七四兼家「円融院御時、大将はなれ侍りて後、久しく参らで奏せさせ侍りける」）などとある。

777

ゆかしくおぼされける人、女房のつぼねにしのびてかたた《ゝ》がへにまゐ《い》れりときかせ給（ひ）て、たいめんせむなどおぼしめしけるを、あかつきいでにければ

大斎院

あひ見むとおもひしことをたがふればつらきかたにもさだめつるかな

〔現代語訳〕 慕わしく思っておられた人が、女房の局に忍んで方違えに来るとお聞きになって、対面したいとお思いになっていたのを、暁に出て行ったので、詠まれた歌

逢いたいと思っていたことを違えたので、つらい仕打ちをしたものと決めたことですよ。

〔他出〕 千載集・雑歌上九六八「いぶかしくおぼされける人のむすめの、女房の局にゆかりありて、しのびて方違へにまゐりけるを、あかつきとくいでにければ、つかはしける」

〔語釈〕 ○たがふれば 「方違え」（陰陽道で、天一神のいる方角に行く場合、前夜に吉方に方角を変えて泊まること）をふまえた表現。四句のつらきかたも同じ。

778

山《やま》なる僧《そう》の、さとへいでんにはかならずおとせんとちぎりたりける、いでたりときけどお《を》ともせざりければ

祝部成仲

里《さと》なるる《ゝ》山《やま》郭公《ほとゝきす》いかなればまつやどにしもお《を》とせざるらん

〔現代語訳〕 比叡山にいる僧が、里に出るときは必ず尋ねようと約束していたが、出てきていると聞いたけれども尋ねて来ないので詠んだ歌

里に馴れた郭公よ、どういうわけで待っているわが宿に来て鳴いてくれないのか、約束を違えてあなたは訪れ

てくれないことだ。

〔他出〕　祝部成仲集二二「比叡の山にあひしりたる僧の、里へいでんにはかならずおとせんとちぎりたるが、里にいでながらおとせざりければ、四月十日ごろにつかはしける」。風雅集・夏歌三三五「比叡の山にあひしりたる僧の、里へいでばかならずおとせんとちぎり侍りけるに、いでながらおとせず侍りければ、四月十日ごろにつかはしける」。治承三十六人歌合。

〔語釈〕　〇山なる僧　山は比叡山延暦寺。祝部成仲集に「比叡の山にあひしりたる僧」とある。〇里なるる山郭公　山から里へでてくる郭公を山の僧に擬えた。「み山いでてまだ里なれぬ郭公旅のそらなるねをやなくらん」（金葉集・夏部一〇四顕季「鳥羽殿歌合に郭公をよめる」）。

雨中待客心を　　　大中臣輔以

人をまつあらましごとにめもさめてきゝあかしつる五月雨の空《そら》

〔現代語訳〕「雨中に客を待つ」という題で詠んだ歌
　あの人を待って期待に目も覚め、雨音を聞きあかした五月雨の空よ。

〔語釈〕　〇雨中待客　同題は他にみえないが、「雨中待人」の題で「雨ふりし日はあやにくにこしものをこはたれなれやおとづれもせぬ」（散木奇歌集一一一九、和歌一字抄七四六にも）、「雨ふるといかでか人を待たざらんたがためかける我がまゆねぞ」（其俊集二八）がある。790歌参照。〇あらましごと　予期する事。「なほざりのあらましごとによもすがらおつる涙は雨とこそふれ」（和泉式部集四一六「つくづくとなくけしきを御覧じて」、贈答が続く）。〇ききあかしつる　「思ふことのこらぬものは鹿のねを聞きあかしつるね覚なりけり」（清輔集一二〇「題知らず」）。

780
大納言公実（の）許にて人々、対水待月心《こゝろ》よみけるに　源俊頼朝臣

山のはをたまえの水《みつ》にうつしもて月をも波《なみ》のしたにまつかな

〔現代語訳〕大納言公実のところで人々が、「水に対して月を待つ」という題で詠んだときの歌

山の端を入江の水面にうつして、それでもって月の出を波の下に待つことよ。

〔他出〕散木奇歌集・夏三一七「（六月）東宮大夫公実の許にて対水待月といへる心を」。金葉集初度本・夏二二七「対水待月といへる事をよめる」、作者表記「中納言顕隆」、二度本異本歌。

〔語釈〕**○対水待月**　金葉集・夏部に「公実卿の家にて対水待月といへる事をよめる」の詞書で基俊詠「夏の夜の月まつほどのてずさみに岩もる清水いくむすびしつ」（一五四、和歌一字抄六六三にも）があり、本歌と同時の作であろう。**○たまえの水**　玉江、美しい入江の水面。後拾遺集・夏の源重之詠「なつかりの玉江のあしをふみしだきむれゐる鳥のたつそらぞなき」（二一九）を注する中で奥義抄・中巻は「玉江とは越前にあり。雁は春は北へかへるに、羽つかれぬれば越前越後などにおちとまりて、夏は江のあし、野の草などの中に、羽もぬけ毛もおちてはひありくなれば、その心をよめるなり」とするが、ここは特定の地を当てなくてもよいか。「五月雨に玉江の水やまさるらん葦の下葉のかくれゆくかな」（金葉集・夏部一三七源道時「承暦二年内裏歌合によめる」）。

〔補説〕雨中に人を待つ歌から月の出を待つ歌に展開。以下巻軸まで、月を詠み込む歌群。

781
樵路月といふ事を　仁和寺宮

松風のお《を》ともさびしきあかつきに月《つき》にうたひてすぐる山人

〔現代語訳〕「樵路の月」という題で詠んだ歌

松風の音もさびしい夜明け方、月下に歌いながら過ぎる山人よ。

〔他出〕　出観集四三三「樵路暁月」。

〔語釈〕　○樵路月　同題は他にみえないが樵路（きこりが通る山路）を含む題は、出観集に「樵路落葉」で「いまさらに道をこのはにふみあけて尾上の松の枝おろすめり」（五三九）がみえるほか、歌林苑での出題として「雪埋樵路」のあったことが林葉集（六〇八「つま木こる山路は雪のふかければよにふる道もたえやしぬらん」）、頼政集（二九〇「雪つもる山路にまよふ山人はおのがつま木をこりぬとや思ふ」）から知られる。○山人　きこり。「霜のおく暁がたの野をこえてたきぎこりにと山人ぞゆく」（堀河百首一二八九師時「暁」）。

山月初出といふ題をよみける　　前参議親経

あふさかのすぎまいまこそしらむめれおとは《を》の山に月やいづらん

〔現代語訳〕「山の月初めて出づ」という題で詠んだ歌

逢坂の関の杉の間が今まさに白くなっていくようにみえる、音羽の山に月が出ているのであろうよ。

〔語釈〕　○山月初出　他に例をみない。「山月初出」の歌題が明題部類抄の一字抄題、清輔朝臣の項に載るが、和歌一字抄にみえない。○あふさかのすぎま　逢坂の関の杉群の間。「逢坂の杉間の月のなかりせばいくきの駒といかでしらまし」（詞花集・秋一二三匡房「駒迎をよめる」）、「逢坂の関の杉原下晴れて月のもるにぞまかせたりける」（詞花集・雑上三〇七匡房「京極前太政大臣家歌合によめる」）。逢坂は128・710歌参照。○しらむ　明るくなる。「あしのやのひたほのぼのとしらむまでもえあかしてもゆく螢かな」（散木奇歌集三〇八「山家暁螢といへる事を」、和歌一字抄一七〇・五七九・一一四九にも）。月光が杉の木立の間からもれさしこんでいる。○おとはの山　音羽山、近江国と山城国の国境にある山。現在の大津市と京都市山科区。「逢坂の関をや春もこえつらん音羽の山の今日はかすめる」（後拾遺集・春上四橘俊綱「立春日よみ侍りける」)。

題不知　　法性寺入道前太政大臣

783　あかなくにいりぬるあとのさびしきに月見む人はありあけを見よ

〔現代語訳〕

満ち足りないのに入ってしまう跡がさびしいから、月をみたい人は有明の月をみたらよい。

〔他出〕　田多民治集二〇七「月三十五首」、三句「久しきに」。秋風集・雑歌上一一一八「月歌三十五首よみ侍りける」、三句「さびしさに」。

〔語釈〕　**○あかなくに**　「あかなくにまだきも月のかくるるか山のはにげていれずもあらなむ」(古今集・雑歌上八八四業平「惟喬親王の狩りしけるともにまかりてやどりにかへりて夜一夜酒をのみ物がたりをしけるに、十一日の月もかくれなむとしけるをりに、親王ゑひてうちへいりなむとしければよみ侍りける」)。451歌参照。

〔補説〕　月の出と入りの並び。

晨月をよめる　　左京大夫顕輔

784　みむろ山みねにあさひのうつろへばたつたの川《かは》に月ぞのこれる

〔現代語訳〕　晨月を詠んだ歌

三室山の峰に朝の陽光が照り映えると、龍田川には月が残っている。

〔他出〕　顕輔集八八「晨明月」。

【語釈】〇晨月　朝の月。清輔集に「山中晨月」の題で「ほのぼのと嵐のこゑもなりにけりしら月山の有明の空」（一六六）がみえる。〇みむろ山　4歌参照。「嵐ふく三室の山のもみぢばは龍田の川のにしきなりけり」（後拾遺集・秋下三六六能因法師「永承四年内裏歌合によめる」）。〇たつたの川　龍田川、大和国の歌枕。現在の奈良県生駒郡。三室山の東を流れる。和歌初学抄・所名「大和たつたがは　シラナミノト」。「龍田川しがらみかけて神なびの三室の山の紅葉をぞみる」（堀河百首八五六俊頼「紅葉」）。

頼綱朝臣つのくにのはつかといふ所に侍（る）時、やらんとてよめりける

大蔵卿匡房

秋《あき》はつるはつかの山《やま》のさびしきにありあけの月をたれか見るらん

【現代語訳】頼綱朝臣が摂津国の羽束という所にいました時、送ろうと思って詠んだ歌

もう少しで秋が終わる九月二〇日のころ、羽束の山のさびしさに、有明の月を誰がみているだろうか。

【他出】江帥集一一六「頼綱朝臣、津の国に羽束山、為レ贈詠不レ能レ送、早卒故也」、五句「たれとみるらん」。新古今集・雑歌上一五七一「頼綱朝臣、津の国のはつかといふ所に侍りける時、つかはしける」、五句「誰とみるらむ」。別本和漢兼作集、和漢兼作集など（六華集には和泉式部の作としてみえる）。

【語釈】〇頼綱　本集作者。江帥集によれば、本歌は早卒（出来ばえをいうか）の故に頼綱のもとには送らなかったとある。〇はつか　二十日、僅《はつ》か（ほんの少しの意）に羽束（の山）を掛ける。羽束は摂津国有馬郡羽束郷。「かぎりありてはつかの里にすむ人は今日かあすかとよをもなげかじ」（和泉式部続集五四六「羽束の里」）。

三井寺にまかりて日ごろ侍（り）てかへりなんとしけるとき、人々わかれを《お》しみて歌よみけるに

刑部卿範兼

月をなどまたれのみすとおもひけむげに山のはは《ゝ》いでうかりけり

【現代語訳】三井寺に出かけて何日か滞在して帰ろうとした時、人々が別れを惜しんで歌を詠んだ折の歌
月の出をどうして待つ気にばかりなっていたのであろう、月の気持ちになれば、なかなか出ないのも無理のないことで、ほんとうに山の端は出づらいものであったよ。

【他出】新古今集・雑歌上一五〇四「三井寺にまかりて、ひごろすぎてかへらむとしけるに、人々なごりをしみてよみ侍りける」。

【語釈】〇三井寺　長等山園城寺。山門（比叡山）に対して寺門という。25歌参照。現在、滋賀県大津市にある天台宗の寺院。〇またれのみす　月の出が強く待たれるの意。

【補説】月を擬人化した表現。別れがたい思いを月に託す。

大原にすみ侍（り）けるころ、為業まうでこむとのみ申（し）て見えざりける、たまたま《〳〵》まうできたりけるに、月を《お》かしき所とてほかにやどれりければ、いひつかはしける

寂超法師

まちでたる雲ゐの月もやどらねばおぼろのしみづすむかひぞなき

【現代語訳】大原に住んでいましたころ、為業が尋ねようと言うばかりで来ることがなかったが、たまたまやって来たのに、月の趣深いところだと言って、別のところに泊まったので、言い送った歌

待って出た雲の上の月も宿ることがないので、朧の清水は澄むかいがないことだ。あなたが宿ることがないならわたしもここに住んでいるかいがない。

〔他出〕　新千載集・雑歌中一八四四「（大原にまかりておぼろの清水をみてよみ侍りける）同じ所に住み侍りける比、藤原為業まうでこんとのみ申してみえざりけるがたまたまうできたりけるに、月をかしき所とてほかにやどれりければいひつかはしける」、初句「待ちえたる」。

〔語釈〕　○大原　山城国の歌枕。現在の京都市左京区。和歌初学抄・所名「山城大原のさと　スミヨシトモ」。「大原やまだすみがまもならはねばわがやどのみぞ煙たえたる」（詞花集・雑下三六七良暹法師「大原にすみはじめけるころ、俊綱朝臣のもとへいひつかはしける」）。○為業　本集作者。本歌の作者の兄。○おぼろのしみづ　朧の清水、山城国の歌枕。現在の京都市左京区大原。袖中抄・第一〇「ノナカノシミヅ　オボロノシ水　セガヰノシ水」は「大原や朧の清水よにすまばまたもあひみんおもがはりすな」の古歌を引く。和歌一字抄に「けふもまた入相の鐘ぞきこゆなる朧の清水むすびつるまに」（二〇二「暮」「対泉日暮」仲実）とみえる。

〔補説〕　後拾遺集・雑三（一〇三六、一〇三七）にみえる次の贈答をふまえる。

良暹法師大原にこもりゐぬとききてつかはしける　素意法師

水草ゐし朧の清水そこすみて心に月のかげはうかぶや

返し　良暹法師

ほどへてや月もうかばん大原や朧の清水すむ名ばかりぞ

788 八月十五夜頼基僧都、まうでこむと申（し）てお《を》とせざりければつかはしける

良覚法師

きみまつと月をながめてあけぬればたのめてこぬもうれしかりけり

〔現代語訳〕八月十五夜に頼基僧都が行きましょうと言って便りもしてこなかったので詠み送った歌

あなたを待って、十五夜の月を眺めながら明かしてしまったので、あてにさせておいて来ないのもうれしいことであったよ。

〔語釈〕○頼基僧都　金葉集作者。〔補説〕参照。長承三年（一一三四）没、八四歳。行尊の兄。光明山の僧都。

〔補説〕金葉集・雑上に橘能元と頼基の次のような贈答（五三八、五三九）がある。

僧都頼基光明山にこもりぬと聞きてつかはしける　橘能元

うらやましうき世をいでていかばかりくまなき峰の月を見るらん

返し　僧都頼基

もろともに西へやゆくと月かげのくまなき峰をたづねてぞ来し

訪問を約束（まうでこむと申）して違える並び。

789 大教院一品宮中院にわたり給へりけるほど月あかきよ、春宮大夫師頼頭弁と申（し）ける時まゐ《い》れりけるが、ほどなくいで侍（り）ければ、いひつかはしける

前前《々》斎院出雲

池《いけ》水にやどれる月はのどけきをかげもとゝめぬ雲《くも》のうへ人

〔現代語訳〕 聡子内親王が中院にでられなさった明月の夜、東宮大夫師頼が頭弁と言いました時で参上していましたが、すぐに出て行きましたので、言い送った歌

池の水に宿った月はのんびりしているのに、面影もとどめないあの雲の上人のあわただしいこと。

〔語釈〕 **○大教院一品宮** 聡子内親王。371歌参照。**○中院** 不明。〔補説〕参照。**○頭弁と申しける時** 頭弁は弁官から蔵人頭に任じられた場合をいう。師頼（本集作者）が蔵人頭であったのは寛治三年（一〇八九）八月から承徳二年（一〇九七）正月まで。**○かげもとどめぬ** 月影は池水にとどまっているがの意。「夏の夜は水やまされる天の川ながるる月のかげもとどめぬ」（寛平御時后宮歌合六一、続後撰集・夏歌二一四にも）。続後撰集・雑歌中には賀茂重保詠「見し人はかげもとどめぬふるさとにまだ有明の月はすみけり」（一一一六「題知らず」）もみえる。**○雲のうへ人** 殿上人をいう。「うらやまし雲の上人うちむれておのが物とや月を見るらん」（後葉集・雑一・四五五よみ人知らず「一条院御時、殿上人あまた月見ありきけるを見て」）。

〔補説〕 なお当時、中院と呼ばれた場所は例えば次のような六条修理大夫集（一〇三、一八五）の例によれば源雅定（新中将・入道右大臣）の邸宅であった。

中院にて初和歌、見花延齢題

ながむればをのえさへぞくちぬべき花こそ千代のためしなりけれ

新中将渡中院初祝和歌、鶴契遐年

むれてゐるたづのけしきに見ゆるかなちとせすむべきやどの池水

「むれてゐる」の歌は千載集・賀歌に「入道右大臣、はじめて中院の家にすみ侍りける時、祝の心をよめる」（六三二）の詞書で入集。

790

月前待客といふ事を　前大僧正行慶

こずもあらむひるにかはらぬ月なればよにかくれてとちぎりしものを

【現代語訳】「月の前に客を待つ」という題で詠んだ歌

今宵は来ないであろう、昼と変わらない明るい月だから。夜に隠れて逢おうと約束したのだが。

【語釈】 **○月前待客** 779歌に「雨中待客」題がある。待客の例として「依花待客といへる心をよめる」（千載集・雑歌中一〇七二源定宗）、「待客聞郭公」（六条修理大夫集五七）、「泉辺待客」（重家集四九「内御会当座」）「依花待客」（重家集五一五「人々歌よみしに」）などがみえる。**○こずもあらむ** 宝物集に高松宮詠「暁はいけるものかはよひはただこずもあらんと思ふばかりぞ」（二〇一）がみえる。**○ひるにかはらぬ月** 192歌参照。三井寺山家歌合「夏月」七番左に覚綱詠「月影のひるにかはらぬ夏のよもねぬに明けぬと人やいひけん」（二九、判者勧蓮〈教長〉）がみえる。**○よにかくれて** 「よ」に世間を掛ける。「月清みしのぶる道ぞしのばれぬよにかくれてとなに思ひけん」（頼政集二〇七「三井寺歌合し侍りけるに人にかはりて月をよみ侍りける」）。

791

山寺に侍（り）けるころ、月を見て　源道済

むかしみし人はこねどもなかなかにちぎらぬ月ぞわすれざりける

【現代語訳】 山寺にいましたころ、月を見て詠んだ歌

昔、会って（月をともに見て）いた人は来ないけれども、かえって約束していない月が忘れずに訪れてくれることだ。

【他出】 道済集二七四「わづらふころ、山寺にて秋月をみて」。

〔語釈〕**○むかしみし人**　懐かしい昔の友。「みし」に（月を）見たを掛ける。「むかし見し人にたまさかあふ夜かな都の月はこれぞうれしき」（能因集二三八「京にて好事七八人ばかり、月の夜客にあふといふ題をよむに」）。

792

年ごろ修行に人々ありきてかへりまうできて侍（る）に、人々月前懐旧といふことを

登蓮法師

もろともに見し人いかになりにけん月はむかしにかはらざりけり

〔現代語訳〕何年もの間修行のために人々があちこちに出かけて、帰って来ました時、皆が「月の前に旧を懐ふ」という題で詠んだ折の歌

かつて一緒に月をみた人はどうなってしまっただろう。月は昔と変わっていないことだ。

〔他出〕登蓮集一一「月前懐旧」、二句「みし人いかが」。千載集・雑歌上九九五「年ごろ修行にまかりありきけるが、帰りまうできて、月前述懐といへる心をよめる」。治承三十六人歌合、中古六歌仙。

〔語釈〕**○月前懐旧**　山家集に「月前懐旧」の題で「いにしへをなににつけてか思ひいでん月さへくもるよならましかば」（四〇〇）がみえる。「月前―」は本集の88・705・790歌や次歌にもあり用例は多い。

〔補説〕懐旧の思いを月に託す同工の二首（用語も類似）が並ぶ。

793

月前述懐心を

仁和寺宮

ながめしてすぎにしかたをおもふまにみねよりみねに月《つき》はうつりぬ

〔現代語訳〕「月の前に懐《おもひ》を述ぶ」という題で詠んだ歌

もの思いしつつ、昔のことをあれこれと思って眺めているその間に、東の峰から西の峰へと月はうつってしまった。

〔他出〕 出観集三六七「月」、五句「月もうつりぬ」。新古今集・雑歌上一五三七「題知らず」。

〔語釈〕 **○月前述懐** 早い例として後拾遺集・雑一に「月の前に思ひを述ぶといふ心をよみ侍りける」と詞書して藤原実綱詠「いつとてもかはらぬ秋の月みればただいにしへの空ぞこひしき」（八五三、和歌一字抄八五にも）がみえる。散木奇歌集に「雲居寺にて月前述懐といへる事をよめる」（五二〇「さ夜ふけてくもらぬ空にすむ月はたちかくれなきわが身なりけり」）とみえるのも一例。**○すぎにしかた** 「身のうさは過ぎにしかたを思ふにも今行く末の事ぞかなしき」（堀河百首一五七二師頼「述懐」）。

〔補説〕 792歌同様、月前懐旧の内容である。

794

殿上のけりける比、月を見て　　藤原隆信

なにごとをおもふともなき人だにも月見るたびにながめやはせぬ

〔現代語訳〕 殿上を退出するころ、月を見て詠んだ歌

何事を思うこともない人でさえ、月をみるたびに必ずもの思いにふけるものだ。

〔他出〕 隆信集二一二「思ふ事侍りしころ、月を見て」。玄玉集・天地歌下一五〇「題知らず」。治承三十六人歌合、三百六十番歌合。

〔語釈〕 **○おもふともなき** 「その事を思ふともなきかたしきの袖こそけさはしほるばかりに」（顕綱集六九「（女御殿の女房、内裏にて）」）。

続詞花和歌集巻第十七　雑中

山寺《やまでら》に侍（り）ける時、五節たてまつる人のたきものかうばしくあはすとて、そらだき物すこしとこへるに、たちばなのなりたるえだにみをとりすてて、いれかへてやりける

如覚法師

すゑのよになりもてゆけばたちばなもむかしのかにはにるべくもなし

〔現代語訳〕　山寺にいました時、五節の舞姫を献上する人が練り香をよい香りに合わすからといって、空薫物を少しくださいと所望したので、橘の枝にみのった実を採り捨てて、入れかえて送るのに添えた歌

末世になってきたので、常住不変の橘も、今は昔の香りに似ているはずもない。

〔他出〕　高光集、〔補説〕参照。後葉集・雑一・四五〇「五節たてまつりけるところに、たき物かうばしくあはすとて、多武峰にこひにつかはしたりければ、橘の枝に実をとり捨てていれてつかはすとて」、二三句「なりのみゆけば橘の」。続後拾遺集・雑歌中一〇九五「山寺に侍りける比、五節たてまつる人のもとよりたき物かうばしくあはすとてこひ侍りけるに、橘の枝につけてつかはしける」。

〔語釈〕　**〇山寺**　比叡山か。高光集によれば「多武峰」とある。ただし高光集四三歌には「比叡の山にすみ侍りけるころ」とある（〔補説〕参照）。**〇五節**　520歌参照。舞姫を奉ったのは「ただきよの衛門守」である。**〇たきもの**

種々の香を練りあわせて作った練り香。**〇たちばな**　橘は常緑樹として常住不変、花実は時じくの性格をもつ。一方、花の香は、「五月まつ花橘の香をかげば昔の人の袖の香ぞする」（古今集・夏歌一三九よみ人知らず「題知らず」）によって、過去を追想するものとして表現される。**〇すゑのよ**　末世《まつせ》の意。

〔補説〕　高光集（三九・四〇）に次のようにある。

ただきよの衛門守五節たてまつり給ふに、たきものかうばしくあはすとてそらだきものの料すこしと多武峰にこひ給ふに、橘のなりたる枝に実をとりうてていれてたてまつるとて

するの世になりもてゆけば橘のむかしの香にはにるべくもあらず

返し、衛門守

香をとめてこひしもしるく橘のもとのにほひはかはらざりけり

同集には次のような歌（四三）もみえる。

比叡の山に侍るころ、人のたきものをこひて侍りけるままに、すこし梅の花枝にわづかにちりのこりて侍りけるにつけてつかはすとて

春たちてちりはてにける梅の花ただ香ばかりぞ枝にのこれる

なお、この歌は拾遺集・雑春一〇六三（島根大学本拾遺抄などにもみえる）に次のようにみえる。

比叡の山にすみ侍りけるころ、人のたき物をこひて侍りければ、侍りけるままにすこしを梅の花のわづかにちりのこりて侍る枝につけてつかはしける

如覚法師

春すぎてちりはてにける梅の花ただかばかりぞ枝にのこれる

円融院のみかどおりさせ給（ひ）て、ひごろありてまゐ《い》れりけるに、やまぶきの花《はな》をたまはせたりければ

藤原実方朝臣

やへながら色《いろ》もかはらぬやまぶきのなどここのへにさかずなりにし

〔現代語訳〕 円融院が退位なさって、数日あって参上しましたときに、山吹の花をいただいたので詠んだ歌

八重のまま色も変わらない山吹がどうして九重の宮の中で咲かなくなってしまったのか。退位されたのはどうしてでしょう。

〔他出〕 実方中将集、〔補説〕参照。新古今集・雑歌上一四八〇「円融院位さり給ひて後、実方朝臣、馬命婦ものがたりし侍りける所に、山吹の花を屏風のうへよりなげこし給ひて侍りければ」（「御返し」として円融院「九重にあらで八重さく山吹のいはぬ色をば知る人もなし」）。

〔語釈〕 **○円融院** 永観二年（九八四）八月、二六歳で退位。**○まゐれりける** 実方中将集では「堀河院」（円融后媓子の里第、円融院の後院）でのこと。〔補説〕参照。**○ここのへ** 九重、宮中の意。八重（咲きの山吹）と対になる。

〔補説〕 院の退位を惜しむ歌。ただし実方中将集（一〇・一一）に次のように院との贈答がみえ、必ずしも退位の折の詠とはいえない。小馬命婦（堀河中宮媓子の女房）を山吹に喩えた詠とも理解される（新日本古典文学大系『平安私家集』所収「実方集」参照）。

堀河の院にて、御屏風のうしろに小馬の命婦のゐたるに、かみから山吹の花をなげとらせ給へるに、うへのおはしますと心えて

八重ながら色もかはらぬ山吹の九重になどさかずなりにし

御返し

九重にあらで八重さく山吹のいはぬ色をばしる人もなし

なお実方朝臣集（一〇〇）では「仁和寺のみかどおり給ひて、日ごろありて、やまぶきのさきたるを人のたまはせたるを見て」とあり歌句に異同はない（「御返し」は「九重にあらで八重さくやまぶきのほかの色をばしる人もなし」）。円融院御集（八・九、書陵部蔵「代々御集」）には次のようにある。

実方の、馬命婦と物いふをりに、屏風のうへより、山吹の花をなげさせ給ひたりければ、さぞと心えてきこえさせける

八重ながら色もかはらぬ山吹の九重になどさかずなりにし

御返し

九重にあらで八重さく山吹のいはぬ色をばしる人もなし

橘の香（昔に似るべくもなし）と山吹の色（咲かずなり）との並び。

797

筑後守為道年《とし》ごろなさけなくあたり侍（り）ける、いつとせはてゝのぼりけるにいひやりける

良勢法師

きみはしもわすれじかしななか〳〵につらきにまさるかたみなければ

〔現代語訳〕筑後守為道が数年来非情な態度で接してきましたが、五年の任期が終わって京に帰る時に送った歌

あなたのことは決して忘れないだろうよ。なまじっか、つらい仕打ちにまさる記念はないのだから。

〔語釈〕○筑後守為道　不詳ながら尊卑分脈に筑前守藤原為道（相任男、母は高階忠臣女）がみえる。その祖父忠輔は長和二年（一〇一三）没で成章や経信と同時代の良勢と知り合う可能性はある。

〔補説〕後拾遺集・別（四八〇・四八一）に良勢と無名氏の贈答が次のようにある。

筑紫よりのぼりてのち良勢法師のもとにつかはしける

よみ人知らず
わかるべきなかとしるしるむつまじくならひにけるぞ今日はくやしき

返し　　良勢法師
なごりある命と思はばともづなのまたもやくると待たましものを

底本は第二句末の「な」を欠く。諸本によって補う。

津守国基身まかりにければすみよしにもすまずなりにけるを、あからさまにまかりくだれりけるに、もと見し者《物》どもむかしのけしきにもあらざりければ

津守景基
人心あらずなりゆくすみよしの松のけしきはかはらざりけり

〔現代語訳〕　津守国基が亡くなって住吉に住まなくなっていたが、ほんのしばらく下向することがあって、かつて会っていた人々が昔の態度ではなかったので詠んだ歌

人の心は昔と違っていく、でも住吉の松の様子は少しも変わらないなあ。

〔他出〕　千載集・雑歌上一〇三三「津守国基みまかりてのち、住吉にもすまずなりにけるを、有基にぐしてあからさまにくだりて侍りけるに、人の心もかはりてのみみえければ、松のもとをけづりてかきつけ侍りける」、二句「あらずなれども」。津守和歌集。

〔語釈〕　〇**国基**　作者の父、本集作者。〇**すみよし**　124歌など、本集に多くみえる。368～372歌参照。〇**松のけしき**　「住吉の松のけしきをきてみれば君がちとせぞ色にいでぬる」（親盛集九五「御熊野まゐりのついでに、住吉に御幸ならせ

799

おはしますとき、人々祝の心をよみ侍りしに」)。

〔補説〕「松のけしき」は、歌仙落書の大輔の歌風評語中に「古風をねがひてまたさびたるさまなり、住吉の松のけしきふるめかしき朱の玉垣ところどころこぼれてみえたるとやいふべからむ」とある。また清輔集（三一六・三一七）に次の用例がみえる。藤原基実（忠通嫡男）の娘、通子（清輔妹の子）誕生をめぐる贈答。

いもうとのはらに、中摂政のおほんむすめむまれたまへることをよろこびて、重家卿のもとへ

わがかどに小塩の松の生ひぬればおよばぬ身まで千代をこそまて

返し　　重家卿

思ひやれ位の山に枝しげくさかえゆくべき松のけしきを

よきすすきありときこしめして新院よりめしければ、たてまつるとてむすびつけける　　前大蔵卿行宗

花《はな》すすき秋のすゑばになりぬればことぞともなく露《つゆ》ぞこぼるる

こののちほどなく身まかりにけるとなむ申（す）

〔現代語訳〕りっぱな薄があるとお聞きになって新院（崇徳院）よりお取り寄せになったので、さし上げる時に結びつけた歌

花薄は秋の末になってしまうと葉先の方から、とくにどういうこともないのに露がこぼれることだ。老いた身は格別なこともないのに涙もろくてならないことです。

この後しばらくして亡くなったということだ。

〔**他出**〕 新古今集・雑歌上一五七二「九月ばかりに、薄を崇徳院にたてまつるとてよめる」。
〔**語釈**〕 **○秋のすゑば** すゑばは草の先、秋の末を掛ける。「ふみわくる山の下草うらがれて秋の末葉になりにけるかな」（清輔集一八二「山路秋深」）。 **○ことぞともなく** 和歌初学抄・由緒詞「ことぞともなく　ナニゴトモナキコト也」。「紅葉散るころなりけりな山里のことぞともなく袖のぬるるは」（後拾遺集・秋下三六一清原元輔「山里にまかりてよみ侍りける」）、「衣うつきぬたのおとに夢さめてことぞともなくぬるる袖かな」（散木奇歌集四七二「擣衣驚眠」、和歌一字抄七六〇などにも）。 **○露** 老いた身の、理由もなくこぼれる涙をいう。

やむごとなきところの御前のすすきむすばれたりけるを、その人のむすべるなめり、びんなきことしたりとてかしこまりければ、人につけて申（し）ける

よみ人しらず

花《はな》すゝきしのびつゝこそむすびしかあやなくほにもいでにけるかな

〔**現代語訳**〕 高貴なところの御前の薄が結ばれていたのを、その人が結んだのであろう、つまらないことをしたとわびたので、人にことづけて申しける歌

花薄をひそかに結んだけれども、そのかいもなく（穂となって出てしまって）人目についたことですよ。

〔**語釈**〕 **○あやなく** 和歌初学抄・由緒詞「あやなし　無益也」。俊頼髄脳に「あやなしといふ詞はやくなしといふ詞なりとぞ、この歌（古今集・春歌上四一躬恒詠）の心にては、みゆるを、ふたむら山も越えずなりにきといふ歌（後撰集・恋三・七一二清原諸実詠）の心にては、あやにくにこひしかりしかばとよめりとみゆ」などとある。無駄なことに。むやみに、とてもの意にも解される。「梅の花にほふあたりの夕暮れはあやなく人にあやまたれつつ」（後

拾遺集・春上五一能宣「あるところの歌合に梅をよめる」）。**〇ほにもいでにける**　はっきりとおもてに現れた。「花薄われこそしたに思ひしか穂にいでて人にむすばれにけり」（古今集・恋歌五・七四八藤原仲平「題知らず」）。

〔補説〕　花薄を結び束ねるのは風に倒れないようにするためであるが、その行為を無粋なこととみて、結ぶを契るの意にとって恋歌らしく詠みかけた。例えば、小大君集（一一六・一一七）に花薄をそれぞれ恋の相手にたとえた次のような贈答がある。

九月ばかりに同じ男に
花薄穂にいでにけりわがいかで人にしられでむすぶわざせん
返し
むすぶともとくともいそぐ花薄まだき穂にいでて人にしらすな

清原元輔

むすめのもとへしのびてかよひけるを《お》とこのせうそこして侍（り）けるに

むすびけむ露《つゆ》をもしらず花すすき秋《あき》をさだめてほにはいでなん

〔現代語訳〕　むすめのところに忍んで通ってきた男が手紙を寄こしましたので詠んだ歌
どんなふうに約束したのか全くわからない。露が結んだのも知らないが、花薄が秋と決めて穂に出るように、時を定めてはっきりと表明してほしい。

〔他出〕　元輔集、〔補説〕参照。

〔語釈〕　**〇露**　露と全くの意の「つゆ」を掛ける。

〔補説〕　元輔集（二一二・二一三）には次のように娘（大輔）に通う相手の歌がみえる。

大輔にすみはべしみずとてふるが、おともせではべし

たらちをの親の心をしらねどもこの身にこそ思ひわびぬれ

返事、元輔

結びけんほどをもしらで花薄秋をさだめて穂にはいでなん

花薄にかかわる三首が並ぶ。用語、内容に共通点が認められる。

ものいふ人のもとにわがなをかりて人のいれりけるを、あいなくゐ《え》んじければ

大江嘉言

すすぐべきかたなきものは春ののにわがつみならぬわかななりけり

〔現代語訳〕 親しくしている人のところに私の名を借りてある人が言い入れたのを、わけもなく恨み言を言ってきたので詠んだ歌

洗い清める方法がないのは、春の野にわたしが摘んだのではない若菜であった。雪ぐべき手段もないことで、わたしの罪ではなく、別人がわたしの名を騙ってしたことだ。

〔他出〕 大江嘉言集二九「ある人の、名をかへて、女にあやしうことやうなることどもをかきていれたりけり、いみじうみののしりけり」、四五句「わがつむならぬなき名なりけり」。

〔語釈〕 **○すすぐべき** 「すすぐべきかたもなき名ぞおひにけりみづたのこほりうちもとけぬに」（待賢門院堀河集一〇六「なき名」）。 **○つみならぬ** つみに摘みと罪を掛ける。 **○わかな** 若菜とわが名を掛ける。

803

題《たい》しらず　　　　よみ人も

袖《そで》のうへに涙《なみた》の川《かは》は《ゝ》ながるれどなき名はえこそすす《ゝ》がざりけれ

〔現代語訳〕 袖の上に涙が川のように流れるけれども、無実の評判はすすぐことができないよ。

〔語釈〕 **○なき名**　ありもしないうわさ。「天の川なき名をすすぐものならば流るる身をも歎かざらまし」（相模集八）。

〔補説〕 なき名をすすぐで共通する並び。

804

なき名のみよにはたつたの山みづのきよきをすむといふにやあるらん

〔現代語訳〕 無実のうわさだけが世間にたった。立田山の山水の清らかさを澄むというのであろうに、潔白なのに男が通っているというのであろうか。

〔語釈〕 **○たつたの山**　なき名がたつと立田山を掛ける。立田山は45歌参照。**○きよきを**　山水の清澄さと身の潔白を掛ける。**○すむといふ**　澄むに住む（男が通う意）を掛ける。用例は〔補説〕参照。

〔補説〕 袋草紙「希代歌」に次のようにある（別本和漢兼作集にも）。

檀那僧都覚運

なにかそのそしらむ人のにくからむきよきをすむといふにやあるらむ

これは馬内侍に名立ちて送る歌なり。

805

かれにけるを《お》とこのいまかたらふときこゆる女のもとへ、もとの女のいひつかはしける

たのむなよおもふにさこそちぎるらめわれにもいひしことのはぞそは

〔現代語訳〕疎遠になった男が今親しくしていると聞いた女のところに、元の女が言い送った歌

あてにしてはだめ、想像するにつけてそのように約束しているのでしょうね。かつて私にも言ったことばよ、それは。

〔語釈〕**○さこそちぎる**　将来を誓う言葉をいう。後の例だが建長八年（一二五六）百首歌合に藤原伊嗣詠「たのまじなさばかりいひしかねごとは人にもさこそまたちぎるらめ」（九百四十一番左歌）がみえる。

806

かたらふを《お》とこのもとの人いみじくはらたつときくに、たかうなをやるとて、いまの人のよませ侍（り）けるに

和泉式部

かはらじやたけのふるねはひとよだにこれにとまれるふしはありやは

〔現代語訳〕親しい男の元の恋人がたいそう腹立つと聞いて、筍を送るといって、今の恋人が詠ませました時の歌

不変の竹の古い根のように、お二人の関係は変わるまいよ、あの人は一夜でさえここに泊まった折はありもしないもの。

〔他出〕和泉式部続集五三六「男のもとの妻あたるいみじうはらだつと聞くに、たかむなをやるとて、今の人のよませし」。

〔語釈〕**○たかうな**　筍。以下、竹の縁語を用いて詠む。**○たけのふるね**　「君とはでいくよへぬらん色かへぬ竹の古根のおひかはるまで」（拾遺集・雑賀一一九四「かたらひける人の久しうおとせず侍りければ、たかうなをつかはすとて」、

抄四六三）。常緑の竹の根に、「古寝」を掛けて元の恋人（妻）との関係（が変わらないこと）を示す。あるいは歌の並びをふまえると相変わらずの男の不実を喩えるとも解される。**○ひとよ**　一夜と一節（よ）を掛ける。竹の縁語。**○ふし**　臥しと節を掛ける。竹の縁語。

〔補説〕 805歌は元の女から今の女へ、806歌はその逆で、作歌事情の類似した二首の並び。初句切れなど一首全体の調子も似ている。

807

一院くらゐにおはしましけるとき、右のおほいまうち君右衛門督ときこえけるころ、ものいふ女房侍（り）けるを、うへめすなりときゝて、かの女のもとへ人にかはりてつかはしける

前中宮亮季行

みかきもるゑ《え》じのけぶりのたちのぼりくもゐになるときくはまことか

〔現代語訳〕 一院（後白河）が位におられた時で右大臣（公能）が右衛門督といいましたころ、親しくしている女房がありましたのを、天皇が寵愛なさると聞いて、その女のところに代作して送った歌

内裏を警固する衛士が焚くかがり火の煙が雲の上に立ちのぼるように、宮中に召されると聞くのはほんとうか。

〔語釈〕 **○一院**　後白河院、在位は久寿二年（一一五五）七月～保元三年（一一五八）八月。**○右のおほいまうち君**　右大臣、公能のこと。公能は本集作者。その右衛門督在任期間は仁平二年（一一五二）正月～保元元年（一一五六）九月。したがって本歌は久寿二年七月から翌年九月までの詠となる。**○人にかはりて**　公能に代わって詠んだのである。**○みかきもるゑじのけぶり**　みかきは内裏の築垣。御垣守である衛士が焚く篝火の煙。左右衛門府が管理するところから右衛門督であった公能の愛人である女房を暗示。「御垣守衛士のたく火の夜はもえ昼はきえつつもの

をこそ思へ」（詞花集・恋上二二五能宣「題知らず」）、「御垣守る衛士のたく火にあらねどもわれも心のうちにこそ思へ」（和漢朗詠集五二六「禁中」）など。**○くもゐ**　雲と宮中の意を掛ける。**○きくはまことか**　「わがためにおきにくかりしはし鷹の人の手にありときくはまことか」（後撰集・雑三・一二二五よみ人知らず「女のいとくらべがたく侍りけるを、あひはなれにけるが、こと人にむかへられぬと聞きて、男のつかはしける」）、「おひたつを待つとたのめしかひもなく波こすべしときくはまことか」（後拾遺集・雑二・九四八朝光「人のむすめのをさなく侍りけるをおとなびてなどちぎりけるを、ことざまに思ひなるべしと聞きてそのわたりの人の扇に書きつけ侍りける」、袋草紙・下巻が引く後拾遺問答にも）。898歌に同じ表現がみえる。

女（の）もとにまかれりけるに、かみあらふほどなりとてあはざりければ

二条関白前太政大臣

今よりはゆふかけてこんちはやぶるかみあらはるるところなりけり

〔現代語訳〕　女のところを訪ねたが、洗髪しているといって逢わなかったので詠んだ歌

今後は木綿（幣）をかけて来よう、ここは神の示現するところであったのだ。

〔語釈〕　**○ゆふ**　木綿と髪を結うを掛ける。夕方に来ようの意を掛けるか。**○ちはやぶる**　神にかかる枕詞。**○かみあらはるるところ**　髪を洗う時と神が現れる場所を掛ける。「人しれず思ふ心をかなへなんかみあらはれて見えぬとならば」（金葉集・恋部下四六七藤原顕綱「人のもとにて女房の長き髪をうちいだして見せければよめる」）。

809

和泉式部が家につねにかたたがへにまかりけるに、いだしたるまくらをあしたにかへすとて
かきつけける　　大江公資朝臣

たびごとにかるもうるさし草《くさ》まくらたまくらならばかへさざらまし

〔現代語訳〕和泉式部の家にいつも方違えに出かけていたが、出してくれた枕を翌朝返すといって詠んだ歌
　行くたびに借りるのもめんどうな枕だよ、手枕であったなら、返さなくてもよいものを。

〔他出〕和泉式部集、〔補説〕参照。

〔語釈〕○たびごとにかる　「たび」に度と旅を掛け、「かる」に借ると刈るを掛ける。どちらも三句「草枕」の縁語。

〔補説〕和泉式部集（五二二・五二三）に次のようにあり、公資はその妻（相模か、返しにみえる「むすびめ」に掛ける）とともに式部の家に出かけている。

　公資がめともろともにきて、枕こへば、いだしたるに、かへすとてかきつけてかへしたる
たびごとにかるもうるさし草枕たまくらならばかへさざらまし
　　返し
草枕そのむすびめのたよりには千たびも千たびかさんとぞ思ふ

義孝少将修理のかみこれたかが家にかたたがへにまかれりけるに、いだしたるまくらにかけりける歌《うた》、

つらからば人にかたらむしきたへのまくらかはしてひとよねにきと

これが返しのあかずおぼえければ、又人に、これがかへしせよといひ侍（り）ければよめる

よみ人しらず

かたるともたがなはたたじながからず心《こゝろ》のほどや人にしられん

〔現代語訳〕 義孝少将が修理大夫惟正の家に方違えのために訪ねた時に、だしてくれた枕に書きつけた歌「つらかならば人にかたらむしきたへの枕かはして一夜寝にきと（冷淡な仕打ちをしたなら枕を交わして一夜共寝したと他の人に話してしまおう）」に対して（惟正の）返歌があったが不満に感じたので、再度ある人に返歌をつくれといいましたところ、詠んだ歌

人に告げても誰のうわさがたたないことがあろう、私のうわさどころか長続きしないあなたの心のほどが世間の人に知られるでしょうよ。

〔他出〕 義孝集、〔補説〕参照。

〔語釈〕 **○修理のかみこれたか**　修理大夫源惟正。延長七年（九二九）～天元三年（九八〇）、享年五二歳。義孝とは義兄というべき深い関係があった。妹尾好信「藤原義孝と修理大夫惟正」（『王朝和歌・日記文学試論』新典社、二〇〇三年）参照。**○つらかならば**　一首を詞書中に引く。拾遺集・雑賀（一一九〇、拾遺抄・雑上四四九）に入集する歌で、その詞書には「修理大夫惟正が家に方違へにまかりたりけるに、いだして侍りける枕にかきつけ侍りける」とある。**○たがなはたたじ**　誰の評判がたたないでしょうか、あなたの評判がたつでしょうよの意。「恋ひ死なばたがなはたたじ世の中のつねなきものといひはなすとも」（古今集・恋歌二・六〇三清原深養父）。

〔補説〕 義孝集の冒頭（一・二・三）に次のようにあり、源惟正の返歌も載る。惟正は天禄三年（九七二）閏二月修理大夫に任ぜられ翌年七月一旦辞すが天延三年復任、以後その職にあった。義孝の没年（天延二年九月）や父伊尹が病に臥した事情を考えると、この贈答が交わされたのは天禄三年三月ころから一〇月の間か（妹尾前掲論文）。

（一）内に冷泉家時雨亭叢書『承空本私家集中』所収の義孝朝臣集の本文を補う。二首めの結句は「サタメナリナム」とある。片桐洋一・三木麻子・藤川晶子・岸本理恵『海人手子良集 本院侍従集 義孝集 新注』（青簡舎、二〇一〇年）参照。

源修理大夫の家に、方違へにいきてあるに、枕いだしたる（カヘストテ）つつみ（タル）紙に

つらからば人にかたらむしきたへの枕かはしてひと夜ねにきと

返し

あぢきなや旅のやどりを草枕かりならずとてさだめたりとか

あかずおぼえしかば、人にかくなんありし、これが返事せよといひしかば、かくはいかがとて

かたるともたがなはただじながからぬ心のほどや人にしられん

方違えにまつわり、借りた枕に戯れた歌の並び。恋歌めかした諧謔的な歌が配される。

811

源氏の物がたりを人にかりて返しやるとて　　藤原顕綱朝臣

いかばかり袖《そで》のぬれけむむさしののわかむらさきの露《つゆ》のきえがた

〔現代語訳〕 源氏物語をある人から借りて返す時に詠んだ歌

どんなにか袖がぬれたことだろう、武蔵野の若紫の露が消えそうなその時には。

〔他出〕 顕綱集四一「源氏を人にかりて、かへしやりける」。

〔語釈〕 **○むさしののわかむらさき** 739歌参照。

〔補説〕 源氏物語の読後感である。歌中の表現「若紫の露の消え方」から紫上の物語、とくにその死を描いた御法の巻を指すか。袖が濡れたのは光源氏ということなのであろう。

借りものを返却するときに添えた歌の連想。

812
ほかに侍りけるほどにとものまうできて、かくれしことなどうらみつかはして侍（り）けれ
ば
賀茂政平母

山里《さと》の岩《いは》もる水にみくさゐて見えけむものをすまぬけしきは

【現代語訳】 他所にいました間に友がやってきて、居なかったことなど恨んでいるといってきましたので詠んだ歌

山里の岩をもる水に水草が生えてわかったでしょうに、澄んでいない様子は（そこに住んでいないと）。

【他出】 後葉集・雑二・五二三「賀茂に人のまうでて、かの社の司成平がもとをたづねけるに、なきよしこたへければ、かへりてのち、ありながらかくれけるよしいふと聞きて」、作者表記「賀茂成平妻」、二句「いはゐの水は」。

【語釈】 **○岩もる水** 「山の井の岩もる水にかげみればあさましげにもなりにけるかな」（金葉集・恋部下四二八伊通「恋の心をよめる」）。**○みくさゐて** 190歌参照。**○すまぬ** 澄まぬと住まぬを掛ける。

【補説】 後葉集の詞書が示す作歌事情と小異があり、作者は表記が違うが同一人物。

813
修行のところより三宮にたてまつりける
前大僧正行尊

山里《さと》はわれが心にまかせたるかけひの水ぞたえずお《を》とする

【現代語訳】 修行の場から三宮にさし上げた歌

山里は、人恋しいわたしの心の思うままに、筧の水が途切れず音を立てていることです。

【語釈】 **○三宮** 輔仁親王、本集作者。**○かけひの水** 懸樋（筧）を流れてくる水は山住みにとって大切なもの。

懸樋の水音自体が寂寥感をつのらせるが、しかし絶えない水音は訪問者のいない寂しさを慰めると詠む。「思ひやれとふ人もなき山里の懸樋の水の心ぼそさを」（後拾遺集・雑三・一〇四〇上東門院中将「長楽寺に住み侍りけるころ人のなにごとかといひて侍りければつかはしける」）、「思ひやれ懸樋の水のたえだえになりゆくほどの心ぼそさを」（詞花集・恋下二五八高階章行女「男のたえだえになりけるころ、いかがととひたる人の返事によめる」）。なお山里の景物である懸樋の水は、堀河百首の顕季詠「山里の懸樋の水のせばしきになほ有明の月ぞやどれる」（一二八五「暁」）、久安百首の清輔詠「走り井の懸樋の水の涼しさにこえもやられぬ逢坂の関」（九九六「羈旅」）にみえ、顕輔集にも「さよふけて懸樋の水のとまりしに心はえてきけさの初雪」（一三九「右兵衛督家成卿東山にて、山家初雪といふ事をよみしに」）とある。

〔補説〕千載集・雑歌中（一一〇三・一一〇四）に三宮（輔仁親王）と姉の聡子内親王との懸樋をめぐる次の贈答がみえる。

一品聡子内親王、仁和寺にすみ侍りける冬ごろ、懸樋の氷を三の御子のもとにおくられて侍りければ、つかはしける　　輔仁親王

山里の懸樋の水のこほれるはおときくよりもさびしかりけり

返し　　聡子内親王

山里のさびしきやどのすみかにも懸樋の水のとくるをぞ待つ

ものおもひけるころ、くらまにこもりて　　藤原為信女

たればかりたづねてきなん山里《やまさと》にいりにし人はありやなしやと

〔現代語訳〕思い悩んでいたころ、鞍馬に籠もって詠んだ歌

誰がいったいたずねてくるだろう、山里に入った人（作者自身のこと）は生きているかいないかと。あの人はたずねてくるはずがない。

〔語釈〕 **〇くらま** 鞍馬。47歌参照。**〇ありやなしやと** 安否を尋ねる表現。856歌に同じ表現がみえる。「名にしおはばいざ事とはむみやこ鳥わが思ふ人はありやなしやと」（古今集・羇旅歌四一一業平「武蔵の国と下総の国との中にある隅田川のほとりにいたりて京のいと恋しうおぼえければ、しばし川のほとりにおりゐて、思ひやればかぎりなく遠くも来にけるかなと思ひわびてながめをるに、渡守はや舟にのれ日くれぬといひければ舟にのりて渡らむとするに、みな人ものわびしくて京に思ふ人なくしもあらず、さるをりに白き鳥の嘴と脚と赤き、川のほとりにあそびけり、京には見えぬ鳥なりければみな人見しらず、渡守にこれは何鳥ぞととひければ、これなむみやこ鳥といひけるを聞きてよめる」、伊勢物語・九段）。

〔補説〕 訪問者のない山里の寂寥を詠む並び。

815

なにはわたりにあひしれる人をたづぬるに、なしといひ侍（り）ければ

能因法師

なにはえに人をたづねてきつれどもたまもかりにといでにけらしな

〔現代語訳〕 難波辺に知り合いを訪ねたが、いないといいましたので詠んだ歌

難波江に人をたずねてきたけれども、玉藻を刈りに出かけてしまったらしいね。

〔他出〕 能因集六二「難波の浦に人をとはするに、なしといへば」。

〔語釈〕 **〇なにはえ** 難波江。大阪市淀川河口周辺の海。「難波江の藻にうづもるる玉かしはあらはれてだに人を恋ひばや」（千載集・恋歌一・六四一俊頼「堀河院御時、百首歌たてまつりける時、初恋の心をよめる」）。725歌参照。**〇たまもかりに** 玉藻（美しい海藻）を刈りにの意に「仮りに」を掛ける。「難波潟おふる玉藻をかりそめのあまとぞわれ

はなりぬべらなる」（古今集・雑歌上九一六貫之「難波にまかれりける時よめる」）。

816

藤原孝清和泉守にてくだるとて、すみよしをすぎけるにつかはしける

津守国基

すみよしのきしのしら波《なみ》うちすぐるたよりにだにもとはぬきみかな

〔現代語訳〕藤原孝清が和泉守として下向するといって、住吉を通過する時に送った歌

住吉の岸の白波がうちすぎるように、ここを通り過ぎるついでにさえも、たずねてこないあなたですね。

〔語釈〕**○藤原孝清**　本集作者。永保元年（一〇八一）から応徳元年（一〇八四）まで和泉守に在任。**○すみよし**　住吉。124歌など参照。

817

前々中宮上総くまのへまゐ《い》りけるに、還向にすみよしによるべきよし申（し）て、まうでこですぎにければつかはしける

津守景基

年《とし》ふともわすられじかしすみよしのまつにとまらですぐるつらさは

〔現代語訳〕前前中宮に仕えていた上総が熊野に参詣した時に、帰途に住吉に立ち寄る予定ですと言っておきながら、よらずに通過したので詠み送った歌

年が経っても忘れることができないだろうよ、住吉の松で、待っているのに立ち寄らないで過ぎる冷淡さは。

〔語釈〕**○前々中宮上総**　不明。前前中宮は近衛天皇中宮藤原呈子か。**○還向**　帰って来ること、ここは熊野からの帰途。380歌参照。**○年ふとも**　松の縁語。「住吉のわが身なりせば年ふとも松よりほかの色を見ましや」（後撰

集・恋一・五九七よみ人知らず、「まからずなりにける女の、人に名たちければつかはしける」の詞書で「さだめなくあだに散りぬる花よりはときはの松の色をやは見ぬ」とある「返し」)。**○まつ** （住吉の）松と待つを掛ける。住吉の松は350・371・372・798歌などに詠みこまれている。

〔補説〕 816、817歌の作者は住吉社にゆかりの父と子、ともに訪問しない人を責めた歌。

818

前大納言公任ながたににすみける比、十二月ばかりいひつかはしける

中納言定頼

ふるさとのいたまの風にねざめつつ谷《たに》のあらしをおもひこそやれ

〔現代語訳〕 前大納言公任が長谷に住んでいたころ、十二月のこと、言い送った歌

わが家の板間から吹き込む冬の風に寝覚めしては、長谷の嵐を思いやっております、父よ、いかがお過ごしか。

〔他出〕 定頼集一二〇「長谷よりかへり給ひて、律師の御もとに」、三句「夢覚めて」。公任集五六四「長谷にすみ侍りけるころ風はげしかりける夜の朝、中納言定頼のもとより」、三句「夢覚めて」。後葉集・雑二・五〇七「前大納言公任よをそむきて、長谷にこもり侍りけるころ、あらしはげしくきこえければ、またのあした申しおくりける」、三句「夢覚めて」。千載集・雑歌中一〇九八「前大納言公任、長谷にすみ侍りけるころ、風はげしかりける夜のあしたに、つかはしける」。栄花物語・第二七「衣の珠」（三句「夢さめて」）。

〔語釈〕 **○ながたに** 長谷、現在の京都市左京区岩倉。公任は、詠者の父で、万寿二年（一〇二五）一二月一九日に長谷に籠居した。時に六〇歳。子の定頼は従三位参議左大弁。**○ふるさと** 公任にとっては住みなれた都の家（四条南西洞院東）をいう。**○いたまの風** 「山里にひとりぬる夜は埋み火も板まの風にふきおこされて」（堀河百首一〇九三顕季「炉火」）。

819

返し　　　　　　　　　　　　　　　　　　　　前大納言公任

谷《たに》風の身にしむごとにふるさとのこのもとをこそおもひやりつれ

〔現代語訳〕　返事の歌

谷の風が見にしむたびに京の家にいる子どもたちを思いやっているよ。

〔他出〕　公任集五六五「返し」。定頼集一二一「御返し、入道殿」、二句「身にしむことは」。後葉集・雑二・五〇八「返し」、上句「山里の谷の嵐のさむきには」。千載集・雑歌中一〇九九「返し」。栄花物語・第二七「衣の珠」（上句「山里の谷の嵐の寒きには」）。

〔語釈〕　○このもと　木のもと（木陰）と子のもと（子供の身の上）を掛ける。

〔補説〕　前の二首に対応して父と子の並び。互いを思いやる贈答。

820

ひんがし山《やま》のへんにぬしなきやどにまかりてよみける　　　　源道済

きみなくてまだいくとせにならねどもみねの松《まつ》風こゑぞかはれる

〔現代語訳〕　東山の辺に主のいない家にでかけて詠んだ歌

あなたがいなくなってまだ何年にもならないけれども、峰をわたる松風の音は変わった気がする。

〔他出〕　道済集二六〇「五月六日、霊山寺にて二首」、初句「きみすまで」。

〔語釈〕　○きみなくて　「君なくて荒れたる宿の板間より月のもるにも袖はぬれけり」（和漢朗詠集五三七故宮）。人の死をその住居の荒廃によって嘆く。君は能因集などによれば仁縁上人（伝未詳）か。〔補説〕参照。○みねの松風　289歌参照。

〔補説〕本集と道済集とで詞書に相違がある。道済集の詞書について、本歌との間に脱落を想定出来るという（桑原博史『源道済集全釈』私家集全釈叢書、一九八七年）。また、川村晃生『能因集注釈』（11歌〔補説〕に前掲）は本歌を能因集に「霊山にて人々仁縁上人なきよしをそのみさきにて詠ぜし」（三九）と同時の詠とする。寛弘八年（一〇一一）ころのことか。霊山は東山三十六峰のひとつ、京都市東山区清閑寺霊山町。能因詠は後拾遺集・哀傷に「ぬしなしとこたふる人はなけれどもやどのけしきぞいふにまされる」（五五三、詞書は「霊山にこもりたる人にあはむとてまかりたりけるにみまかりてのち十三日にあたりてものいみすと聞き侍りて」）とみえる。

821

はやうすみける山里《さと》にゆきて　　能因法師

松風《まつかせ》のふくお《を》とのみぞひぐらしにむかしのこゑはかはらざりける

〔現代語訳〕以前に住んでいた山里に行って詠んだ歌
松風の吹く音だけが一日中する、昔の音は変わらないことだ。

〔他出〕能因集一五三「はやうみし山里の□にいたりて、三首」。

〔語釈〕○ひぐらしに　一日中。「ひぐらしに山路のきのふしぐれしは富士のたかねの雪にぞありける」（詞花集・冬一五五大江嘉言「題知らず」）。

〔補説〕下句は118歌（道済詠）と酷似する。松風は不変か否か、この道済詠820と能因詠821の並びにおいて、松風への思いは対立する。

あまになりてするのよに、おもひかけぬところにて人にたいめんして、むかしのものがたり
などしけるほど、ことをひきならしけるをききていひいだしける
三条大宮式部
ききなれしむかしのことをひきかけてしらぶるからにねこそなかるれ

〔現代語訳〕尼になって後、晩年のこと、思いがけないところである人に出会って、昔のことをあれこれ話していたときに、琴を演奏したのを聞いて詠み出した歌
かつて聞きなれた昔の琴を弾きかけて奏でるとなつかしい音色がながれる。昔のことをあれこれ話しているうちになつかしさに泣けてくることだ。

〔語釈〕**○むかしのこと** 昔の事と琴を掛ける。**○しらぶる** 「琴のねをしらぶるそらにふる雪は松風にちる桜なりけり」（能因集二〇四「西勝寺の桜花の松風にちるを見て詠之」）。楽を奏でるに、調子づいておしゃべりする意を掛けると解する。**○ねこそなかるれ** 琴の音が流れるに声を出して泣くの意を掛ける。

〔補説〕永久百首の常陸詠「くり返しむかしのことをひきかけてしらぶるからにねこそながるれ」（六八六「箏」）と初句が異なるだけで酷似する。
底本の作者表記「三条大宮式部」は不審。二条大宮式部か。今撰集に「ならの花林院の歌合に、花の心を人にかはりて」の詞書で採られた「花ざかり雪かとぞ見るとしをへてよしのの山は冬はふたたび」（二七）の作者「二条大宮式部」のことか。二条太皇太后宮式部（金葉集に「皇后宮式部」とみえる、令子内親王家女房）のことで、本集697歌の詞書にみえる「二条太后宮の式部」と同じ人物だとすると、左京大夫顕輔と関係があった。881歌も同じ。

823

円宗寺にてよみ給（ひ）ける　　三宮

いにしへのかげやみゆると人しれず池《いけ》のみくさのはらはるゝかな

【現代語訳】円宗寺においてお詠みなった歌

昔の面影が見えるかもしれないと人知れず池の水草がはらわれることよ。

【語釈】**○円宗寺**　後三条天皇御願寺。後三条院の陵を円宗寺陵という。現在の京都市右京区竜安寺。本歌も父後三条院を偲ぶ歌か。金葉集・雑部下に「円宗寺の花を御覧じて後三条院御事などおぼしいでてよませ給ひける」の詞書で三宮（輔仁親王）の詠「うゑおきし君もなきよに年へたる花はわが身のここちこそすれ」（五一八）がみえる。なお行宗集に「円宗寺に、宮御共にまゐりて、花前述懐」として「色かへぬみどりの松にこととはむさきちる花をいくかへりみつ」（四一）がみえる。

【補説】懐旧の詠歌に続いて以下、838歌まで故人を追想する歌群。なお、831・832・833・834・835は他集では哀傷部に採られている。

824

三宮かくれ給（ひ）て、七条のいづみに左おほいまうち君まかり侍（り）て歌よみけるに　　越後

ありしよにすみもかはらぬ水のおもになきかげのみぞうつらざりける

【現代語訳】三宮が亡くなられて、七条の泉に左大臣（源有仁）が出かけ歌を詠みましたときの歌

ご生前と澄んで変わらぬ水面に亡きお姿だけが映ることがないよ。

【語釈】**○七条のいづみ**　輔仁に関連する邸宅（その住居）か。為仲集に「陸奥の守になりてくだらんとし侍りし

に、式部大輔実綱が七条のいづみにて、わかれをしみ侍りしに」の詞書がみえる（一一二一、歌は「すぎきたる心は人もわすれじな衣の関を立ちかへるまで」）。**○左おほいまうち君**　輔仁親王の子、花園左大臣有仁のこと。本集作者。**○すみ**　澄みと住みを掛ける。

〔補説〕　前歌823の作者三宮（輔仁親王）を偲ぶ歌。内容的にも両首は関連する。

かはらの院にて人々、むかしをこふる心よみけるに　平兼盛

いしまよりいづるいづみぞむせぶなるむかしをこふるこゝろにやあるらん

〔現代語訳〕　河原院にて人々、昔を思慕することを詠んだときの歌

岩間から流れ出る泉がむせび泣くような音を立てているのが聞こえる、それは昔を恋しく思う声音であるだろうよ。

〔他出〕　兼盛集一七「春ごろ」、五句「こひにやあるらん」。恵慶集、〔補説〕参照。新拾遺集・雑歌中一七六二「あれたる宿にてよめる」、四句「昔を忍ぶ」。

〔語釈〕　**○かはらの院**　河原院。源融（嵯峨天皇皇子）造営の邸宅のひとつ。六条坊門小路南万里小路東の鴨川畔にあった。融没後に宇多院に献じられた。文人らがしばしば集う場であった。〔補説〕参照。**○いづるいづみ**　往時を偲ぶ様を渾渾と湧き出る泉に喩える。「岩間いでていづるいづみのわくがごとのりの言葉もつきせざりけり」（基俊集一一六「雲居寺瞻西申す説経を聞きて、めで侍りし人にかはりていひつかはしける」）。**○むせぶ**　和歌初学抄・由緒詞「むせぶ　鳴咽也トドコホリユカヌ也」。

〔補説〕　恵慶集（一八〇・一八一）に次のようにある。

暮れの春、河原の院にて、はるかに山の桜みる、かねては、あれたるやどのむかしのあるじこふる心ばへ

の歌、よみ人は、元輔、兼盛、能宣、のぶまさ、兼澄なり（中略）

道遠みゆきてはみねば山桜心をやりてけふはかへりぬ
駿河前守、兼盛

いしまよりいづるいづみぞむせぶなるむかしをしのぶこゑにやあるらむ
ぬしなきやど

金葉集のをり《お》にいできたりける歌どもを、俊頼朝臣かくれてのちかきあつめておく《を》とて、おくにかきける
新少将

あさりせしきみもなぎさにしほたれてたまものくづをかきぞあつむる

〔現代語訳〕 金葉集編集の時に収集した歌などを、選者の俊頼朝臣が亡くなった後に集め記しておいた、その末尾に書いた歌

漁をしていた君もいない渚で潮水にぬれて、玉藻のくづを掻きあつめることだ。金葉集撰集をした父なきあと、涙ながらに父の蒐集した歌どもを整理しているよ。

〔語釈〕 **○金葉集** 746歌参照。**○なぎさ** （君も）なきと渚（に）を掛ける。**○たまものくづ** 玉藻の屑は俊頼が撰集のために集めた詠草をいう。漁り、渚、潮垂る（涙に濡れる意をいう）、掻き集む（集め記すの意をいう）は縁語。「心から玉藻のくづとかかれにきなにかゐじまのうらみしもせん」（月詣集・雑下七九五惟宗広言「王昭君の心をよめる」）。

827

円融院かくれさせ給（ひ）にける春、あはたにて人々歌よみ侍（り）けるに

藤原実方朝臣

この春はいざ山里《やまさと》にくらしてん花《はな》のみやこはをるに露《つゆ》けし

〔現代語訳〕 円融院が崩御された春、粟田において人々が歌を詠みましたときの歌

この春は、さあ山里で暮らそう、花の咲くあでやかな都はそこにいると涙がちになるから。

〔他出〕 実方中将集二八「同じ（円融院葬送の）ころ、あはたどのにて」、三句「すぐしてむ」。玄々集二五「（実方中将三首）円融院うせさせ給ひてのころ、粟田殿にて」、三句「すぐしてん」、五句「をるも露けし」。

〔語釈〕 **○円融院** 正暦二年（九九二）二月一二日崩御。なお後拾遺集・哀傷に「円融院法皇うせさせ給ひて紫野に御葬送侍りけるに、ひととせこのところにて子日せさせ給ひしことなど思ひいでてよみ侍りける」と詞書して載る「紫の雲のかけても思ひきや春の霞になしてみむとは」（五四二）は左大将朝光の詠とあるが実方朝臣集（一四八）では実方の作としてみえる。**○あはた** 粟田。藤原道兼の山荘、粟田殿。**○をる** 居るに折るを掛ける。

〔補説〕 796歌は円融院の退位の折の詠で作者は本歌と同じ実方。

828

あるじうせたるところの花をみて

道命法師

庭桜《にはさくら》君がをしみしほどばかりしのびしもせじ花《はな》の心は

〔現代語訳〕 主人が亡くなったところの花を見て詠んだ歌

庭の桜は亡くなったあなたが惜しんだほどにはあなたを偲びもしないのだろうよ、このようにまた咲いた花の心をみれば。

829

〔他出〕道命阿闍梨集一六三「人のうせたまへるところの花をみて三首」、初句「山桜」。

〔語釈〕○花の心は　浅い心をいう。「むすびけむちぎりも今やあさ露の奥見えぬべし花の心は」（公任集三一七、「菊は濃さこそといへる女の所」に送った「いかばかりちぎりし花の露ならんおきてしもいとあはれとぞ思ふ」の「返し」）。

〔補説〕花の並び。以下、郭公（829）、七夕（830）、露（831）と四季を意識した配列。


待賢門院おはしまさでのち、法金剛院にて郭公のなきけるをきき給（ひ）て

仁和寺宮

ふるさとをけふ見にこずは郭公《ほとゝきす》たれとむかしをこひてなかまし

〔現代語訳〕待賢門院が亡くなって後、法金剛院において郭公の鳴くのをお聞きなされて詠んだ歌
母の住んでいた法金剛院を今日わたしが見に来なかったならば、郭公よ、おまえは誰と母生前の昔を恋しく思って鳴いたであろう。
〔他出〕出観集一九八「待賢門院かくれ給ひて後、法金剛院におはして昔の御あとあはれに見給ひける、をりしも郭公のなきければ」、二句「みにこざりせば」。今撰集・雑一八七「待賢門院うせさせ給ひて後、法金剛院にわたらせ給ひて、昔をおぼしいでられて物がなしくおぼえさせ給ひけるをり、郭公のなきければ」、初二句「ふるさとにけふこざりせば」。千載集・哀傷歌五八八「待賢門院かくれさせ給うてのち、法金剛院にて郭公のなき侍りけるに」、初二句「ふるさとにけふこざりせば」、四句「たれかむかしを」。安撰集。
〔語釈〕○法金剛院　待賢門院璋子の建立した寺院。353歌参照。○ふるさと　作者の母待賢門院（379・410・420歌参照）が住んでいた法金剛院東御所をいう。

近衛院に侍（り）ける、かくれさせ給（ひ）にければ、皇后宮にまゐ《い》れりけるに、ことにふれてむかしのみこひしくおぼえければ、ふづきの七日土左内侍のもとへつかはしける

皇后宮備前

830

天《あま》の川《かは》ほしあひのそらはかはらねどなれし雲《くも》ゐの秋《あき》ぞこひしき

〔現代語訳〕 近衛院に仕えていましたが、院が崩御されたので、皇后宮に参上しましたが、なにかにつけて昔のことが恋しく感じられて、七月七日に土佐内侍のところへ送った歌

天の川に二星の相会う空は昔と変わらないけれども、慣れ親しんだ雲居（宮中）の秋が恋しいことよ。

〔他出〕 風雅集・雑歌下一九九〇「近衛院の御事に土左内侍さまかへてこもりゐて侍りけるもとへ、又の年の七月七日よみてつかはしける」。

〔語釈〕 **○近衛院** 近衛院の崩御は久寿二年（一一五五）七月二三日。おそらくは一年後、保元元年の七夕の折の詠作か。皇后宮は多子のこと。**○土左内侍** 作者のもと同僚。風雅集の詞書によれば近衛院の崩御時に出家した。**○ほしあひのそら** 158・162歌参照。**○雲ゐ** 天河のある空と宮中を掛ける。158歌参照。

匡衡朝臣うせて後、石山《いし》へまうでけるみちに、山かげなる草《くさ》の露《つゆ》にあさひのさしたるをみて

赤染衛門

831

あさひさす山した露のきゆるまもみしほどよりはひさしかりけり

〔現代語訳〕 夫の匡衡朝臣が亡くなって後、石山寺に参詣した道中で、山かげにある草の露に朝日がさしているのをみて詠んだ歌

朝日がさして山かげの草の露が消えるわずかの間も、あの人と暮らした時間より長いと感じたことだ。亡き夫と暮らした時の何と短いことか。

〔他出〕　赤染衛門集二九一「(秋、石山にまうでて)又つとめてかへるに、山かげなる草の、朝日のさしたるに、なほきえであるを、あはれなりしをりのこと思ひいでられて」。続後拾遺集・哀傷歌一二四二「大江匡衡朝臣身まかりて後、石山へまうでける道に、山陰なる草の露に朝日のさしたるをみて」。

〔語釈〕　○石山　石山寺。如意輪観音を本尊とする観音の霊地。現在の滋賀県大津市石山町。蜻蛉日記・中巻にみえる天禄元年(九七〇)七月二〇日ころの石山詣での記事によれば、夜明けに賀茂川を渡り粟田山を通り夜明けに山科のあたり、走井、逢坂の関を過ぎ、打出の浜から船に乗り午後五時ころ(申の終わり)に到着している。寺の様子は「堂は高くて下は谷と見えたり。片崖《かたきし》に木どもおひこりていと木暗がりたる。二十日月夜更けていと明かりけれど木陰にもりて所々に来し方ぞ見え渡りたる。見おろしたれば麓にある泉は鏡のごと見えたり」などとある。後拾遺集・哀傷には「匡衡におくれて後石山にまゐり侍りける道に、あたらしき家のいたうあれて侍りけるをとはせければ親におくれて二とせにかくなりて侍るなりといひければよめる」の詞書で赤染衛門詠「ひとりこそあれゆくことはなげきつれぬしなきやどはまたもありけり」(五九四)がみえる。○みしほど　夫婦として匡衡と暮らした日々。匡衡は寛弘九年(一〇一二)七月一六日没、六一歳。二人の結婚生活は三十余年にわたる。赤染衛門集には匡衡哀傷歌群(二六八～三〇七)がみえる。302・637・903歌など、また834歌〔補説〕参照。

一条院かくれさせ給(ひ)て、ほどへて夢《ゆめ》に見たてまつりてよみ侍りける

大江匡衡朝臣

よもすがらむかしのことをみつるかなかたるやうつゝありしよや夢《ゆめ》

【現代語訳】一条院が崩御され、しばらく後夢にお会いして詠みました歌
一晩中、昔のことを夢にみたことよ。さっきまで夢の中で話していたのが現実なのか、過ぎた昔が夢なのか。
【他出】新古今集・哀傷歌八二四「題知らず」。宝物集八三。別本和漢兼作集。
【語釈】**○一条院** 寛弘八年（一〇一一）六月一九日出家、同二二日に崩御。作者は侍読であった。833歌参照。一条院の葬送についての詠が401、追悼の詠が386・402にみえる。

833

上東門院にまゐ《い》りて、一条院に匡衡が御書をしへたてまつりしほどのことなど、昔物語啓してまかりいでにけるあしたにたてまつりける　赤染衛門

いとどしく又ぬれそひしたもとかなむかしをかけておちし涙《なみた》に

【現代語訳】上東門院に参上して、一条院に匡衡が侍読として漢籍を進講したころのことなど、昔の話をあれこれ申し上げて退出した翌朝にさし上げた歌
いっそうひどくぬれにぬれた袂であります、昔のことを思い出して落ちた涙によって。

【他出】赤染衛門集、〔補説〕参照。新撰朗詠集・雑六九八「懐旧」、初句「常よりも」。千載集・哀傷歌五六六「上東門院にまゐりて侍りけるに、一条院の御ことなどおぼしいでたる御けしきなりけるあしたに、たてまつりける」、初句「つねよりも」。時代不同歌合。

【語釈】**○上東門院** 一条天皇中宮藤原彰子。本集作者。357・441・769歌など参照。**○又ぬれそひて** 作者の夫、匡衡は一条院の崩御の翌年に亡くなっている。亡夫への思いに重なる悲しみ。匡衡は832歌の作者で、並びによって哀傷が重層的になる。

【補説】赤染衛門集（三二五・三二六）に次のようにある。

女院に啓すべきことありてまゐりたりしに、一条院御ことおほせられ出でて匡衡が御文つかうまつりしほどのことどもおほせられて、いみじくなかせ給ひしかばかなしくおぼえて、まかでてつとめまゐらせし

つねよりもまたぬれそひし袂かな昔をかけておちし涙に

御返し

うつつとも思ひわかれですぐる世にみしよの夢をなにかたりけん

かへし　院

うつつ《ゝ》ともおもひわかれですぐすかに見しよの夢《ゆめ》をなにかたりけん

〔現代語訳〕　返歌

何が現実のことだとも判断できないで過ごしているかに思われるのに、夢のような昔についてどうして話したのであろう。

〔他出〕　赤染衛門集、833歌〔補説〕参照。千載集・哀傷歌五六七「御返事」、三句「すぐるまに」。

〔語釈〕　**○すぐすかに**　「か」は疑問の助詞と解されるが、「ま」あるいは「よ」の誤りか。諸本をみると、静嘉堂文庫本は「すくすかに《本ノ》」、神習文庫本は「すくすまに《かなイ》」、それ以外は「すくすかな」とある。赤染衛門集は「すぐるよに」(「すぐしまに」とも)とある。現在の心境を表わす。**○見しよの夢**　よに世と夜を掛ける。うつつ(現実)と夢の対。

〔補説〕　832、833、834歌は一条院、上東門院彰子、匡衡、赤染衛門の親しさがうかがえる配列。人物の関連だけでなく表現も近似している。831歌も含め、文脈的な享受を促す意図的な構成がある部分。

835

大納言公実みまかりて、年《とし》へてよみ侍（り）ける　花園左大臣北方

かぞふればむかしがたりになりにけりわかれはいまのここちすれども

〔現代語訳〕　大納言公実が亡くなって、年月が経って詠みました歌

父が亡くなったときから年月を数えてみると、もう遠い昔語りになってしまいました。死に別れたのはほんの今のような気がしますけれども。

〔他出〕　千載集・哀傷歌五八五「大納言公実みまかりてのち、かの遠忌日、よみ侍りける」。

〔語釈〕　**○公実**　嘉承二年（一一〇七）一一月一四日没、作者の父。**○むかしがたり**　故人についての思い出話。「みな人のむかしがたりになりゆくをいつまでよそに聞かむとすらむ」（詞花集・雑下三五九法橋清昭「はかなき事のみおほくきこえけるころよめる」）。昔と今の対。

836

近衛院御時、年《とし》ごろよゐつかうまつりける、かくれさせ給（ひ）にければ、当今御時又よゐにめされて侍（り）けるに、太政大臣のもとへいひつかはしける　大僧正覚忠

うきままにそらをながめしなごりには雲《くも》ゐの月をなほ《を》も見るかな

〔現代語訳〕　近衛院の御代、長年夜居のご奉仕をしておりましたが、崩御されて、当今の御代に再び夜居に召されました時に、太政大臣伊通のところに送った歌

つらい思いのまま空を眺めたなごりとして、再び雲居の月をみることです。

〔語釈〕　**○近衛院御時**　近衛天皇は鳥羽院皇子、母は美福門院得子（長実女）。永治元年（一一四一）一二月践祚、

久寿二年（一一五五）七月二三日崩御、時に一七歳。本集には近衛院自身の作二首（448・854）のほか、関連する歌が本歌を含め四首（396・400・830・836）みえるが、すべて崩御をめぐっての詠である。**〇よゐ**　夜居、徹夜で加持祈祷などのため僧が詰めること。後拾遺集・雑三の「後朱雀院御時年ごろよゐつかまつりけるに後冷泉院位につかせ給ひて又よゐにまゐりてのち上東門院にたてまつり侍りける」の詞書で天台座主明快詠「雲のうへにひかりかくれしゆふべより幾夜といふに月をみるらん」（九七七、栄花物語・第三六「根あわせ」にも）がみえる。**〇当今**　二条天皇。本集作者。**〇太政大臣**　藤原伊通、本集作者。

　後冷泉院おはしまさでのち、九月十三夜四条宮にまゐ《い》りて、式部命婦と夜ひとよむかしの事
　など申（し）て　　　　　　藤原清家朝臣

よもすがらおもひやいづるいにしへにかはらぬそらの月をながめて

〔現代語訳〕　後冷泉院が亡くなられて後、九月十三夜に四条宮に参りて、式部命婦と一晩中昔の思い出話などをして詠んだ歌

一晩中、院生前の昔のことを思い出すよ、過ぎし日と変わらない空の月を見つめて。

〔語釈〕　**〇九月十三夜**　199歌参照。後冷泉院は治暦四年（一〇六八）四月一九日に四四歳で崩御。その年の九月か。**〇四条宮**　後冷泉天皇皇后寛子のこと。**〇かはらぬそら**　「かきしぐれ思ひこそやれみし夢にかはらぬ空の秋の気色を」（弁乳母集五三「九月、にしの院に、いづもの母うへの忌みにて、おはせしに、同じころ、故三位のおはせしが思ひいでられて」）。

838

返し

式部命婦

雲《くも》のうへの月のひかりはかはらねどむかしのかげはなほ《を》ぞこひしき

〔現代語訳〕　返歌

雲の上の月の光は変わらないというけれども、昔の光はやはり恋しいことだ。

〔語釈〕　○かげ　月影に掛けて後冷泉院の面影をいう。

〔補説〕　作者の式部命婦は後拾遺集勘物（陽明文庫本）によると後冷泉院女房。故人をしのぶ詠は823歌からここまで。

839

九月十三夜月おもしろく侍（り）けるを、前師季仲ともろともに見侍（り）て、ほどなくかの人とほ《を》きところへながされにければ、いひつかはしける

藤原基俊

見るたびにむかしのことのおぼゆればまたそのままに月もながめず

〔現代語訳〕　九月十三夜の月が趣深く出ておりましたのを、前大宰師季仲とともに見ましたが、間もなくその季仲は遠いところに配流になりましたので、いい送った歌

みるたびに過ぎ去ったあの日のこと、九月十三夜の美しい月が思われるので、再びあのように月をも見ることはしないでいる。

〔他出〕　基俊集一〇八「季仲の師ながされてのち、九月十三夜月のおもしろく侍りし事を思ひいでて、たよりにつけていひつかはしける」。中古六歌仙。

【語釈】○前帥季仲　長治二年（一一〇五）延暦寺の訴により周防に流罪となる。同三年常陸に遷され、かの地で没する。なお基俊集には康和二年（一一〇三）大宰帥になって下向の折の餞別の歌が載る。○またそのままに　昔のように眺めずにいるの意。遠流の親友を思いやる。

【補説】九月十三夜の月が前の贈答と本歌に詠まれている。

840

つくしのかたへながされてまかりにける人に　玄範聖人

いく雲ゐへだつる山《やま》のあなたにてみやこのことをおもひいづらん

【現代語訳】筑紫の方に流罪になった人に詠み送った歌

たくさんの雲をへだてた山の向こうにて都のことを思い出しているだろう。

【語釈】○いく雲ゐ　「いかばかり空をあふぎてなげくらんいく雲ゐともしらぬ別れを」（後拾遺集・別四九九よみ人知らず「成尋法師もろこしにわたり侍りて後かの母のもとへいひつかはしける」）。「雲ゐへだつ」は逢うことのかなわない思いを詠む。「あふことは雲ゐはるかにへだつとも心かよはぬほどはあらじを」（後拾遺集・別四九三輔親「女にむつまじくなりてほどもなく遠きところにまかりければ女のもとより、雲ゐはるかにいくこそあるかなきかの心ちせらるれといひて侍りける返りごとにつかはしける」）。

【補説】流罪にあった親しい人を思う並び。

841

おもふことありけるころ、よふくるまで月を見て　赤染衛門

ものおもはぬ人もやこよひながむらんねられぬままに月をみるかな

〔現代語訳〕　悩むことがあったころ、夜が更けるまで月を見て詠んだ歌
悩みのない人も、今夜はこの月をしみじみ見つめているだろうか。もの思うわたしは寝られないので、月をみることだ。
〔他出〕　赤染衛門集五七二「夜ふくるまで月を見て」。千載集・雑歌上九八四「題知らず」。古来風体抄。
〔語釈〕　**○ながむらん**　夜更けまで月をつくづくながめている者は自分だけだろうという気持ち。詞花集・雑上に同じ赤染衛門の詠「神無月ありあけの空のしぐるるをまたわれならぬ人やみるらん」（三二四、赤染衛門集などにも）が「思ふこと侍りけるころいのねられず侍りければ、よもすがらながめあかして有明の月のくまなく侍りけるが、にはかにかきくらししぐれけるをみてよめる」としてみえる。
〔補説〕　以下、836～839歌の懐旧の月歌群をうけてさらに物思いにながめる月の歌が三首並ぶ。

題《たい》しらず　　源頼光朝臣

いづるよりいるまで月をながむればものおもふをり《お》のわざにぞありける

〔現代語訳〕
東に出てから西にはいるまでずっと月を見つめていると、ああ、これがもの思いをしているときの行為であったことよ。
〔他出〕　後葉集・雑一・四六六「題知らず」、三句「ながむるは」。
〔語釈〕　**○いづるよりいるまで**　「秋の夜は月に心のひまぞなきいづるをまつといるをしむと」（詞花集・秋一〇一源頼綱「京極前太政大臣家歌合によめる」）。**○わざにぞありける**　「たらちねの親のいさめしうたたねはもの思ふ時のわざにぞありける」（拾遺集・恋四・八九七よみ人知らず「題知らず」、抄三三三、奥義抄・中巻にも）、「まどろまで雲ゐ

の雁のねをきくは心づからのわざにぞありける」（和泉式部日記、敦道親王）。

843
行宮見月傷心色といふことを　前大弐高遠
おもひやる心《こゝろ》もそらになりにけりひとりありあけの月をながめて

【現代語訳】「行宮にて月を見ては傷心の色」という題で詠んだ歌
思いやる心もうつろになってしまったよ、ひとり有明の月を見つめていて。

【他出】　高遠集二五七「（或人の、長恨歌楽府の中に、あはれなることをえらびいだして、これが心ばへを、二十首よみておこせたりしに）行宮見月傷心色」。新勅撰集・恋歌五・九五七「題知らず」。

【語釈】　**○行宮見月傷心色**　白氏文集「長恨歌」中の詩句。楊貴妃を失った帝は避難先の仮宮で月をながめ傷心の思いにかられる。後に文集百首を詠んだ定家は同題を「浅茅生ややどる涙の紅におのれもあらぬ月の色かな」（拾遺愚草員外）と詠む。**○おもひやる心もそらに**　亡き楊貴妃を思う帝（玄宗）の心が空虚になる意。712歌参照。心は句中の傷心。空は月の縁語。「思ひやる心もそらにしら雲のいでたつかたをしらせやはせぬ」（新古今集・恋歌五・一四一四致平親王「女のほかへまかるをききて」）。

844
長恨歌の心を　藤原為忠朝臣
まぼろしのつてにきくこそかなしけれちぎりしことは夢《ゆめ》ならねども

【現代語訳】「長恨歌」を題に詠んだ歌
まぼろし（道士）の人伝として亡き楊貴妃のことを聞くというのは悲しい。比翼の鳥、連理の枝となろうと約束したことは夢ではないけれども。

〔他出〕 為忠初度百首・雑七三八「楊貴妃」。宝物集三二一。

〔語釈〕 **○まぼろし** 長恨歌の「臨卭の道士」をいう。楊貴妃の魂魄を探索する方士。源氏物語・桐壺に「たづねゆくまぼろしもがなつてにても魂のありかをそこと知るべく」とあり、俊頼髄脳に楊貴妃の物語を述べる中に「まぼろしといへる道士」などとみえる。**○ちぎりしこと** 帝（玄宗）と楊貴妃の誓言。源氏物語・桐壺にも「朝夕の言ぐさに翼をならべ枝をかはさむと契らせたまひしに」などとある。

〔補説〕 長恨歌の後半部の趣旨を詠んだ歌。奥義抄・中巻は「こひしくは夢にも人をみるべきに窓うつ雨に目をさましつつ」（後拾遺集・雑三・一〇一五高遠「文集の蕭蕭暗雨打窓声といふ心をよめる」）を注する中で長恨歌の内容を要約し、拾遺集・雑上の「沖つ島雲ゐの岸を行きかへりふみかよはさむまぼろしもがな」（四八七「対馬守小野のあきみちが妻おきがくだり侍りける時に、ともまさの朝臣の妻肥前がよみてつかはしける」）を引き「此歌もこの事（長恨歌）を思ひてよめるなり。まぼろしは方士なり」とする。

845

陵園妾の心をよめる　　登蓮法師

松《まつ》の戸をさしてかへりしゆふべよりあけるめもなく物をこそおもへ

〔現代語訳〕「陵園の妾」を題にして詠んだ歌

松の戸を閉ざして宦官が引き返していった夕から幽閉されたままもの思いをするばかりだ。

〔他出〕 今撰集・雑一七五「陵園妾の心を」、「まきの戸をさしてかへりしその日よりあくるよもなきもの思ひかな」。

〔語釈〕 **○松の戸** 白氏文集・新楽府「陵園妾」に「中官監送鏁㆑門廻、山宮一閉無㆓開日㆒、未㆑死此身不㆑令㆑出、

松門到〻暁月徘徊、柏城尽日風蕭瑟、松門柏城幽閉深」などとある松門を表す。後出の例だが新勅撰集・雑一に「楽府を題にて歌よみ侍りけるに、陵園妾の心をよめる」と詞書して源光行詠「とぢはつるみ山のおくの松の戸をうらやましくもいづる月かな」（二〇九二）がみえる。**〇め**（戸が開けられる）状況、境遇の意。

〔補説〕 陵園妾は御陵に幽閉された宮女の苦悩を憐れむ。白氏文集の詩句を本説にした並び。月、懐旧、もの思いと主題として前後の配列に無理なく巧みに置かれる。

ことありてあふみなるところにこもりゐ侍りけるときよめる

大江公資朝臣

ことしげき世（の）中よりもあしびきの山のへにこそ水はきよけれ

〔現代語訳〕 事情があって近江の地に籠もっておりました時に詠んだ歌

あれこれ煩わしい世の中よりも山のほとりこそ水は清く澄んでいることだ。

〔他出〕 玄々集一一九「公資一首遠江守　ことありて、近江路にこもり侍りける比」、二句「世の中よりは」、四五句「山のうへこそ月はすみけれ」。

〔語釈〕 **〇ことしげき世** 都のことをいう。690歌参照。**〇あしびきの** 枕詞。腰句（第三句）に置かれ上句（都）と下句（山）の対立を婉曲に示す。

〔補説〕 「ことありて」は719歌の例をみると何かの罪によるものとも推定できる。陵園妾を題にする前歌との連関がある。以下、配流にあった人々の詠が並ぶ。

遠《とを》きくにへつかはされける時、人のもとへいひつかはしける

前左京大夫教長

おちたぎつ水のあわとはながるれどうきにきえせぬみをいかにせん

〔現代語訳〕 遠国へ配流になったとき、ある人のもとにいい送った歌
たぎりおちる水の泡となって流れるけれども、つらさのために消えないわが身をどうしたらよいのだろう。

〔他出〕 教長集〈貧道集〉、〔補説〕参照。宝物集一七〇。

〔語釈〕 **○遠きくに** 保元の乱で常陸国に流罪になった。〔補説〕参照。**○水のあわ** はかないものの典型。配流の身を喩える。「水のあわのきえてうき身といひながら流れてなほもたのまるるかな」（古今集・恋歌五・七九二友則「題知らず」）。**○うき** 憂きと浮きを掛ける。ながる、きえせぬとも泡の縁語。「うきながらきえせぬ物は身なりけりうらやましきは水のあわかな」（拾遺集・哀傷一三一三中務「むまごにおくれ侍りて」、抄三七四）。

〔補説〕 教長集（八二四〜八二七）に次のようにある。三首めの「日のひかり」の詠は次の848歌。

遠き国へつかはされける時、人のもとへいひつかはせる
おちたぎつ水のあわとはながるれどうきにきえせぬ身をいかにせん

ことにあたりて東のかたにまかりけるに、おほいなる川のほとりにゆきて日もくれがたに、渡し守はやわたらなむといそがせば、いとものがなしくて船にのらんとするに、この川をばなにとか名づくるととふに、これなむ隅田川といふは、むかし在中将のいざこととはむ都鳥とよみけむを思ひいでられて、来しかた行くすゑものあはれなることかぎりなくてよめる

隅田川いまもながれはありながらまた都鳥あとだにもなし

同じ道にてのりかへにかげなる馬の侍りし、たづね侍りしかば足をやみてさがりたると申し侍りしかば

日のひかりてらしすてたるうき身にはかげさへそはずなりにけるかな

かくて常陸の国までに四十日あまりにまかりいたりぬ、いたらんずるところはしたのうき島となん申す、海のほとりに船にのりける時よめる

日をへてもすぎしみやこのつづきぞと思ふきしべをけふぞはなるる

おなじみちにて、のりかへにかげなる馬の侍（り）けるをたづねければ、あしをやみてさがりて侍（る）よし申（し）けるをききて

ひのひかりてらしすてたるうき身にはかげさへそはずなりにけるかな

〔現代語訳〕 その同じ道中において、乗り換えのため鹿毛である馬がついてきていたが、見えないので聞いてみると、足を痛めて遅れているというのを聞いて詠んだ歌

日の光が照らし捨てたつらいわが身には影までも添うことがなくなったことよ。

〔他出〕 教長集（貧道集）、847歌〔補説〕参照。

〔語釈〕 **○ひのひかり** 公の恵みを喩える。「日のひかりあまねき空の気色にもわが身ひとつは雲がくれつつ」（金葉集・雑部上六〇二俊頼「堀河院御時源俊重が式部丞申しける申文にそへて、中納言重資卿の頭弁にて侍りける時つかはしける」、袋草紙・雑談などにも）。**○かげ** 影と鹿毛（馬の毛色）を掛ける。

849

おほやけの御かしこまりにて、下野国につかはされけるとき、むろのやしまを見て

藤原成範朝臣

わがためにありけるものをあづまぢのむろのやしまにたえぬおもひは

〔現代語訳〕 勅勘をお受けして、下野国に流罪になったとき、室の八島を見て詠んだ歌

わたしのためにあったのだなあ、東路の室の八島に絶えることのない火、そのもの思いの火は。

〔他出〕 今撰集・雑一七〇、三句「しもつけや」。治承三十六人歌合。宝物集一七二。平治物語。〔補説〕参照。

〔語釈〕 **○おほやけの御かしこまり** 708歌参照。**○むろのやしま** 760歌参照。**○たえぬおもひ** （室の八島に絶えない）火を掛ける。「下野や室の八島に立つ煙思ひありとも今こそはしれ」（古今六帖一九一〇「しま」）。

〔補説〕 平治の乱で下野国に流罪になった時の詠。今鏡・すべらぎの下「鄙の別れ」には次のようにある。

また左兵衛督成範と聞えし、紀の二位の腹にて、その折、播磨の中将、弟の美濃の少将など聞えし、衛門督（信頼）の乱れに、ちりぢりにおはせし時、中将下野へおはして、かれにて詠み給ひける

わがためにありけるものを下野や室の八島に絶えぬ思ひは

とかや。ひが事どもや侍らむ。

850

ながされたるものども、ほどへてみなめしかへしけるに、一人なほ《を》ゆるされざりければ、内わたりの女房のもとへ《を》おくりける

前左兵衛督惟方

このせにもしづむときけば涙川《なみたかは》ながれしよりも袖《そて》ぞぬれける

〔現代語訳〕 流罪になったものたちが、時が経ってみな召還されるのに、一人やはり赦されないので、内裏に仕え

る女房のところへ送った歌

この機会にも赦免されないと聞くので、涙川の流れは、流罪のときよりもはげしくいっそう袖はぬれたことだ。

〔他出〕千載集・雑歌中一一一八「遠き国に侍りける時、同じさまなるものどもことなほりてのぼるときこえける時、そのうちにもれにけりと聞きて、都の人のもとにつかはしける」、二句「しづむときくは」、五句「なほまさりけり」。治承三十六人歌合（「事ありて遠き国へまかりけるに、かたへの人に帰りのぼるべしと聞きけるに、われはさもあらざりければ、都なるはらからのもとへつかはしける」）。十訓抄、古今著聞集・第五和歌「別当惟方配所にて述懐の歌を詠じ召還の事」、平治物語など。〔補説〕参照。

〔語釈〕**○涙川** 530・590歌参照。瀬、沈む、流れ、袖、濡れは縁語。**○内わたり** 569・576歌参照。

〔補説〕惟方は永暦元年（一一六〇）長門国に流された。同時に流罪にあった経宗は応保二年（一一六二）阿波国から召還されているが、惟方が赦されたのは永万二年（一一六六）三月である。本集成立の永万元年には流罪中であった。二条天皇の近臣とはいえ、惟方の本歌入集は勅撰集をめざす本集にあっては異例か。今鏡・すべらぎの下「鄙の別れ」にも次のようにある。849〔補説〕の引用の直前部分。

大方六七年のほどに、三十余人ちりぢりにおはせし、あさましく侍りき。かろきにしたがひて、やうやう召し還されしに、惟方いつとなくおはせしかば、かしこより都へ、女房に付けてと聞えし。

この瀬にも沈むと聞けば涙川流れしよりもぬるる袖かな

とぞ詠まれ侍りける。

851

よの中にこもりゐ侍（り）ける時　　知足院入道前太政大臣

さほ川《かは》のながれひさしきみなれどもうきせにあひてしづみぬるかな

〔現代語訳〕　世間に対して籠居しておりました時に詠んだ歌
佐保川の流れが久しいように、藤原氏の名流に生まれた身であるけれども、つらい目にあって沈淪してしまったよ。
〔他出〕　新古今集・雑歌中一六四七「なげくこと侍りけるころ」。〔補説〕参照。
〔語釈〕　○さほ川　佐保川、大和国の歌枕。和歌初学抄・所名「大和さほがは　ナミカクト」。万葉以来の歌枕で、春日山に発し現在の奈良市北部の丘陵（佐保山）の麓を西に流れる。不比等や房前の邸宅、佐保殿があったことから藤原北家の系統を表す。流れ（家筋を掛ける）、うき瀬（浮きと憂きを掛ける）、沈み（沈淪の意を掛ける）は縁語。万代集・賀歌に重家詠「よよふともたえずぞすまむ昔よりながれ久しき佐保川の水」（三七八八「同じ（後法性寺）入道前関白（兼実）、右大臣の時の百首に」）がみえる。
〔補説〕　今鏡・藤波の上「宇治の川瀬」に次のようにあり、宇治に籠居していた時期の詠とする。保元元年（一一五六）一一月の内覧宣旨停止から一二年ほどの期間を指す。
富家の大臣（忠実）は（略）歌はさまでも聞えさせ給はざりしに、宇治にこもりゐさせ給へりしときぞ
佐保川の流れたえせぬ身なれどもうき瀬にあひて沈みぬるかな
と詠ませ給ひけるとかや。

ぬす人にあへりける又の日、人のかいねりのきぬをおくりて侍（り）ければ
清原元輔
あさからずおもひそめてしころも川《かは》かゝるせにこそ袖《そで》もぬれけれ
〔現代語訳〕　盗人の難にあった翌日、ある人が掻練の着物を送ってきましたので詠んだ歌

浅くない思いで染めた衣を送られて、衣川を渡ろうと川瀬で袖をぬらすように、このようなときにこそあつい心づかいがうれしくて涙で袖もぬれたことだ。

〔他出〕元輔集一二〇「ぬす人のいりて侍りし又の日、人の擣練をおこせて侍りし返しつかはししに」、五句「袖もひちけれ」。続後拾遺集・雑歌中一一三〇「ぬす人にあへりける又の日、人のもとよりきぬをおくりて侍りければ」。

〔語釈〕**○かいねりのきぬ** 擣練、砧で打って練ったりのりを落としたりして柔らかくした絹織物。紅色や紫の濃い色についていう場合が多い。高光集に「ある女かいねりのきぬを十月ばかりにくどくにつくるを」(三八)とある(歌は「紅葉ばのおつるころしもから衣にしにかくるぞあはれなりける」)。**○おもひそめ** そめは初めと染めを掛ける。衣、袖の縁語。**○ころも川** 衣川、陸奥国の歌枕。683歌参照。衣を掛ける。「あさ(からず)」は川の縁語。**○かかるせ** 瀬は折の意。川の縁語。

〔補説〕四条中納言定頼集に同工の詠「浅からず思ひそめてし唐衣身にちかからぬ事をこそ思へ」(二二六「文やりしに、ところ違へといへる人に」)がみえる。

くまのへまゐ《い》りける女、おと《を》なし川《河》よりかへされたてまつりて、なく〳〵よみ侍(り)ける

おと《を》なしの川《かは》のながれはあさけれどつみのふかきにえこそわたらね

この後ことなくまゐ《い》りにけりとぞ申(す)

〔現代語訳〕熊野に参詣した女が音無川から引き戻されて、泣く泣く詠みました歌

音無川の流れは浅いのだけれども、罪が深いので渡ることができない。

この後無事に熊野に参詣したということだ。

〔他出〕 袋草紙「希代歌」（仏神感応歌）「これは熊野に参詣せし女、音無川の辺より返されて泣く泣くこれを詠ず。この後、事なく参詣す」。

〔語釈〕 **○おとなしの川** 音無川、熊野本宮の傍らを流れる川。和歌初学抄・所名「紀伊おとなしがは　人ノトハヌニ」。本宮参詣の者は歩いて渡り社地に入る。潔斎垢離の場。966歌〔語釈〕にあげた増基法師詠の詞書参照。新古今集・雑歌中に行尊詠「わくらばになどかは人のとはざらむ音無川にすむ身なりとも」（一六六二「都をいでて、久しく修行し侍りけるに、とふべき人のとはず侍りければ、熊野よりつかはしける」）がみえる。102歌参照。赤瀬信吾「「音無の滝」と『源氏物語』」（『和漢語文研究』7号、二〇〇九年一一月）参照。

〔補説〕 川の深浅に関わる連想による並び。

従一位宗子やまひお《を》もくなりて、久（しく）まゐ《い》らで心ぼそきことなど申（し）て侍（り）ける御かへりに　　近衛院御歌

うき雲《くも》のかかるほどだにわびしきにかくれなはてそありあけの月

〔現代語訳〕 従一位宗子の病気が重篤になり、長いことお会いできず心細いことなどをいいました御返事として詠んだ歌

浮雲がかかるくらいでさえさびしいのに、隠れてしまわないでくれ、有明の月よ。あなたが病気でさえつらいのに死ぬなどと言わないでください。

〔他出〕 千載集・雑歌上一〇〇〇「従一位藤原宗子、病重くなりて久しくまゐり侍らで、心ぼそきよしなど奏せさせ侍りけるにつかはしける」、三句「あるものを」。

〔語釈〕 **○従一位宗子** 宗通女、忠通室。本集作者。近衛院にとっては准母皇嘉門院聖子の母、即ち祖母にあたる。

歌中で有明の月に喩えられる。**〇心ぼそきこと**　同歌を採る千載集諸本中、志賀須香文庫本などは宗子の贈歌「山の端の月もろともにかくれなば思ひいでむや思ひいでじや」を載せる。

〔補説〕　以下巻軸までの六首は病に関わる歌群。

わづらふ比、寂昭聖人をむかへて戒うけなどしけるに、ほどなくかへりにければつかはしける

小大君

ながきよのやみにまどへるわれをおきて雲《くも》がくれぬるそらの月かな

〔現代語訳〕　病気していたころに、寂昭聖人を迎えて戒を受けるなどしたが、すぐに帰ったので送った歌

長い夜の闇に迷っているわたしをおいて、雲に隠れてしまった空の月だな。

〔他出〕　小大君集、（補説）参照。玄々集四三「（小大君三首）わづらふころ、三河入道をよびて戒受けたるに、ほどなくてしにければ」、三句「闇に迷へる」。金葉集三奏本・別離三四一「わづらふころ三河入道唐へまかると聞きてつかはしける」、二句「やみにまよへる」。続後拾遺集・釈教歌一二九八「わづらひ侍りけるころ寂昭上人にあひて戒うけけるに、ほどなくかへりければ」、作者表記「三条院女蔵人左近」、三句「やみにまよへる」。宝物集二八五。

〔語釈〕　**〇寂昭聖人**　大江定基。三河入道。永延二年（九八八）出家、長保五年（一〇〇三）入宋。彼地で没する。**〇ながきよのやみ**　無明の闇。煩悩に迷うこと。414歌など参照。「長き夜のねぶりをいかにさましてか今より闇にまよはざるべき」（久安百首一一八六兵衛）。**〇そらの月**　寂昭聖人を喩える。闇（迷い）と月（悟り）の対比。

〔補説〕　小大君集（二二一・二二二）に次のようにある。

惟仲の朝臣病にわづらひて、三河新発意をよびて、宮の大進統理をやりていはせけるに、さらに聞きいれ

ざりけるを、しひていひければ、すこしよろしきをたのみにて、あか月にと約束して寝ぬるに、夜なかばかりにおきいで、手あらひ、鐘うちならして、仏にもの申すおとしければ、いまやいまやと思ふに、おともせずなりにけり、弟子をおこして、いづちおはしぬるぞととへば、おどろきてもとむれど、なくなりにけり、あさましうてかきおきてきける

長き夜の闇にまよへるわれをおきて雲がくれぬる夜半の月かな

入道の返し、あしたにぞありける

かさなれるみ山がくれにすむ人は月にたとへん扇だになし

右の小大君集の詞書は難解だが、竹鼻績『小大君集注釈』（私家集注釈叢刊1、貴重本刊行会、一九八九年）は「惟仲朝臣が病にかかり、寂昭を呼びに統理を遣わしたが、寂昭はなかなか承諾しなかった。しかし、無理に頼むと、夜明け方にというので、そのことばを信じて寂昭のもとで一夜を明かして待ったが、寂昭が姿をくらましてしまったので、歌を書き置いて帰って来た」と大意をまとめている。因みに寂昭の返歌は和漢朗詠集（五八七仏事）にみえる摩訶止観の句「月隠重山兮、擎扇喩之、風息大虚兮、動樹教之」による。本集に近い玄々集にも小異がある（「ほどなくてしにければ」は四句「雲隠れぬる」による誤解か）。

雲に隠れる月を人（宗子、寂昭）に喩える並び。

856

なが月のつごもりにわづらひて、たのもしげなくおぼえければ、久（しく）とはぬ人につかはしける　藤原基俊

秋《あき》はつるかれのの虫《むし》のこゑたえばありやなしやと人のとへかし

【現代語訳】 九月の末に病気して、不安に感じましたので、長いこと訪ねてこない人に送った歌

秋が終わる今日、枯れ野の虫の声が途絶えたならば、生きているかいないかとあなたに問うてほしいものだ。

〔他出〕 基俊集四七「九月晦日比、久しくわづらふ事侍りて心ちたのもしげなく思うたまへしに、久しくおともせぬ人のもとにつかはしける」、四句「ありやなしやを」。千載集・雑歌中一〇九三「長月のつごもりがた、わづらふことありてたのもしげなくおぼえければ、久しくとはぬ人につかはしける」、四句「ありやなしやを」。中古六歌仙、定家八代抄。

〔語釈〕 **○ありやなしや** 元気か否か。虫の存在に病身の自分を重ねる。814歌に同様の表現がある。「消えもあへずはかなきころのつゆばかりありやなしやと人のとへかし」(後拾遺集・雑三・一〇一二赤染衛門「世の中常なく侍りけるころ久しうおとせぬ人のもとにつかはしける」)。

わづらふ事ありて、雲林院なる所にまかれりけるに、人のとぶらへりければよめる

良暹法師

このよをば雲《くも》のはやしにたびねしてけぶりとならんゆふべをぞまつ

〔現代語訳〕 病気することがあって、雲林院というところに行ったときに、ある人が訪ねてきたので詠んだ歌

この俗世から離れ雲上の林に旅寝をしてやがて火葬の煙となるだろうその夕を待つばかりだ。

〔他出〕 千載集・雑歌中一一二四「わづらふことありて雲林院なるところにまかれりけるに、人のとぶらへりければ、つかはしける」、三句「かどでして」。新後拾遺集・雑歌下一四四二「おもくわづらひて雲林院にまかれりける時、ともとする人のもとによみてつかはしける」、三句「かどでして」。

〔語釈〕 **○雲のはやし** 雲上の林、俗界を離れた所の意。雲林院のこと。58歌参照。**○けぶり** 茶毘の煙。390・411歌など参照。

858

かへし　　　　　　　　　　　　　　　　　　　　　　読人不知

けぶりにとよそふるたびのかどでには心ぼそくやおもひたつらむ

〔現代語訳〕　返事の歌

煙になるとなぞられる旅の出発においては、心細く思い立ったことであろうよ。

〔語釈〕　**○かどで**　あの世への旅立ちや遁世をいう。「草の葉にかどではしたり郭公死出の山路もかくや露けき」（金葉集・雑部下六四五田口重如「人のもとに侍りけるにはかに絶えいりうせなんとしければ、蔀のもとに入れて大路におきたりけるに草の露の足にさはりけるほどに郭公のなきければ、息の下に」、袋草紙「希代歌」ほかにも）、「あしびたくまやのすみかは世の中をあくがれいづる門出なりけり」（詞花集・雑下三四八源俊頼「都にすみわびて近江に田上といふところにまかりてよめる」）。**○おもひたつ**　決心する。ほそく、たつは煙の縁語。

859

やまひにわづらひける比、雪のきえのこれるを見て　　　　中納言定頼

こがくれにのこれる雪《ゆき》のしたきえて日をまつほどの心ちこそすれ

〔現代語訳〕　病気を患っていたころ、雪が消え残っているのを見て詠んだ歌

木隠れに残っている雪の下の方が消えて、もう間もなく消えてなくなるその陽光を待っているわずかな時間のような気持ちがするよ。わたしの命も同様だろう。

〔他出〕　定頼集、〔補説〕参照。

〔語釈〕　**○わづらひける比**　定頼集、栄花物語などによれば作者定頼が亡くなる直前のこと。寛徳二年（一〇四五）正月一九日没、五一歳。**○のこれる雪**　「かげにのみのこれる雪のきえはてぬさきにも人にあひみてしかな」（敦忠

集三一「(斎宮とよをへてきこえかはしたまけるはじめのにや) また」)。**○したきえて**　「かきくらしふる白雪のしたぎえにきえて物思ふころにもあるかな」(古今集・恋歌二・五六六忠岑「寛平御時后宮歌合の歌」)。

〔補説〕　定頼集(一七三・一七四)に次のようにある。冒頭に「内にも御薬の事」とあるのは後朱雀天皇の病気をいう。崩御の翌日に定頼も亡くなる。

内にも御薬の事とてさわぎみちたるに、こなたかなた心のいとまなう乱れていそぎまかりいでたれば、近うおはすと思ふはたのもしけれど、いまは文などもちからなうてえきこゆまじきこそくちをしけれ、こなたにときこゆべけれど、いまさらにあいなくて、かたのやうにはなしかし、とかかれたりけるこそははてなりけれ

こがくれにのこれる雪のしたきえて日をまつほどの心ちこそすれ

御返し、物もおぼえざりしにかくまでつづけむこそ

たれもよにふるそらもなきしたぎえのゆきとまるべき心地こそせね

栄花物語・第三六「根あわせ」には次のようにみえる。

四条中納言は、後朱雀院うせさせ給ひける頃、雪の消え残るを見てのたまひける

木隠れに残れる雪のした消えて日を待つほどのここちこそすれ

とてうせさせ給ひけるこそ、いとあはれに。まづ書くべきことを忘れてなん。

続詞花和歌集巻第十八　雑下

あがためしに伊勢《いせ》になれりけるをじし申（す）とて、よきにそうし給へなどいひて、前大僧正行尊（の）許につかはしける　源俊重

いかにせん伊勢《せ》の浜荻《はまおき》見がくれておもはぬいその波《なみ》にくちなば

〔現代語訳〕　県召しに伊勢守に任ぜられたが辞退申そうと、よいように奏上して下さいなどといって、前大僧正行尊のところに送った歌

どうしたらよいでしょう。伊勢の浜荻が水に隠れて、思ってもいない磯の波に朽ちてしまうように、伊勢の地にうずもれてしまったら。

〔他出〕　千載集・雑歌中一〇八九「司召しに伊勢になりけるを、辞し申しけるとき、大僧正行尊がもとにつかはしける」。

〔語釈〕　**○あがためし**　春の除目。地方官の任命。俊重が伊勢守に任ぜられたのは長承二年（一一三三）正月（作者部類）。**○伊勢の浜荻**　202・505歌参照。伊勢守になった自らを喩える。**○見がくれ**　水隠れを掛ける。伊勢に赴任したままその地に埋もれることを表す。

返し

しらずやは伊勢《いせ》の浜荻《はまおきお》をれふしてきみがか《ゝ》たにとなびく心《こゝろ》を

前大僧正行尊

〔現代語訳〕 返事の歌

知らないのですか。伊勢の浜荻が折れ敷してあなたの方へとなびく心を。伊勢の国はあなたに従うでしょう、ぜひこの任を受けなさい。

〔語釈〕 **○をれふし** 「女郎花思はぬかたの風ならばなびくまねしてをれふすなゆめ」（行宗集一三九「同じ年〈保延三年〉後九月、経定朝臣家歌会に　月　女郎花　恋」）。伊勢の浜荻は伊勢の国の人々を指す。

〔補説〕 俊重と行尊の贈答は散木奇歌集にみえる次の贈答（一四〇三・一四〇四）をふまえる。（なお一四〇四は六条修理大夫集にもみえる。705歌〔語釈〕参照）。

伊勢に侍りけるころたよりにつけて修理大夫のもとにつかはしける

とへかしなたまぐしの葉にみがくれてもずの草ぐきめぢならずとも

返し

しらずやは伊勢の浜荻風ふけばをりふしごとにこひわたるとは

本集の贈答は長承二年のことであると考えられるので、俊重の父、俊頼の没後のことであるが、俊頼は生前少なくとも二度伊勢に下っている。初度の年代や事情は不明であるが、二度目は保安三年（一一二二）二月より後五月までに伊勢に赴き翌年の春に帰京した。その間斎宮（白河院皇女恂子内親王）に奉仕していた（散木奇歌集など）。その退下にともない俊頼は帰京したのであるが、袋草紙・雑談には俊頼の言葉として「前斎宮伊勢より帰京の時御供に候す」折の逸話が記されている。宇佐美喜三八「源俊頼伝の研究」（『和歌史に関する研究』復刻版、一九八八年）参照。

清輔殿上申（し）けるを、あるべきやうにて月日へけるほどに、しんぞくなるものどもうへゆるされぬときゝて、むらさきのひともとのくちぬるよしをそうせよとおぼしくて、女房（の）許へ申（し）つかはしたりける御返事に　　御製

862 むらさきのおなじ草葉《くさは》にお《を》く露のそのひともとをへだてやはせん

【現代語訳】清輔が昇殿を望んでいたが、そうなるはずだというまま月日が経った間に、親族のものが昇殿を許されたと聞いて、紫の一本の朽ちてしまう由を奏上してほしいと思って内裏に仕える女房に申し送った、その御返事の歌

紫の同じ草葉におく露がへだてのないように、そのゆかりのあなたを差別はしないよ。

【他出】清輔集、【補説】参照。

【語釈】○**むらさきのひともと**　縁者をいう。【補説】にあげた清輔の詠歌中の表現。「紫のひともとゆゑに武蔵野の草はみながらあはれとぞ見る」（古今集・雑歌二・八六七よみ人知らず「題知らず」）による。739歌は、表現、内容ともに本歌と対応している。

【補説】清輔集（四一七・四一八）に次のようにある。内裏の女房を通じて二条天皇に訴嘆したのである。応保二年（一一六二）三月に昇殿を許される以前の詠と思われる。

したしき人に殿上ゆるされぬときゝて、奏せよとおぼしくて、女房のもとへつかはしける

ゆかりまであはれをかくる紫のただひともとの朽ちぞはてぬる

御返し　　二条院御製

紫の同じ草葉におく露のそのひともとをへだてやはせん

年《とし》ごろ大内裏をあづかりてまもり侍（り）けるに、みゆきあるときははたかくるるもほいなくいへり、うへゆるされむと申（し）けるを、かなはざりければ、大内に行幸なれりけるころ、女房（の）許へ申（し）ける　　源頼政

人しれぬおほうち山のやまもりはこがくれてのみ月をみるかな

〔現代語訳〕　何年も大内裏を守護しておりましたが、行幸のある時は、やはり隠れて表に出られないのも本意なく思い、昇殿を許されたいと申し出たが、かなわなかったので、大内裏に行幸なされたころ、内裏に仕える女房のもとに詠みました歌

人に認められない大内山の山守であるわたしは、木に隠れるように月を見ているだけです。地下人としてただ帝を遠くから拝しております。

〔他出〕　頼政集、〔補説〕参照。千載集・雑歌上九七八「二条院御時、年ごろ大内まもることをうけたまはりて、御垣のうちには侍りながら、昇殿はゆるされざりければ、行幸ありける夜、月のあかかりけるに女房のもとに申し侍りける」。歌仙落書「年ごろ大内をまもりけるに、殿上ゆりざりける事を歎きて、月のあかかりける夜、女房のなかに申し入れける」。治承三十六人歌合、六代勝事記、十訓抄、平家物語（延慶本ほか）など。

〔語釈〕　**○ほいなくいへり**　静嘉堂文庫本には「ほいなく侍り」とあり、「いへり」は誤写とも考えられるが、このまま不本意で残念だと頼政は言っていたと解した。〔現代語訳〕は意訳。**○女房の許へ**　頼政集によると丹波内侍のところに送ったとあり、返歌も載る。〔補説〕参照。**○おほうち山**　大内山。内裏のこと。**○やまもり**　山守、守護役。**○こがくれて**　頼政集に「大宿直なる小家にかくれゐて侍る」とあり行幸の時は表に出られない。そういう状態で天皇を拝することを木々の葉隠れ越しに月を眺めることに喩える。

〔補説〕　頼政集（五七五、五七六、五七七、五七八）に次のようにある。

大内守護ながら殿上ゆるされぬ事を思はぬにしもなかりける比行幸なりて侍りけるに、大宿直なる小家にかくれゐて侍るに、月のあかかりければ丹波内侍のもとへつかはしける

人しれず大内山の山守は木がくれてのみ月をみるかな

返し

いつのまに月みぬことをなげくらん光のどけき御代にあひつつ

かくてのみすぐるほどに、代かはりて当今の御時殿上ゆるされてこれよりかれよりよろこびの歌よみてつかはす中に、中宮亮重家がもとよりつかはしける

まことにや木がくれたりし山守のいまは立ちいでて月をみるなり

返し

そよやげに木がくれたりし山守をあらはす月もありけるものを

重家集（三一四、三一五、三一六）に次のようにある。

前兵庫頭頼政内殿上したりしに、ひととせ二条院御時、人しれぬ大内山の山守はこがくれてのみ月をみるかな、とよみてたてまつりたりし事を思ひいでていひつかはしし

まことにやこがくれたりし山守のいまはたちいでて月をみるなる

返し　　　　　兵庫

そよやげにかくろへたりし山守をあらはす月もありけるものを

この殿上よりさきに加階をしたりし事を思ひいでて、たれともなくてさしおかす

位山たかくなりぬとみしほどにやがて雲ゐへのぼるうれしさ

林下集（三二一、三二二）に次のようにある。

新院の御位の時のことなり、同じきころ頼政の朝臣のもとへ申しやりし
こがくれてみし夜の月をわすれずは同じ雲ゐをあはれとや思ふ

返し

こがくれてその夜の月になれぬるは雲ぢをみてもあはれとぞ思ふ

この歌は、二条の院御時殿上を申して、人しれぬ大内山の山守はこがくれてのみ月をみるかな、とよみたりしに殿上ゆりたれば、そのころなり

本歌の詠作時期は、重家集などを参照すると二条天皇の時代のことで、女房を介して天皇に伝わることを期待して詠んだ歌だが、実際に願いが叶い殿上を許されたのは頼政集に「代かはりて当今の御時」とあり家集の成立を安元治承のころとみれば高倉の時代であったと解せられる。一方、林下集では二条の御代に昇殿を許されたという左注がみえるが、公卿補任によれば仁安二年（一一六六）一二月の六条天皇の内昇殿が最初であり次いで高倉天皇の時とみて、二条天皇の折には聴昇殿はなかったと解しておく。

864

光覚法師、維摩会の講師の請にたびたびもれにけることを法性寺入道前太政大臣に申（し）たりけるかへりごとに、しめぢのはらと侍（り）けるを、つぎの年《とし》も又人のたまはりにければたてまつりける　藤原基俊

ちぎりお《を》きしさせもが露《つゆ》をいのちにてあはれことしの秋《あき》もいぬめり

〔現代語訳〕　子の光覚法師が維摩会の講師を申請したがたびたび洩れましたことを、法性寺入道前太政大臣忠通に願い申した返事に、「しめぢのはら」（わたしを頼みにしなさい）とありましたが、次の年もまた別の人がい

ただいたのでお送りした歌

約束して下さったさせも（さしも草）の露のような、あなたのお言葉を命と頼んで、ああ今年の秋も去ってしまうようです。

〔他出〕 基俊朝臣集（冷泉家時雨亭叢書『承空本私家集中』所収）四九「九月尽日、惜秋言志詩進二殿下一、光覚竪義事、有二御約束一遅遅比、シメヂガハラノト被レ仰」、〔補説〕参照。千載集・雑歌上一〇二六「律師光覚、維摩会の講師の請を申しけるを、たびたびもれにければ、法性寺入道前太政大臣にうらみ申しけるを、しめぢのはらと侍りけれども、又その年ももれにければよみてつかはしける」。定家八代抄、近代秀歌、八代集秀逸、百人秀歌、百人一首、別本和漢兼作集など。

〔語釈〕 **○光覚法師** 基俊の子息。**○維摩会の講師** 興福寺の維摩会、毎年一〇月一〇日から一六日まで藤原氏の氏の長者が主催する法会。461歌参照。講師は請いを受け法会において経典を講説する。**○しめぢのはら** 袋草紙「希代歌」にみえる清水寺観音御歌「なほたのめしめぢが原のさせも草わが世の中にあらむかぎりは」（「もの思ひける女のはかばかしかるまじくは死なむと申しけるに示しける」、新古今集・釈教歌一九一七などにも）を指す。初句「なほたのめ」（それでもたよりにしなさい）を暗示した。**○させも** さしも草、艾草のこと。清水観音の歌による忠通の言葉を受けた表現。基俊集には「あひしりて侍る女、久しうおとつかうまつらざりしかば、かくいひおこせて侍りし」の詞書で「いかなればしめぢが原の冬草のさしもならでは枯れはてにけり」とある返しに「なほたのめとこそはたれも契りしかことわりしらぬさしも草かな」（二六五）の例がみえる。

〔補説〕 基俊朝臣集には本歌の前に次の漢詩が載る。下段において私に訓読する。

九月十三夜尽日陰　九月尽日陰《くら》し
惜秋惜老惜陽沈　秋を惜しみ老いを惜しみ陽の沈むことを惜しむ
金商依例雖帰者　金商例に依りて帰るものといへども

紅葉埋蹤誰遂府　紅葉蹤を埋みては誰か府に遂《つ》かむ
別涙孤露朝露色　別れて涙す孤露朝露の色
徂辞寒樹晩風音　徂《ゆ》きて辞《さ》る寒樹晩風の音
貴人自本富仙算　貴人もとより仙算に富む
不向如今漏刻深　向はずいまし漏刻の深きに

竪義（の）請申（し）ける僧の、申文のおくにかきてたてまつりける
春《はる》のひのひかりもしらで雪《ゆき》ふかき谷《たに》の松こそ年《とし》おいにけれ

〔現代語訳〕 竪義の請をのぞんだ僧が申請の文の奥に書いて奉った歌
　春の陽の光も知らず、雪深い谷の松は年老いたことだ。

〔他出〕 基俊集一八三「竪義の請申す僧のかたかきて、奥にかきつけし」（二一二にも「竪義の請のぞみける僧の申文の奥にかきつけけん」）。中古六歌仙。

〔語釈〕 **○竪義**　竪義。興福寺維摩会など、諸寺で行われた学僧試業の法、またこの法会で論題について問者の難に答える竪者をいう。ここは後者。**○谷の松**　栄光を知らず世を過ごす自らを喩える。357歌参照。

〔補説〕 詞書「申文」は底本「十文」とあるのを改める。

866

む月のついたち、雪《ゆき》のふりけるに　　藤原範永朝臣

春《はる》のたつしるしは見えで白雪《しらゆき》のふりのみまさる身とぞなりぬる

〔現代語訳〕　正月一日、雪の降ったときに詠んだ歌

年が明けたが、春が来たしるしはみえず、白雪が降りつのるばかり。そのように老いていくだけの身となったことよ。

〔他出〕　範永朝臣集一三「正月一日、雪のいたうふるに、あるところにたてまつりける」、五句「身とぞなりゆく」。

〔語釈〕　**○春のたつしるし**　「いつしかと春のしるしにたつものはあしたの原の霞なりけり」（金葉集・春部六長実「早春の心をよめる」）。**○ふりのみまさる**　ふりに（雪が）降りと古り（経り、老いが加わるの意）を掛ける。「あたらしき春さへちかくなりゆけばふりのみまさる年の雪かな」（拾遺集・冬二五五能宣「屏風に」）。

〔補説〕　以下、四季の推移を意識して不遇を嘆く述懐の歌を配列する。873歌あたりまで。

867

題《たい》しらず　　源仲正

いかにして春《はる》のはじめにおもふことかすめてそらのけしきをもみん

〔現代語訳〕

どうにかして、春の初めに思うことをほのかに伝えて、霞む空の様子をみたいものだ。

〔語釈〕　**○かすめて**　かすかに言う。霞む春の空を掛ける。下句は不遇を少しでも訴えたいの意。「かすめては思ふ心をしるやとて春の空にもまかせつるかな」（金葉集・恋部下四二一良暹法師「はじめたる恋の心をよめる」）。**○そらのけしき**　281歌に同じ表現がみえる。相手の気持を掛ける。昇進などにかかわる相手であろう。「いつしかとかす

める空のけしきかな春まつ人はいかが見るらん」（赤染衛門集五五三「兼房の君、春まつ心の歌よみて、これさだめよとありしに、正月一日きこえし」）。

新院御時、うへのをのこどもにあまたの題をよませさせ給（ひ）けるに、おもひをのぶる心《こころ》を

右兵衛督公行

春日山《かすかやま》松にたのみをかくるかな藤《ふぢ》のすゑばのかずならねども

〔現代語訳〕 新院（崇徳院）の時代、殿上人たちにたくさんの題で歌を詠ませなさったとき、「懐《おもひ》を述ぶる」という題で詠んだ歌

春日山の松（明神の神威）に（栄進の）望みをかけることよ。藤の末葉のような、藤原氏の末裔、ものの数ならぬわたしだけれども。

〔他出〕 千載集・雑歌中一〇七七「崇徳院御時、十五首歌たてまつりける時、述懐の心をよめる」。

〔語釈〕 **○春日山** 大和国の歌枕。和歌初学抄・所名「大和春日山　マツ、フヂアリ」。藤原氏の氏神春日社の背後に連なる山全体をいう。そこにある松は藤原氏繁栄の象徴。「春日山岩ねの松は君がためちとせのみかはよろづよぞへむ」（後拾遺集・賀四五二能因法師「永承四年内裏の歌合に松をよめる」）。**○かくる** 松に藤がかかる意と期待をかける意を重ねる。90歌など参照。**○かずならねども** （藤原氏の子孫としては）ものの数にも入らぬ存在だが。

〔補説〕 天承元年（一一三一）九月九日内裏歌会の詠進歌。

869
四月にさける桜《さくら》をみて　法橋忠命

ちりはてて《ゝ》またさく花もありければ人にお《を》くるる《ゝ》身をもうらみじ

〔現代語訳〕　すっかり散ってから、また咲く花もあるのだから、人におくれをとった身をうらむことはするまい。

〔語釈〕　**○またさく花**　73歌参照。**○人におくるる**　人から取り残される。「年ごとの春の別れをあはれとも人におくるる人ぞしりける」（元真集一九一「ものへいく人にこうちぎぬはでやる」、金玉集六七「蔵人所にてせんしける」、和漢朗詠集六三七「餞別」などにも）。

870
人々おもひをのぶる歌《うた》よみけるに　藤原実綱朝臣

人はみな花《はな》さく春《はる》にあふものをわれのみ秋《あき》の心なるかな

〔現代語訳〕　人々が思いを述べる歌を詠んだときに詠んだ歌
他の人はみんな花の咲く春のような時にあっているのに、わたしだけが秋のような心であるよ。

〔語釈〕　**○花さく春**　人の栄進をいう。それに対して自分は沈淪しているという嘆き。「いくとせにわれなりぬらんもろ人の花見る春をよそに聞きつつ」（金葉集・雑部上五二二源行宗「堀河院御時殿上人あまたぐして花見にあるきけるに、仁和寺に行宗朝臣ありと聞きて、檀紙やあるとたづね侍りければ、つかはすとてうへにかきつけける」）。千載集・雑歌中にも「もろ人の花咲く春をよそにみてなほしぐるるは椎柴の袖」（一一一六長方「十月に重服になりて侍りける又の年の春、傍官ども加階し侍りけるを聞きてよめる」）がみえる。下句の秋（の心）と対。「花ざかり春のみ山のあけぼのに思ひわするな秋の夕ぐれ」（後拾遺集・雑五・一一〇二源為善「後冷泉院親王の宮と申しける時上のをのこども一品宮の女房ともろともに桜の花をもてあそびけるに、故中宮の出羽も侍りと聞きてつかはしける」）。

871
身のしづめることをおもひて、五月雨のころ人につかはしける

大僧正寛暁

五月雨のひまなきもりのしづくにはやどもあるじもくちにけるかな

〔現代語訳〕沈淪の境遇を嘆いて、五月雨のころにある人に送った歌

五月雨が降り続き漏れ止む時のない森の雫には宿も主も朽ちてしまったことだよ。

〔他出〕今鏡、〔補説〕参照。

〔語釈〕○もりのしづく　涙を表す。もりに森と漏りを掛ける。608歌参照。「よそにきく袖も露けき柏木のもりのしづくを思ひこそやれ」（後拾遺集・哀傷五五二小左近「左兵衛督経成みまかりにけるその忌みにいもうとのあつかひなどせんとて師賢朝臣こもりて侍りけるにつかはしける」）。

〔補説〕今鏡・御子たち「腹々の御子」に次のようにある。

（堀河の帝の宮たち）また仁和寺の花蔵院の大僧正と申ししは、近江守隆宗と聞えしが娘の腹とぞ聞え給ひし。僧正、御身の沈み給へることを思ほしける時詠み給へりける

五月雨のひまなきころのしづくには宿もあるじもくちにけるかな

とぞ聞え侍りし。身を知る雨、時にもあらぬ時雨などや、御袖にふりそひ給ひけむと、いとあはれに聞え侍り。

872

のぞむことなくて山里《さと》に侍（り）ける秋ころ、もみぢみに人々まうできて歌よみけるに

よみ人しらず

むもれ木とおぼゆる人のすみかにも花《はな》こそさかねははもみぢけり

〔現代語訳〕　望むことがかなわなくて山里におりました秋の頃、紅葉を見に人々がやって来て歌を詠んだときの歌

埋もれ木と思われる人の住まいにも、春、花は咲かないが、秋には葉が紅葉したことだよ。

〔語釈〕　**○むもれ木**　沈淪の身を喩える。66・73歌参照。「春やくる花や咲くともしらざりき谷のそこなる埋もれ木なれば」（和泉式部集七二六「正月一日、花を人のおこせたれば」、新勅撰集・雑歌二・一二〇〇に入集、五句「埋もれ木の身は」）。

873

下﨟にこえられてなげきけるころ、顕輔卿（の）許へつかはしける

右兵衛督公行

心《こゝろ》のみむすぼほれたる露《つゆ》の身は霜《しも》となりてのちやきえなん

〔現代語訳〕　身分の下の者に官位を越されて嘆いていたころ、顕輔卿のところに送った歌

心が晴れることのない露のような我が身は、下の者にこえられて、霜となって後に消えるのであろうか。

〔語釈〕　**○下﨟にこえられて**　432歌に同じ表現がみえ、作者も本歌と同じ公行。金葉集・雑部下に入集の源俊頼詠「せきもあへぬ涙の河ははやけれど身のうき草はながれざりけり」（六〇九）の詞書に「下﨟にこえられてなげき侍りけるころよめる」とあり、同じ俊頼の散木奇歌集には「下﨟にこえられてなげきけるころ」として「うきことはめづらしからぬ身なれどもたびにも袖のぬれまさるかな」（一三〇二）などもみえる。**○むすぼほれたる**　500歌など

参照。「秋暮れて露むすぼほる朝寝髪のこらず霜になりぬべきかな」（入道右大臣集四五「九月尽夜」）。**〇霜**　下（下臈に越えられた意）を掛ける。霜と露を詠み込む例は302・878歌にみえる。

〔補説〕　底本の詞書中「顕輔卿」を諸本は「頼輔卿」とする。顕輔は他のところでは「左京大夫顕輔」と表記されており、頼輔は「藤原頼輔」（まだ卿と呼称される身分にない）であり、どちらも不審が残るが、本歌の作者、公行との関係からいえば、前者がよいか。

昇進に遅れた嘆きを詠む述懐歌。ここまで、季節の推移を念頭に構成されている。

874

題不知　　源仲正

おもひいでもなきよはなにのを《お》しければのこりすくなき身をなげくらん

〔現代語訳〕

よい思い出もない世で何が惜しまれるといって、余命残り少ない身を嘆くのであろう。

〔語釈〕　**〇おもひいでもなき**　「思ひいでもなくてやわが身やみなまし姨捨山の月みざりせば」（詞花集・雑上二八七律師済慶「題知らず」）。**〇のこりすくなき身**　693歌参照。「のちにとはんことは命と聞きしかどのこりすくなき身をいかにせん」（教長集八〇四「修行に出で侍るとてとものもとへいひつかはしける」）。

875

源国能

むもれ木《き》はむかしは花《はな》もさきにけんおもひでもなきわが身《み》なりけり

〔現代語訳〕

埋もれ木だって、昔は花も咲いたであろうに。そんな華やかな思い出ひとつないわたしであることよ。

〔語釈〕**○むもれ木** 872歌参照。**○おもひでもなき** 前歌と同じ表現。

〔補説〕この世に思い出なき不遇の身の嘆きを並べる。

876

身ののぞみなくてよの中にありへんこともかたくおぼえ侍（り）ける比、よみ侍（り）ける

賀茂成保

すみぞめにおもひたちぬるころもでをまだきあらふは涙《なみだ》なりけり

〔現代語訳〕身に望みがなくなり世の中に生きていくことも困難に感じておりましたころ、詠みました歌

墨染の衣を着ようと思い立ったこの袖を早くも洗うのは涙であったことよ。

〔語釈〕**○おもひたち**（出家しようと）決意する。たつに衣の縁で裁つを掛ける。**○あらふ** 衣の縁語。涙が（墨染めの）墨を洗うように流れ、出家の決意を鈍らせる。「する墨もおつる涙にあらはれて恋しとだにもえこそかかれね」（金葉集・恋部下四四三藤原永実「女のがりつかはしける」）。

877

法住寺大きおほいまうち君、石山《いし》のてらにまうでて侍（り）けるとき、人々に歌よませけるに、六位にてのぞみならず侍（り）けるころよめる

源為憲

おいにけるなぎさの松のふかみどりしづめるかげをよそにやはみる

〔現代語訳〕法住寺太政大臣為光が、石山寺に参詣しました時、人々に歌を詠ませましたが、六位にあって昇進の望みがかないませんでしたころ詠んだ歌

老いた渚の松の濃い緑が水底に沈んでうつる影を他人事だとみることができない。老いて六位の緑衫のまま沈淪しているわたしであるから。

〔他出〕 順集、〔補説〕参照。新古今集・雑歌下一七〇九「渚の松といふ事をよみ侍りける」、作者表記「順」。

〔語釈〕 **○法住寺大きおほいまうち君**　藤原為光。諡は恒徳公。天慶五年（九四二）生、正暦三年（九九二）六月一六日没。師輔九男、母は醍醐天皇皇女雅子内親王。道信の父。一条摂政伊尹は異母兄。なお、伊尹没後に、その息義孝の子の七夜に兄を偲ぶ歌が後拾遺集・雑五（一一〇五）にみえる。**○石山のてら**　831歌参照。**○ふかみどり**　六位の着る位袍の色を寓意。

〔補説〕 順集（二七四・二七五）に次のようにある。同じ年は天元二年（九七九）、二条の大納言は為光。本歌は為憲が渚院を題に詠んだものとある。これによれば、新古今集が作者を順とするのは誤り。

同じ年の五月に、二条の大納言、石山にまうでて七日さぶらひ給ふ、同じ日人の詩つくり歌よむにたへたるあまたあり、いとまのひまに、唐の歌、和歌よめるに、侍従誠信の朝臣さはりありてとどまれり。後にかの歌どもを見て、みづからゆきてつくりて侍らで、これに又つくりくはへてとすすめしむるに、なかに三河の権の守惟成、江山此地深といふ詩の、客帆有レ月風千里、仙洞無レ人鶴一双といへると、内記源為憲ら渚の院といふ題をよめる

老いにけるなぎさの松の深緑しづめるかげをよそにやは見る

といへる、ふたつの和すといへる和歌

深緑松にもあらぬ朝あけの衣さへなどしづみそめけん

題《たい》しらず　　橘敦隆

秋《あき》の露わがもとゆひにむすばねど霜《しも》となりゆくあさね髪《かみ》かな

〔現代語訳〕
秋の露がわたしの元結におくわけではないが、霜となるように白髪になっていく寝起きの乱れ髪だよ。

〔語釈〕 **○もとゆひ**　元結、髪の髻を結ぶ組み糸。むすぶは髻を結ぶと露がおくの意を掛け、露の縁語。「君こずはねやへもいらじ濃紫わが元結に霜はおくとも」（古今集・恋歌四・六九三よみ人知らず「題知らず」）。**○霜**　白髪をいう。露が霜となる表現は873歌にみえる。**○あさね髪**　557歌参照。873歌〔語釈〕にあげた入道右大臣頼宗の詠「秋暮れて」を参照。「朝寝髪みだれて恋ぞしどろなるあふよしもがな元結にせん」（後拾遺集・恋一・六五九良暹法師「文にかかむによかるべき歌とて俊綱朝臣人々によませ侍りけるによめる」）。

〔補説〕 露と霜、元結いと朝寝髪の対の構成が技巧的。

年ごろあひぐせりける女にお《を》くれて山里に侍（り）けるを、よき日ことさらにとて京にいでたるに、あかつきあけ侍（り）ぬといそがし侍（り）ければ

左京大夫顕輔

いつのまに身をやまがつになしはててみやこをたびとおもふなるらん

〔現代語訳〕 長年連れ添った女に先立たれて山里におりましたが、よい日を格別に選んでみやこにでたところ、暁に夜が明けてしまいますと急かしましたので詠んだ歌
いつのまにか、わが身をすっかり山住みのものとしてしまい、住みなれていた都に出るのを旅に出るのだと思

うようになったのであろう。

〔他出〕　顕輔集四〇「年ごろの人かくれにしかば、山里にわたりてとかくのことはするに、するにもなりぬれば、ことさらに京にいでそめて、あかつきかへるに、鳥なき侍りぬ、など人のいそがせば」。後葉集・哀傷四二七「めなくなり侍りて、山里にこもりけるに、方違へに都にいでて、あかつきかへりて、よめる」。新古今集・哀傷歌八四八「かよひける女、山里にてはかなくなりにければ、つれづれとこもりゐて侍りけるが、あからさまに京へまかりて、あかつきかへるに、鳥なきぬる、人々いそがし侍りければ」。定家八代抄。

〔語釈〕　**○あひぐせりける女**　誰か不明であるが新古今集によれば山里で死んだという。**○やまがつ**　和歌初学抄・物名に「賤男　シヅノヲ　山ガツ」などとみえる。

〔補説〕　本歌を後葉集、新古今集は哀傷の部に入れるが、本集は亡くした女に対する哀傷の思いよりも自分の身のあり方に対する嘆きを重くみた配置。

うれふる事侍（り）けるころ　　源俊頼朝臣

さらぬだにかわかぬ袖《そて》ぞきよみがたしばしなかけそ波《なみ》のせきもり

〔現代語訳〕　思い悩むことがありましたころ詠んだ歌

つらいことがなくてさえ、乾くことのない袖だ。清見潟を通るわたしにしばらくは波をかけて濡らしてくれるな、関を守る波よ。

〔他出〕　散木奇歌集・雑上一四五七「恨躬恥運雑歌百首　沙弥能貪上」、二句「かはらぬ袖を」。新後撰集・羇旅歌五八九「題知らず」、初句「さらでだに」。

〔語釈〕　**○きよみがた**　清見潟、駿河国の歌枕。清見が関（675歌）があった。現在の静岡市清水区興津あたりの海岸。**○しばしなかけそ**　「沖つ波しばしなかけそみさごゐる磯つたひきてつまたをらん」（散木奇歌集一一四〇「障本夫恋」）。**○波のせきもり**　関守をするように打ち寄せてくる波を表す。今撰集に顕昭詠「清見潟月は雲ゐにわたるともかげをばとめよ波の関守」（七五「題知らず」）がみえる。
〔補説〕　波を清見が関の関守になぞらえ、旅人が「な〜そ」と呼びかけている体で悩みを解消したい嘆きを詠む。恨躬恥運雑歌百首に見える作。

881

よのなかをなげきけるころ、人のとへりければ　　三条大宮式部

すてはてなきになしぬるうき身をばよにありとてや人のとふらん

〔現代語訳〕　世の中を嘆いて過ごしているころ、ある人が訪ねてきたので詠んだ歌
すっかり捨ててこの世にいないものとしてしまっているつらいわたしのところを、まだこの世にいると思ってか、あなたはたずねてくるのですね。
〔語釈〕　**○なきになしぬる**　642歌参照。**○よにありとてや**　「あふことの葉におきし露はきえにしを世にありとてや人のとふらん」（長能集八七「夏きて後久しくありて、とひて侍りしに、をうな」）。
〔補説〕　底本の作者表記「三条大宮式部」は不審。同じ作者の822歌参照。

882

修行にありき侍（り）けるとき、たよりにつけてめのとのもとへつかはしける　　前大僧正行尊

あはれとてはぐくみたてしいにしへはよをそむけとはおもはざりけん

〔現代語訳〕 修行のためあれこれ過ごしておりましたとき、便りにつけて乳母のところに送った歌

わたしのことをかわいいといって養い育ててくれた昔は、出家せよとは思わなかったでしょう。

〔他出〕 行尊大僧正集八三「（本宮にまゐりつきて、峰へいそぎまゐらんとて、京の人々にかく、とばかり申していでしに、）めのとどものもとへ」。新古今集・雑歌下一八一三「熊野へまゐりて、大峰へいらむとて、年ごろやしなひたてて侍りける乳母のもとにつかはしける」、四句「世をそむけとも」。

〔語釈〕 **○修行にありき侍りけるとき** 行尊大僧正集によれば、熊野本宮から大峰入りの折の詠作である。**○よをそむけとは** 世をそむくは出家する意。「わがごとく世をそむくらん人もがなうきことのはにふたりかからん」（行尊大僧正集九九「かやうの事などいひあはすべき人もなし、しやし《ママ》のひとりばかりにて侍りしかば」）。一首は後撰集・雑三に「はじめてかしらおろし侍りける時、ものにかきつけ侍りける」の詞書で入集する遍昭詠「たらちめはかかれとてしもむばたまのわが黒髪をなでずやありけん」（一二四〇）を想起させる。

883

世（の）中はかなくきこゆるころ、さがみがもとへつかはしける

藤原兼房朝臣

あはれともたれかはわれをおもひいでんあるよをだにもとふ人ぞなき

〔現代語訳〕 世の中を無常に思うころ、相模のところに送った歌

死後にかわいそうだと誰もわたしを思い出す者はおるまい。生きているときでさえ訪ねる人はいないのだから。

〔他出〕 千載集・雑歌中一〇九七「常よりも世の中はかなくきこえけるころ、相模がもとにつかはしける」、五句「とふ人もなし」。定家八代抄。

〔語釈〕 **○さがみ** 相模、本集作者。兼房とはほぼ同年代。**○あるよ** 生きている間。死後を対比的に表す。

〔補説〕兼房の本集入集歌四首のうち427、435は哀傷歌で、本歌と響き合う。撰者清輔の兼房に対する評価を考慮すべきであろう。

884

山寺にてみやこのかたをながめて　　道命法師

みやこをばうしとて山《やま》にいりしかどそなたにむきて日をくらすかな

〔現代語訳〕山寺にいて都の方角を眺めて詠んだ歌
都にいるのがつらいと思って山に入ったのだけれども、都の方を向いて毎日を暮らすことよ。

〔他出〕道命阿闍梨集三八「山寺にて都のかたをみやりて」。万代集・雑歌三・三一八四「山寺にて都のかたを見て」。

〔語釈〕**○山にいりしかど**　出家したがの意。

〔補説〕出家した後に発心の揺らぐ思い。

885

ひえの山にて、ふるさとこふる心《こゝろ》をよみける　　源道済

あるときはうきことしげきふるさとをこふるやなにの心《こゝろ》なるらん

〔現代語訳〕比叡の山において、故郷を恋しく思う心を詠んだ歌
暮らしている時はつらいことがたくさんあったふるさとをこいしく思うのはどういう心であるだろうか。

〔他出〕道済集三七「比叡の山にのぼりて、ふるさとを思ふ心を」、二三四句「うきことしげくふるさとにいそぐやなにの」。万代集・雑歌四・三四五八「題しらず」、三四句「ふるさとにいそぐやなにの」。続古今集・羈旅歌八

六四「旅の心を」、二三四句「うきことしげきふるさとにいそぐやなにの」。

〔語釈〕 **○あるとき** 暮らしているとき、生きているとき。「しのぶべき人もなき身はある時にあはれあはれといひやおかまし」（和泉式部集一五二「世の中はかなき事を聞きて」）。

〔補説〕 本歌は比叡山で行われた歌会において詠まれたともとれる。道命阿闍梨集（七三、七四）に次のような贈答があり、「うきことしげきふるさと」を恋い慕う心情が詠まれている。前歌884の作者の詠であり、選歌配列に何かしら連想が働いたか。

遠きところより人のいへる

ふるさとはうきことしげくありしかど三笠の山ぞこひしかりける

返し

思ひやれうきことしげきふるさとにこひしさそへてなげく心を

あからさまにひえの山にのぼりて侍（り）けるに、かへりなんとしけるをり、わらはの、手本かきてと申（し）ければ、かきてとらすとて、おくに　静厳法師

うき雲《くも》のあともさだめぬ身なれども山《やま》のうへこそたちうかりけれ

〔現代語訳〕 ほんの一時的に比叡の山に登りましたが、帰ろうとした時、童子が手本を書いてほしいと言うので、書いて与えるといって奥に書きつけた歌

浮き雲のように、あともさだめもないはかない身であるけれども、山の上は、浮き雲が山上を離れるのとは違って、出づらいものであったよ。

〔語釈〕 **○あともさだめぬ** 跡形なく消えてしまう。「この身をばあともさだめぬまぼろしの世にある物は思ふべ

しやは」（公任集二九三「（維摩経十喩）この身まぼろしのごとし」）。**○たちうかり**　出立するのがつらい。浮雲の縁語。

887

傀儡にかはりて　　能因法師

いづこともさだめぬものは身なりけり人の心《こゝろ》をやどとするまに

〔現代語訳〕傀儡に代わって詠んだ歌

どこだともさだまることのないものはわが身であったことよ、人の心をやどとする間に。

〔他出〕能因集二一七「傀儡子にかはりて一首」。万代集・雑歌六・三六五四「傀儡にかはりてよめる」、初句「いづくとも」。六華集。

〔語釈〕**○傀儡**　本来は人形を操り歌を歌うなどの芸能をする民のことであるが、居住不定で狩猟や剣舞奇術歌舞などを業とした漂泊の人々（衒色の遊女もいう）。696歌に傀儡あこ丸の詠んだ歌が載る。**○いづこともさだめぬ**　傀儡子記（匡房）に「傀儡子は、定まれる居なく当る家なし。穹廬氈帳、水草を逐ひてもて移徙す。頗る北狄の俗に類たり」などとその生態を記す。また本朝無題詩・巻二に「傀儡子」を題にする詩が六首あり、「棲類胡中無ニ定地一」（敦光）、「郊外移レ居無ニ定処一」（茂明）とみえる。**○人の心をやどとする**　人の心の定めなさに放浪の傀儡の身の上を重ねる。〔補説〕参照。

〔補説〕散木奇歌集（一六〇八）に次のようにある。

伏見に傀儡四三がましてきたりけるに、さきくさにあはせて歌うたはせんとてよびにつかはしたりけるに、もとやどりたりける家にはなしとてまうでこざりければ

家綱

うからめはうかれてやどもさだめぬる

つく
くぐつまはしはまはりきてをり
このあたりの本集の配列には、共通の表現、内容をもつ歌が連想的に並ぶ。

888

甲斐守にて国に侍（り）けるころ、朝光大将のもとに侍（り）ける人のもとへいひつかはしける

源師綱朝臣

さすらふる身をいづこにと人とはゞはるけき山のかひにとをいへ

〔現代語訳〕甲斐守にて国におりましたころ、朝光大将のもとにおりました人のところに言い送った歌
流浪する身をどこにいるかと人が問うたならば、はるかな山の間にいると答えてください。今は甲斐におります。

〔他出〕玄々集四〇「もろつきの朝臣一首 師継朝臣 閑院大納言の許まかりける人に、問はせ給ひて、かく申せとて」、二句「身をいづくぞと」。

〔語釈〕〇朝光　藤原朝光、閑院大将。天暦五年（九五一）～長徳元年（九九五）。520歌参照。大鏡・兼通伝に「和歌などこそいとをかしくあそばししか」とある。作者師綱との関係は不明。あるいは作者は師経が正しいか。そうならば朝光の孫、朝光没後の誕生で一首はかつて朝光に仕えた縁者へ送った歌となる。玄々集では作者は師継とある。〇さすらふる身　730歌参照。「さすらふる身はなにぞとよ秋ふかみいこまの山の月し見つれば」（経信集一一一「伏見にて、望月」）。〇山のかひ　山の峡と甲斐（国）を掛ける。

889

題不知　　大蔵卿匡房

さすらふる身はさだめたるかたもなしうきたる船《ふね》の波《なみ》にまかせて

【現代語訳】

流浪する身は決まった行き先もない。水に浮いた船が波に任せて漂うように。

【他出】 江帥集三〇四「蔵人にかはりて」。新古今集・雑歌下一七〇五「題知らず」。

【語釈】 **○うきたる船**　うきに浮きと憂きを掛ける。「心からうきたる船にのりそめてひと日も波にぬれぬ日ぞなき」（後撰集・恋三・七七九小町「男のけしきやうやうつらげに見えければ」）。袋草紙・下巻「異なる事を詠める歌」に「なかはまにうきたる船のこぎでなばあふ事かたしけふにもあらば」（原は万葉歌）がみえる。

【補説】 「さすらふる身」という共通する語とともに漂泊の人生を詠む並び。

890

源雅重朝臣

われが身はさそふ水まつうき草《くさ》のあとたえぬともたれかたづねん

【現代語訳】

わたしはどこへともなく流されるだけの、さそう水を待つ浮き草のような身。行方が分からなくなっても誰がたずねようか。

【語釈】 **○さそふ水**　「わびぬれば身をうき草の根をたえてさそふ水あらばいなむとぞ思ふ」（古今集・雑歌下九三八小野小町「文屋康秀三河掾になりて、県見にはえ出でたたじやといひやれりける返事によめる」）による。

【補説】 本集では「題知らず」とあり、出典は不明であるが、永暦元年（一一六〇）七月清輔家歌合「述懐」に選ばれ清輔と番われて次のようにある。この歌合については316歌ほかを参照。

三十五番　左持　雅重

われが身はさそふ水まつ浮草のあとたえぬとも誰かたづねん

右　清輔朝臣

うきながら今はとなればをしき身を心のままにいとひつるかな

ともに神妙なり

藤原顕広朝臣

うき身をばわが心さへふりすてて山のあなたにやどもとむなり

〔現代語訳〕

つらい身を我が心までも見捨てて、山のかなたに宿を求めていることだ。

〔他出〕　今撰集・雑一九六「題知らず」。長秋詠藻一八七（堀河院御時百首題を述懐によせてよみける歌、保延六、七年のころの事にや）山」、続後撰集・雑歌中一一八八「述懐心を」。

〔語釈〕　**〇ふりすてて**　心が身を捨てると解する。「音もせで越ゆるにしるし鈴鹿山ふりすててけるわが身なりとは」（散木奇歌集一四〇八「伊勢に侍りけるころ、みやこのかたよりしりたる人のもとより扇にそへておくりて侍りける」、返しは「ふりすてて越えざらましに鈴鹿山あふぎの風のふきこましかば」）。**〇山のあなたに**　167歌など参照（とくに840歌との対応が読み取れる）。「み吉野の山のあなたにやどもがな世のうき時のかくれがにせむ」（古今集・雑歌下九五〇よみ人知らず「題知らず」）。

〔補説〕　長秋詠藻によれば堀河百首題に寄せた述懐百首の作。

津の国《くに》とられて侍（り）けるを《お》り、赤染衛門（の）許へいひつかはしける

大江為基

ありはてぬ身だに心にかなはずておもひのほかによにもふるかな

〔現代語訳〕 摂津守の任を免じられました時、赤染衛門のところにいい送った歌

いつまでも生きながらえない身さえ思う通りにならなくて、思ってもみないことにつらい世にあって過ごすことです。

〔他出〕 赤染衛門集、〔補説〕参照。秋風集・雑歌中一二二一「為基が津の守のきて侍りけるころよめる」、作者「大江為基がめ」、四五句「思ひのほかのよをもふるかな」。続拾遺集・雑歌中一一七九「題知らず」、三四句「かなはぬに思ひのほかの」。

〔語釈〕 〇津の国とられて 摂津守の免官をいう。永祚元年（九八九）のこと。〇ありはてぬ 限られた命。「ありはてぬ命待つまのほどばかりうきことしげく思はずもがな」（古今集・雑歌下九六五平定文「司とけて侍りける時よめる」）。

〔補説〕 赤染衛門集には大江為基（赤染衛門の交際相手であった、後の夫匡衡の従兄）とのやり取りを記す冒頭の歌群中に次のようにみえる（三三一～三三六）。此人は為基。引用の三首めが本歌。その返歌「心にも」がみえる。

此人、摂津国とられたりしをとひたりしかば、よにありへんと思はぬ身に侍れば、かかることもなげかしうもあらぬを、母の思ひなげかるるを見るなんただならぬなど、あはれなることどもをかきて

吉野山月のかげだにかはらずはありし有明によそへてもみん

返し

ありし夜の有明の月はくもらめや吉野の山に入りはてぬとも

又、ほどへてあれより

ありはてぬ身だに心にかなはずは思ひのほかの世にもふるかな

とあるをみるに、三河の守なりしほどのありさま、父の左大弁のおぼえのほどなど思ひいづるにいとあはれにて

心にもかなはぬ事はありやせし思ひのほかの世こそつらけれ

「うき身をばわが心さへ」(891)、「ありはてぬ身だに心に」(892)とあって身と心を対称的に捉えた詠歌が並ぶ。

少将井(の)尼、大原よりいでたりとききて　和泉式部

よをそむくかたはいづくにありぬべしおほはら山《やま》はすみよかりきや

〔現代語訳〕 少将井の尼が大原から出てきたと聞いて詠んだ歌

遁世するところはどこにありましょう。大原山は住みよかったですか。

〔他出〕 新古今集・雑歌中一六四〇「少将井の尼、大原よりいでたりと聞きて、つかはしける」。和泉式部集(宸翰本)九一。

〔語釈〕 **○少将井の尼** 三条天皇大嘗会の御禊が行われた寛弘九年(一〇一二)閏一〇月以前に大原に隠棲している。〔補説〕参照。なお少将井は顕昭古今集注によると「少将井ハ所ノ名也。在$_{二}$冷泉東洞院$_{一}$也」とある。**○大原** 京の西山、大原野。山城国の歌枕。現在の京都市西京区。787歌参照。

〔補説〕 後拾遺集・雑五(一一一八・一一一九)に伊勢大輔と少将井の尼の贈答が次のようにある。後拾遺集・雑一に少将井尼の詠がもう一首(八九六)みえる。

三条院御時大嘗会御禊などすぎてのころ雪のふり侍りけるに、大原にすみ侍りける少将井の尼のもとにつ

かはしける　　伊勢大輔

よにとよむ豊のみそぎをよそにして小塩の山のみゆきをやみし

返し　　少将井の尼

小塩山こずゑもみえずふりつみしそのすべらぎのみゆきなりけん

かへし　　少将井尼

894 おもふことおほはら山《やま》のすみがまはいとゞなげきのかずをこそつめ

〔現代語訳〕　返事の歌

かの大原の地は悩むことが多く、大原山の炭窯に投げ木を数多く積むように、ますますあれこれ思い嘆くばかりで決して住みよくはなかったよ。

〔他出〕　新古今集・雑歌中一六四一「返し」。

〔語釈〕　**○おほはら山**　（思ふことが）多いを掛ける。和歌初学抄・所名に「山城おほはらやま　スミガマアリ、オホカルコトニソフ」とある。**○すみがま**　炭窯に住みを掛ける。「大原やまだすみがまもならはねばわがやどのみぞ煙たえたる」（詞花集・雑下三六七良暹法師「大原にすみはじめけるころ、俊綱朝臣のもとへいひつかはしける」）。**○なげき**　嘆きと投げ木を掛ける。「やくとのみなげきをこりてすみがまに煙たえせぬ大原の里」（相模集四七八「十一月」）。

題《たい》しらず　　よみ人も

895 よをすてゝふかき山《やま》にはいりしかど涙《なみた》のいづるを《お》りぞおほかる

〔現代語訳〕
世を捨てて深き山に入ったけれども、涙の出るときが多いことだ。
〔語釈〕 ○山にはいりしかど　入山は出家する意。「世をすてて山にいる人山にてもなほうき時はいづちゆくらむ」（古今集・雑歌下九五六躬恒「山の法師のもとへつかはしける」）。入ると下句の出づるを対比する。
〔補説〕 袋草紙・雑談にある次のような顕基の話と詠歌を連想させる。顕基と上東門院彰子の贈答歌は後拾遺集・雑三（一〇二九・一〇三〇）、今鏡・すべらぎ「望月」などにみえるもの。
入道中納言顕基は後一条院の近習の臣なり。而して長元九年四月七日、院崩御す。同二十二日上東門院に遷し奉る。この日大原において出家す。生年三十七。時の人落涙すと云々。その後、横川に籠居の比、上東門院より問はせ給へりければ奉る歌
世をすてて宿を出でぬる身なれどもなほ恋しきはむかしなりけり
院の御返し
時のまも恋しき事のなぐさまば世はふたたびもそむかざらまし
この人はもとより道心者と云々。
ここから903歌まで出家に関する歌群。

あひしれりける人入道すとて、戒師むかへむれうに馬をかり侍（り）ければ、つかはすとてよめる　賀茂政平
よをそむくまことの道《みち》にひくこまはのりのためにとおもふなりけり
〔現代語訳〕 知り合いの人が出家入道するというて、戒師を迎えるための馬を借りましたので、その馬を送るとい

って詠んだ歌

俗世を背き（出家して）仏の道にひいてゆく馬は法のためにと思うことです。

〔語釈〕 **○戒師** 戒を授ける法師。戒師を迎えるため（「れう」、料）に馬を借り受けた。**○まことの道に** 仏道のため。馬（駒）を牽く道を掛ける。**○のりのために** （仏）法と乗りを掛ける。471歌参照。

かしらおろして後、子にはかまぎすとて、法性寺入道前太政大臣にさしぬき申（し）侍（る）とてよめる

源定信

身をすてて苔《こけ》のころもはきたれどもこのよはえこそわすれざりけれ

〔現代語訳〕 剃髪して後に子のために袴着の式をするというので、法性寺入道前太政大臣忠通に指貫を請い申しまして詠んだ歌

出家をして苔の衣（僧衣）は着ていますが、俗世間のことは忘れることができません。

〔語釈〕 **○かしらおろして** 定信は康和四年（一一〇二）に出家。**○はかまぎ** 袴着、三歳頃に初めて袴を着けるのを祝う儀式。**○苔のころも** 僧衣。**○このよ** 俗世。このに子を掛け、世を捨てた出家の身ながら子どものことが忘れられないという。

〔補説〕 拾遺集・雑賀に「子をとみはたとつけて侍りけるに、袴着すとて」と詞書して元輔詠「世の中にことなる事はあらずとも富はたしてむ命ながくは」（一一七八）があるなど、元輔集には袴着をめぐる詠歌が四首（四七、五四、六一、二六二）みえる。本集の編纂にあたり次に元輔の作を置く撰者清輔に何らかの連想が働いたかと思わせる。元輔集の利用やその入集傾向（一三首中六首が賀歌、とくに333〜335、349）をみるとあながち無理な想像ではない。

898

衛門宣旨よをそむきぬときききてつかはしける　　清原元輔

ます鏡《かゝみ》ふたたびよにやくもるとてちりをいでぬときくはまことか

〔現代語訳〕衛門宣旨が出家したと聞いて送った歌

澄んだ鏡が再びくもるとかいって、汚れた世を出てしまったと聞いているが本当か。

〔他出〕元輔集二五〇「右衛門督入道し侍りしにつかはしし」。

〔語釈〕**○衛門宣旨**　不明。女官の呼称だが、元輔集では「右衛門督」とする。後藤祥子『元輔集注釈』（334歌に前掲）は元輔集の本文を検討し衛門尉藤原輔成を想定する。**○ます鏡**　真澄鏡。「君みれば塵もくもらでよろづよのよはひをのみもます鏡かな」（後拾遺集・賀四四二伊勢大輔「後三条院みこの宮とまうしけるとき今上をさなくおはしましけるに、ゆかりあることありてみまゐらせければ鏡を見よとてたまはせたりけるによみ侍りける」、藤原能信の返し「くもりなき鏡のひかりますますもてらさんかげにかくれざらめや」）。**○ちりをいでぬ**　俗世を離れる、出家する。「秋風の露のやどりに君をおきて塵をいでぬることぞかなしき」（新古今集・哀傷歌七七九・一条院「例ならぬことおもくなりて、御ぐしおろしたまひける日、上東門院、中宮と申しける時つかはしける」、栄花物語、御堂関白記「露の身の草のやどりに君をおきて塵をいでぬることをこそ思へ」などにも）。**○きくはまことか**　807歌に同じ表現がある。

899

兵部卿宮入道して侍（り）けるころ、女三宮のもとへ　　斎宮女御

みな人のそむきはてぬる世（の）中にふるのやしろの身をいかにせん

〔現代語訳〕兵部卿宮致平親王が入道しましたころ、女三宮のところへ送った歌

人はみな出家をしてしまったこの俗世で、布留の社のように、古くなった（年老いた）わが身をどうしたらよかろう。

〔他出〕 斎宮女御集二五九「世の中そむく人のおほかるころ、女御」、〔補説〕参照。新古今集・雑歌下一七九六「草子に、あしで長歌などかきて、奥に」。

〔語釈〕 **○兵部卿宮** 致平親王、村上天皇第三皇子、母は更衣正妃。四品兵部卿。天元三年（九八〇）五月一一日三〇歳で出家。三井寺明王院に住む。作者の斎宮女御（徽子）にとって、親王の母は同じ後宮にあったことになる。この時五三歳、貞元二年（九七七）九月以来、娘の斎宮規子内親王に同行して再び伊勢にいた。**○女三宮** 村上天皇皇女保子内親王のこと。致平親王と同腹の姉。当時三二歳。底本「母三宮」とあるのは誤りとみる。〔補説〕参照。**○ふるのやしろの身** 清水濱臣の注（神習文庫本書き入れ）に「経に古といひかけて、さてやしろの身とは神につかふる身といふ意にて出家することの心にまかせぬを思ひよせたまへる歟」とあるように、布留の社（石上神社）の身の表現は、神に仕える斎宮として過ごし仏道から疎いままに老いたという意。ふるに（世に）経る、古を掛ける。

〔補説〕 詞書中、底本「母三宮」とあるのを「女三宮」（類従本の本文）に校訂した。斎宮女御集において「兵部卿宮入道したまへるに、伊勢より」の詞書で載る「かからでも雲ゐのほどをなげきしにみえぬ山路を思ひやるかな」の次に冷泉家時雨亭叢書『平安私家集四』所収本などは「女三宮の御草子かかせたてまつらせ給ひけるにあしで長歌などかかせ給ひて同じ心」として本歌が載る。女三宮の母親と作者は、更衣と女御の関係で同じ後宮にあったもの同士であったが、この皇女と親しかった。森本元子「斎宮女御集に関する研究」（『私家集と新古今集』明治書院、一九七四年）参照。

900
よをそむきぬときゝてはらからの許よりけさをおくるとて、夢《ゆめ》の心ちするよしなど申（し）つかはせりける返事に

兵衛

ながきよのさめぬねぶりに見し事は夢《ゆめ》なりけりとけさぞおどろく

〔現代語訳〕出家したと聞いて姉妹のところから袈裟を送るといって、夢のここちがすることなど言ってきました返事に詠んだ歌
長い夜の目覚めない眠り（無明長夜）の中でみたことは、夢であったことよと出家の今朝（仏道にめざめたいま）は気づいたことだ。

〔語釈〕**○はらから**　兄弟姉妹のことをいうが女のはらからと解した。483歌参照。**○ながきよ**　855歌など参照。**○けさぞおどろく**　今朝の目覚めに無明長夜からの目覚め（悟り）を掛ける。出家して仏道を悟る意。けさに袈裟を掛ける。

901
御ぐしお《を》ろさせ給（ひ）てのち御仏名のあした、つくり花を公任卿（の）もとへつかはすとて

花山院御歌

ほどもなくさめにし夢のうちなればむかしにゝたる花《はな》の色《いろ》かな

〔現代語訳〕御出家なさって後、御仏名の行事の朝、造花を公任卿のところに送るといって詠まれた歌
間もなく覚めてしまった夢の中のことなので、昔に似ている花の色であるな。

〔他出〕公任集、〔補説〕参照。新古今集・雑歌上一五八四「花山院おりゐ給ひて又の年、仏名に削り花につけて申し侍りける」、作者名表記「前大納言公任」、二三四句「さめぬる夢のうちなれどその世ににたる」、（御形宣旨の

返し「見し夢をいづれの世ぞと思ふまにをりをわすれぬ花のかなしさ」)。

〔語釈〕 **○御仏名**　仏名会、一二月一九日より三日間行われた仏教行事。一年の罪障を懺悔する。その法会に削り花（造花）を供える。長能集の「咲きもせず散ることもなき菊の花みよのためしをたのみてぞふる」（一〇二）の詞書に「花山院の御仏名に菊の花を」とあり、菊の削り花を用いた。**○むかしににたる**　夢のように過ぎた昔と変わらないの意。昔は出家以前。在位時代（永観二年～寛和二年）を指すとすれば二年たらずの短期間で、まさしくほどもなくさめにし夢のうちである。

〔補説〕　本集では花山院が出家（寛和二年六月二三日、すなわち退位）の以前を思って公任に送った歌であるが、公任集（四六八・四六九）には次のように公任と御形宣旨の贈答となっており作歌事情が異なる（詞句も違う。新古今集・雑歌上もほぼ同様、公任集は退位の年の詠とするが新古今集は翌年とする）。

花山院おり給うての年、仏名に削り花にさして御形宣旨のもとへきこえたりける

ほどもなくさめにし夢の中なれどその世ににたる花のかげかな

返し

見し夢はいづれの世ぞと思ふまにをりを忘れぬ花のかなしさ

公任集では花山院の在位の期間を短い夢の中であるがと逆接で続け変わらぬ削り花の姿を捉えている。夢の連想による並び。

よをそむきてのち花を見て　　寂然法師

この春《はる》ぞおもひもかへす桜《さくら》花《はな》むなしき色《いろ》にそめし心《こゝろ》を

〔現代語訳〕　遁世の後に桜花を見て詠んだ歌

出家した後のこの春に翻して悟ることだ、桜の花のむなしい色に愛着していた心を。

〔他出〕　唯心房集一〇「花の歌」、二句「思ひはかへす」。今撰集・雑一九九「世をそむきて次の年の春」。月詣集・雑上七一六「世をそむきて又の年、花をみてよみ侍りける」、二句「思ひはかへす」。千載集・雑歌中一〇六八「世をそむきてまたの年の春、花をみてよめる」、二句「思ひはかへす」。治承三十六人歌合、定家八代抄。

〔語釈〕　**○よをそむきてのち**　出家後。寂然は久寿年間（一一五四～五六）以前に出家。**○おもひもかへす**　執着心を転ずる。「願以二今生世俗文字之業狂言綺語之誤一、翻為二当来世々讃仏乗之因転法輪之縁一」（白居易、和漢朗詠集五八八「仏事」など）中の「翻」による表現。**○むなしき色**　「色即是空空即是色」（般若心経）による。456歌参照。寂然の今様に「ちくさににほへる秋の野の花はいづれも身にぞしむむなしき色ぞと思はねばこれゆゑ生死にかへるなり」（四一、冷泉家時雨亭叢書『中世私家集一』所収の唯心房集）がある。

〔補説〕　出家後に見る花の色の連想による並び。

903

をとこ《お》の、よをむなしとしりながら、きみにさはりてそむかぬことと《ゝ》いひたりける返事

赤染衛門

われもなし人もむなしとおもひなばなにかこのよのさはりなるべき

〔現代語訳〕　夫が、世の中を無常とわかっていながら、君が障りとなって出家しないことだといってきた返事に詠んだ歌

我もない、人も空なるものと思いきってしまうならば、何もこの世で障害となるはずのものはありませんよ。わたしにかまわず出家なさい。

〔他出〕　赤染衛門集、〔補説〕参照。続後撰集・釈教歌六二六「題知らず」。宝物集四〇一。

〔語釈〕 **○をとこ** 赤染衛門集によれば夫である大江匡衡。**○われもなし** この世に執着する自分をないものとみる。すなわち出家することをいう。**○おもひなば** 悟るならば。空観に徹するならば執着から離れられるの意。
〔補説〕 赤染衛門集（一一三・一一四）に次のようにある。

世の常なきことをいひて、法師にやなりなましと思へども、思ひすてぬことといひて
世の中をみなむなしとはしりながらうき身の君にさはるべきかな
返し
われもなし人もむなしと思ひなばなにかこの世のさはりなるべき

家集の文脈はともかく、本集においては前歌902の「おもひかへす」を受けた内容で愛執を捨て出家するべきと展開する。
出家にまつわる歌群、895歌からここまで。

世（の）中はかなくきこゆるころ、北白河《しらかは》にまかりて、もみぢのちりのこれりけるを見て
前大納言公任
けふこずはみずやあらまし山里《やまさと》のもみぢも人もつねならぬよに

〔現代語訳〕 世の中が無常だと思われるころ、北白河に出かけて、紅葉の散り残っていたのを見て詠んだ歌
今日来なかったならば見ることなく過ぎたであろうよ、山里の紅葉も人の命も無常の世にあって。
〔他出〕 公任集二一八「世の中さわがしかりける年、常にありける人おほくなくなりて後、神無月のつごもり方に白河にわたり給ひけるに、紅葉の一木のこれるにつけてつねに文つくり歌などよみける源中納言など思ひ出でられて、いとあはれに覚え給ひければ」、二句「みでややままし」。新古今集・哀傷歌八〇〇「世の中はかなく、人々お

ほくなくなり侍りけるころ、中将宣方朝臣身まかりて、十月ばかり白河の家にまかれりけるに、紅葉のひと葉のこれると見侍りて」、二句「見でややままし」。宝物集九九。

〔語釈〕 ○北白河 鴨川の東、東山との間。家集によると、文雅の人、源保光（長徳元年五月九日没、七二歳）を偲んで詠んだとあり、追憶するに相応しい場所があったか。新日本古典文学大系『平安私家集』所収「公任集」（後藤祥子校注）は、保光の参加した詩宴の行われた「済時の白河院」が公任の追懐を誘ったと注する。新古今集は宣方（長徳四年八月二三日没）の家を訪ねたときとする。

〔補説〕「けふこずはあすは雪とぞふりなましきえずはありとも花と見ましや」（古今集・春歌上六二業平、「桜の花のさかりに、久しくとはざりける人の来たりける時によみける」よみ人知らず詠「あだなりとなにこそたてれ桜花年にまれなる人もまちけり」に対する返歌、伊勢物語・一七段などにも）による。公任集、新古今集などでは文雅の友の死を悼み無常感にうたれたとあるが、本集は故人との直接関係はなく、公任自らの命のはかなさを感じての詠と読める。

以下、巻軸まで無常を詠ずる歌群が配される。

905

新院人々に百首歌めしけるに

前参議親隆

あだにおく《を》草葉の露《つゆ》のきえぬるをあはれよそにや人の見るらん

〔現代語訳〕 新院（崇徳院）が百首歌をお召しになった時詠んだ歌

むなしく置く草葉の露が消えてしまうのを、ああ、人は他人事と見るのであろうか。

〔他出〕 久安百首・無常六九〇。今撰集・雑一八一「讃岐の院人々に百首歌めしけるに」。

〔補説〕「露をなどあだなる物と思ひけむわが身も草におかぬばかりを」（古今集・哀傷歌八六〇藤原惟幹「身まかりなむとてよめる」）による。904歌との並びにはそれぞれ依拠する古今集歌による連想が働いたか。

906

題不知　　　　　　　　　　　　　　　　　　　　　治部卿

かつきえてはかなきよとはしりながらなほ《を》ふる雪《ゆき》やわが身なるらん

〔現代語訳〕 すぐに消えて（死んで）はかない世とは知りながら、消えてもやはり降る雪は（無常の世を過ごす）わたし自身のことであろうよ。

〔語釈〕 **〇かつきえて** 雪が消えると死ぬ意を示す。「かつきえて空にみだるるあは雪はもの思ふ人の心なりけり」（後撰集・冬四七九藤原蔭基「雪のすこしふる日、女につかはしける」）。341歌参照。**〇ふる** 降ると経るを掛ける。

〔補説〕 草葉の露、降る雪、どちらもはかなく消えるもの。やがて死ぬものと分かっていながら生き続ける人の世。

907

源頼家朝臣

見し人はむかしがたりになりにけりいかでのこれるわが身なるらん

〔現代語訳〕 見知った人は昔がたりになってしまったよ、どうして生き残っているわが身なのであろう。

〔語釈〕 **〇むかしがたりに** 835歌に類似の表現がみえ、対応が読み取れる。「ありし世をむかしがたりになしはてかたぶく月を友とみるかな」（散木奇歌集五一〇「月前談往事」）。六条院宣旨集に「見し人もむかしがたりになりゆけばうつつも夢の心ちこそすれ」（二〇三「人のうせたるあととぶらふとて」、返しは「長き夜の夢ぢにまどふかなしさを君ばかりこそ思ひしりけれ」）がみえる。

〔補説〕 結句が同じであり、生き存える自分を詠む内容も類似した並び。

908

みる人はみななくなりぬわれをたれあはれとだにもいはんとすらむ

道命法師

〔現代語訳〕　見知った人はみな亡くなってしまった。わたしが死んだ後に誰がいったいかわいそうだとさえ言うであろうか。

〔他出〕　道命阿闍梨集五六「（花山の御葬送の又の日、殿上にさぶらひし人にいひやりし）」。万代集・雑歌五・三五六五「題知らず」。

〔補説〕　没後に自分をあわれむ人は誰一人いない。親しい人に先立たれた孤独の並び。

909

とものなくなれりけるに、あとなる人のもとへいひつかはしける

賀茂成保

たれとてもとまりはつべき身ならねどまづはさきだつ人ぞかなしき

〔現代語訳〕　友が亡くなった時に、後に残された家人のところにいい送った歌

誰もとどまりきれるはずの身ではないのだけれども、ともかく先立つ人を見ると悲しいことだ。

〔他出〕　宝物集三一五。

〔語釈〕　**○とまりはつべき**　いつまでも生き続ける。とはずがたり・巻四に「何か思ふ道行く人にあらずとも止り果つべき世のならひかは」とみえる。**○さきだつ**　「岸の上の菊はのこれど人の身はおくれさきだつほどだにぞへぬ」（和泉式部集三六〇「（帥の宮にて題十給はせたる）岸にのこる菊」）。

〔補説〕　上句の身と下句の人が対比的に詠まれる。

910

きたのみやかくれ給（ひ）つるころ　　如覚法師

世（の）中はかくこそみゆれつく〴〵とおもへばかりのやどりなりけり

〔現代語訳〕　皇后が崩御されたころ詠んだ歌

世の中とはこういうものだと思っていたが、しみじみと思うに仮の宿であったことだ。

〔他出〕　高光集一二一「北の方かくれ給へるころ」。万代集・雑歌五・三五七四「題知らず」、二句「かくこそありけれ」。続古今集・哀傷歌一四四二「世の中はかなくきこえけるころ」。

〔語釈〕　**○きたのみや**　北の宮は皇后の異称。ただし高光集では北の方とある。**○つくづくと**　しみじみと。深く沈潜して思う。「世の中を思ひみだれてつくづくとながむるやどに松風ぞふく」（後拾遺集・雑三・九九二源道済「題知らず」）。**○かりのやどり**　736歌参照。

911

新院人々に百首歌めしけるに　　藤原顕広朝臣

よのなかをおもひつらねてながむればむなしきそらにきゆる白《しら》雲

〔現代語訳〕　新院（崇徳院）が百首歌をお召しになった時詠んだ歌

世の中をあれこれ思い続けてみつめている、とそこには、虚空に消える白雲が浮かぶ。

〔他出〕　久安百首・無常八九一。今撰集・雑一八〇「さぬきの院人々に百首歌めしけるに」。長秋詠藻八八「（久安の比崇徳院に百首歌めされし時奉る歌）無常二首」。新古今集・雑歌下一八四六「崇徳院に百首歌たてまつりける無常歌」。

〔語釈〕　**○おもひつらねて**　「うき事を思ひつらねて雁がねのなきこそわたれ秋のよなよな」（古今集・秋歌上二一三

躬恒「雁のなきけるを聞きてよめる」)。**○むなしきそら**　漢語「虚空」による直訳的表現。「笙歌縹眇虚空裏　風月依稀夢想間」(新撰朗詠集六九三「懐旧」、白居易)。「世の中は見しも聞きしもはかなくてむなしき空の煙なりけり」(清輔集三四〇、本集411歌語釈に前掲)。**○きゆる白雲**　76歌参照。無常の象徴。

912

兵衛

いつまでとのどかにものをおもふらんときのまをだにしらぬいのちを

〔現代語訳〕(同じ百首に詠んだ歌)

いつまであるとのんびりとものを思うのであろう、ほんの少しの間さえわからない命を。

〔他出〕　久安百首・無常一一九一、五句「しらぬ命に」。今撰集・雑一七九「讃岐院人々に百首歌めしけるに」、二句「のどけく物を」、五句「しらぬ命に」。万代集・雑歌五・三五五七「久安百首に」、五句「しらぬ命に」。玉葉集・雑歌四・二三六三「久安百首歌に」、五句「しらぬ命に」。宝物集九〇。

〔語釈〕　**○ときのま**　ほんの少しの間。「よひよひにぬぎてわがぬる狩衣かけて思はぬ時のまもなし」(古今集・恋歌二・五九三友則「題知らず」)。

913

世(の)中はかなくきこゆるころ、つねなき心《こゝろ》を人々よみけるに

心覚法師

はかなさをおどろかぬにぞふかきよのねぶりのほどはおもひしらるゝ

〔現代語訳〕　世の中をむなしく思っているころ、無常の題で人々が詠んだときの歌

無常を気づかないことによって、深い夜（闇）の眠りの程度が思い知られるよ。

〔語釈〕 **○おどろかぬ** ねぶりの縁語。900歌参照。**○ふかきよのねぶり** 無明の闇に迷う状態を深夜の眠りに喩える。900歌参照。

〔補説〕 詞書の「世の中はかなくきこゆるころ」と同じ表現が883・904歌にもみえ、基調になっている。

914

題不知　　　花山院御歌

ながきよのはじめをはりもしらぬまにいくそのことを夢《ゆめ》とみつらん

〔現代語訳〕

長い夜の始め終わりもわからない間に、いったいどれくらい多くのことを夢としてみたことだろうか。

〔他出〕 万代集・雑歌五・三五二三「題知らず」。続後拾遺集・雑歌下一二六六「夢を」、四句「いくよの事を」。

〔語釈〕 **○いくその** 幾十の。どれほど多くの。「ゆきかへる旅に年経る雁がねはいくその春をよそにみるらん」（後拾遺集・春上六九藤原道信「帰る雁をよめる」、袋草紙・下巻はこの歌の難を述べる難後拾遺の記事「春は花あるなどよまれたらばこそげにともおぼえめ、ただ春をなんよそにみるとあらんは、なにごとのいみじかるべきぞ。また旅に年経とは道路に年をへばこそかくはよまめ」を引く）。

915

権僧正永縁

ながきよの夢《ゆめ》のうちにてみる夢はいづれうつゝといかがさだめむ

〔現代語訳〕

長い夜の夢の中で見る夢は、どちらが現実だとどうして決められようか。

〔他出〕 堀河百首・雑一五四八「夢」、五句「いかでさだめん」。後葉集・雑二・四九〇「百首歌中に」。風雅集・雑歌下一九〇一「(雑御歌の中に)」。宝物集七九。

〔補説〕 堀河百首の詠進歌にもかかわらず「題知らず」として入集している五首(ほかに616・641・681・716、このうち四首は十四人本にみえない顕仲と永縁の歌)の一首。

長き夜(無明長夜)の夢を詠む並び。長き夜を迷妄の闇に喩える詠は855、900歌など。配列上にも対応関連がうかがえる。

前参議俊憲

あすもありとおもふ心にはかられてけふをむなしくくらしつるかな

〔現代語訳〕

明日も生きていると思う心にだまされて、今日をむなしく過ごしてしまったことだ。

〔他出〕 新勅撰集・雑歌二・一一八一「題知らず」。

〔語釈〕 **○あすもありと** 「うき世をばそむかばけふもそむきなんあすもありとはたのむべき身か」(拾遺集・哀傷一三三〇慶滋保胤「法師にならむとていでける時に、家にかきつけて侍りける」、抄五七三)。栄花物語・第一八「たまのうてな」に「今日暮れて明日もありとな頼みそとつきおどろかす鐘の声かな」(かたのの尼君)とある。**○はかられて** 「さりともと思ふ心にはかられてよくも今日までいけるわが身か」(敦忠集五二)。

917

新院人々に百首歌めしけるに　兵衛

西《にし》とのみ心《こゝろ》ばかりはすす《ゝ》めどもいかなるかたにゆかむとすらん

〔現代語訳〕 新院（崇徳院）が百首歌をお召しになった時詠んだ歌

浄土のある西方とのみ心だけは向かうけれども、どちらの方角に行こうとしているのだろうか。

〔他出〕 久安百首・釈教一一八八。万代集・釈教歌一七二七「久安百首に」。続後拾遺集・釈教歌一三〇七「久安百首歌に」、初句「西にのみ」。

〔語釈〕 ○西　西方極楽浄土。「今はただ西に心をかけ草の葉におく露をわが身とぞ思ふ」（堀河百首一五八一永縁「述懐」）。久安百首にも「いさぎよき法をたもちて世にすまば月とともにや西へ行くべき」（一八四公能「釈教」）、「西方に阿弥陀仏はますなればことわりなれやなもとなふる」（四八六季通「釈教」）などとみえる。袋草紙「希代歌」に「行ひのつとめて物のほしければ西をぞたのむくるる方とて」（乞者歌）とある。

〔補説〕 「心にはかられて」（916）、「心ばかりはすすめども」（917）、いずれにしろ「心」に振り回される人の世。作者兵衛の詠が雑下に三首採られていることは撰者の評価として注意される。

918

題不知　大江嘉言

たとふべきかたこそなけれよの中を夢《ゆめ》もむなしなさめぬかぎりは

〔現代語訳〕

世の中をたとえるべき方法がないことだ、夢というのもむなしいよ、目覚めないうちは。

〔他出〕 大江嘉言集一七「この身夢のごとしといふ題を」、四句「夢も久しや」。

919

〔語釈〕○たとふべきかたこそなけれ　「たとふべきかたこそなけれわぎもこがねくたれ髪のあさがほの花」（江帥集四六八「わかき人の、あさがほをりて、御覧ぜよといひたりしかば」）。「たとふべきかたこそなけれ松がえに雪ふりわたる天の橋立」（為忠家初度百首・雑七五九為忠「眺望」、後葉集・雑一・四八二などにも）。なお長承三年（一一三四）九月一三日顕輔家歌合「月」五番左歌「たとふべき方こそなけれ天の川月すみわたる有明の空」（成通）の判詞（判者は藤原基俊）に「左、たとふべき方こそなけれなどいへるわたり、言葉いやしくて歌合とも聞え侍らず」とある。

〔補説〕かた（方）の詞句をめぐる表現が類似する並び。

藤原頼輔

ねざめしておもひとくこそかなしけれうきよの夢《ゆめ》もいつまでか見む

〔現代語訳〕

寝覚めをしてよくよく考えると悲しいことだ、つらいこの世の夢もいつまでみていられようか。

〔他出〕頼輔集一〇八「十座百首の中、述懐を」、三四句「あはれなれこのよの夢を」。今撰集・雑一七八「題知らず」、二句「思ひつくこそ」、四句「我この夢を」。続古今集・雑歌中一七一八「懐旧を」。治承三十六人歌合（世のはかなき事を思ひつづけて）。

〔語釈〕○おもひとく　思考を深める、悟る。「よをそむきふかき山路へ入りにけりしづかにのりを思ひとくとて」（行尊大僧正集五五「加賀左衛門がもとへあまた歌をつかはしけるに、法華経の心を申したりしに　入於深山」）。「つくづくと思ひとくこそかなしけれ雪のみ山の雁のひとこゑ」（殷富門院大輔集二六四「法文」）。259歌参照。

〔補説〕頼輔集によれば十座百首の詠。俊恵家十座百首に出詠した作か。

現世をはかない夢とみる。

小大君

あるはなくなきはかずそふよのなかにあはれいつまでいはむとすらん

〔現代語訳〕 生きていたものはなくなり、なくなったものは数がふえていくこの世の中に、ああ、いつまでこうして世の無常を歌にしようとするのだろうか。

〔他出〕 小大君集（林家旧蔵本）一二〇「世のはかなきこと、人々のたまふに」。為頼集、〔補説〕参照。後葉集・雑二・四八九「世の中はかなきころ、人々歌よみ侍りけるに」、五句「あらむとすらん」。新時代不同歌合、宝物集三二四など。

〔語釈〕 **○かずそふ** 数がふえる。**○いはむとすらん** 「いはむ」を歌に詠もうとすると解したが「いきんとすらん」（為頼集）「あらむとすらん」（後葉集）がわかりやすい。なお908歌に同じ句がみえる。

〔補説〕 本集では小大君の題知らず詠として載るが、為頼集（二五・二六・二七）には次のように為頼の詠歌を受けての作である。藤原為頼は兼輔の孫、雅正の子。長徳四年（九九八）没。「小野宮の御忌日」、すなわち実頼の忌日は五月一八日、長徳二年、法性寺（為頼集では法住寺とあるが後述の公任集では法性寺とみえ、その寺域の東北院において仏事が行われている）での仏事における詠である。前年の同月は疫病が猛威をふるったときで多くの知己を失った心情を率直に詠んでいる。詳細は竹鼻績『公任集注釈』（私家集注釈叢刊15、貴重本刊行会、二〇〇四年）参照。

小野宮の御忌日に、法住寺にまゐるとて、同じほどの人のおほくまゐりしを思ひいでて

世の中にあらましかばと思ふ人なきがおほくもなりにけるかな

小大君これをききて

あるはなくなきはかずそふ世の中にあはれいつまでいきんとすらん

常ならぬ世はうき身こそかなしけれその数にだにいらずと思へば

右の為頼詠「世の中に」は、和漢朗詠集七五〇「懐旧」、玄々集六一などにみえるが、拾遺集・哀傷には次のように公任との贈答として入集する（一二九九・一三〇〇、拾遺抄は為頼詠五七一のみ）。

昔見侍りし人々おほくなくなりたることをなげくを見侍りて　藤原為頼

世の中にあらましかばと思ふ人なきがおほくもなりにけるかな

返し　右衛門督公任

常ならぬ世はうき身こそかなしけれそのかずにだにいらじと思へば

前掲の為頼集では小大君の作とみえる「常ならぬ」の詠がここでは公任の返歌である。公任集では「世の中に」詠は「またの年法性寺の御八講の日、為頼」の詞書で本集904歌の次に載る（またの年は長徳二年、伝本によるが公任の返歌「常ならぬ」もみえる、二一九・二二〇）。また栄花物語・第四「みはてぬ夢」には長徳元年（九九五）の疫病流行に続けて次のようにある。

世の中のあはれにはかなき事を摂津守為頼朝臣といふ人

世の中にあらましかばと思ふ人なきは多くもなりにけるかな

これをききて春宮の女蔵人小大君、返し

あるはなくなきは数そふ世の中にあはれいつまであらんとすらん

さらに説話集にも採られ、例えば古本説話集「小大君事」には次のようにある。

今は昔、世の中のあはれにはかなきことを、摂津の守為頼といひける人

世の中にあらましかばと思ふ人なきはおほくもなりにけるかな

これを聞きて、小大君

あるはなくなきはかずそふ世の中にあはれいつまでふべきわが身ぞ

一方、小町集に、「見し人のなくなりしころ」（八二）の詞書で「あるはなくなきは数そふ世の中にあはれいづれの日までなげかん」とあり、新古今集・哀傷歌に小野小町の詠として採られている（八五〇「題知らず」）。定家八代抄などにも。

921

大斎院

いづれの日いづれの山のふもとにてむせぶけぶりとならんとすらむ

〔現代語訳〕

いつの日、どこの山の麓において（死んで焼かれ）むせる煙となるのであろうか。

〔他出〕 玉葉集・雑歌四・二三三二「題知らず」、二句「いかなる山の」、四句「もゆる煙と」。宝物集九四。

〔語釈〕 **○むせぶけぶり** 「むせび泣く」を暗示。むせぶは825歌参照。「ひとりねて床のうらわに夜もすがらむせぶけぶりは海士のたく火か」（清輔集二六二「終夜恋人」）。

〔補説〕 巻軸二首は上句のたたみかける調子、下句の、巻末あたりの歌群に共通する強い詠嘆が類似する並び。世の無常を詠嘆する歌群によって雑部を閉じる。

続詞花和歌集巻第十九　物名・聯歌

922
さくなむさ　　少将藤原義孝

桜花《さくらはな》山にさくなんさとのにはまさるときくをみぬがわびしさ

〔現代語訳〕「さくなむさ」を隠し詠む歌
　桜の花が山にきっと咲いているだろう、里の花よりはまさってすばらしいと聞いているが、見ていないのでさびしいこと。

〔他出〕義孝集二七「横川にて、さくなんさうをみて（むらさきの色にはさくなむさしのの草のゆかりと人もこそみれ）」、五句「みぬがかなしさ」。

〔語釈〕**○さくなむさ**　石楠花（さくなんそう・シャクナゲ）の異名。「本草云石楠草　楠音南、和名止比良乃木、俗云佐久奈無佐」（和名抄）。一句から三句にかけてよみこむ。同じ義孝集に本歌と並ぶ作「紫の色にはさくなむさしのの草のゆかりと人もこそ見れ」が如覚法師（高光）の詠として拾遺集・物名に採られている（三六〇「さくなむさ」、抄四八二）。

〔補説〕巻十九は「物名」「聯（連）歌」の小部立から成る。底本はじめ諸本とも部立表題に「聯歌」の二字はない。

923

野宮歌合に、しをにをよめる　　日向

たかさごの山のを鹿《しか》は年《とし》をへておなじを《お》にこそたちならしけれ

〔現代語訳〕　野宮歌合に、「紫苑」を隠題にして詠んだ歌
高砂の山の牡鹿は、長い年月を同じ山裾に、立ち馴れていることだ。

〔他出〕　袋草紙・下巻「病を犯す類の瑕瑾の歌」の項にみえる（山と尾が同心病）。〔補説〕参照。

〔語釈〕　**〇しをに**　紫苑（シオン）。キク科の多年草。秋に淡紫色の頭花を多数つける。心におぼゆる事を忘られざる草という（俊頼髄脳）。「ふりはへていざふるさとの花見むとこしをにほひぞうつろひにける」（古今集・物名四四一よみ人知らず「しをに」）、「露けきは秋の草葉と思ひしをにたることなき袖の上かな」（後葉集・物名二八一近衛院「しをに」）。**〇たかさご**　高砂、播磨国の歌枕。現在の兵庫県高砂市。能因歌枕・国々の所々名「播磨国」にみえる。鹿が景物。「秋萩の花咲きにけり高砂のをのへの鹿は今やなくらむ」（古今集・秋歌上二一八藤原敏行「是貞親王家歌合によめる」）、「秋風のうち吹くごとに高砂のをのへの鹿のなかぬ日ぞなき」（拾遺集・秋一九一よみ人知らず「題知らず」、抄一〇二）など。**〇たちならし**　いつもきてその場所をなじみとする。「年をへてたちならしつるあしたづのいかなる方にあととどむらん」（拾遺集・雑上四九八愛宮「左大臣の土御門の左大臣の婿になりてのち、したうづの型をとりにおこせて侍りければ」）。

〔補説〕　天禄三年（九七二）八月二八日規子内親王前栽歌合（十巻本）に次のようにある。判詞中の古言《ふること》は拾遺集・秋に入集する深養父の歌を指す。

しをに　　日向の君

白雲のかかりしをにも秋霧のたてばや山の空にみゆらん　　藤原のもろふむ

高砂の山のを鹿は年をへて同じをにこそたちならしなけ

このしをにの歌は、これもかれも同じさまなり。ただし、もろふむが秋霧のたてばや山の空にみゆらんといへるわたり、川霧の麓をこめてたちぬれば空にぞ秋の山はみえける、といへる古言を思ひあはすれば、これは似劣りになむ見えける。さても、

ふもとともみれどもみえず秋霧のたちなばなにか空にみゆべき

本歌は藤原のもろふむ（伝未詳）の詠歌となっているが、判詞に「もろふむが秋霧のたてばや山の空にみゆらんといへるわたり」とあるのをみれば本文に問題があるか。順集（冷泉家時雨亭叢書『素寂本私家集 西山本私家集』所収）によれば、次のように、「高砂の」の作者を日向君としており判詞とも整合する。

六番シヲン

左　日向君

タカサゴノオノヘ《ヤマノヲ或本》ノシカハトシヲヘテオナジヲニコソタチナラシケレ

右　藤師風

シラクモノカカリシヲダニ《ニモ歟》アキギリノタテバヤヤマノソラニミユラム

コノシヲニノ歌、コレモカレモタダオナジサマナリ、師風ガタテバヤヤマハソラニミユラムトイヘルニツケテ、カハギリノフモトヲコメテタチヌレバソラニゾ秋ノ山ハミエケル、トイヘルコトヲ思ヘバ、コレハオトリニナントテ

フモトトモミネドモワカズアキギリノタチナバナニカソラニミユベキ

924

はしばみ・

堀河《川》右大臣

あやしくも風《かせ》にをるてふさくなぎのはしはみよりもながくみゆらん

〔現代語訳〕 いぶかしいことは、風にのっておりてくるという「さくなぎ」の嘴は身よりもどうして長くみえるのだろう。

〔他出〕 入道右大臣集五四「はしばみといふ題を、人々よむと聞きて、こころみに」。夫木抄一二八四一「はしばみといふ題を人よむと聞きてこころみに」。

〔語釈〕 **○はしばみ**　榛、カバノキ科の落葉低木。「はしばみ」を隠題（物名）にした例に、「おもかげにしばしばみゆる君なれど恋しきことぞ時ぞともなき」（拾遺集・物名三九三よみ人知らず）がみえる。**○さくなぎ**　鳥の名、鴫の一種か。

〔補説〕 底本は詞書を「はしかみ」とし「はみ歟如何」とある紙片を貼る。

入道右大臣集には同じ詞書のもとに本歌のほかあと二首「はたばりやせはかりつらん唐衣はしはみえてもぬひてけるかな」、「もろこしも人のかよふはやすけれどはしはみちこそしられざりけれ」（五五・五六）が載る。

925

つくづくし

読人不知

雲《くも》かかる《い》うらにこぎつくつくしぶねいづこかけふのとまりなるらん

〔現代語訳〕「つくづくし」を隠し詠む歌

雲のかかっている浦に漕ぎ着く筑紫船よ、どこが今日の泊まりであるだろうか。

〔他出〕 元真集一〇五「つくづくしを十三にて」、四句「いづれかけふの」。夫木抄一五七九三「つくし船　家集、つくしにて歌よみけるに、つくづくし」、四句「いづくかけふの」。

〔語釈〕 **○つくづくし** 土筆の異名。**○つくしぶね** 筑紫船、万葉語。京と筑紫（九州）を往来する運送船。「筑紫船まだとも綱もとかなくにさしいづるものは涙なりけり」（後拾遺集・別四九五連敏法師「筑紫にまかりてのぼり侍りけるに人々別れをしみ侍りけるによめる」、和歌初学抄・秀句（船）にも）。

くるみのから

源俊頼朝臣

おいのくるみのからくのみおぼゆるはおもて《を》に波《なみ》のたたむなりけり

〔現代語訳〕 老いがやってくるわが身がつらいとばかり思われるのは、顔に波がたつだろうことであったよ。「くるみのから」を隠し詠む歌

〔他出〕 散木奇歌集・雑下一五五九「（隠題）くるみのから」、四句「おもてに波を」。後葉集・物名二九二「くるみのから」。

〔語釈〕 **○くるみのから** 胡桃の殻。「あぢきなしなげきなつめそうき事にあひくるみをばすてぬものから」（古今集・物名四五五兵衛「梨、棗、胡桃」）、「鶯に花しられけばなけれども春くるみちのものにぞありける」（古今六帖四二七五貫之「胡桃」、貫之集にも）、「雁のくるみねの朝霧はれずのみ思ひつきせぬ世の中のうさ」（藤六集二七「胡桃」）。**○おもてに波のたたむ** 顔にしわがよることをいう。「ななそぢのおもての波のたたむまでわかの浦見ぬ人もありけり」（江師集四一二「熊野にまゐりたる人の、わかの浦はおもしろかりしものかな、とかたるを聞きて」）。

927

たじ《ち》まのくになるいづしの宮といふやしろにて、なのりそといふものを題《たい》にて人の、歌よめ

といひければ　　源重之

ちはやぶるいづしの宮のかみのこまゆめなのりそやたたりもぞする

〔現代語訳〕 但馬の国にある出石の宮という神社において、「なのりそ」というものを題にしてある人が歌をよめといったので詠んだ歌

出石の宮の神馬に決して乗ってはならないよ。たたるといけないので。

〔他出〕 重之集、〔補説〕参照。新拾遺集・雑歌下・雑体一八九四物名「但馬の国出石の宮といふ社にてなのりそといふ草を」、四句「人なのりそや」。

〔語釈〕 **○いづしの宮**　出石神社、但馬国一宮。兵庫県豊岡市出石町。**○なのりそ**　海藻、ホンダワラの古名。万葉語。名告りを掛けることが多い。「磯なるる人はあまたにきこゆるをたがなのりそをかりて答へん」（後拾遺集・雑二・九六二成章「人の局をしのびてたたきけるにたぞととひ侍りければよみ侍りける」）。奥義抄・上巻は歌経標式（真本）に載る「頭古腰新」の例「あづさゆみひきつのべなるなのりそも花はさくまで妹にあはぬかも」（「当麻大夫陪二駕伊勢一思レ婦歌曰」）を引く。ここは「な乗りそ」。**○ちはやぶる**　枕詞。360・376歌など。**○かみのこま**　和歌初学抄・物名に「神馬草《シムハサフ》　ナノリソ」とあり、草名の異名表記を掛けている。

〔補説〕 重之集（二〇三・二〇四）に次のようにある。本集詞書の「人」が好忠であると知られる。

曾禰好忠が、但馬にて、出石の宮にて、なのりそといふものをよめといへば

ちはやぶる出石の宮の神の駒ゆめなのりそよたたりもぞする

あかつきの籬にみゆる朝顔はなのりそせましわれにかはりて

928

かきのから　大弐三位

さかきばはもみぢもせじを神がきのからくれなゐに見えわたるかな

〔現代語訳〕「かきのから」を隠し詠んだ歌

榊の葉は紅葉するまいに。朱の神垣は紅葉したように唐紅にみわたされるなあ。

〔他出〕藤三位集二九「かきのからといふ隠し題を」、五句「みゆるけさかな」。千載集・雑歌下・雑体一一七一物名「かきのから」。

〔語釈〕○かきのから　牡蠣の殻。○さかきば　榊の葉。常緑のうえ神域（神垣）にあるゆえ色変わりしない。「ちはやぶる神垣山の榊葉は時雨に色もかはらざりけり」（後撰集・冬四五七よみ人知らず「題知らず」）。

929

おものだな　小大進

月のおものたなかみ川《かは》にやどるこそひを《ほ》のよる見るかがみなりけれ

〔現代語訳〕「おものだな」を隠し詠んだ歌

月の面が田上川に照らすのは、氷魚が寄るのを夜見るかがみであったことだ。

〔語釈〕○おものだな　御物棚（宮中で天皇の食膳を納めておく棚）。「おものだな」を隠し題にした例は、久安百首に顕輔詠「池のおものたなびきわたすうき草にはらはぬ庭とみえもするかな」（三九八、後葉集・物名二八八にも、ただし、よみ人知らず）、教長集に「もののふのおものたならすゆみのねもこまのあしがきしげき野べかな」（九七三）がある。○たなかみ川　田上川、近江国の歌枕。大津市の南、瀬田川に注ぐ川。ひを（氷魚、網代で獲る鮎の稚魚）が景物。和歌初学抄・所名「近江たながみ河　アジロアリ」。「月かげの田上川にきよければ網代に氷魚のよるも見えけり」（拾遺集・雑秋一一三三清原元輔「内裏御屏風に」、抄四二〇）。**○よる**　（氷魚が）寄る（のを見る）と夜（見る鏡）を掛ける。前項用例参照。

とりははき　　藤原教良母

秋《あき》の野にたれをさそはむゆきかへりひとりははぎの見るかひもなし

〔現代語訳〕「とりははき」を隠し詠んだ歌
　秋の野に誰をさそおうか、行き帰りにひとりでは萩を見るかいもないよ。

〔他出〕千載集・雑歌下・雑体一一七六物名「とりははき」、作者表記「刑部卿頼輔母」、四句「ひとりははぎを」。

〔語釈〕**○とりははき**　鳥帚、鳥の羽で作った帚。「とりははき」を隠題にした例に「あふことをいつかとまつのふかみどりはばきの露は色ぞかはれる」（二条太皇太后宮大弐集一九二）がある。**○たれをさそはむ**　特定の人を誘いたいの意。「けふよりは荻のやけ原かきわけて若菜つみにとたれをさそはむ」（後撰集・春上三兼盛王「春立つ日よめる」、大和物語・八六段。袋草紙「故撰集子細」の後撰集の項で「兼盛の歌をもつて兼覧王の歌と称す」としてあげる）。**○ゆきかへり**「思ひやる心の空にゆきかへりおぼつかなさをかたらましかば」（後拾遺集・恋三・七三一通俊「遠きところに侍りける女につかはしける」）。**○かひもなし**　ひとりで萩を見てもむだだ。「かひもなき心ちこそすれさを鹿のたつこゑもせぬ萩のにしきは」（後拾遺集・秋上二八三白河院「萩盛待鹿といふ心を」）。

931

ふりつゞみ　　　　　　　　　　　　肥後

いけもふりつゝみくづれて水もなしむべかつまたにとりのゐざらん

〔現代語訳〕「ふりつづみ」を隠し詠んだ歌

池もふるくなり堤が崩れて水もない、なるほど勝間田の池に鳥がいないはずだ。

〔他出〕 千載集・雑歌下・雑体一一七二物名「ふりつづみ」。六華集。

〔語釈〕 **○ふりつづみ** 振鼓、鼗。舞楽で舞人が用いる楽器。**○かつまた** 勝間田（池）。130・455・648歌参照。

932

すだれかは　　　　　　　　　　　　中納言定頼

あとたえてとふべき人もおもほえずたれかはけさの雪《ゆき》まわけこん

〔現代語訳〕「すだれかは」を隠し詠んだ歌

人跡もたえ訪れるはずの人も思い浮かばない。今朝の雪を分けて誰が来るであろう、誰も来ない。

〔他出〕 定頼集五〇「つれづれにおはしけるたはぶれに、こめ題にすだれがはを人々よみける」、五句「雪にわけこむ」。千載集・雑歌下・雑体一一七〇物名「すだれかは」、五句「雪をわけこん」。

〔語釈〕 **○すだれがは** 簾の飾りとして張る革。**○雪まわけこん** 雪の中を訪ねてこようの意。雪まは雪の中。「春日野の雪まをわけておひいでくる草のはつかに見えし君はも」（古今集・恋歌一・四七八忠岑「春日祭にまかれりける時に、物見にいでたりける女のもとに家をたづねてつかはせりける」）。

933

みづのみ　　　　　　　　　　　　　　　　　　　　　　　　　僧都有慶

いなり山しるしの杉《すき》の年《とし》ふりてみつのみやしろ神さびにけり

〔現代語訳〕「みづのみ」を隠し詠んだ歌

稲荷山の験の杉は年月をへて老木となり、稲荷の三社は神々しく荘厳な感じがすることだ。

〔他出〕　千載集・雑歌下・雑体一一七八物名「みづのみ」。

〔語釈〕　**○みづのみ**　水呑み。水を飲むための器。**○いなり山**　稲荷山。125歌参照。伏見稲荷神社の背後の山。神社は下句に「みつのみやしろ」とあるように上中下の三座がある。**○しるしの杉**　稲荷社の神木。和歌初学抄・所名に「山城いなり山　神マススギアリ」、「読習所名」に「杉　ミワノ山　イナリ山」とみえる。永承五年二月六条斎院歌合に「稲荷詣」題があり、左歌「こえぬよりまづさきだちぬ稲荷山しるしの杉にかくる心は」（美作、勝）、右歌「稲荷山のぼるのぼるもいのるかなしるしの杉のもとをたのみて」（左衛門）とある。永久百首の春題に「稲荷詣」がみえ、なかに顕仲詠「稲荷山しるしの杉をたづねきてあまねく人のかざすけふかな」（六四）などがある。「人しれず稲荷の神にいのるらんしるしの杉と思ふばかりぞ」（散木奇歌集八六五「稲荷にまゐりたる人の、杉をこひければつかはすとて、畳紙にかうがいのさきしてかきつけてつかはしける」、八六六は「返し、扇のつまにかけり」とあって「君をとは稲荷の神にいのらねばしるしの杉のうれしげもなし」）。766歌の「しるしの杉」は三輪明神の神杉。**○神さびにけり**　372歌参照。「浦風に神さびにけり住吉の松のこまよりみゆるかたそぎ」（為忠家初度百首・雑六七六顕広「社頭」）。

934
さつきやみといふ五文字をくのかみにお《を》きてよめる　肥後
ささのはの露はしばしもきえとまるやよやはかなき身をいかにせん

【現代語訳】「さつきやみ」という五文字を各句の頭に置いて詠んだ歌
笹の葉の露はしばらくの間でも消えずとどまっている。さてさて、このはかない身をどうしようか。

【他出】 新拾遺集・雑歌下・雑体一八九三折句歌「五月闇といふことを」、作者表記「俊頼朝臣」、三句「消残る」。

【語釈】 **○さつきやみ**　五月雨のころの夜の暗やみ。**○やよや**　強く呼びかけ問う表現。源氏物語・明石に「いぶせくも心にものをなやむかなやよやいかにととふ人もなみ」（光源氏）とあるなど。**○身をいかにせん**　847、899に同じ表現がみえる。「あきらけき世にはうれしくあひながらうれひはれせぬ身をいかにせん」（堀河百首一五八二隆源「述懐」）とみえるほか、散木奇歌集「恨躬恥運雑歌百首（沙弥能貪上）」に頻用される。

【補説】「折句」の歌。奥義抄・上巻に「五字あることを毎句のかみにおくなり」とある。千載集は雑歌下・雑体（一一六七・一一六八）に次のようにあり、物名と区別している。

折句歌
二条院御時、こいたじきといふ五字を句の上におきて、旅の心をよめる
源雅重朝臣
駒なめていざみにゆかん龍田川白波よする岸のあたりを
なもあみだの五字をかみにおきて、たびの心をよめる
仁上法師
なにとなくものぞかなしき秋風の身にしむよはの旅の寝ざめは

935

上東門院后宮と申（し）ける時、うへの御つぼねにおはしますに、道信朝臣山吹（の）花をもちてとほ《お》るに、ごたちのはしに見えければ、花をさしいるとて歌の本をいへりければ、おくに侍（る）を、かれとれと宮のおほせごとありければ、とるとてすゑをいひける

伊勢大輔

くちなしにちしほやちしほそめてけりこはえもいはぬ花《はな》の色《いろ》かな

〔現代語訳〕上東門院彰子が后宮といいました時のこと、宮中の御局におられましたが、道信朝臣が山吹の花を持って通るときに、御達が端に見えたので、その花を差しいれるといって前句（本）を詠んだところ、奥におりましたけれども、あれをとりなさいと宮が仰せになったので、とるといって付句（末）を詠んだ連歌

この山吹の花のきれいな黄色は、口がないという「くちなし」色に幾度にも染めたことですよ、だから黙ってさしいれるのです。

それでこれは何とも言えない美しい花の色なのですねえ。

〔他出〕俊頼髄脳、〔補説〕参照。八雲御抄、十訓抄、耕雲口伝など。莵玖波集（一〇二）。

〔語釈〕**○上東門院**　一条天皇中宮彰子。本集作者。357・441・769・834歌など参照。**○ごたち**　御達、宮中に仕える上級の女房をうやまっていう。**○くちなし**　梔の実で染めた濃い黄色、山吹の花の色。いはぬの縁語。「山吹の花色衣ぬしやたれとへどこたへずくちなしにして」（古今集・誹諧歌一〇一二素性法師「題知らず」）、「いはぬまはつつみしほどにくちなしの色にやみえし山吹の花」（後拾遺集・雑四・一〇九三規子内親王「近きところに侍りけるにおとし侍ら

ざりければ村上の女三宮のもとより、思ひへだてけるにや、花心にこそなどいひおこせたりける返りごとに」）。「山吹のくちなし色にとぢられていひいだすかたもみえぬ池水」（清輔集五七「款冬繞池」）。**〇ちしほやちしほ**　しほ（入）は染料を浸す度数。千入八千入は幾度も染めた意。

〔補説〕　本集において、連歌の記し方は、通常の歌のように一首をあげ、前句（本＝上句）の作者を詞書中に記し、付句（末＝下句、944・949のように下句に上句を付ける場合もある）を詠んだ者を作者として掲示する。本歌は俊頼髄脳（四四〇）に次のようにある。

道信中将の山吹の花をもちて上の御局といふところをすぎけるに、女房達ゐこぼれて、さるめでたき物をもちてただにすぐるやうあるといひければ、もとよりやまうけたりけん

くちなしにちしほやちしほそめてけり

といひてさしいれたりければ、わかき人々えとらざりければ、おくに伊勢大輔が候ひけるを、あれとれと宮の仰せられければ、うけたまはりてひとまのほどをゐざりいでけるに思ひよりて

こはえもいはぬ花の色かな

とこそつけたりけれ。これをうへきこしめして、大輔なからましかば、はぢがましかりける事かなとぞ仰せごとありける。

今鏡・すべらきの中「玉章」に、俊頼の連歌についての記事からその髄脳に触れた部分に次のようにある（前後省略）。

木工頭も高陽院の大殿の姫君と聞え給ひし時作りてたてまつり給へりとかや聞ゆる、和歌のよむべきやうなど侍る書には、道信の中将の連歌、伊勢大輔が

こはえもいはぬ花の色かな

と付けたることなど、いと優なることにこそ侍るなれば、連歌をもうけぬことにひとへにし給ふとも聞えず。

936

つまどをならしておと《を》づれければ、しらずがほにて女の歌《うた》のかみをいひければ、しもをつけける

藤原実方朝臣

たれぞこのなるとのうらにおと《を》するはとまりもとむるあまのつり舟《ふね》

〔現代語訳〕妻戸を鳴らして訪問したところ、しらないふりをして女が歌の上句をいったので、下句を付けた連歌

どなたですか、この鳴る戸の内に音を立てて訪れたのは。

鳴戸の浦にやってきたのは泊まりを探している漁夫の釣り船ですよ。

〔他出〕実方中将集、俊頼髄脳、〔補説〕参照。

〔語釈〕**○つまど** 妻戸、殿舎の四隅に設けた両開きの板戸。**○なるとのうら** 鳴戸（開閉のたびに音をたてる戸）の裏（内側）と鳴門（潮の干満により鳴り響く海峡）の浦を掛ける。「おとにきくなるとの浦にかづくてふあまやわびしき君をみるかな」（忠見集一九二「ものいふ女の、戸をたてているを見侍りて」）、「日くるれば忍びもあへぬわが恋やなるとの浦にみつしほのおと」（散木奇歌集一〇三二「殿下にて恋の心をよめる」）。

〔補説〕実方中将集（二四一）には次のようにある。

うちにものいひ侍りし人の局たたき侍りしかば、女

たそやこのなるとのもとにおとするは

といひたりしかば

とまりもとむるあまのつり舟

俊頼髄脳（三七〇）には次のようにある。

よみ人知らず

たれぞこのなるとの浦におとするは

とまりもとむるあまのつり舟　実方

つま戸のたてあけしければなりける、うちに、実方の中将のおとしければ、しらぬ顔にて女房のしけるとぞ。

河内守為政くにに侍〳〵（り）けるに、雪《ゆき》のふれるあした、山口重如まうできたりけるに、連歌せよと申（し）ければ、まへに侍（り）けるさぶらひのするはつけける

雪《ゆき》ふればあしげにみゆるいこま山《やま》いつ夏かげにならんとすらん

〔現代語訳〕 河内守為政が任国におりました時のこと、雪の降った朝、山口重如がやってきたところ、連歌をしなさいといいましたので、前にひかえております侍が下句を付けた連歌

雪が降ると、見た目に無様にみえる生駒山だ、葦毛のように。いつ夏陰の季節になって夏鹿毛色になるのであろうか。

〔他出〕 俊頼髄脳、〔補説〕参照。

〔語釈〕 **〇いこま山**　生駒山。能因歌枕・国々の所々名「大和国」、和歌初学抄・所名「河内いこま山　馬ニソフ」。奈良県と大阪府の境をなす山地の主峰。本連歌ではその名に駒（馬）を掛ける。〔補説〕参照。「わがやどのこずゑの夏になるときは生駒の山ぞみえずなりゆく」（後拾遺集・夏一六七能因法師「津の国の古曾部といふところにてよめる」）。

〔補説〕 俊頼髄脳（三九四）に次のようにある。

雪ふればあしげに見ゆる生駒山　重之

かねすけ

いつ夏かげにならんとすらん

これは為政が河内守にて侍りける時、雪ふりたりけるあしたに、つれづれなりければ曹司たてこめて郎等どもあつめて酒などのみけるに、源重之がものへまかりける道にてまうでたりければ、よろこびさはぎて饗しけるに、おのおのゑひて障子をおしあけてながめやるに、雪にうづもれたる山の見えければ、あれはいづれの山ぞとたづねければ、あれこそは高名の生駒山よと為政がいひけるに聞きて、かく申したりけるを聞きて、たびたび詠じてつけむとしけるに、いかにもえつけざりけるけしきを見て、役しあるきけるあやしのさぶらひのつけたりけるけしきの見えて、しはぶきたかやかにして人よりもけにゐいでてしければ、重之みて、高文こそつけげに侍れといひければ、かたはらいたく見ぐるしき事なりと、おしこめていはせざりければ、そののちなほえつけざりければ、さは申せばいかにつけたるぞととひければ、しばしけしきしていはざりければ、重之しきりにせめければいひたりける。為政したなきしあさみけり。重之聞きけるままにたちてまひければ為政たえできぬぬぎてかづけけるに、さむけなりつるに、たちまちにてゐみまけてしあるきけるとぞ申しつたへたる。

生駒山の駒（馬）に掛けて、馬の毛色名である葦毛（白色が混じる）と鹿毛（茶褐色で黒が混じる）を詠み込む。あしげに悪しげを掛け、かげに（夏）陰を掛ける。雪（冬）に対して夏と取りなす。同様の技巧は、永保三年（一〇八三）三月二〇日後三条院女四宮（篤子内親王）侍所歌合に次のようにみえる。右歌は和歌童蒙抄にも。

三番　春駒　左　　定兼

春駒のたちもはなれぬ沢べにはつのぐむ葦のおひやらぬかな

右勝　　保房

あれまさりあしげにみゆる沢べにはおのがかげにもおどろきやせん

また金葉集・雑部下「連歌」には馬の毛色をめぐる連歌の次の例（六五三）がみえる。

田の中に馬のたてるをみて　　永源法師

田にはむ駒はくろにぞありける

苗代の水にはかげと見えつれど　　永成法師

同じ連歌を引く俊頼髄脳（四〇三）は「田にはくろと申すところのあるに馬のもくろと申す馬のあれば苗代の水にはかげと見えつるにくろにぞありけるといふはまことにたくみなり」と記す。

内にていみじくしみける夜、道信朝臣かくいひければ、するをつけける

藤原実方朝臣

あしのかみひざよりしものさゆるかなこしのわたりに雪《ゆき》やふるらん

〔現代語訳〕　内裏において大変冷えた夜、道信朝臣が上句をこのようにいったので、下句を付けた連歌

足の上、膝から下が霜がおりたように冷えることですなあ。

越の国のあたりでは雪が降っているでしょうよ。腰のあたりも寒いことです。

〔他出〕　実方中将集、俊頼髄脳、〔補説〕参照。菟玖波集（一八九一、「あやしくも膝より上のさゆるかなこしのわたりは雪やふるらん」）。

〔語釈〕　**〇しも**　下（上と対）と霜を掛ける。**〇こしのわたり**　腰（膝に対応）の辺りと越の国のあたり（の雪、霜と対応）を掛ける。

〔補説〕　実方中将集（五九）には

雪ふれるあした、弘徽殿のきたおもてに、左京の大夫道長の君

あしのかみひざよりしものさゆるかな
　とあれば
こしのわたりに雪やふるらむ

実方朝臣集（四五）に次のようにある。

いみじうしみこほりたる日、権大納言、中将などして、かくいひかけたりければ、すゑをかくぞいひける

あしのかみひざよりしものさゆるはこしのわたりにゆきやふるらん

俊頼髄脳（三七一）には次のようにある。前句作者が本集と異なる。

道なが《さねかた本》の君
あやしくもひざよりかみのさゆるかな
実方《道ながのきみ本》
こしのわたりに雪やふるらん

内わたりにて足のひえければしけるとぞ。

あやしげなる菊《きく》の花《はな》を見て、源頼茂朝臣の歌のもとをいひければ、すゑを

源頼成

939
菊《きく》の花《はな》すまひ草《くさ》にぞにたりけるとりたがへてや人のうゑ《へ》けん

〔現代語訳〕 変な感じの菊の花を見て、源頼茂朝臣の歌の本（上句）をいったので、末（下句）を付けた連歌
この菊の花は相撲草に似ていますね。
取り間違えて誰かが植えたのでしょうか。

〔他出〕　俊頼髄脳、〔補説〕参照。

〔語釈〕　○すまひ草　おぐるま草（菊科で菊によく似た花をつけるのでこの連歌に通じるか）、あるいは雄日芝（おいしば）の異名という。とりたがへは相撲（草）の縁語。「ひくにはつよきすまひ草かな　取る手にははかなくうつる花なれど」（金葉集・雑部下「連歌」六六〇よみ人知らず「すまひ草といふ草の多かりけるをひきすてさせけるを見て」）。「なつかしと思ひとれどもすまひ草恋はちからぞおよばざりける」（久安百首一二六五安芸）など。

〔補説〕　俊頼髄脳（三八四）に次のようにある。前句の作者は頼義（頼成と従兄弟関係）で本集と異なる。

　　　菊の花すまひ草にぞにたりける　　頼義

　　とりたがへてや人のうゐけむ　　頼成

すまひはとるみのなればや申しけるにや。

日吉社の礼拝講といふことに、定誓律師かはらけとりて、歌のなからをいへりければ、するゑを

　　　　　　　　　　　　寿円法師

もとどりのなかにかくせる玉《たま》なればかみのひかりもけふはますらん

〔現代語訳〕　日吉社の礼拝講ということがある時に、定誓律師が盃をとって、歌の半分をいったので下句を詠んだ

　　連歌

髻の中に隠している玉なので。

神（髪）の威光も増しているだろう。

〔語釈〕 **○日吉社の礼拝講**　日吉社は日吉大社（大津市坂本）。礼拝講は、その社前で三月一二、一三日に延暦寺が行った法華八講会。前句の髻の中に隠せる玉は不詳ながら、その行事と関係するか。**○かはらけとりて**　かはらけは盃で、酒をすすめようとした。付句をうながす行為。

〔補説〕 髻から髪への連想、髪と神の掛詞が眼目の連歌だが、詞書に「歌のなからを」詠んだとあるように前句だけでは完結した形ではない。

941

ゆふぐれにからすのいなりのかたへとびゆくを見て、頼綱朝臣の歌のもとをいひければ

藤原信綱

いなり山《やま》ねぎをたづねてゆくとりははふりによはの露《つゆ》やおつらん

〔現代語訳〕 夕暮れに烏が稲荷山へ飛んで行くのを見て、頼綱朝臣が上句をいったので下句を付けた連歌

夕暮れに稲荷山の方へねぎを探して飛んで行く鳥は、
羽振りに夜の露が降りるのであろうか。

〔他出〕 俊頼髄脳、〔補説〕参照。

〔語釈〕 **○いなり山**　933歌参照。「稲荷山みづの玉垣うちたたきわがねぎごとを神もこたへよ」（後拾遺集・雑六「神祇」一一六六恵慶法師「稲荷によみてたてまつりける」）。**○ねぎ**　禰宜（神職）と根木（止まり木または稲子）を掛ける。「神垣のたよりにたてる梅の花鶯ぞきてねぎとさだむる」（林葉集七四「社頭梅花といふ事を」）。**○はふり**　羽振りと祝（神職）を掛ける。「はふりこがさす玉ぐしのねぎごとにみだるるかみもあらじとぞ思ふ」（清輔集三五三）。

〔補説〕 俊頼髄脳（三七五）に次のようにある。

頼綱

942

稲荷山ねぎをたづねてゆく鳥は
　　　　信綱
はふりに夜半の露やおくらん

藤原盛房、越前のあすはの宮にまゐ《い》りて又（の）日かへるとてかくいへりければ、すゑをともなるさぶらひつけける

昨日きてけふこそかへれあすはより三日の原《はら》ゆくここちこそすれ

〔現代語訳〕藤原盛房が、越前のあすはの宮に参詣して、翌日帰るといって次のように上句をいったところ、下句をともの侍が付けた連歌

昨日来てこの足羽の神社から今日は帰ることだ。

昨日、今日、明日で三日、まさしくみかの原をいくような気がしますね。

〔他出〕俊頼髄脳、〔補説〕参照。

〔語釈〕**○あすはの宮**　足羽神社。福井市愛宕山。あすはに明日を掛ける。**○三日の原**　瓶の原のこと、三日を掛ける。山城国の歌枕。現在の木津川市加茂町。恭仁の京の跡地。「都いでて今日みかの原いづみ河川風さむし衣かせ山」（古今集・羇旅歌四〇八よみ人知らず「題知らず」）。

〔補説〕昨日、今日、明日に対して三日と受けたところが眼目。古今集・冬歌に「昨日といひ今日とくらして飛鳥河流れてはやき月日なりけり」（三四一春道列樹「年のはてによめる」）とあるのをふまえるか。

俊頼髄脳（三九三）に次のようにある。付句の作者が本集と異なる。

盛房

昨日きて今日こそかへれあすはより
つねみつの王
三日の原ゆくここちこそすれ
これは越前にて父のともにあすはの御社にまゐりて、またの日かへるとて申しける。
古今著聞集・第一八飲食「式部大輔敦光奈良法師と飛鳥味噌を連歌の事」に次のような同工の連歌がみえる。
式部の大輔敦光朝臣のもとへ、奈良なりける僧の、あすかみそといふ物を持てきたりけるに、いつのぼりたるぞと問ひければ、僧かくなむ
昨日いでて今日もてまゐるあすかみそ
敦光朝臣
三日の原をやすぎてきつらん

943
民部卿長家（の）許に不断経よみける、夜番に侍（り）けるに、火をけにひもなかりけるを見て、慶暹律師の歌のもとをいへりければ
永源法師
このとのはひをけに火こそなかりけれかの水がめにみづはあれども
〔現代語訳〕民部卿長家のところで不断経をよんだ時、夜番をいたしましたが、火桶に火がなかったのを見て、慶暹律師が歌の上句をいったので下句を付けた連歌
このやしきでは火桶に火が入れてないよ。
あの水瓶の方には水はあるけれども。
〔他出〕俊頼髄脳、〔補説〕参照。

〔語釈〕 **○民部卿長家**　藤原長家。寛弘二年（一〇〇五）生、康平七年（一〇六四）没。道長の六男。寛徳元年（一〇四四）権大納言で民部卿を兼ね没するまでその職にあった。御子左家の祖。**○不断経**　法華経などを休みなく読誦する仏事。

〔補説〕 火桶と水瓶の対が眼目。俊頼髄脳（三八三）に次のようにある。

この殿は火桶に火こそなかりけれ　慶暹
わが水瓶に水はあれども　永源

これは大宮の民部卿の御もとにて読経所にて不断経よみけるに夜番して侍りけるに火桶に火のなかりければしけるとぞ。

堀河《川》院御時、中宮の御方にうへわたらせ給（ひ）て、蔵人永実をめして、ごそに侍（り）けるたき物のひをけをめしにつかはしたりければ、ゐかきたるきりひをけをとらすとて、周防内侍歌のするゐをいへりければ、とるとて　藤原永実

花《はな》やさき紅葉《もみち》やすらんおぼつかな霞《かすみ》こめたるきりひをけかな

〔現代語訳〕 堀河院の御代、中宮篤子の御部屋に帝がおいでになって、蔵人永実をお呼びになり、御所《ごそ》にありました薫物の火桶をとりにやったところ、絵を描いた桐火桶を差し出すといって、周防内侍が歌の下句をいったので、受け取るときに詠んだ連歌

霞にこめられた春景色の絵が描いてあるきり火桶ですよ。
花が咲いているのか、紅葉しているのか、春（霞）か秋（霧）かがはっきりしませんなあ。

〔他出〕 袋草紙、〔補説〕参照。菟玖波集（一二九一）。

〔語釈〕 **○きりひをけ** 桐火桶。桐で作った丸火鉢。胴に絵が描いてあった。「桐」に（秋）「霧」をかけ、「霞」との対比をなす。

〔補説〕 袋草紙・雑談に次のようにある（和歌色葉にも）。新任の蔵人永実を古参の女房周防内侍が試した場面とある。引用末尾には935の連歌に言及している。なおこのあとに清輔の自讃譚（解説参照）を記す。

堀河院、中宮の御方に渡らしめ給ひて、蔵人永実をもつて御所にある薫物の火桶申して参れと仰せあるに、参りて申し出だすに、周防内侍、絵書きたる小さき火桶をさし出づとて

霞こめたるきり火桶かな

永実ほどなくこれをとりて

花やさき紅葉やすらんおぼつかな

範永の孫、清家の子にて、新蔵人にて心にくく思ひて、ふる物にてこれを試みるに、尤も興あることなり。後に主上聞こしめして仰せられて云はく永実ならずはわが恥ならましと云々。伊勢大輔がこはえもいはぬ花の色かなといひしに劣らずおぼえしことなり。

945

かりしけるに、とりのたてるあとにかひごのありけるを見て、ともに侍る者《物》の歌のかみをいへりければ、すゑをつけたりける

源義光

ほろほろとなきてやきじのたちつらんかひごもわれもかへるまじとて

【現代語訳】狩りをしていた時のこと、鳥が飛び立ったあとに卵があったのを見て、伴として仕えているものが歌の上句をいったので下句を付けた連歌

ホロホロと鳴いて雉は飛び立っていったであろうよ。卵も孵るまい、自分も帰るまいと思って。

【語釈】**○ほろほろと** 雉子の鳴き声の擬声語に涙の擬態表現を掛ける。ほろろ。「春の野のしげき草葉の妻恋ひにとびたつ雉子のほろろとぞなく」（古今集・誹諧歌一〇三三平貞文「題知らず」、奥義抄・下巻余に引く）、「妻恋ひになれるきぎすのさまみればわれさへあやなほろろとぞなく」（清輔集四三六「人のもとより千鳥をおこすとてよめりける」、「これをみよ春のきぎすのわれもさぞ妻恋ひかねてなれるすがたを」の「返し」）。**○かへる** 孵化する意と巣に戻る意を掛ける。「かへすほどこそ久しかりけれ」（実方中将集一八六「あるところにまゐりて、御簾のうちにわかき人々ものいふを聞きて、巣のうちにつつめく雛のこゑすなりといへど、いらふる人もなければ」、雛の孵化と返事を掛ける）。

946

大内のおほがきのやぶれたるを見て、琳賢法師のいへりけるすゑをつけける

心也法師

おほがきはさねばかりこそのこりけれかたなしとてもいへ《ゑ》はあらじな

【現代語訳】内裏の築地が崩れていたのを見て、琳賢法師がいった上句に下句を付けた連歌

大垣は築地がくずれて骨（壁下地）だけが残ったことだ。
あとかたもないといっても（どうせ奥にも）家はないだろうよ。

〔**語釈**〕**○おほがき**　大垣に大柿を掛ける。**○さね**　壁や垣根の下地。大柿の種の意を掛ける。**○かたなし**　あとかたもなくみじめな状態。堅梨（山梨、「いへなし」ともいう）を掛ける。

〔**補説**〕「大柿にたねだけがのこっている」に対し「堅梨といってもいへなしという名の通り家はない」と受けた。藤女子大学連歌研究会「続詞花和歌集聯歌評釈」（『国文学雑誌』7号、一九六九年一一月）は結句を「あらしな」と解し「奥にはいえがあるらしいなあ（いへなしという名の堅梨でも家はあるらしいよ）」と注する。

　前中宮の越後あみだこ《か》うお《を》こなひけるに、僧どものゐたるところに雪《ゆき》のふりいりけるをみて、
　歌のかみをいひいでたりければ、すゑを　　　相円法師

極楽《こくらく》にゆきかかるともみゆるかなそらより花《はな》のふるここちして

〔**現代語訳**〕前中宮に仕えていた越後が阿弥陀講を行いました時のこと、僧たちが居ましたところに雪が降り込むのを見て、歌の上句をいったので下句を付けた連歌

　折からの雪が降りかかり、極楽に行きかかると思われることだなあ。
　まさに天から花の降る気持ちがして。

〔**他出**〕菟玖波集、〔補説〕参照。

〔**語釈**〕**○前中宮の越後**　堀河院中宮篤子に仕えた越後か。**○あみだこう**　阿弥陀講、阿弥陀仏の功徳を讃え、来迎を願う法会。**○極楽**　阿弥陀仏の西方極楽浄土。466歌参照。**○ゆきかかる**　（極楽に）往生できる意に眼前の雪が降りかかる情景を掛ける。**○花のふる**　雪が降る景色を供養の散華に見立て、来迎の情景に擬える。同様の措辞は、

「あさまだきみのりの庭にふる雪はそらより花のちるかとぞみる」（千載集・釈教歌一二四八中原清重「雪のあした聞法といへる心をよめる」）などにみえるが、この例は霊鷲山の釈迦の法華経説法の会座でおこった六瑞のひとつとして天から妙花が降ったことをふまえた表現。

〔補説〕 菟玖波集（一八七四）には次のようにある。

阿弥陀講行ひける所に、雪の降り入りければ、聴聞の人の中に

極楽にゆきけるとも見ゆるかな　　よみ人知らず

と侍るに

空より花のふる心地して　　弘円法師

法性寺入道前太政大臣の歌（の）もとを申（し）ていへりければ

源俊重

かりぎぬはいくのかたちしおぼつかなわがせこにこそとふべかりけれ

〔現代語訳〕 法性寺入道前太政大臣忠通が歌の上句をいわれたので、下句を付けた連歌

狩衣は幾布を裁ったものか、はっきりしないなあ。

わが妻にたずねるのがよいでしょう。

〔他出〕 俊頼髄脳、散木奇歌集、〔補説〕参照。袖中抄・第四「ワカクサノツマ」。菟玖波集（一八八三）。

〔語釈〕 **○いくの** 幾幅に幾野、幾箆を掛ける。**○たちし** 裁つに立つ（旅立つ、矢が立つ）を掛ける。**○せこ** 背子（夫）、ここは夫から妻を呼ぶ称（後述の俊頼髄脳はこの表現を難ぜられたと記す）に、勢子＝狩子、狩り場で獲物を追い出しまたその逃げるのを防ぐ人夫を掛ける。

〔補説〕 裏面では「幾野をめぐり狩りをして何本の矢を射たことだろう」に対して「それは獲物を追う勢子に尋ねるのがよいでしょう」と受けているのである。
俊頼髄脳（四〇七）に次のようにある。中納言殿は忠通、中納言在任は天永二年（一一一一）正月から永久三年（一一一五）正月までで、この表記は俊頼髄脳の成立に関わる。

かりぎぬはいくのかたちしおぼつかな　中納言殿
わがせこにこそとふべかりけれ　俊重

わがせことは男なり。男はいかでかはしらむといふ難候ふとかや。男はめをわがせことといひ女は男をわがせこと申すなり。

散木奇歌集・連歌（一五六八）には次のようにあって事情は異なる。菟玖波集も同様。

殿下中将にておはしましけるころ、人々に連歌せさせてあそばせ給ひけるにせさせ給ひたりける

かりぎぬはいくのかたちしおぼつかな

これを人々つけおほせたるやうにもなしとて、のちに人のかたりければ心みにとてつけける

しかさぞいるといふ人もなし

関根慶子・古屋孝子『散木奇歌集集注篇下巻』（風間書房、一九九九年）は「前句の「いくの」は「幾野」と「いく幅（布の幅を数える単位、ひとのは30㎝から36㎝ぐらいという）」とをかけ、「たちし」には「裁ちし」と「立ちし」とをかけている。付句は前句の「狩衣」「幾野」「立つ」を受けて「鹿」「射る」を詠み出し、それぞれに「まことに」の意の「しか」と「要る」をかけている。前句が狩衣は仕立てるのに幾のを裁ったのだろうか、はっきりしないなあというと、付句は、はい、たしかにこれだけ必要だと答える人もないことだと詠む」と注する。また「殿下中将

にておはしましけるころ」とあって、本連歌が忠通が中将（嘉承二年（一一〇七）一二月八日に任ぜられ天永二年からは兼任で永久三年三月まで）の時の連歌会でのことであると知られる。

949

くまののみちにて、ある山ぶしの歌のすゑをいひたりければ、もとをつけける

平忠盛朝臣

見わたせばきりべの山《やま》もかすみつつあきつの里《さと》もはるめきにけり

〔現代語訳〕 熊野に行く道中で、ある山伏が歌の下句をいったので、上句を付けた連歌
あきつの里も春らしくなったことだ、秋の名にもかかわらず。
見わたすと、きりべの山も春霞にかすんでいるなあ、秋霧の名にもかかわらず。

〔他出〕 忠盛集、〔補説〕参照。夫木抄一四七七一「連歌、続詞花」、作者表記「よみ人知らず」、四句「あきつの里は」。菟玖波集（一〇二七）。延慶本平家物語（太政入道浄海、清盛と登蓮の連歌）など。

〔語釈〕 **○きりべの山**　切部、切目と同じ。切部王子の地。現在の和歌山県日高郡印南町、狼煙山のこと。霧を掛ける。**○あきつの里**　秋津王子の地。現在の和歌山県田辺市秋津。秋を掛ける。

〔補説〕 熊野参詣の街道（切部王子・秋津王子）を詠み込み、句中の秋と春の対比が眼目。
忠盛集（一四二）に次のようにある。

春ごろ、熊野へまゐらせ給ひけるに、きりべの山をみやりてよませ給ひける
みわたせばきりべの山もかすみつつ
これをうけたまはりて、やまぶしのつけたりける
秋つの里も春めきにけり

菟玖波集には次のようにある。

春、熊野へまゐりける道にて、ここはいづくと人に問ひ侍りければ、秋野の里と申すとて答へければ

秋野の里は春めきにけり　小松内大臣

これを聞きて同行の山伏の中に

見渡せば切目の山は霞にて　よみ人知らず

新院御時、御方違のところにて、人々におほみき給（ひ）てよもすがらあそばせ給（ひ）けるに、左京大夫顕輔にたびごとに人々さけをすゝめければ、ゑひてなにとなくいへりけることを、歌にとりなしてするゑをいひける　前左京大夫教長

あさなべのここちこそすれちはやぶるつくまの神のまつりならねど

〔現代語訳〕　新院（崇徳院）の御代、御方違のところにおいて、人々にお酒をすすめなさり一晩中宴会をなされた時に、左京大夫顕輔に盃のたびごとに人々が酒を勧めたので、酔って何でもなくいったことを、歌にとりなして下句を付けた連歌

浅鍋の気持ちがすることだ。まさに鍋で飲んだように、たくさんの盃をかたむけ、すっかり酔いました。鍋を奉納する筑摩の祭りではないけれど。

〔他出〕　教長集（貧道集）九四八「讃岐院御時、御方違の所にて人々におほみきたうびてよもすがらあそばせ給ひしに、左京大夫顕輔にたびごとに人々酒をすすめければ、しひてなにとなくいへりしことを歌にとりなし侍る」。菟玖波集、〔補説〕参照。

〔語釈〕 ○あさなべ　底の浅い鍋。 ○つくまの神のまつり　筑摩神社（滋賀県米原市）の祭礼。女は通わせた男の数だけ土鍋を奉納、数をごまかすと祟りがある（俊頼髄脳、奥義抄・中巻など）。969歌参照。「おぼつかな筑摩の神のためならばいくつか鍋の数はいるべき」（後拾遺集・雑四・一〇九八藤原顕綱「御贖物の鍋をもちて侍りけるを台盤所より人のこひ侍りければつかはすとて鍋にかきつけ侍りける」）、「よとともに涙をのみもわかすかな筑摩の鍋にいらぬものゆゑ」（清輔集二七四「寄社恋」）。

〔補説〕 浅鍋から筑摩の祭礼を連想し、「ちはやぶる」（神にかかる枕詞）以下を付けた。酔って歌にするつもりでない顕輔の言葉をとりなして教長が歌の形に仕立てたと詞書に記すように、五七に五七七を付けたものと思われる。

菟玖波集（一九二二）には次のようにある。

御前にて人々酒たうべけるに、かれこれ盃を多くさしたりければ、左京大夫なにがしとかや申しける

浅鍋の心ちこそすれちはやぶる

筑摩の神の何ならねども　　崇徳院御製

道風が手本をうりけるなかに桜の花のありけるを見て、人の歌のもとをいひたりければ

読人不知

桜花《さくらはな》みち風《かせ》ふかばいかがせむちらさぬてをぞまづならふべき

〔現代語訳〕 小野道風が書いた書の手本を売っているなかに、桜の花を書いた書があったのを見て、ある人が歌の上句をいったので、付けた連歌

桜の花に道を吹く風が吹いたらどういたしましょう。散らさない方法をまずならうのがよいでしょう。

【語釈】 **○道風が手本**　三跡の一人、小野道風の書の手本。歌中の「みち風」にその名を掛ける。**○ちらさぬて**　散らさぬ手は散らし書きをしていない書。「て」に筆跡（文字）と手段（方法）を掛ける。

【補説】　詞書の「いひ」は底本「み」とあり「いひ」と傍書する。傍書に従い改めた。

続詞花和歌集巻第二十　戯咲

百首の御歌中に　　　　　　　　　新院

子《ね》の日すと春《はる》の野ごとにたづぬれば松《まつ》にひかるる心ちこそすれ

〔現代語訳〕　百首の御歌中に詠まれた歌

子の日の野遊をするというので、春の野をあちこちたずねていると、引くはずの松に引かれる気がすることだ。

〔他出〕　久安百首・春二。玄玉集・時節歌上三七二「百首歌めしける時、子日の心をよませ給ひける」。新続古今集・雑歌下二〇五八誹諧歌「百首御歌の中に」。〔補説〕参照。

〔語釈〕　○松にひかるる　子の日に引くべき松にひかれるという趣向が戯咲歌。「子の日とも思はですぐる春の野に松にひかれてたちとまりぬる」（惟宗広言集二「行路子日」）。

〔補説〕　詞花集の被除歌である（春「題知らず」）。河合一也「続詞花集と前代勅撰集—勅撰集被除歌入集の問題を中心として—」（22歌〔補説〕に前掲）参照。河合は、内容に加えて、二・三句が歌語として雅語性に欠ける詞句であることを春部から除かれた理由にあげている。本集戯咲の巻頭部が四季的な配列をとる中（九五二〜九六五）で春の歌としての配慮もなされていると述べる。また上條彰次「俳諧歌史断面—『新続古今集』をめぐって—」（『中世和歌文学諸相』和泉書院、二〇〇三年）は、表現趣向上の要である「松にひかるる」が源氏物語・初音の「年月をまつにひかれてふる人にけふ鶯の初音聞かせよ」をふまえているとして伝統的な掛詞を用いない本歌との相違が除棄理由かと推測している。

953

中原致時が家ちかどなりに侍（り）けるに、紅梅のさけりける、をうなしてをりにつかはしたりけるを、さいなみて木になんゆひつけけるときて、いひつかはしける

惟宗経泰

梅《むめ》のかを袖《そで》にうつすとするほどに花《はな》ぬすむてふなはつきにけり

〔現代語訳〕 中原致時の家の近所におりましたが、紅梅が咲いていたのを、家女にいって折りにやったところ、せっかんして木に縛りつけたと聞いて、詠んで送った歌

梅の香を袖に移そうとする間に、花を盗むという評判がついてしまったことだ。

〔語釈〕 **○中原致時** 天徳四年（九六〇）生、寛弘八年（一〇一一）七月八日没、五二歳。永観二年（九八四）大外記、永延元年（九八七）博士、また信濃、伊勢の国守を歴任。従四位上。後拾遺集・春上に「梅が香を桜の花ににほはせて柳が枝にさかせてしかな」（八二「題知らず」）が入集。**○ちかどなり** 近隣。ごく近い隣家。**○袖にうつす** 28歌参照。「梅が香を袖にうつしてとどめてば春はすぐともかたみならまし」（古今集・春歌上四六よみ人知らず「寛平御時后宮の歌合の歌」）、「梅の花をればこぼれぬわが袖にほひ香うつせ家づとにせん」（後撰集・春上二八素性法師「題知らず」）。**○なは** 名は（付いた）と縄（縛る）を掛ける。つくは香の縁語。

954

題《たい》しらず

あやなくも風のぬすめる梅《むめ》のかにを《お》らぬ袖《そで》さへうたがはれぬる　賀茂重保

〔現代語訳〕わけがわからないことに、風が盗んだ梅の香によって、花の枝を折ってもいないわたしの袖まで疑われてしまったよ。

〔他出〕新続古今集・雑歌下二〇五九誹諧歌「題知らず」。

〔語釈〕○あやなくも　85歌参照。「春の夜の闇はあやなし梅花色こそ見えね香やはかくるる」（古今集・春歌上四一貫之「春の夜梅花をよめる」）。○風のぬすめる　「花の色は霞にこめて見せずとも香をだにぬすめ春の山風」（古今集・春歌下九一良岑宗貞「春の歌とてよめる」）。

〔補説〕ぬすむという表現の並び。偸むは漢語では比喩表現に用いる。同工の歌に「雪の色をぬすみてさける卯の花はさえでや人にうたがはるらむ」（詞花集・夏五二源俊頼「題知らず」、散木奇歌集「源中将の八条の家にて歌合しけるに、卯花をよめる」ほかにも）、「雪の色をぬすみてさける卯の花に小野の里人冬ごもりすな」（金葉集初度本・夏部一四六藤原公実「鳥羽殿にて人々歌つかまつりけるに、卯花の心をよめる」、二度本三奏本は二句「うばひてさける」）。

955

花《はな》のもとによりふしてよめる　道命法師

あやしくも花のあたりにふせるかなを《お》らばとがむる人やあるとて

〔現代語訳〕花の下で寄り添って横になって詠んだ歌

おかしなことに、花の咲くあたりに寝ていることだなあ、そこにいて花を折れば、とがめる人があるかと思って。
〔他出〕 道命阿闍梨集一七二「よりふして花をみるとて」。千載集・雑歌下・雑体一一八〇誹諧歌「花のもとに寄り臥してよみ侍りける」。
〔語釈〕 **○をらば** （花のあたりに）居らばと（花を）折らばを掛ける。居るは臥すと対比する表現。
〔補説〕 955・992歌の作者である道命（本集に八首入集、なお982歌参照）と戯咲部との関連は注意される。道命は今昔物語集に「凡ソ経ノミニ非ズ、物云フ事ゾ極テ興有テ可咲《をかし》カリケル。（中略）其ノ座ニ有リト有ル人、頤《おとがひ》ヲ放《はなち》テゾ咲《わらひ》ケル。如此《かくのごと》ク罪軽クテゾ過ギニケル」（巻一二第三六話）と伝えられ、軽口をたたくのが得意であった。古今著聞集・第一八飲食「道命阿闍梨そま麦の歌を詠むこと」に次のような話もみえる。
道命阿闍梨、修行しありきけるに、山人のものくはせたりけるを、これはなにものぞと問ひければ、かしこにひたはへて侍るそま麦なむこれなりといふを聞きてよみ侍りける
ひたはへて鳥だにすゑぬそま麦にししつきぬべき心ちこそすれ
「ししつく」は猪が寄り食うと肉が付く意を掛ける（新潮日本古典集成『古今著聞集』参照）。

956
題《たい》しらず　　仁和寺宮
あさねがみみだれてなびく玉柳《やなき》たれとふしきのすがたなるらん

〔現代語訳〕
朝起きの寝乱れ髪のように乱れてなびく美しい柳は、誰と寝たという姿であろう。
〔他出〕 出観集五六「柳」、二句「みだれてかかる」。
〔語釈〕 **○あさねがみ** 557・878歌参照。**○みだれてなびく** 「あさみどりみだれてなびく青柳の色にぞ春の風もみ

えける」（後拾遺集・春上七六藤原元真「題知らず」）。**○ふしき**　臥し木（風に倒れる柳）と臥しき（寝た、きは過去の助動詞）を掛ける。

957

さよふけてぬすまはれなく郭公《ほとゝきす》ききあらはしつおいのねざめに

源仲正

〔現代語訳〕

夜がふけて、人のすきをみて鳴く郭公の声をはっきり聞いた、老いの寝覚めの時に。

〔他出〕 為忠家後度百首・郭公十五首一七九「寝覚郭公」、初句「さよなかに」。宝物集三四五。

〔語釈〕 **○ぬすまはれなく**　「ぬすまふ」はすきをみてする。「（きき）あらはす」が対となる。

〔補説〕 出典は為忠家後度百首であるが、題知らずとしている。本集において、この百首から入集している他に二首（127・648）も百首歌であることを明記しない（ただし歌題は載せる）。

958

草《くさ》のいほののきにあやめをふきつればひとひさしさすここちこそすれ

仁和寺宮

〔現代語訳〕

草の庵の軒にあやめ草をふくと、もうひとつひさしをさすような気がするよ。

〔他出〕 出観集二〇五「題知らず」、四句「ひとひさします」。

〔語釈〕 **○ひとひさしさす**　草庵の廂に葺いた菖蒲草はもうひとつ廂をかさねたようだと諧謔的に表現した。「あふことのひさしにふけるあやめ草ただかりそめのつまとこそみれ」（金葉集・恋部下四三六河内「人をうらみて五月五日つかはしける」、堀河百首「菖蒲」）。

959

江侍従

夏《なつ》のうちははたかくれてもあらずしておりたちにける虫《むし》のこゑかな

〔現代語訳〕　夏のうち（なのに）ものかげにかくれもせずにしきりと鳴く虫の声だなあ。

〔他出〕　金葉集初度本・夏二二三「六月のついたちのころに、はたおりといふ虫のなきけるを聞きてよめる」。千載集・雑歌下・雑体一一八四誹諧歌「みな月のつごもりがたに、はたおりのなくを聞きてよめる」。

〔語釈〕　**○はたかくれ**　端隠れ。少し隠れる。「はた」に機織（キリギリスの古名）を掛ける。**○おりたち**　懸命になるの意に機織の「おり」を掛ける。

960

とくさのはのおちたるに露《つゆ》のおけるを《を》見て

小大君

しなののやとくさにおけるしら露はみがけるたまとみゆるなりけり

〔現代語訳〕　木賊の落葉に露がおいたのを見て詠んだ歌

信濃産の木賊の葉の上に置いた白露は、殿舎の板敷を磨く木賊だけに、磨いた玉とみえたことだ。

〔他出〕　小大君集三「昨日つかひしとくさの、おちて露のかかりたりけるを、あしたに人のとりあげたりければ」、初句「しなののの」、五句「見えにけるかな」。新続古今集・雑歌下二〇六五誹諧歌「とくさに露のおきたるをみて」、作者名表記「三条院女蔵人左近」。

〔語釈〕○とくさ　シダ類の常緑多年草。砥草とも。硬くざらついた茎は殿舎の板敷などを磨くのに用いた。信濃と木賊の関係は不明ながら、新勅撰集・雑歌四に寂蓮の詠「とくさかる木曽のあさぎぬ袖ぬれてみがかぬ露も玉とちりけり」（一三一〇）がみえる。

961

題不知　　法性寺入道前太政大臣

ここのへにたためるたまのみはしよりかたぶく月のねりのぼるかな

〔現代語訳〕

宮中では幾重にも折り重なった玉のように美しい御階を通り、西に傾く月がゆるやかにのぼるようだなあ。

〔他出〕田多民治集二〇三「月三十五首」。夫木抄一四一六六「御集、月」。六華集ほか。

〔語釈〕○ここのへ　九重、宮中。幾重の意を掛ける。○みはしより　御階、紫宸殿の階段。よりは経由して。月光が御階を照らす様を練り（ゆっくり歩くように）のぼると見たところが趣向。

〔補説〕みはしは底本「見えし」と読めるが、静嘉堂文庫本などの傍書に「は歟」とあり「みはし」と校訂する。

962

新院人々に百首歌めしけるに　　小大進

こまごまとかくたまづさにことよせてくる初雁《はつかり》のかずぞよまるる

〔現代語訳〕新院（崇徳院）が百首歌をお召しになった時詠んだ歌

ことこまかに書く手紙を託されて、やってくる初雁の数を、その手紙を読むことにかこつけ、かぞえることだ。

〔他出〕 久安百首・秋一三三九、五句「かずぞみなるる」（部類本は本集に同じ）。
〔語釈〕 ○**たまづさ**　雁書、蘇武の故事。203歌参照。○**ことよせて**　かこつけて。「神な月よはの時雨にことよせてかたしく袖をほしぞわづらふ」（後拾遺集・恋四・八一六相模「題知らず」）、「年もへぬつくまの神にことよせてなべのかずにも人のいれなん」（六条修理大夫集六五「七条にて人々あそびしついでによみし恋の歌」）。○**かずぞよまるる**　数をかぞえると手紙（玉章）の文字をたどっていくを掛ける。

963

山にかたわきて花をつくりけるに、かたきのかたにをみなへしをつくりたりけるを人々を《お》かしがりければ、ねたくてよみてむすびつけける　僧都観教

草《くさ》も木《き》もほとけになるといふなれどをみなへしこそうたがはれけれ

〔現代語訳〕 比叡山で、二組に分け争って花を作ったが、相手の方で女郎花をつくったのを人々が趣があるとおもしろがったので、悔しく思って女郎花に結びつけた歌

草も木も仏になると聞いているが、女郎花だけは疑わしいことだ。

〔他出〕 新続古今集・雑歌下二〇六二誹諧歌「比叡の山にかたわきてけづり花しける事侍るに、かたきの方に女郎花をつくりけるを人々もてあそびければ、ねたくてむすびつけける」。
〔語釈〕 ○**かたわきて**　方分きて。二組に分かれて争う花競べ。法要のための削り花（造花）を作り競べ合った。○**草も木もほとけになる**　草木成仏。草や樹木のような非情のものでも仏性をもっており仏となるという仏教教義。新勅撰集・釈教歌に「大僧正明尊山階寺供養の導師にて、草木成仏のよし説き侍りけるを聞きて、あしたにつかはしける」の詞書がみえ、大僧都深観（一〇一〇〜一〇五七）の詠「草木まで仏のたねと聞きつればこのみのならむこともたのもし」（五七九、返しは大僧正明尊「たれもみな仏のたねぞおこなはばこの身ながらもならざらめやは」、仏のたねは

仏性）が載る。
〔補説〕　能因歌枕に「をみなへし、女にたとへてよむべし」とあるように、女郎花を女に喩え、さらに女人往生を疑う趣向を詠む。争う敵方が賞賛された事に対する悔しさを晴らす。

964

年《とし》ごろ御導師にて侍（る）に、人の申（し）侍（り）ければ

教源律師

のぶしにておほくの年《とし》はへぬれどもまだこそふれねをみなへしには

〔現代語訳〕　何年も御導師をつとめておりましたが、別の人が所望いたしましたので詠んだ歌
野伏にて多くの年をへてきましたけれども、まだ触れていません、女郎花には。

〔語釈〕　○のぶし　山野に宿り、仏道修行をする僧。とくに仏名の法会に野外で奉仕する僧。拾遺集・雑下に「健守法師仏名の野ぶしにてまかりいでて侍りける年、いひつかはしける」の詞書で源経房の「山ならぬすみかあまたにきく人の野ぶしにとくもなりにけるかな」（五二八、返し「山ぶしも野ぶしもかくて心みつ今は舎人のねやぞゆかしき」、「舎人のねや」は979歌参照）がある。

〔補説〕　女郎花の連想による並び。963歌は法要に使う削り花作り、964歌は導師をめぐる詠で仏名に関わる歌とも解せられるが（964はともかく963は仏名会と限定できない、901歌参照）、両首とも仏名とは明記されていない。このあたりの構成の基準にある四季の順からすると仏名は冬の歌となり配列上前後し女郎花とも矛盾するのがその理由か。

965

ともの山里《さと》に侍（り）ける許へまかれるに、もみぢのちりかゝりければ

江侍従

もみぢばをたづぬるたびにあらねどもにしきをのみも身にきつるかな

〔現代語訳〕 山里におりました友のもとに出かけた時に、紅葉が散りかかってきたので詠んだ歌

紅葉の葉を探訪する旅ではありませんが、はからずも見に来て紅葉の錦ばかりを身に着つけたことですよ。

〔他出〕 金葉集初度本・秋三七一「ものへまかりける道に、紅葉のをかしくちりければよめる」、二句「たづぬる人に」、四句「にしきをのみぞ」。金葉集三奏本・秋二四八「ものへまかりける道に紅葉のちりかかりければよめる」、五句「みちきたるかな」。

〔語釈〕 **○にしき** 紅葉を錦に喩える常套的表現。265歌参照。「このたびは幣もとりあへず手向山紅葉の錦神のまにまに」（古今集・羇旅歌四二〇菅原道真「朱雀院の奈良におはしましたりける時に手向山にてよみける」）。**○身にきつる** 身に着つるを見に来つるを掛ける。

〔補説〕 冒頭からここまで四季の推移をふまえた配列がみられる。

966

題《たい》しらず

大僧正覚忠

あふことはかたをどりする山《やま》がらす今はかうとぞねはなかれける

〔現代語訳〕

逢うことはむずかしい、肩おどりする山がらすのように今はこれで終わりと声に出して泣いてしまうことだ。

〔語釈〕 **○かたをどり** 肩踊り、かたに難しを掛ける。**○山がらす** 「山がらすかしらも白くなりにけりわがかへ

るべき時や来ぬらん」（後拾遺集・雑四・一〇七六増基法師「熊野にまゐりてあす出でなんとし侍りけるに人々しばしは候ひなむや神もゆるし給はじなどいひ侍りけるほどに、音無川のほとりに頭白き烏の侍りければよめる」、音無川は853歌参照）。**〇今はかう**　今は斯くのウ音便。「今はかくよそのよそこそ涙川渡るとみるにぬるる袖かな」（赤染衛門集三九七「わすれにたる人の、つねに前よりわたるを、いかにいはんといひし人にかはりて」）。かうは烏の鳴き声を掛ける。

源親房

しるらめやあはでひさしのまきばしらひとまひとまにおもひたつとは

〔現代語訳〕
あの人は知っているのだろうか、長いこと逢わずにいて、廂の真木柱の一間一間ではないが、人の気づかぬひまひまに思いを断ち切っていることを。

〔他出〕　新続古今集・雑歌下二〇六七誹諧歌「題知らず」。

〔語釈〕　**〇ひさし**　廂と久しを掛ける。**〇ひとま**　人間（人が気づかぬ間）と一間（柱の間）を掛ける。「暮ると明くとめかれぬものを梅の花いつの人間にうつろひぬらむ」（古今集・春歌上四五貫之「家にありける梅の花の散りけるをよめる」、顕昭注に「人の見ぬ間といふなり」）。**〇おもひたつ**　逢いたいものと思い立つ、あるいは逢いたい思いを絶つ、思いきる。後者の意ととった。たつは、建つを掛け、真木柱（杉や檜で作った柱）の縁語。

968

ものへまうでける女房三人ありけるが、みすみにたちてものいふを見ていひやりける

法橋忠命

うち見ればかなへのあしににたるかなばけむねずみになりやしなまし

〔現代語訳〕もの詣でする女房が三人いたが、三隅に立っておしゃべりしているのを見ていい送った歌

みていると、三人のご様子は鼎の脚に似ているなあ。化けてねずみになってしまうのでしょうか。

〔語釈〕**○かなへのあし**　新撰朗詠集・春「若菜」に「若尋二野外和羹主一　便是塩梅鼎足臣」（三〇義忠「子日屏風」）とある。女房三人を鼎の三足に擬える。**○ねずみ**　おしゃべりをする女房たちを非難して鼎中の食物を狙う鼠に化するかと戯れ詠む。なにか故事をふまえるようだが不明。久富木原玲「誹諧歌―和歌史の構想・序説」（『源氏物語　歌と呪性』若草書房、一九九七年）は、本歌のねずみについて「大黒天の仕者で、大黒天は僧侶の隠し妻の俗称（『岩波古語辞典』）。ねずみはこの隠し妻を暗示するのであろう」と述べる。

〔補説〕真木柱と鼎の脚の連想による並び。

969

返し

女房

うち見ればなべにもにたるかがみかなつくまのかずにいれやしなまし

〔現代語訳〕返しの歌

みていると、あなたは鍋に似ている鏡のようだなあ。あの筑摩の底の浅い鍋の数に入れてしまいましょうか。

〔語釈〕**○なべにもにたるかがみ**　前歌の作者忠命のこと。鼎から鍋を連想した返し。**○つくまのかず**　筑摩神社に供える鍋のうち。950歌参照。自分の男にしましょうかと戯れた。

〔補説〕　前歌にあげた久富木原論文は、鼎は女性たちの腰の部分、鏡はおそらく忠命のはげ頭をさしているのであろうと指摘する。この贈答には、内容における性的な連想、表現の類似がみられる。

まつり見ける女車よりかはほりをおとしたりけるをとりて、かきつけてつかはしける

藤原道信朝臣

いとむげにとりなきしまにあらねどもかはほりにこそおもひつきぬれ

〔現代語訳〕　葵祭を見ていた女車から蝙蝠扇をおとしたのを拾いとり、歌を書きつけて送った、その歌

たいそうむやみに、鳥のいない島ではありませんが、コウモリに好意を持ってしまったことです。

〔他出〕　道信集、〔補説〕参照。

〔語釈〕　**○まつり**　賀茂社の葵祭。**○かはほり**　蝙蝠扇のこと。枕草子・一九五段「物語は」に「こま野の物語は、古きかはほりさし出でてもいにしが（三巻本は「さがし出でて持ていきしが」）をかしきなり」（同じく二七一段にもこま野の物語にふれ「虫ばみたるかはほり取り出でてもとこしこまに」など）とある。**○むげ**　「忘れにし人のさらにも恋しかむげにこじとは思ふものから」（拾遺集・物名三六五「けにごし」、この「むげ」について僻案抄「歌に詠まねど隠題のならひなれば、ただの歌には詠むべからず」）。**○とりなきしま**　鳥のいない島、離島。鳥なき島では蝙蝠が活動する。優れたものがいないところではつまらないものが幅をきかせるという諺に基づく表現。和泉式部集に「今はかく離島なるわれなればほりあつめたるかはほりぞこは」（二四〇「扇はらせて、はらからたちに心ざすとて」）、「人もなく鳥もなからむ島にては此かはほりも君もたずねん」（八〇六「おとこ、これはなどかすてつる、とりにたまへ、とりかへなくはあしかりなむとておこせたる」）のほか続集に「浦さびて鳥だにみえぬ島なればこのかはほりぞうれしかりける」（一六六「みやにてはやうみし人の、物語などしてかへりて、扇をおとしたる、やるとて」）がみえる。

〔補説〕 道信集（二七・二八）に次のように、扇を持った女車の人に詠みかけたとだけあり、作歌事情が異なる。
道信詠の初句は「いともげに」とある。

祭みるに、かはほりもちたる車に
いともげに鳥なき島にあらねどもかはほりにこそ思ひつきぬれ
返し
島ならで聞くべきほどの郭公とりたがへたる心ちこそすれ

鼠・筑摩の祭からの連想で、蝙蝠・葵祭に関わる歌が並ぶ。

人のたはぶれをしてかたみにのりなどしてのちひさしくお《を》ともせぬに、女のもとより、春駒《はるこま》ののるをくるしとおもふにやなどやうにいへりけるかへしに

右衛門督公保

くるしともおもはねばこそ春駒《はるこま》ののれど心はなほ《を》はやるらめ

〔現代語訳〕 本気でなくふざけて相乗りなどして後、長いこと音沙汰がなかったが、その女のところから、春駒が人の乗るのを苦しいと思うのであろうかなどと言ってきた返事に詠んだ歌
苦しいと思わないからこそ、人が乗っても春駒の心はますますはやっているのだろう。いまでもわたしの心もそのようにあなたの方に夢中でいることだ。

〔語釈〕 **○春駒**　春になって放牧する馬。22・654歌参照。**○はやる**　馬が勇み立つと夢中になるの意を掛ける。

あひぐしたる女もいとはしきさまに申（し）ければ、人のくにへまかりて年月さそらへけるも、はたことなることもなかりければ、京にかへりきて、もとのところにはさるべきこともやあらんとつゝましくて、まづむまのくらをつかはして、まゐ《い》りきてなん侍（る）、これお《を》きたまへれと申（し）けるを、はしたなくいひて返したりければ

読人不知

春駒《はるこま》の野がひしほどにあくがれてくらもお《を》かれずなりにけるかな

〔現代語訳〕連れだっていた女がわずらわしいようにいって、他の男について地方に出ていって長の年月をさまよったが、やはりとくべつなこともなく、みやこに帰って来て、もとの男には断られるだろうと思ったのか気がひけて、先ず馬の鞍を送り、来られますならこれを用いて下さいといいましたが、そっけなくいってその鞍を返してきたので詠んだ歌

春駒は放し飼いしていた間にうとうとしくなりさまよい離れて、鞍も置くことができないようになったのですね。

〔語釈〕**○さるべきこともやあらんと**　しかるべきこともあるだろうと。直接に訪問を願っても無視されるだろうと思いの意と解す。**○あくがれて**　春駒がさまようといとわしく思うようになって離れる意を掛ける。654歌参照。「郭公心もそらにあくがれてよがれがちなるみ山辺の里」（金葉集・夏部一一一顕輔「郭公をよめる」）。

〔補説〕「あひぐしたる女」の作とみる。春駒の連想による並び。比喩としての春駒の詠み方が戯咲的である。

973

ひさしくおとも《を》せぬ人に　　　大輔

ちぎりしはやぶれにけりないたびさしことのほかにもまばらなるかな

〔現代語訳〕 長い間音信のない人に詠み送った歌

お約束したことはだめになったのですね。こわれた板庇がたいそうまばらなように、長いことあなたは訪ねてきませんもの。

〔語釈〕 **○やぶれ** 約束が反故になったと板廂の破れを掛ける。〔補説〕参照。**○いたびさし** 188歌参照。廂と久しを掛ける。まばらは廂の間が粗く隙間が多いことと二人の関係が間遠になった状態を掛ける。

〔補説〕 康和二年（一一〇〇）四月二八日源国信家歌合（衆議判）に次のような同工の作（初恋二番左の俊頼歌）がみえ、「ざれごと歌」と評されている。

二番　左　　俊頼朝臣

風ふけばたぢろぐ宿の板じとみやぶれにけりなしのぶ心は

右　　基俊

人しれぬ恋にはまけじと思ふにもうつせびのよぞかなしかりける

左の歌は、ざれごと歌にこそ侍るめれ、うるはしからねば、ともかうも申すべからず、おほきなるあやまりにこそ、とあれば、歌の品、さまざまにあまたわかれてはべめれば、かかるすぢの歌なきにあらず、証歌をや申すべき、と申せども、証歌などたづぬべきほどにあらず、なほ、ひがごとなり、とあるは、ひとへにかかることばの歌をこのまずしられぬとがなめりとぞ、心えられ侍る（中略）つひの劣り勝りは、よの人さだめられなん、こよひばかりは、さらば、右の勝にも、とゆるされて、勝とかきつけられぬ。

なお基俊の追判に次のようにあり、右の俊頼歌を「滑稽歌」と言い換え評価している。

初恋

風ふかばたぢろく宿の板じとみやぶれにけりなしのぶ心は

此歌、已文選江賦之体也、今人非レ所レ可レ及也、唐歌倭歌、体已雖レ異、事理猶同者也、専可ニ珍重一、尤可ニ秘蔵一、就中判辞、已被レ称ニ滑稽歌一、此定又玄中玄也、貫之已没、此定少ニ知者一、今聞ニ此説一、如下披ニ雲霧一見中青天上而已

上條彰次「『古今集』誹諧歌試論—俊頼・基俊をめぐって—」（『中世和歌文学諸相』和泉書院、二〇〇三年）は奥義抄・下巻余の一節「前金吾基俊云、古式云、誹諧述ニ事理ニ不レ労レ詞云々」の実例と指摘する。

新院人々に百首歌めしけるに　小大進

きてかへるものともしらで夏ごろもひとへ心《こゝろ》はすかされにけり

〔現代語訳〕 新院（崇徳院）が百首歌をお召しになった時詠んだ歌

来て帰るものとも知らず（着替える）、夏衣の単衣ではないが一途な心はだまされてしまったことだ。

〔他出〕 久安百首・恋一三六七、三句「夏衣の」。夫木抄三四〇一「（夏衣）久安百首」、作者表記「花園左大臣」、三句「夏ぎぬの」。

〔語釈〕 **○きてかへる**　来て帰ると来て反る（夏衣の縁）を掛ける。「きてかへる名をのみぞ立つ唐衣下ゆふ紐の心とけねば」（後撰集・恋五・九四八よ人知らず「つねにまうできて物などいふ人の、今はなまうで来そ、人もうたていふなりといひ出だして侍りければ」）。**○ひとへ心**　夏衣の単衣と偏え心（いちずな思い）を掛ける。「八重だにもあだにみえける山吹のひとへ心を思ひこそやれ」（斎宮女御集六四「馬内侍、山吹にさして」「八重ながらあだにみゆれば山吹のしたにぞなげく井手のかはづは」に対する「御返し」）。**○すかされ**　透かす（単衣の縁語）と賺す（言いくるめてだます、おだて

る）を掛ける。後拾遺集・雑六に「わすれてもあるべきものをこのごろの月夜よいたく人なすかせそ」（誹諧歌一二一二藤原義孝「七月ばかりに月のあかかりける夜女のもとにつかはしける」）がみえ、すかすの用語が誹諧歌的。

975　題不知　源俊頼朝臣

いろ〳〵にきみがきせたるぬれぎぬはいつはりしてやぬひかさねけん

〔現代語訳〕
あれこれとあなたが着せたぬれぎぬという衣はうそでもって縫い重ねたのでしょうよ。

〔他出〕散木奇歌集・恋上一〇五五「かたはらになき名立ちてなげく人にかはりて人のがりつかはしける」、五句「ぬひかさぬらん」。

〔語釈〕**○ぬれぎぬ**　無実の浮き名。239・512歌参照。**○いつはり**　偽りと針を掛ける。濡れ衣、縫ひ重ねの縁語。古今集・誹諧歌に「よそながらわが身にいとのよるといへばただいつはりにすぐばかりなり」（一〇五四くそ「いとこなりける男によそへて人のいひければ」、和歌初学抄・秀句（糸））とある。**○ぬひかさね**　「あまたにはぬひかさねねど唐衣思ふ心は千重にぞありける」（拾遺集・別三二七貫之「橘公頼帥になりてまかりくだりける時、敏貞が継母内侍のすけの、むまのはなむけし侍りけるに、装束にそへてつかはしける」、抄二一六）。

976　さがみ

おもはじやくるしやなぞやとおもへどもいさやわびしやむつかしのよや

〔現代語訳〕

思うまいよ。苦しいな、どうしてだろうと思うけれども。さあどうだろうか、やりきれないよ。煩わしい世の中だな。

〔他出〕 相模集五九二「雑」、二句「くるしやなぞと」。万代集・雑歌六・三五九二「題知らず」、二句「くるしやなぞと」。

〔語釈〕 **○いさや** さあどうだか。772歌参照。**○わびし** つらくてやりきれない。

〔補説〕 相模集によれば、かなわぬ恋を詠んだ歌群中の末尾にある作。倒置法、「や」（詠嘆の助詞）の多用など一首の調子とともに自問自答の形式が誹諧的。古今集・誹諧歌に「われ思ふ人を思はぬむくひにやわが思ふ人のわれを思はぬ」（一〇四二）がみえる。

六波羅といふ寺の講の導師にまかれりけるに、高座にのぼるに、聴聞の女房のあしをつみければよみける　良喜法師

人のあしをつむにてしりぬわがか《ゝ》たへふみお《を》こせよとおもふなるべし

〔現代語訳〕 六波羅という寺の講の導師に招かれていきました時に、高座にのぼると、聴聞の女房が足を抓んだので詠んだ歌

あなたがわたしの足をつねるのでわかりました。自分の方へ手紙を出せよと思っているのでしょう。

〔他出〕 千載集・雑歌下・雑体一一九四誹諧歌「六波羅蜜寺の講の導師にて、高座にのぼるほどに、聴聞の女房のあしをつみ侍りければよめる」。

〔語釈〕 **○六波羅といふ寺の講** 六波羅蜜寺。現在の京都市東山区。空也の創建。その阿弥陀講の説法の席でのこと。後拾遺集・雑五に「六波羅といふ寺の講にまゐり侍りけるに昨日祭のかへさみける車のかたはらにたちて侍り

ければいひつかはしける」の詞書で相模詠「昨日までかみに心をかけしかど今日こそのりにあふひなりけれ」（一一四一）がみえる。〇**ふみおこせ**　踏みこむと文（手紙）を出せを掛ける。

〔**補説**〕導師（主僧）の役の僧侶を誘惑する聴聞（説法法話を聞くこと）の女房。露骨な行為（その表現）が戯咲的。

978

あひしれる女を《お》とこにかみきられたりとききてつかはしける

大蔵胤材

ちはやぶるかみもなしとかいふなるをゆふばかりだにのこらずやきみ

〔**現代語訳**〕親しい女が男に髪を切られたと聞いていい送った歌

神もいないと言っているようですが、せめて幣の木綿ぐらい残っていないのですか。髪を切られたとか聞きましたが、結ぶほどさえも残っていないのですか。愛しい君よ。

〔**他出**〕玄々集九一「種材一首壱岐守　忍びて逢ふ女の髪きられたると聞きて」、三句「いふなるは」。新続古今集・雑歌下二〇七四誹諧歌「あひしれりける女の、男に髪きられにたりと聞きてつかはしける」。

〔**語釈**〕〇**かみ**　神と髪を掛ける。「ちはやぶる」は神の枕詞。〇**ゆふ**　髪を結うと木綿（幣）を掛ける。

〔**補説**〕和歌初学抄・秀句（「神」の項、ユフがみえる）に引く。

979

恵慶法師はりまの講師になりてくだるに

権僧正尋禅

うちはへてとねりのねやにいる人ははりまがちにやあらんとすらむ

〔**現代語訳**〕恵慶法師が播磨国の講師になって下向したときに詠んだ歌

あなたが播磨の国分寺に下向したならば、引き続いて舎人の寝所に入る人のように、播磨の地にいつづけがちになるでしょう。

〔語釈〕 **○講師** 諸国の国分寺におかれた上座の僧。中央で任命され、任期は六年。**○とねりのねや** 舎人の閨（宿所）に忍び込む僧侶の古物語があったか。964歌の語釈にあげた拾遺集の用例（五二九）参照。うつほ物語・蔵開下「何ぞ君の、内に入りて、舎人の閨の法師のやうにて逃げ給ふぞ」。〔補説〕参照。**○はりまがち** 播磨勝ち、播磨にいることが多い意。播磨国飾磨《しかま》（現、姫路市）の名産である褐染（藍染）を掛ける。「播磨なる飾磨にそむるあながちに人をこひしと思ふころかな」（詞花集・恋上二三〇好忠「題知らず」）。播磨に赴く恵慶に対する送別の思いを当地の名産である播磨褐を詠み込んで表す。

〔補説〕「舎人の閨」は散佚の古物語で、石川徹『古代小説史稿』（刀江書院、一九五八年）は「仏名会の頃、内裏に召された法師が、宮中の舎人の宿所に忍び入る物語」とまとめるが、本歌の恵慶あるいは播磨とその物語がどうように関わるのかは明らかでない。「舎人の閨」を詠み込む例にはさらに次がある。仲文集（一九）、

法師のそのに男ありとて、法師のうれへ申さむといふを聞きて
いにしへは舎人の閨のものがたりかたりあやまつ人ぞあるらし

道命阿闍梨集（二八二）、

髪なくなりたる人の、えぼうしをわすれて、又の日こひにおこせたるやるとて
これなくてよごとにいかでありつらん舎人の閨と人もこそいへ

人のせうそこしたりける返事を、物かきけるふでのついでに朱にてかきてやれりければ、お《を》しかへして、まつのけぶりの色《いろ》のくれなゐなるよしをいへりける返事に

玄範聖人

980
墨《すみ》の色《いろ》のくれなゐふかく見えけるはふでをそめつゝかけばなるらん

〔現代語訳〕ある人が手紙を書いてきた返事を、ほかのものを書いた筆のついでに朱で書いて送ったところ、それを受けて返して、松の煙の色が紅である由をいってきた返事に詠んだ歌

墨の色が紅深くみえたのは、筆を染めながら書いたからでありましょう。それほどあなたへの気持ちが深いのです。

〔語釈〕**〇まつのけぶり** 墨のこと。松の油煙を原料とする。354歌参照。「よそなりし同じときはの心にてたえずや今も松の煙は」（和泉式部続集四六五「遠き所に年来ありける男の、近うきてもことにみえぬにやらむとて、人のよませし」）。**〇そめつつ** 愛情の深さを表す。430歌参照。「君をこそ思ひそめしか我が袖のくれなゐふかくなりもゆくかな」（六条修理大夫集三六一「恋」）。

題《たい》しらず

源親房

981
すまのうらにあみくりおろすうけ船のうちかたぶきてよをなげくかな

〔現代語訳〕

須磨の浦で網をくりおろす、そのうけぶねが傾くように、首を傾けあやしんで世を嘆くことだなあ。

〔語釈〕**〇すまのうら** 188歌参照。「わくらばにとふ人あらば須磨の浦にもしほたれつつわぶとこたへよ」（古今

集・雑歌下九六二在原行平「田村の御時に事にあたりて津の国の須磨といふ所にこもり侍りけるに、宮のうちに侍りける人につかはしける」）。〇**あみくりおろす**　網綱を順々に下へ送る。〇**うけ船**　漁の時に網の所在を知るために浮子として網綱につけておく船。「ひくしまのあみのうけ舟波間よりかうてふさすとゆふしでてかく」（散木奇歌集一二七八「海人」、永久百首、二句「あまのうけ舟」）。

こぶしの花《はな》を人のもとへつかはすとて　読人不知

ときしあればこぶしの花もひらけけり君がにぎれるてのかかれかし

〔**現代語訳**〕　こぶしの花をある人のところに送るといって添えて詠んだ歌

ときがくるとこぶしの花も開いたことです。あなたの握っている手がこうあってほしい。そろそろ怒りをおさめてほしいのです。

〔**語釈**〕　〇**こぶしの花**　モクレン科の落葉高木、つぼみが開く直前の形がこぶしに似ているところからいう。古今著聞集・第一八飲食の「仲胤僧都法勝寺八講に遅参し籠居して詠歌の事」に仲胤僧都詠「くびつかれ頭かかへていでしかどこぶしの花のなほいたきかな」（「仲胤僧都、法勝寺の御八講におそく参りたりければ追ひ出されて院の御気色あしくてこもりゐたりけるに、次の年の春、人のもとより辛夷の花をおくりたりけるを見てよめる」）がみえる。拳を掛ける。何か相手を怒らせた事情があったと解す。〔補説〕参照。

〔**補説**〕　道命阿闍梨集（二四三・二四四）に次のようにある。

こぶしの花を人のもとにやるとて

わがやどのこぶしの花をうちとけてかざしにさすなかまちあやふし

返し

983

つよからぬこぶしの花はうちかへし人にをらるるものとしらなむ

ほぞちをおけりけるが、ゆふだちのしけるまぎれにうせにければよめる

少将藤原義孝

ぬす人はほぞちを見ても雨《あめ》ふればほしうりとてやとりかくすらん

〔現代語訳〕 よく熟したマクワウリを置いていたところ、夕立のしたのに紛れてなくなっていたので詠んだ歌
　盗人は熟瓜をみても夕立の雨が降ると、濡れた干瓜と思って盗ってかくすのであろうか。

〔他出〕 義孝集六〇「女御殿のすのこに、ながびつにほぞちをいれておかせ給へるを、ゆふだちのすれば、みかうしおろしたるまぎれにうせたれば」、五句「とりをさむらん」。

〔語釈〕 **○ほぞち** 熟瓜。よく熟すとへた（ほぞ）が蔓から離れるので、よく熟した真桑瓜をいう。みづほぞち。「和名保曽知、俗用㆓熟瓜二字㆒、或説極熟蔕落之義也」（和名抄）。「ながれても樺井の園のみづほぞち波のみたてる瓜とこそみれ」（能宣集四三八「或所より、樺井の園の瓜をおこすとて、かくかけり」）、「水上にせきなとどめそ水ほそき川はしもにぞながるといふなる」（藤六集三七「人のもとにいきたるに、ほぞちをくひけるに、蔕をたててかくしけるけしきをみて」）。**○ほしうり** 瓜を縦割りに切って種を除き塩をつけ天日に干したもの。熟した瓜を雨に濡れた干瓜とまちがえるところが戯咲的。

〔補説〕 義孝集によれば、女御（義孝の同母姉、懐子）殿でのことで、瓜をとりかくしたのは格子をおろした女房のように記している。
　古今著聞集・第一八飲食の「暁行法印並びに寂蓮法師、瓜の歌を詠む事」に暁行法印詠「山しろのほぞちと人や思ふらん水ぐみたるはひさごなりけり」（ほぞちに熟瓜と細道、水ぐみに熟し過ぎと水汲みを掛ける）がみえる。

984

鯛といふいをに梅《ほ》（の）花をかざして人のおこせたりけるが、かのつきたりければ

赤染衛門

春《はる》ごとにさくらだひとぞききしかど梅《むめ》をかざせるかぞつきにける

〔現代語訳〕 鯛という魚に梅の花を挿して、ある人が送ってよこしましたが、香がついていたので詠んだ歌

春ごとに咲く桜のような色の桜鯛というのは聞いていたが、その名にある「桜」ならぬ、挿している「梅」の香りがついてしまいましたよ。

〔他出〕 赤染衛門集三〇八「梅の花にかざして人のおこせたりしに、香のわろかりしかば」。

〔語釈〕 **〇春ごとにさくらだひ** 春ごとに咲く桜と桜鯛を掛ける。桜（色の鯛）と梅（香）の対比がみそ。

985

人のおほえびをたづねたるに、なきほどにて、あるままに十九やるとて

大中臣能宣朝臣

よの人はうみのおきなといふめれどまだはたちにもたらずぞありける

〔現代語訳〕 ある人が大海老を求めてきたが、指定の数には足らなかったので、あるだけの一九尾を送るといって詠んだ歌

世間の人は海老のことを「海の翁」というようだけれども、まだ二〇（二十歳）にも足らないことです。

〔他出〕 能宣集四一五「或所より海老をめしたるが侍らねば、あるままに十九たてまつるに、ただならむよりはとて」。新続古今集・雑歌下二〇七六誹諧歌「人の海老をこひにおこせたるに、ありけるままに十九やるとて」。

〔語釈〕 **〇おほえび** 大海老。字面の老いと若者を対比する。第二句に海の翁とある。〔補説〕参照。前歌の鯛と

の対。

〔補説〕 津守国基集（一三九・一四〇）に次のようにある。同じ人は顕季。

同じ人に、大海老をきこえさすとて

住の江の翁姿ぞあはれなる海に老いつつ腰のかがまる

返し

わたつみの老いななげきそ住吉の松にかかれる沖つ白波

くらまの別当のしたしき人のもとより、めづけといふもの、このほどおほかた見えねば、え

たてまつらずといへりけるに　弁乳母

いとほ《を》しやくらまのめづけいかなればふつと見えずといふにかあるらむ

〔現代語訳〕 鞍馬寺の別当である親しい人のところから、芽漬けというものを近ごろまったく見ないので差し上げられませんといってきた返事に詠んだ歌

残念なことです。鞍馬の芽漬がどうしたわけでまったく見えないというのであろうか。鞍馬で修行しているものが仏土が見えないなどというのは。

〔他出〕 〔補説〕参照。

〔語釈〕 **○くらま** 鞍馬。鞍馬寺は平安京の北方鎮護の寺として信仰された。はじめ東寺に属したが天徳三年（九五九）より延暦寺西塔末となる。現在の京都市左京区。和歌初学抄・所名に山城の歌枕として「くらま山」をあげ「クラキニモソヘ又馬ニモ」とある。**○めづけ** 木の芽漬け、アケビやサンショウなどの若芽を用い、塩漬けにした食品。**○おほかた** （下に打消の語を伴って）まったく。**○ふつと** まったく。仏土（仏の住む国）を掛ける。

〔補説〕 歌枕名寄「鞍馬山」（一一三八）に次のようにあり、良玉集（散佚）の所収歌であるらしい。37歌参照。

良玉　目潰　　二条宣旨

いとほしや鞍馬のめづけいかなれはふつと見えずといふにはありけん

右一首、鞍馬別当なりける人のいもうと、めづけと申す物おほかたなしといひければよめるとなん

内裏御屏風に、かみかぶりしたるほうしのはらへしたる所に

大中臣能宣朝臣

ものしらぬをはりほうしのはらへをばかしらつゝめるかみのみやきく

〔現代語訳〕 内裏の御屏風に描かれている、紙を冠にしている法師が祓いをしている場面を、詠んだ歌

ものを知らない尾張法師の祓えは、その頭をつつんでいる紙だけが聞くことか。神は聞き入れそうもなく効験がありそうにないよ。

〔他出〕 能宣集三二四「（内の御屏風）川のほとりに女どもありて、法師紙冠して祓へするところ」、初句「ときしらぬ」。なお書陵部蔵三十六人集本には「あるところの御障子に、法師して祓へせさするに、紙冠してあるをこなるさまを」（二八四）。

〔語釈〕 **○かみかぶりしたるほうし**　僧形の陰陽師のこと。紙冠は法師が祓いをする時に頭につける三角形の紙。「祓戸のかみのかざりのみてぐらにうたてもまがふ耳はさみかな」（紫式部集一四「弥生のついたち、河原にいでたるに、かたはらなる車に、法師の紙を冠にてはかせだちをるをにくみて」）。枕草子・三二〇段「見苦しきもの」に「法師陰陽師のかうぶり（三巻本は「紙冠」）して祓したる」とある。また今昔物語集・巻一九「内《ない》記《き》慶滋《よししげ》ノ《の》保胤《やすたね》出家《しゅっけ》語《すること》 第三」に「川原ニ法師陰陽師ノ有テ紙冠ヲシテ祓ヲス。（中略）陰陽師ノ云ク祓殿ノ神達ハ法師ヲバ忌給ヘバ祓ノ程ド暫

ク紙《か》ミ冠ヲシテ侍ル也」などとある。**〇はらへ**　前項の紫式部集によれば三月上巳に河原で行う神事であろう。
〇をはりほうし　尾張法師。未詳ながら国名と職業をつけた形の古物語名によるか（うつほ物語・国譲上など）。時・所・場合をわきまえぬ滑稽なふるまいをした者であったらしい（三角洋一『物語の変貌』若草書房、一九九六年）。
〇かしらつつめるかみ　頭に被った紙冠。紙（髪も）と神を掛ける。

988

　　くまの大鳥の王子のほくらにかきつけたりける歌

おほとりのはぐくみたまふかひごにてかへらんままにとばざらめやは

　　この歌、ある人意尊法師が歌とも申（す）

〔現代語訳〕熊野の大鳥の王子の社に書きつけた歌
　大鳥が育てなさった卵であるから、かえるとすぐに飛ばないだろうか、いや飛ぶにちがいない。
　この歌は、ある人が意尊法師の歌ともいう。

〔語釈〕　**〇大鳥の王子**　熊野街道の王子。和泉国大鳥郡、現在の堺市西区鳳東町。**〇おほとり**　大鳥は鳳、あるいは白鳥（くぐひ・鵠）をいうか。古今著聞集・第一一画図「順徳院御位の時蔵人孝道に撥面の絵を尋ね給ふ事」に「風俗にうたひて候ふ様は、大鳥の羽に霜ふれりと候へば、もし鵠などにてや候ふらんとぞ推せられて候」などとみえる。**〇かへらんままに**　かひご（卵）が孵ると（参詣から）帰るを掛けるか。下句は願いがかなう意を表すか。
〇意尊法師　本集作者。袋草紙・雑談によれば「好士」とある。また同書は金葉集の入集歌二首のうち冬歌「なにごとに」は意尊が石清水八幡参詣の折に詠んだ作だが撰者の錯覚で法印光清の詠とされ、恋歌「あはずとも」は同じく顕輔家歌会での作だが「よみ人知らず」になっていると述べ「一首は人の歌と称し一首はよみ人知らずと。殊に阿党なるか、堪え難きの由所々に訴行の者なり。尤も謂れあり」と記す。

989

大神宮にまゐ《い》りけるによめる　　増基法師

おと《を》にきくかみの心をとるとるとすずかの山《やま》をならしつるかな

〔現代語訳〕　伊勢大神宮に参詣した時に詠んだ歌

名高い神の心を自分のものにしようと険しい鈴鹿の山に慣れたことだなあ。

〔他出〕　増基法師集三八「鈴鹿山に」。

〔語釈〕　**○とるとると**　神の心をとる（得る）の意を反復して強調する言い方。鈴と関連する表現か。増淵勝一『いほぬし精講』（国研出版、二〇〇二年）は、金剛鈴を振り鳴らす密教の修法「振鈴」について指摘し、（み心を）汲み取り汲み取り（申そうと）、「トルトル」（と鈴を鳴らして）と釈して「有名な大神宮のみ心を汲み取ろうと、「トルトル」と鈴鹿山を鈴を鳴らし（ながら越え）たことよ」と一首を通釈している。冷泉家時雨亭叢書『資経本私家集二』所収「増基法師集」は三句「とりとりと」とする。**○すずかの山**　鈴鹿山、伊勢国の歌枕。現在の三重県北西部の山。近江国との境に鈴鹿峠がある。和歌初学抄・所名「伊勢すずか山　スズニソフ、セキアリ」。「はやくよりたのみわたりし鈴鹿川思ふことなる音ぞきこゆる」（金葉集・雑部上五四〇・六条右大臣北方「郁芳門院伊勢におはしましけるころあからさまにくだりけるに、鈴鹿川をわたりけるによめる」）。音（にきく）、ならすは鈴の縁語。**○ならしつる**　慣れ親しんだの意に、鈴の縁語である鳴らすを掛ける。また（願いが）成るの意をも掛ける。前掲（968歌）の久富木原玲論文は、本歌の主眼は「ならす」（山を足でならす意）という直接行為および「かみの心をとる」という一種の矛盾行為に置かれていたと述べる。

〔補説〕　増淵勝一前掲書は同じ増基法師の「ここにしもわきて出でける石清水神の心を汲みて知らばや」の詠をあげて、いずれも増基に何らかの請願があったことを示していると評する。

990

ただすのやしろにまゐ《ぃ》れりける女房のともなるめのわらはの、御前にてしとをしたりければ、
あづかりのさいなみののしるをききて　　　女房

ちはやぶるただすのかみのみまへにてしとすることのかくれなきかな

〔現代語訳〕 糺の社に参詣した女房のお供の女童が、神の御前で小便をしましたので、預かりの者がやかましくしかるのを聞いて詠んだ歌

糺の神の御前では小便したことが、かくすことができず、はっきりと知れわたるなあ。

〔語釈〕 **○ただすのやしろ**　367歌参照。**○ちはやぶるただすのかみ**　「ちはやぶる糺すの神の前にしてそらなきしつる郭公かな」（古今六帖二一八九）。ちはやぶるは神にかかる枕詞。糺すに事実をはっきりさせる、正しくする意を掛ける。「われにきみおとらじとせしいつはりを糺すの神も名のみなりけり」（和泉式部続集一六八「賀茂の道に詣であひて、かたらはんなどいふ女の、たれぞと問ふに、こと人の名のりをしたれば、この人もまたさやうにいひしを、かたみにそれと聞きて、後にやりし」）。

991

筑前守にて国に侍（る）に、日のいたくてりければ雨《あめ》のいのりに、かまどの明神にかがみたてまつりけるにそへたりける　　　藤原経衡

雨《あめ》ふれといのるしるしの見えたらばみづかがみともおもふべきかな

〔現代語訳〕 筑前守として国におりました時に、大変な日照りだったので雨乞いをしましたが、竈明神に鏡を奉納したのに詠んで添えた歌

雨降れと祈る験がみえ（雨が降ってき）たならば、この鏡を水鏡とも思わなければならないなあ。

〔他出〕　経衡集一三九「日のいたく照り侍りしに、竈の明神に、馬鏡などたてまつるとて」。新続古今集・雑歌下二〇七五誹諧歌「筑前守にて国に侍りけるに、日のいたく照りければ、雨の祈に竈の明神に鏡をたてまつるとてそへたりける」。

〔語釈〕　**○筑前守にて**　687歌参照。**○かまどの明神**　竈を守る神、奥津日子、奥津比売の二神。経衡集によれば、馬鏡（絵馬に描かれた鏡）を捧げての、旱魃の祈雨歌である。ただし、雨乞いとの関係は明らかではない。952歌〔補説〕に前掲の上條彰次論文は、本歌をめぐって、雨乞いと火焚との深い関係から竈明神と祈雨の営みの関連を指摘する。

〔補説〕　熊野(988)、伊勢(989)、下鴨(990)、竈神(991)の連想による並び。

おやを海におとしいれたるきこえある人の、七月十五日おやのために盆供そなふるを見て

道命法師

わたつうみにおやをおしいれてこのぬしのぼんする見るぞあはれなりける

〔現代語訳〕　親を海に落とし入れたとうわさのある人が、七月一五日に親のために盂蘭盆の供物を供えるのを見て詠んだ歌

海原に親を落とし入れて、その子の者が盂蘭盆の供養をするのを見るのはあわれなことだ。

〔他出〕　枕草子、〔補説〕参照。

〔語釈〕　**○このぬし**　親を海に落とし入れた当人。「この」に此のと子のを掛ける。**○ぼんする**　地獄に堕ちた死者の救済が始まりという盂蘭盆の供養をする。祖霊（とくに父母）の救済と供養を祈るから海に親を落とした男に対する強い皮肉を表す。三宝絵下・七月の盂蘭盆の条に「仏ノタマハク汝ガ母ハ罪ヲモシ。汝ヒトリタスクベキニ

アラズ。七月十五日ニ、モモチノ味、五ノクダ物、諸ノムマキクダ物ヲソナヘテ、盆ノ中ニイレテ、十方ノ僧ニ供養ゼヨ。（中略）現世ノ父母ノタメニモセバ、命百年ニシテ病ナク、七世ノ父母ガタメニハ、餓鬼ノクルシビヲハナレテ、天ノ楽ビヲウケシメムトコヒネガヘ。孝ヲヲコナハムモノハ念々ニツネニ思ヒ、年々ニ恩ヲムクヒヨ」とある。

〔補説〕 枕草子・二八七段に次のようにある。

右衛門尉なる者の、えせなる親を持たりて、人の見るにおもてふせなど、みぐるしう思ひけるが、伊予の国よりのぼるとて、海に落とし入れてけるを、人の心うがり、あさましがりけるほどに、七月十五日、盆をたてまつるとていそぐを見給ひて、道命阿闍梨

わたつみに親おしいれてこのぬしの盆する見るぞあはれなりける

とよみ給ひけるこそいとをかしけれ。

女《をんな》の、よきつみやめすとうりありきけるをききて　読人不知

よきつみといふともたれもかはじかしおとりてつくる人しなければ

〔現代語訳〕 ある女が、りっぱな柘はいかがですかと売り歩いていたのを聞きて詠んだ歌

りっぱな柘（罪）だというけれども誰も買うまいよ。損をして罪をつくる人はいないから。

〔語釈〕 **○つみ**　柘、山桑。野生の桑で果実は食用。罪を掛ける。**○おとりてつくる**　損をする。つくるは罪になるような行為をする。

〔補説〕 罪の連想による並び。神から仏教的な内容に展開する。

かまを銭にかへけるに、こよなくいひおとしければ、うるものの《ゝ》よみける

地ごくのやかなへにもこそにえ《へ》たまへおほくのぜになおとしたまひそ

〔現代語訳〕 釜を銭に替えるときに、ひどく安くしたので、売る方の者が詠んだ歌

地獄にある、あの釜で煮られなさると大変ですから。たくさんの銭を値切らないで下さいよ。

〔他出〕 仲文集、〔補説〕参照。

〔語釈〕 **○地ごくのやかなへ** 地獄にある罪人を煮るという釜。東大寺諷誦文稿に「鐵《くろがね》の丸口《まろかせ》に向かひ那落迦ハ尊きと卑しきトモ簡《えら》ばず。爐火の鑊《かなへ》の湯は富めルと貧しきトモ別かず」、大鏡・道隆伝に「あの地獄の鼎のはたに頭うちあてて、三宝の御名思ひ出でけむ人のやうなることなりや」などとある。極楽に対する（466・947歌参照）。**○もこそ** 起こりそうなことを心配していう表現。**○ぜになおとしたまひそ** ぜに（銭）な落とし給ひそは、値切ってはいけませんの意。詞書の「いひおとす」に粗悪品だとけなすと値を下げるの意を掛ける。

〔補説〕 仲文集（一七・一八）に次のようにある。

うりける鍋をこよなくいひおとしければ、うる人

地獄のかなへにもこそにえたまへおほくの銭な落とし給ひそ

返し

かふよりもうるこそ罪はおもげなれむべこそかまのそこにありけれ

片桐洋一・小倉嘉夫・金任淑・中葉芳子・藤川晶子『藤原仲文集全釈』（風間書房、一九九八年）は、「おほくの銭」は、まけさせた分のお金を指し、売り手が皮肉をこめて「（閻魔様に救いを懇願したいのなら）な落とし給ひそ」と言っているのではないかと注釈する。

995
かへし　　藤原仲文・
かふよりもうるこそつみはお《を》もげなれむべこそかまのそこにみえけれ
【現代語訳】返事の歌
買うより売る方が罪は重そうだ。なるほど、あなたの方こそ釜の底で煮えることです。
【他出】仲文集、994歌【補説】参照。
【語釈】○かまのそこ　地獄の釜の底。前掲『藤原仲文集全釈』は、今話題にしている釜が（渋ってよこさず、まだ）あなたの手元（其処《そこ》）にあるということを掛けていると説く。
【補説】底本の作者表記「仲子」とあるのを改める。
聞書集（二一四）に西行が「地獄絵を見て」地獄のかなえを詠んだ例がみえる。
阿弥陀のひかり願にまかせて、重業障のものをきらはず、地獄をてらしたまふにより、地獄のかなへの湯清冷の池になりて、はちすひらけたるところをかきあらはせるを見て
ひかりさせばさめぬかなへの湯なれどもはちすの池になるめるものを

996
中納言家成家歌合を、歌をよみつつ判しけるに、右歌の心ゆかぬことのみありけるつがひに
よめる　　左京大夫顕輔
とにかくにみぎは心にかなはねばひだりかちとやいふべかるらん
【現代語訳】中納言家成家の歌合で、判歌でもって判をしたが、右歌がとくに納得いかなかった番において詠んだ歌
何やかやと右（歌）はぴったりこないので、左（歌）を「勝」と言わなければならないだろうよ。

〔語釈〕**○歌をよみつつ判しける**　判者が判詞の代わりに歌を詠んで勝負を判定する。

〔補説〕久安五年（一一四九）九月二八日家成家歌合「恋」四番の判歌。勝となった左歌は本集入集歌。534歌参照。藤原家成は顕季孫。判者に叔父顕輔を迎え一族縁者を多く加えて自邸で催した同族的構成の歌合。

996歌は挑み合う二つの贈答歌（994・995と997・998）の間に挿入されているとみると、巻軸の配列自体が誹諧的である。

済円仲胤はかたちのにくさげなるを、かたみにお《を》にとつけてなんいどみわらひけるに、済円公請にまゐ《い》らずとて、綱所の下部つきて房をこぼちたくなりときていひつかはしける

僧都仲胤

まことにやきみがつかやをやぶるなるよにはまされるここめありけり

〔現代語訳〕済円と仲胤は容貌のいかにも醜いのを、互いに鬼とあだ名して張り合ってあざ笑うことがあったが、
済円が公請に参上しないというので、僧綱所の下部が命じられ僧房を破壊したと聞いていい送った歌
ほんとうかい、鬼のようなあなたのすみかを壊したとか聞いたが。世の中にはあなたよりひどい、おそろしい鬼がいたことだ。

〔他出〕今鏡、〔補説〕参照。

〔語釈〕**○公請**　クジヤウ。僧侶が朝廷から法会などに召されること。**○綱所の下部**　僧綱所（僧綱が参集して仏教行政を執る役所）に仕える下級の役人。**○こぼちたくなり**　こぼちたりしなりの意。「たく」は燃やすと解すべきか。後述の今鏡によれば（頼長の命によって）「家焼きこぼち」とあり、該当部には「こぼちけるに」とある。**○つかや**　塚屋、鬼のすみか。**○ここめ**　鬼の異名（俊頼髄脳ほか）。

〔補説〕今鏡・藤波の中「飾太刀」に頼長の仕業として次のようにある。

公事おこなひ給ふにつけて、遅く参る人、障り申す人などをば、家焼きこぼちなどせられけり。奈良に済円僧都と聞えし名僧の、公請に障り申しければ、京の宿坊こぼちけるに、山に仲胤僧都と聞えしと、たはぶれがたきにて、みめ論じてもろともに、われこそ鬼などいひつつ、歌詠みかはしけるに、仲胤これを聞きて、済円がりいひつかはしける。

まことにや君がつかやをこぼつなる世にはまされるここめありけり

返し

破られて立ちしのぶべき方ぞなき君をぞ頼む隠れ蓑貸せ

とぞ聞え侍りける。

返し　　僧都済円

やぶられてたちしのぶべきかたもなしきみをぞたのむかくれみのかせ

〔現代語訳〕返事の歌

僧房をこわされて人目をさけてかくれるすべもない。あなたをたよるほかない。鬼であるあなたが大切にしているはずの隠れ蓑を貸してくれよ、それで身をかくすから。

〔他出〕今鏡・藤波の中「飾太刀」。997歌〔補説〕参照。

〔語釈〕**○かくれみの**　隠れ蓑、姿を隠すことができる。鬼の宝物。散佚の古物語の名でもある。「隠れ蓑隠れ笠をもえてしがなきたりと人にしられざるべく」（拾遺集・雑賀一一九二平公誠「しのびたる人のもとにつかはしける」）、「あひみても心の鬼をつくりてやけさしも人の隠れ蓑きる」（為忠家初度百首・恋六二一仲正「後朝隠恋」）。

跋文

僕①自少年昔、迄衰暮今、雖稟《ウケ》魯愚之性、久老倭歌之篇。或拾故人之雅詠、随視書之、或摭《ヒロウ》時輩之妙辞、任聴注之。③其功甫就《シメテナリテ》、自送徂年、其勒漸終、未及披露。②然間入先朝之叡聞、召愚臣之撰集。不能地忍《タヽニ》、愁備天覧。④其後繕《トヽノヒ》写之間、已遇遏密《アツ》。恨之尤切、仙居之月早蔵、愁之至深、橋山之雲何在。縦不遂蓄懐、争可秘清撰。員数旁多、編一千首之詞、部類区《マチ〳〵》別、次《ツイツ》二十巻巻。号名続詞花、以為口実而已。

①

〔訓読〕 僕、少年の昔より、衰暮の今に迄るまで、魯愚の性を稟くといへども、久しく倭歌の篇に老ゆ。或いは故人の雅詠を拾ひ、視るに随ひてこれを書《しる》し、或いは時輩の妙辞を摭《ひろ》ひ、聴くに任せてこれを注したり。その功甫《はじ》めて就《な》りて、自から徂年を送り、その勒漸くに終はりて、いまだ披露に及ばず。

〔現代語訳〕 私は少年であった昔から、老いさらばえた今に至るまで、愚かなたちを受けているけれども、長く和歌になれ親しみ老いてきた。あるいは先人のみやびやかな歌を拾い集めて、見るままに書きしるし、あるいは同世代の人のみごとな歌を耳にするとともに書きとどめた。収集がやっと完了した時には、いつの間にか幾年もの時間が過ぎており、その編集をようやく終えたものの、まだ披露には及ばなかった。

〔語釈〕 **○甫就**　ようやく出来上がる。甫は類聚名義抄（仏上）に「ハシム」、就は同（仏下末）に「ナル」の訓がみえる。「一二年来、繕収甫就」（菅家文草巻七「顕揚大戒論序」）。**○徂年**　底本はじめ諸本は「祖年」とあるが改める。過ぎ去った年月。

②

〔訓読〕　しかる間に、先朝の叡聞に入り、愚臣の撰集を召す。地に忍《ただ》ぶことあたはず、愁《なまじ》ひに天覧に備ふ。

〔現代語訳〕　そのうちに先帝（二条天皇）のお耳に入り、愚かな臣下である私の編んだ歌集をお召しになった。それで、いたずらにじっとしている訳にいかず、意にそわぬものの御覧に備えることとした。

〔語釈〕　**○先朝**　先代の天子。第七八代の二条天皇。保元三年（一一五八）八月一一日践祚、永万元年（一一六五）六月二五日に譲位、翌月に崩御。**○地忍**　むなしくじっとする。「地」は類聚名義抄（法中）に「タ丶」の訓がある。

③

〔訓読〕　その後繕写の間、すでに遏密に遇ふ。恨み尤も切にして、仙居の月早くも蔵《かく》れ、愁へ至りて深くして、橋山の雲いづくにかある。たとひ蓄懐を遂げざるも、いかでか清撰を秘すべけんや。

〔現代語訳〕　その後、歌集を清書するうちに、まもなく崩御の音曲停止に会うこととなった。恨めしく思う気持がこの上なく痛切なのは、上皇のお住まいにかかる月が早くも隠れてしまったからであり、嘆き思いがまことに深刻なのは、橋山の雲がどこにあるか分からないからだ（上皇がおかくれになったからだ）。たとえ多年抱いてきた望みを叶えられなくとも、どうして上皇にお選びいただいた名誉を潜めたままにしておけようか。

〔語釈〕　**○繕写**　清書。天覧（天子が御覧になること）に備えるための浄書。「図絵尊像、繕写宝典」（本朝文粋巻一三、大江朝綱「朱雀院平賊後、被修法会願文」）。**○仙居之月**　仙居は宮殿のこと。二条上皇の住まい。月は天子に喩えられ、それが隠れたとあるのは崩御を表す。**○橋山**　陝西省にある山。山上に黄帝の陵墓があることから天子の死を意味する。橋山の雲いづくにかあるは二条上皇の崩御を痛惜する表現。「橋山晩松、愁雲之影已結、湘浜秋竹、悲風之声忽幽」（新撰和歌序、袋草紙に引用）。**○清撰**　天皇にえらばれて歌集をたてまつることをいう。

④

〔**訓読**〕 貝数旁《あまね》く多く、一千首の詞を編み、部類区《まちまち》別《わか》ち、二十巻の巻を次《つい》づ。号して続詞花と名づけ、もつて口実と為すのみ。

〔**現代語訳**〕 歌数は歌集全体として多く、一千首の歌を編集し、歌を部立ごとに分類して、二十巻として配列した。続詞花と名付けて、いつも口ずさむこととするばかりだ。

〔**語釈**〕 **○部類区別** 部類は歌の部立。区別は部類ごとに分ける。区は類聚名義抄（仏上）に「マチ〱」の訓がある。 **○次** 類聚名義抄に「ツイデ、ツグ」（法上、僧中）などの訓がある。 **○巻** 底本二字めの巻は巻の異体字「㢧」。

〔**補説**〕 跋文の後に底本は「以九条三位隆教本撰者自筆書写校合畢」とある。

鈴木徳男・北山円正「『続詞花和歌集』跋文注」（『相愛女子短期大学研究論集』第41巻、一九九四年三月）が対偶を示し語句の主な用例をあげるなど詳しく注釈している。

解説

藤原清輔・顕昭・藤原経平の共編による和歌現在書目録は、仁安年中（一一六六～六九）に存在した歌書を九種に分類して、巻数・歌数・成立年時などを記した書である（現存本は分類第四番目「髄脳家」の途中以下を欠く）。撰集家に続詞花和歌集（以下、続詞花集）の名がみえる。

続詞花集廿巻　清輔朝臣撰レ之、二条院召二覧之一、清書了可レ奏之由、雖レ蒙二勅命一不レ遂、崩御之由見レ序。序者長光朝臣。

清輔の編んだ撰集は、二条院（天皇）の下命による勅撰集となるはずであったが、清書をしているうちに崩御に遭い奏覧にいたらなかったことが知られる。以下、撰者、成立過程、規模・構成、底本、参考文献の順に述べる。

一、撰者藤原清輔

藤原清輔は、六五歳の承安二年（一一七二）一月五日に正四位下に叙せられ、これが極位となった。その時の心境を「けふこそはくらゐの山のみねまでにこしふたへにてのぼりつきぬれ」（清輔集四二七「四位の正下したりけるよろこびを、わかき人々のいへりければよめりける」）と詠んでいる。老いた身を表す四句の「こしふたへにて」の表現は、後述の尚歯会序にも「やそ坂にかかりてこしふたへなる」と用いている。極官は太皇太后宮（多子）大進である（他の官職に就いた記録はみえない）。多子は保元元年（一一五六）一〇月二七日に皇太后、同三年二月三日に太皇太后になっている。山槐記によれば、保元元年一一月二八日（除目部類）に「大進」清輔とみえ就任が確認でき、同じく応保二年（一一六二）三月六日条には「散位清輔」とあり、この時にはすでに太皇太后宮大進を辞していた。官位においては不遇であったといえよう。[1]

同じ年の三月一九日、尚歯会が清輔の主催により、白河の宝荘厳院で行われ、清輔のほかに敦頼八四歳、顕広王七八歳、祝部成仲七四歳、永範七一歳、源頼政六九歳、大江維光六三歳の七叟（七名の老人）と、垣下として重家、季経、盛方、仲綱、政平、憲盛、允成、尹範、顕昭ら縁ある人々が集った。

暮春白河尚歯会和歌（冷泉家時雨亭叢書第四六巻『和漢朗詠集　和漢兼作集　尚歯会和歌』所収、引用は表記を改めた、以下同じ）には、「前大長秋内給事藤原清輔」が草した次のような仮名序が載る。

あはれ、すべらぎの君の御まつりごとを、よろづの民もうけやすけき二年の春、野べの草いやおひの月、林の鶯かへりなんとするころほひ、ももせ河にちかづきてみづはぐみ、やそ坂にかかりてこしふたへなるどち、あひかたらひて、あらくつもれる年をあはれび、たかき齢をたふとぶあそびは、唐土よりはじまりてわが国にもつたはれるをや、われらかうべには雪の山をいただけど心は消えぬものなりければ、はだへは氷の梨になりても柿本の風をわすれがたみなり、いざや大原のあとをたづねて小町のことばにうつさんとならし。七の叟ひとつ心にともなひて老いが身の名をむつましみ、白河のわたりにまうきたりて水にのぞみ花にたはぶるる今日にぞあるらし。清輔むかしは秋のみ山べの草のうちに数まへられて、おのづからいろめかしきことのはもいへりけん、いまは日くれ道遠きなげきにそみて、春の心もわすれはてにしを、千年にひとたびあへる事のよろこばしさに、万代までのあざけりをのこしつるをなんはぢ思ひけると、しかいふなり。

序の後に七叟の和歌「暮春白河尚歯会和歌」が載り、冒頭、清輔は「ちる花はのちの春ともまたれけりまたもくまじきわがさかりはも」と詠んでいる。続いて垣下の和歌「暮春見尚歯会和歌」が記され、仮名の記（時、場所、座の設営、集合着座、古歌詠誦、披講、垣下の名、散会を惜しむ、といった会の進行が記される）と後朝贈答二首がみえる。さらに漢文の記二首（重家記・盛方記）が最後にある。(2)

古今著聞集・巻第五和歌「二〇三前大宮大進清輔、宝荘厳院にて和歌の尚歯会を行ふ事」によれば、清輔は、着座する際の、「座次の上﨟」であった弟たち、重家と季経の世話および兄を敬う態度に感激して、伝領してきた「人麿影」[3]と破子硯を重家男の経家に、和歌文書を季経に与えたという。事実はともあれ（尚歯会和歌にない著聞集独自の記事であり鎌倉期の歌壇的背景が存するか）、歌道家としての六条藤家の相伝がなされた意である。

白河尚歯会から五年後、治承元年（一一七七）六月二〇日に清輔は没する。享年七〇歳である。[4]清輔のいとこ公教男の実房は、[5]愚昧記に「晴、今晩清輔朝臣頓滅云々、近代長二和歌一者也、年来近馴、哀傷在二眼前一、可レ悲可レ悲」と記している。顕広王記には「正四位下藤原清輔朝臣卒去年七十、酔死云々、当世歌仙也」とみえ、「酔死」であったという。

兼実は、玉葉に清輔甥の基輔が来てその逝去を伝えたと記し「和歌之道忽以滅亡、哀而有レ余、歎而無レ益、就中余聊嗜二此道一、偏頼二彼朝臣之力一、今聞二此事一、落涙数行、惣論二諸道之長一、無レ如三清輔朝臣之得二和歌之道一、和歌者我国風俗也、滅亡時至、誰人不二痛思一哉」と歎いた。同じく嘉応二年（一一七〇）一〇月二七日条に「清輔朝臣来談」と初めて見えて以来、兼実と清輔は強い信頼関係にあり、兼実の主催する歌合は清輔を軸として行われた。後述するように二条天皇に奏覧された、清輔の主著である袋草紙は、後に中宮育子に伝えられ、育子没後は弟の兼実が伝領したが、同書は別に兼実にも献上された一本があり、それは六角東洞院の火事で焼失したという。

清輔の業績について、井上宗雄「清輔年譜考」（『平安後期歌人伝の研究』笠間書院、初版〈一九七八年〉、増補版〈一九八八年〉所収）、芦田耕一『六条藤家清輔の研究』（和泉書院、二〇〇四年）をはじめ、多くの先行研究が述べるところであるが、その著述を左に粗々一覧する。川上新一郎『六条藤家歌学の研究』（汲古書院、一九九九年）を参照。

①奥義抄・上中下、下巻余　仁平元年（一一五一）以前成立

②和歌一字抄・上下　仁平年間（一一五一～四）成立
③人丸勘文　仁平三年（一一五三）成立
④袋草紙・上下　保元二、三年（一一五七、八）成立
⑤続詞花集・二十巻　永万元年（一一六五）成立、なお後述
⑥和歌現在書目録　顕昭・経平と共編　仁安元～三年（一一六六～八）成立
⑦和歌初学抄　嘉応元年（一一六九）以前成立
⑧清輔朝臣集　安元二年（一一七六）成立

また、(6)清輔本古今集、清輔本後撰集といわれる証本作成につとめている。清輔本古今集の成立年時は永治二年（一一四二）ほか。古今集証本の作成が清輔の歌学研究の出発であると考えられる。散佚した著作として次のようなものがあげられる。

⑨注古今・十巻
⑩牧笛記
⑪題林・百二十巻
⑫今撰集
⑬倭歌書
⑭題目集注抄
⑮和歌様之躰
⑯清輔本金葉集・十巻

⑩牧笛記は和歌色葉に「詞花集を破りたる為経〈長門前司〉の後葉集、後葉集を難じたる清輔の牧笛記」とあり、詞花集を非難した後葉集を批判した書である。また、⑪の題林・百二十巻を増補した⑰扶桑葉林・二百巻が新たに加えられた(7)。題林は⑥和歌現在書目録の「類聚家」に「歌合三十巻、歌会三十巻、百首三十巻、雑々三十巻、合百二十巻。二条院召了」とあり、二条天皇に奉ったことが知られる。⑨注古今も二条天皇に献じていたものと同じと思われ、⑨⑩⑪は二条天皇時代以前の成立と考えられる。

⑧は晩年の自撰かとされ生涯の詠作活動が知られる(8)。その中には歌壇的に歌人清輔の出発に位置すると考えられる久安百首の詠進歌六九首（百首を別立てにしていない）もみえる。千載集初出で勅撰入集歌九六首。歌仙落書に「風体さまざまなるにや。面白くも又さびたる事も侍り。たけたかきすぢやおくれ侍らむ」と評され、中古六歌仙に数えられる。

また、多くの歌合への参加が知られる（家集には歌合歌を含まない）が、「歌の方の弘才は肩を並ぶる人なし」「此比和歌の判は俊成卿、清輔朝臣、左右なき事なり」（長明無名抄）と言われた歌壇の指導者であり、判者をつとめた歌合を平安朝歌合大成によって示せば以下の通り。

1仁安元年五月太皇太后宮亮経盛歌合
2仁安二年八月太皇太后宮亮経盛歌合
3園城寺長吏大僧正覚忠歌合
4嘉応元年五月観智法眼歌合
5嘉応元年一一月或所歌合
6嘉応二年五月二九日左衛門督実国歌合

7承安元年八月一三日全玄法印歌合
8承安二年法輪寺歌合
9承安二年閏一二月宰相入道観蓮歌合
10承安三年三月一日右大臣兼実歌合
11安元元年七月二三日右大臣兼実歌合
12安元元年閏九月一七日右大臣兼実歌合
13安元元年一〇月一〇日右大臣兼実歌合
うち証本が残っているのは2、6、12である。また5は俊成と両判。

注

（1）三位に昇っていないにもかかわらず「三位大進」と称されることについて、兼築信行「「三位大進」考―藤原清輔の称をめぐって―」（『国文学研究』155、二〇〇八年六月）は、父顕輔の位階に清輔の官職を合成したもので、弟重家によって献上された一種の愛称であったと論じている。

（2）後藤昭雄「白河和歌尚歯会記考」（『平安文学史論考』武蔵野書院、二〇一〇年）参照。

（3）人丸の影は六条藤家（歌の家としての称）の象徴と考えられる。鈴木徳男・北山円正「柿本人麿影供注釈」（『相愛女子短期大学研究論集』46、一九九九年三月）ほか参照。

（4）清輔は父顕輔と母能登守高階能遠女（生年未詳、一一五一年ころ没か。清輔集に喪に服している記事がみえる）の次男として生まれた。清輔の生年については、白河尚歯会和歌の群書類従本に清輔が六九歳とあることによって長治元年（一一〇四）生まれとするのが通説であった。しかし、前述の冷泉家時雨亭叢書所収の尚歯会和歌（清輔編扶桑葉林二百巻の一部、注7に掲出の小川剛生論考を参照）には「六十五」とあり、通説より四歳若く、天仁元年（一一〇八）生まれとなる。これに従うべきであろう。通説によると、父一五歳の子で同母兄顕方がいたことになる。その不自然さも解消され、永暦元年（一一六〇）ころの詠とされる月三十五首歌会の「いそかへりわが世の秋はすぎぬれどこよひの月ぞためしなりける」にみえる「いそかへり」が五三歳を意味することになって無理がない。

（5）百人一首の清輔詠「ながらへばまたこのごろやしのばれんうしとみし世ぞ今はこひしき」は清輔集に「いにしへ思ひ出でられけるころ、三条内大臣いまだ中将にておはしましける時つかはしける」（書陵部本ほか）とあるが、三条内大臣を「三条大納言」とする本（群書類従）もある。前者であれば公教で、その中将時代は大治五年（一一三〇）四月から保延二年（一一三六）一一月まで、公教二八～三四歳、清輔は二三～二九歳の間である。一方、後者であれば、公教の子、実房となり、その中将時代は保元三年（一一五八）三月から仁安元年（一一六六）六月まで、実房一二～二〇歳、清輔五一～五九歳の間である。井上宗雄「清輔年譜考」（『平安後期歌人伝の研究』所収）は前者説をとる。芦田耕一「『清輔集』にみられる三条家」（『六条藤家清輔の研究』所収）は後者説。後者説を支持する石田吉貞『百人一首詳解』（有精堂、一九五六年）は「永万元年二条院崩御のため、せっかく選んだ『続詞花集』が奏覧を経なかったことなどのために、昔、父顕輔が『詞花集』を選んだとき、清輔は父と不和で一首もとられなかったことなどを思い出し、その時は憂しと思ったが、今になってみると恋しく思われるといったのではなかろうか」云々と続詞花集の成立に結びつけて鑑賞している。

（6）①の奥義抄は川上の分類によれば、Ⅰ・Ⅱ類に分類される。日本歌学大系（志香須賀文庫本を底本にし慶安五年版本で校合増補）はⅠ類本である。Ⅱ類本中、大東急記念文庫本（欠下巻余）の翻刻が『磯馴帖』（寺島修一・東野泰子・西田正広・中川順子、和泉書院、二〇〇二年）にあり、影印が『大東急記念文庫善本叢刊中古中世篇　第四巻和歌Ⅰ』（解題は川上）に収載。また中山家旧蔵本（存巻上）の影印が『国立歴史民俗博物館蔵貴重典籍叢書　文学篇第一五巻歌学書四』（臨川書店、二〇〇二年、解題は川上）に収められた。下巻余は『天理図書館善本叢書和書之部第三五巻平安時代歌論集』（八木書店、一九七七年、解題は久曾神昇）に影印がある。②の和歌一字抄には『校本和歌一字抄付索引・資料』（和歌一字抄研究会、風間書房、二〇〇四年）があり、諸伝本の整理や参考文献がまとめられている。⑦の和歌初学抄は川上の分類によれば、Ⅰ・Ⅱ類に大別され、それぞれａｂｃ、ａｂの系統に分類される。Ⅱ類本ａ系統に位置づけられる日本歌学大系は宮内庁書陵部本を底本にするが、冷泉家時雨亭文庫本（叢書第三八巻『和歌初学抄口伝和歌釈抄』、解題は赤瀬信吾）の転写本である。川上はI類本a系統を最も重視すべきで、II類本aは異本本文として慎重に併せ用いるべきであるとする。すなわちI類本aの『天理図書館善本叢書和書之部第三五巻　平安時代歌論集』（八木書店、一九七七年）所収、伝二条為氏筆本を最有力の伝本とした。木村晟『和歌初学抄　本文と索引』（小林印刷出版部、一九八四年）に、I類本cである島原図書館松平文庫本の影印がある。なお④の袋草紙ついては後述。

（7）小川剛生「古歌の集積と再編―『扶桑葉林』から『夫木和歌抄』へ―」（『夫木和歌抄　編纂と享受』風間書房、二〇〇八年）参照。

（8）芦田耕一『清輔集新注』（青簡舎、二〇〇八年）がある。

二、成立過程

続詞花集の成立を考察するに、撰者自らの手によると考えられ、その事情が記されている跋文に拠るにしくはない。先ずに跋文を訓み下しにして掲出する。

僕、少年の昔より、衰暮の今に迄るまで、魯愚の性を稟くといへども、久しく倭歌の篇に老ゆ。或いは故人の雅詠を拾ひ、視るに随ひてこれを書《しる》し、或いは時輩の妙辞を摭《ひろ》ひ、聴くに任せてこれを注したり。その功甫《はじ》めて就《な》りて、自《おのづ》から徂年を送り、その勒漸くに終はりて、いまだ披露に及ばず。しかる間に、先朝の叡聞に入り、愚臣の撰集を召す。地《ただ》に忍ぶことあたはず、慭《なまじ》ひに天覧に備ふ。その後繕写の間、すでに遏密に遇ふ。恨み尤も切にして、仙居の月早くも蔵《かく》れ、愁へ至りて深くして、橋山の雲いづくにかある。たとひ蓄懐を遂げざるも、いかでか清撰を秘すべけんや。員数旁《あまね》く多く、一千首の詞を編み、部類区別《まちまちわか》ち、二十巻の巻を次《つい》づ。号して続詞花と名づけ、もつて口実と為すのみ。
続詞花集を二条天皇の奏覧に備えているうちに崩御に遭い、その目的が達成できなかった悲嘆が読みとれる。詳しい解釈については、本注を参看願うこととして、以下では跋文をふまえつつ二条天皇との関係を主として簡潔に述べることとする。

保元三年（一一五八）八月一一日、後白河院が二条天皇に譲位した。時に天皇は一六歳である。新帝は早くに母を失っており、鳥羽皇后、美福門院得子により養育された。得子は顕輔の長兄長実の娘であるので、清輔のいとこに当たる。(1) 袋草紙は保元二年八月から永暦元年八月までの間に根幹部分が成立したとされるが、世上の評判になり、天皇の叡覧に供した。その後に白紙の冊子を下賜し、これに書写して献上するようにという宣旨があった。平治元年（一一五九）一〇月三日に進覧。芦田耕一『清輔集新注』（前掲）は清輔集に「御さうしかきにたまはせたりける」（七七）がこの冊子下賜のことではないかと考えている。この後、清輔自身による追補が何度か行われた。(2)

袋草紙に清輔自らを語る部分がある。そのひとつに応保二年（一一六二）三月六日の昇殿に関わる記事がある。(3) 内昇殿と二条歌壇へのデビューが自讃の筆致で語られている。進覧後に清輔自身の追補した部分である。西村加代子「清輔の昇殿と応保二年内裏御会」（『平安後期歌学の研究』和泉書院、一九九七年）は、この部分を詳細に考察し、次のようにまとめている。

応保二年三月六日、散位従四位下清輔のもとに、内昇殿勅許の知らせがあった。十三日に中宮貝合が催されるのを機会に急ぎ昇殿がゆるされたという通知とともに、明七日に歌題が下され、その和歌披講が同七日に行われるから歌を思案して早く初参せよ、との指示であった。そこで、即日六日夜に昇殿して日給の簡に名を記された。翌七日、殿上人となった清輔のもとに「遙尋残花」「思出旧女恋」の歌題が知らされ、その詠作を懐中に高倉内裏の御会に初参して、二条天皇歌壇に交わることを得た。この御会は、公卿二、三人と殿上人数十人が列し、簾中の女房も参じて行われた。袋草紙に記される列席者は、藤原範兼・同顕広（俊成）・同重家・源雅重と清輔。家集によれば、源有房・二条院讃岐も出席していた。範兼は二条天皇の侍読として近侍し、顕広・重家・有房も二条天皇歌会の常連であったことが、彼らの家集から知られる。この御会も、そうした二条天皇の近臣を中心とする歌会の一つとみられる。つづいて当座歌合が行われたが、長い不遇の後に和歌をもって昇殿したばかりの清輔は、「是れ予を試みんためか」と緊張した。この歌合について、自撰家集とみられる重家集では「次、例の当座」とのみ記す。清輔の弟重家によれば、御会の後に追加の披講が行われることは通例で、この時もそれであったという。もっとも、「例の当座」にも新参者が加われば、人々の各様の関心・反応も生ずるのが当然で、そうした場において満座の人々を感嘆させ、その反響は、無名抄にも記し伝えられることとなる。いささか過剰とも見える清輔の気負いと自意識は、それに十分に相応する面目と得意を彼にもたらしたのであった。

新日本古典文学大系29『袋草紙』（藤岡忠美校注、岩波書店、一九九五年、本文の漢文部分を訓み下し文にするなど、通読の便のため表記に改変の措置がとられている）によって次に該当箇所を引用する。

予、応保二年三月六日に昇殿す。来たる十三日、中宮の御方に貝合の事有るべし。仍りて俄かに仰せ下す所なり。同七日に和歌の題二首を賜ふと云々。同日に講ぜらるべし。風情を廻らし早く初参すべしと云々。仍りて吉凶を択ばず件の夜籍《ふだ》に付け了んぬ。御所は高倉殿。翌日、御会。東向きの御所。月卿両三、雲客数十なり。これを講じて座を立たずして、また題二首を出ださる。範兼これを出だす。「躑躅路を夾《はさ》む」と云々。「恋」。これ予を試みんが為なり。即時におのおの篇を終ふるなり。名を隠して歌合はするなり。予殊に召に応じて咫尺《しせき》に籠むるなり。然りといへどもなほ恐れを成して位階に勝らず、範兼・雅重等の下に居り。御簾を上げられ、次第に歌を講ず。かれこれ相ひ互ひに難陳す。範兼は殊に張本となりて勝負を定む。これを問ふに、僻《ひがごと》有りといへども口入すること能はず。而して半ば講ずるの後、勅定に云はく、清輔は今夜和歌の沙汰を致さじと思ふかと云々。小《すこ》しき鼻を突く気なり。心々に恐々として紕繆《ひびう》を相ひ待つの処、躑躅の歌に「このもかのも」と詠む歌出で来。範兼難じて云はく、このもかのもは筑波山の外は詠むべからず。かの山は八方に面有り。面の方に景《かげ》有るの故なり。何ぞ平地の路に然るべきやと。顕広云はく、然なり。近き歌合にもかくの如く難ずるかと。予云はく、基俊の判かと。顕広この時承伏して然なりと云ふ。範兼傍若無人に成りて、然らば負けとなすの由を称す。時に予云はく、然りといへども、事の外の僻事なりと。ここに重家の云はく、基俊が書き置ける事を、末生の僻事と称し難きなりと。予が云はく、基俊が説を末生の今案をもつて難ぜば、尤も然るべし。基俊より先達のもし申す事有らば如何と。人々尤も興有り。証歌有らば出だすべしと責められ、暫く隔滞す。頻りにその責め有り。予申して云はく、躬恒が仮名序には、「漢河《あまのがは》に烏鵲《かささぎ》の与利羽の橋を渡して、このもかのも行きかふ」と書きたる様に覚悟す、如何と。時に主上より始め奉りて、満座鼓動して簾中に及ぶ。範兼少しく興違ふの気有り。仍りて勝に定め了んぬ。範兼、顕広が同心の時虎の如く、証文を聞きて復た鼠の如きなり。この事今夜のみに非ず、後日も世間に鼓動して感歎極りなしと云々。ただし万葉集には「是面」と書き顕はせり。然れば普通の事なり。知りたるは高名ならず、知らざるが不覚なり。後に聞くに、中院右府入道の云はく、和歌によりて昇殿を聴され、翌日御会に参じては覚えなるかなと深く感歎すと云々。後日九条大相国の許に参ずるに、この事を云ひ出だされて云はく、道を嗜むをもつて昇進す、自愛すべきかなと云々。深く感有り。予云はく、承暦の歌合の時、通宗朝臣昇殿すと云々。申されて云はく、いまだ先蹤を承り及はず、いよいよ目出たき事と云々。両丞相感歎し、いよいよ面目を増せるなり。

初参の御会において「このもかのも」という歌語をめぐる著名な論争が起き、清輔の活躍が述べられる。内昇殿勅許が直接勅撰には結びつかないが、想像するに、その筆勢からうかがえる清輔の高揚感はそのまま撰集奏覧に関係しているものと思われる。(4)

続詞花集の成立までの経緯は、鈴木徳男「『続詞花集』の成立」(『国語と国文学』791、一九八九年一二月)にも述べたが、保元の乱後の十年間は清輔の生涯でもっとも気力の充実した時期であったとのではないかと思われる。関連略年表を示すと次の通り。


康治二年(一一四三)六月一七日、守仁(のちの二条天皇)誕生。父はのちの後白河天皇(第一子)。

　同二四日に生母懿子が薨じたため鳥羽院に引き取られ美福門院に養育される。

久安六年(一一五〇)この頃までに奥義抄成立か。僻案抄によると後年二条天皇に追補本を進じた。

仁平元年(一一五一)詞花集(撰者は清輔の父顕輔)撰進。

　この後、教長、拾遺古今(散佚)を編纂し難ずる。

　一〇月一四日、九歳の守仁は仁和寺に入室。

久寿二年(一一五五)九月二三日、守仁立太子(一三歳)。間もなく、清輔、古今集を東宮に進上。

　後葉集(寂超撰)一〇月以降翌年正月までに成る。

　この後、清輔、牧笛記(散佚)を著し難ずる。

保元元年(一一五六)七月一〇日、保元の乱起こる。同月二三日、新院(崇徳院)を讃岐に配流。

　一一月二八日、清輔(四九歳)、皇太后宮(多子)大進。

保元三年（一一五八）八月一一日、後白河院（雅仁）譲位、二条天皇践祚。

前年八月一九日からこのころまでの間に袋草紙の根幹部分成る。

平治元年（一一五九）二月、姝子内親王立后。

三月、初めての内裏御会（題は「花有喜色」）。

六月一九日、清輔、注古今（数年前から進めていた）を天皇より返してもらう。

一〇月三日、袋草紙を召されて奉る。

（清輔、平治以前に内昇殿を許された記録はない）。

一二月九日、平治の乱起こる。

同二九日、二条天皇、六波羅から美福門院八条殿に移りついで内裏へ戻る。

以後、内裏歌会活発化。

永暦元年（一一六〇）正月二六日、太皇太后宮多子入内（翌年八月一一日退下）。

三月一一日、経宗、惟方流罪。両人は父後白河院と対立していた二条天皇の側近。

（経宗は応保二年三月一〇日、惟方は仁安元年三月召還）。

七月、太皇太后宮大進清輔家撰歌合（「大宮大進清輔朝臣」として出詠。「判者左近少将通能朝臣重勅判也」とある）。

一一月二三日、美福門院得子崩御。

応保元年（一一六一）四月二八日、初度詩歌会。

内裏百首（七月二日賜題）。

応保二年（一一六二）三月六日、清輔（五五歳）、昇殿。内裏御会に参加。

（これ以前に太皇太后大進を辞す）。

五月八日、重家、除籍解官。デマを流したというのが原因だが、背景に院方と天皇方の対立がある。翌々年一二月に許されている。

長寛二年（一一六四）八月二六日、讃岐（崇徳）院崩御。

永万元年（一一六五）二条天皇、四月中旬以降不予。

六月二五日譲位、七月二六日押小路殿にて崩御。

八月七日葬送。

在世中、清輔、題林百二十巻（散佚）を進じた。和歌現在書目録によると〈歌合三十巻・歌会三十巻・百首三十巻・雑々三十巻、合百二十巻〉。

二条天皇が勅撰集の下命を内内に目標にしていたと考えれば、永暦元年七月の清輔家撰歌合（本集に四首入集）や応保元年（九月四日改元）の内裏百首（本集に七首入集、うち御製三首）の催行は、清輔昇殿以前であるが、勅撰を意識した行事として注目される。

永万元年六月二五日、二条天皇が六条天皇に譲位し、七月二八日に二三歳で没する。清輔の家集には八月七日の葬送の折の詠「ありし夜に衛士のたく火は消えにしをこはまたなにの煙なるらむ」（三三一）「よろづ代とたのみし君をよひのまの空のけぶりとみるぞかなしき」（三三二）があり、真率な思いが表れている。すなわち、続詞花集は、集中作者の官位記載および跋文の記述から、二条天皇が崩じた永万元年七月二八日以降まもなくには、現在見られるごとき本文に整えられていたであろうと推測される。(5) 二条天皇を今上・当今（356・836）といい、その作を御製とする。

以下に諸書にみえる続詞花集をめぐる記事をまとめておく。

先ず、前述したように和歌現在書目録の撰集家に「清輔朝臣撰レ之、二条院召二覧之一、清書了可レ奏之由、雖レ蒙二勅命一不レ遂、崩御之由見レ序。序者長光朝臣」とあって、跋文の内容を裏づけている。長光の序は現存する諸本にはないが、跋文と同様の記事であったと推測できる。長光朝臣とは藤原氏南家宇合流、敦光男で、永光ともいった。文章博士で、安元元年（一一七五）七三歳で出家している。

和歌色葉（建久九年成立、上覚著、完成後、顕昭が校閲し、後鳥羽院の叡覧に供する）には、

二条院御時大宮の大進清輔続詞花集を抄して勅定を蒙りけり。（撰抄時代の部分）

如二後拾遺、続詞花、千載集一者皆各雖二私集一経達為二勅撰一。（奥書に引用する文書の部分）

とある。続詞花集はもとは私撰集であったが、のちに勅定を受けているとし、後拾遺集や千載集を同列に処置している。

正治二年（一二〇〇）俊成卿和字奏状になると、

又、清輔が続詞花集と申すうちぎきをつかまつりて、二条院に勅撰と申しなさんと申させ候ひしかども、御承引候はざりし上に、故左大臣入道、わが歌わろきをば入れ、よろしきをば入れずとて、我歌ならびに先祖すべて閑院の人々の歌はみな出してよとて、また老入道がおやの歌などは、わが外祖にてあれば、すべて入道が歌までも出さむ、いかに、と候ひしかば、沙汰に及ばず、誠にうるさく候。とくとく出され候べしと申し候ひしかば、先祖みこひだりの大納言の歌まで、いくばく候はざりしかど、閑院の人候はずなり候ひにしかば、うちぎきもすさまじくこそなり候ひけめ。大方撰集も、わがかくよみしりての上の事に候。

とある。この奏状は、俊成が正治二年院初度百首の作者として子息定家を推挙する目的で書かれたものであり、六条藤家方への非難が中心である。とくに、すでに故人であったが清輔に対する反発が色濃く、引用した部分の前に、教長・清輔の無能ぶりを指摘し、さらに「ざれ歌」が多く入集している欠点があると、詞花集への批判を記すが、撰者顕輔の責任もさることながら、「さかしきものどもの候さしらへに候があまた候ひける」のが理由であるとして清輔あたりに対する攻撃意識が比較的強い。引用部分はそれに続く箇所である。俊成は清輔の打聞（私撰集）である続詞花集が二条院の意志によって勅撰集とすることを拒否されたかに述べている。勅撰集に認定しようとする六条家側の見方（和歌色葉など）と対蹠的で、歌道家間の確執におけるひとつの争点であったように思われる。閑院家の人々の選歌に関して紛糾があったと伝え、故左大臣入道（徳大寺実定）の怒りを誇張的に記したり「大方撰集も、わがかくよみしりての上の事に候」（引用部末尾）という、誹謗に類する、かなり感情的な表現になっているが、続詞花集に対するこのような俊成の解釈が以後、少なからず和歌史の上で続詞花集の評価に影響したことは疑いないであろう。

八雲御抄（承久三年以後成立、順徳院著）では次のようにある。

続詞花集二十巻　有レ序長光、雖レ可レ為二勅撰一、二条院崩御、不レ遂レ之。（巻第一正義部、家々撰集）

此外清輔依二二条院仰一撰二続詞花集二十巻一、而崩御間不レ准二勅撰一也。（巻第二作法部、撰集）

また代集には「打聞」の項に「続詞花　清輔朝臣撰」とある。私所持和歌草子目録（冷泉家時雨亭叢書第四〇巻『中世歌学集・書目集』）などにも「打聞」にあげられている。

注

（1）多賀宗隼「二条天皇時代」（『日本歴史』、一九七五年）は美福門院などが介在して早くから清輔との関係の下地が作られていたという。

（2）『袋草紙注釈』（塙書房、一九七五年）解題、参照。袋草紙の注釈は、小沢正夫・後藤重郎・島津忠夫・樋口芳麻呂によるこの『袋草紙注釈』上下、藤岡忠美・芦田耕一・西村加代子・中村康夫による『袋草紙考証』歌学編・雑談篇（和泉書院、一九八三年・一九九一年）がある。

（3）清輔集には「二条院御時、中宮に歌合あるべしとて殿上ゆるされたりけるよろこび申すとて、重家のもとより」という詞書で重家の贈歌と清輔の返歌がみえる（三二四、三二五、重家集二一五、二一六にも）。井上宗雄「清輔年譜考」（前掲）は「清輔は天皇の寵妃多子の大進でもあり、早くから信任されており、この後、歌壇的地位も大きく上昇する」と述べる。昇殿をめぐっては、続詞花集に二条天皇とのやりとりがある。862歌参照、清輔集七七、七八も昇殿前の贈答。なお前述のように、太皇太后大進の職を辞していた。

（4）芦田耕一「『続詞花集』撰集のための『袋草紙』」（『六条藤家清輔の研究』和泉書院、二〇〇四年）は両書の関連の強さを論じている。また『貴重典籍叢書文学篇第六巻〈私撰集〉』（臨川書店、一九九九年）の「続詞花和歌集」解題（松野陽一）は袋草紙が続詞花集をよりよく詠み解くための辞書といわれることに言及して次のように述べる。

自跋の撰集事情の説明を読む限り、天皇（上皇）の下命によって初めて撰集作業に入る通常の勅撰集の型を踏んでいないことは明らかだが、叡覧を期待して作業を進め、崩御によってそれが実現しなかったことをいう以上、七番目の勅撰集たらんとする期待は、書名からも、撰集規模からも、二百年を超える撰歌範囲の設定からも、更には部立・配列の新機軸からも強く存在していたといってよかろう。今、新機軸といったが、それは同時に王朝和歌の一方の特質である「折の文芸」の性格を生かす器でもあった。それは、金葉・詞花と衰弱しながらも辛うじて保持してきた、歌の場の王朝的物語性を豊かに蘇生させようとする試みでもあったのである。実際には七番目の勅撰集となった千載集が、題詠の時代に入ったことの明確な自覚から、詞書に頼らぬ一首として自律した詩の集たらんことを目指し、詩としての歌の作品性に、二百年間の抒情性の回復を意図したのとは対蹠的な撰集なのであった。先行して著述された袋草紙が、王朝歌学の綜合的な整理の書であることはよくいわれるところであるけれども、続詞花集をよりよく読み解くための辞書といった嘗ての指摘は、右の如きこの撰集の基本的な性格に関わっているからである。詞花集の恋・雑歌の面白さにも言及したことがあるが、その点でも続詞花集は詞花集のそれを継承・拡充している。

（5） 跋文に勅撰集の体裁をととのえているうちに二条天皇が崩御されたとあるから、ひとまず続詞花集の成立は永万元年七月二八日以降と考えられる。また、入集作者の位署表記から「右衛門督公保」「右大弁雅頼」が注目される。公保は応保二年一〇月二八日右衛門督に任じ、永万元年八月一七日に辞している。雅頼は永暦元年一〇月三日に右大弁、永万元年八月一七日から左大弁になっている。また「前中納言師長」（長寛二年六月に配流地から召還、同閏一〇月一三日本位に復す、永万元年は前権中納言従二位、仁安元年一一月三日に権大納言に任ず）、「大納言公通」（永暦二年九月一三日権大納言に任じ、仁安二年二月一一日辞す）、「大納言雅通」（平治二年八月一一日権大納言に任じ、永万元年は大納言正二位、仁安三年八月一〇日に内大臣に任ず）、「右近権中将宗家」（長寛三年正月二三日に右中将に任じ、永万二年八月二〇日まで）、「権中納言実国」（長寛三年正月二三日に権中納言に任じ、仁安三年八月一〇日中納言）などから永万元年（長寛三年）当時の官職表記になっている。公保、雅頼の例からすると、二条天皇崩御の七月二八日から八月一七日までの期間を、一応の成立時とすることができる。少なくとも二条天皇在位中の完成を目標にしていたと思われる。鈴木徳男『続詞花和歌集の研究』（和泉書院、一九八七年、以下前著という）参照。

三、規模・構成

続詞花集の総歌数は跋文に「一千首之詞」とあり、数えると二〇巻九九八首である。金葉・詞花の一〇巻仕立てを改め二〇巻に戻した。部立と内訳は次の通り。

巻数	部立	歌数	巻数	部立	歌数
巻第一	春上	三六首	巻第十一	恋上	六六首
巻第二	春下	五九首	巻第十二	恋中	六六首
巻第三	夏	五五首	巻第十三	恋下	六一首
巻第四	秋上	六七首	巻第十四	別	二七首
巻第五	秋下	六二首	巻第十五	旅	四〇首
巻第六	冬	四六首	巻第十六	雑上	五七首
巻第七	賀	三二首	巻第十七	雑中	六五首
巻第八	神祇	二五首	巻第十八	雑下	六二首
巻第九	哀傷	六一首	巻第十九	物名・聯歌	一三・一七首
巻第十	釈教	三四首	巻第二十	戯咲	四七首

各巻の配列方法の詳細はそれぞれ注釈によられたいが、大枠を他の勅撰集に比較すると、続詞花集の史的特徴として、春部の歌数不均衡（後拾遺集に例あり）、神祇・釈教部の新設、別部と旅部の歌数の増減（旅部の増加）、雑部の構成（述懐歌と無常の詠嘆）、物名と聯歌（両部の消長）、戯咲部の設置・内容などが指摘できる。釈教と神祇は後拾遺集で巻二十雑六に小部立としてみえるが、それぞれ一巻として独立させたのは続詞花集が最初であり、千載集以下の勅撰集の先蹤となった。物名は古今集以来の部立であるが、以後の勅撰集では無くなるし（部立としては続後拾遺集が巻七で復活させている）、聯（連）歌は金葉集に先例があるが、やはり以後の勅撰集にはみえない。巻二十の戯咲は誹諧歌というべきところをかわりに用いているが、奥義抄で「誹音非也。無二俳音一。可レ用二俳字一云々。雖レ然

古今拾遺等皆以用二誹字一、尤不審也」と述べていることと関連していよう。それにしても一巻を立てていることは、所収歌の性質とともに検討するべき意義がある。また、千載集は雑歌下に小見出しをあげて、短歌（長歌）、旋頭歌などを入集させている（同様の処置をしている集に新勅撰集などがある）が、続詞花集は、これらの歌体は採用していない。

選歌範囲について、詠作年代の明らかな作で古いのは、康保四年（九六七）五月の村上天皇崩御後、喪中での斎宮女御（徽子）の詠415で、同じ作者が天皇生前に詠んだ628はそれ以前の作である。[1] 同じく康保四年の二月、藤原実頼の月林寺花見の折の作かと思われる68（高遠）・69（元輔）がみえる。実頼関連では、安和二年（九六九）一二月の七十賀の作かと推定される13（能宣）、天禄元年（九七〇）五月の実頼没後の詠397（元輔）が採られている。こうしてみると、村上朝あたり、梨壺の五人（本集において清原元輔、大中臣能宣、源順、紀時文の作はみえるが坂上望城の作はない）の詠が本集入集歌では古い時代の詠歌と認められる。その意味では後撰集撰集のころと推定される詠89（能宣）が最古の作かと思われる。さらに梨壺の五人の作は、例えば、応和元年（九六一）に源順の子が亡くなった折の詠422（順）、貞元二年（九七七）頼忠家前栽歌合での時文詠346、元輔が周防守時代（天延二年〜貞元二年）の詠342、天元二年（九七九）兼盛が駿河守として下向する折の詠672（元輔）などがひろえる。本集に所収の歌合で最も古いものは、245、923にみえる「野宮歌合」（天禄三年〈九七二〉八月二八日規子内親王前栽歌合、判者源順）である。同じく歌会は、前述のもののほか328の順詠の、貞元元年（九七六）庚申夜歌会や時期は明確ではないが825（兼盛詠）の詞書に「かはらの院にて人々、むかしをこふる心をよみけるに」とある河原院での歌会などが古い。これらから選歌範囲の上限が示唆される。[2] すなわち、続詞花集は、村上天皇の時代から二条天皇の当代まで、一七代約二百年間の和歌的世界を選歌対象としているとひとまず理解できる。

また、入集歌人の面から、平兼盛と増基法師が注意される。兼盛について、袋草紙の故撰集子細、後拾遺抄の項に「また序の如きは、古今・後撰の作者の歌を入れざるなり。兼盛の歌これを入るるも、これ後撰の作者なり。ただし失錯に非ざるか。かの人は拾遺集以後なほ存生の者なり。仍りて秀歌多々あるの故に、窃かにこれを入るるか」とあり、清輔は、後拾遺集が、序にあるように古今集、後撰集の作者の歌を採用しない方針にもかかわらず、後撰作者である兼盛の歌を入集させていることについて、拾遺時代の生存者であり秀歌も多いので失策ではないと考えているのである。増基法師について、同じく袋草紙の故撰集子細、後撰集の項に「また増基法師と云ふ物有りて、庵主と注すと云々。庵主は玄々集に入る者なり。永延以後の人か。なかんづく仲平かみな月時雨ばかりをみにそへて庵主日記になし。尤も不審なり。かの後撰の作者の増基は、もし大和物語に侍る増基君か。件の人は殿上法師なりと云々」(文中「仲平」は意味不明。次の歌は後撰集・冬四五三)とあり、後撰作者である増基が玄々集中の作者と同一人であれば永延以後の人となるが、不審があるので別人ではないかと考えている。したがって、増基を清輔は後拾遺作者と見なしていた。

こうした事実は、続詞花集が後拾遺集の方針を踏襲しているものと考えられる。すなわち後拾遺集序文に詔を記し「拾遺集に入らざる中ごろのをかしき言の葉、藻塩草かき集むべき」とあり「おほよそ、古今・後撰二つの集に歌入りたるともがらの家の集をば、世もあがり、人もかしこくて、難波江のあしよし定めむこともはばかりあれば、これを除きたり。昔、梨壺の五つの人といひて、歌に巧みなる者あり。(中略)これらの人をさきとして、今の世のことを好むともがらに至るまで、目につき、心にかなふをば入れたり」などとある撰集の方針と同様である。なお兼盛、増基法師は詞花集に入集している歌人でもあり、詞花集の場合、上限として採っている後撰作者は、この二名も数えて中務を加えた三名であり、続詞花集の方針は詞花集に倣ったと考えることもできる。

作者名を表記している人数は三八七名（歌数九二九首）、よみ人しらずの歌が四一首、「女」「女房」とのみ表記する歌が五首、いわゆる「希代歌」が一三首、作者名不注記歌が一〇首（このうち詞書から作者名が知られるもの四首、また左注によって記すもの一首）である。これらの入集作者について、すでに鈴木前著に述べたことであるが、以下に再述する。『勅撰集作者索引』（名古屋和歌文学研究会編・和泉書院索引叢書10）を利用して、続詞花集中の作者三八七名を勅撰集の初出別に分け、続詞花集初出作者を加えると、次のようになる。(3)

①後撰集初出作者………二名
②拾遺集初出作者………三六名
③後拾遺集初出作者……八五名
④金葉集初出作者………六二名
⑤詞花集初出作者………三四名
⑥続詞花集初出作者……一六八名

まず、⑥が全体の四割以上を占めていることが目立ち、また③の作者が多数である。しかし、歌数でみると、

①……六首
②……一四八首
③……二一一首
④……二〇二首
⑤……一〇九首
⑥……二五三首

となり、むしろ②あるいは④が注意される。すなわち、②は一人当たりの入集歌数が多く（平均で四・五首）、それだけ主要な歌人が含まれているのに対して、⑥は歌数も一応最多数ではあるが、作者数の場合と比べるとそれほどでもなく、中でも、続詞花集以後の他の勅撰集にもみえない、いわゆる勅撰歌人でないものが八一名いる。しかも、こうした作者はほとんどひとり一首の入集である。②の三六名中には、集中の主要歌人が含まれている。赤染衛門、和泉式部、元輔、道済が入集歌集一三首、実方九首、道命八首、好忠七首、長能、能宣六首といった具合である。一三首入集は、崇徳院（⑤の作者）一八首、覚性法親王（⑥の作者）一六首に続く集中三位である。赤染衛門を優遇し代作歌や身近な体験歌を評価していることや和泉式部の個性的技巧的な詠歌の多数採用がみられるなど、各歌人について個別的な批評を基礎にした選歌態度がうかがえる。③の八五名中には、能因、匡房一一首、経信、顕季八首、経衡、国基、定頼七首、範永六首などの作者がみえる。六条藤家の開祖である顕季をはじめ、匡房、経信の優遇が注目される（袋草紙の故撰集子細、後拾遺抄の項に「時に経信・匡房といふ者有りて、この道の美才先達なり。これを奉らざるは如何」とあるなど、後拾遺集時代の第一級の歌人と認めている）が、とくに数寄執道の歌人能因法師の評価は、清輔の和歌観を知るうえで意義深いと思われる。②の作者の多くが実際には後拾遺集の主要歌人であり、また後拾遺集にのみ一首、二首入集の歌人を入選させているなど、後拾遺集の歌人を尊重する傾向がみられる。さらに⑥の作者のうち約二五名は拾遺、後拾遺ころの作者である。袋草紙に「後拾遺は末代の規模の集なり」とするように、後拾遺集入集の拾遺・後拾遺時代の歌人に対する高い評価がうかがえるのである(4)。

後拾遺集にならうところがあるとすると、同じく仮名序に「自らのつたなきことの葉もたびたびの仰せそむきがたくしてはばかりの関のはばかりながら、ところどころ載せたることあり。この集のもてやつすなかだちとなむあるべき」とあって撰者通俊の詠が五首入集しているが、対して続詞花集には撰者自身の歌が採られていないことは注意される（後拾遺集の白河天皇御製七首にあわせて続詞花集の二条天皇は七首入集）。下命あるべき二条天皇の崩御があった故とも思われるが、この事実だけで未定稿というわけにはいかないだろう。仮に勅撰集と認められた場合、撰者としての栄誉は得られても、撰者の詠を載せないという先例は後撰集にあるものの、撰者自身の作を入れられなかったことは、なにほどかの心残りが生じないであろうか。袋草紙に次のように記した清輔である。

予、金葉・詞花両度の撰に、千載一遇に逢ひて、空しく過ごし了んぬ。遺恨の第一なり。初めは幼少、後は撰集せし者の子息の歌これに入りたる例なしと云々。大いなる愁へなり。曾祖父隆経朝臣は後拾遺の作者なり。将作もまたこれに入れり。故左京は金葉の作者なり。四代の箕裘、予の時に至りてこれを闕けり。遺恨なり。

ただし、続詞花集には「清輔」の名が二箇所、739と862の詞書中に出てくる。前者は「清輔四位して侍りけるとき、よろこびいひにつかはすとて」とあって弟重家の詠、後者は「清輔殿上申しけるを、あるべきやうにて月日へけるほどに、しんぞくなるものどもうへゆるされぬときゝて、むらさきのひともとのくちぬるよしをそうせよとおぼしくて、女房の許へ申しつかはしたりける御返事に」とあって御製（二条天皇詠）が載る。また同母兄の顕方の作を六首入集させるなど、同族への配慮がみえる。さらに129、741などには、清輔の個人的な背景もうかがえる。

題林を編纂した清輔のもとには、家集、百首歌、歌会・歌合の記録、あるいは私撰集など多くの撰集資料が蓄積されていたと思われる。(5) 河合一也「続詞花集の撰集資料について」（『語文』52、一九八一年六月）が一覧して考察している。また前著でも論じたので、詳細は各歌の注〔他出〕〔補説〕に譲りたい。

続詞花集という集名から詞花集との比較が課題となり、一方で千載集との一致歌が多いことを勘案すれば、(6) その比較も検討する余地があろう。ただ、前後に成立した両集に比べ、勅撰集とならなかった故であろう、後代の評価、歌風に対する批評などをほとんどみない。ただ、宝物集の七巻本（所謂第二種七巻本）において続詞花集が活用されたことは、宝物集の六条家的な性格とあわせて享受面で注意すべきであろう。
「続―」という歌集名について付言し差異をこえて詞花集を継承する意識を確認しておく。散佚ながら袋草紙などによると、通俊自らが後拾遺集から抄出した続新撰の先例があり、新古今集の撰集の過程で後鳥羽院によって続古今集の名が試案として提案されており、十三代集には続を付して名称とした集が多い（とくに新勅撰集のあと続後撰、続古今、続拾遺と続く）。が、勅撰を目指した歌集において続詞花集は先行勅撰集に初めて続を付けた集であるといえる。新古今の時、続古今命名の内意に対して、定家は「続字、多、其次撰時名也。今隔二六代集一、更撰二続字一、若無レ理歟」（延慶両卿訴陳状が引く明月記・元久元年七月二二日条）と記している。また、古今集の真名序には、古今集が「続万葉集」という名の集から重ねての詔を経て成立したとある。清輔はこれを意識していたかとも推測される。父顕輔の詞花集について袋草紙に「新院御譲位の後、故左京一人これを撰ず。天養元年六月二日これを奉る」、「そもそも祖父ならびに厳閤を超えて撰集を奉ぜらるるは希有の事なり」とあり、その奉勅からおおよそ二十年、撰集当時不和であった父ではあったが、続詞花集の名義に込めた清輔の心境に思い至る。なお、袋草紙は詞花集の詞の字の音が死の音に渡り禁忌があるの由をある人が言ったことに対して「余りの難か」と述べている。

注

（1）なお、兼盛作である23は詞書に「内裏御屏風歌」とあり、この内裏は村上朝の可能性がある。また、217の能宣詠は朱雀天皇の作と誤られるが、村上朝以後であろう。700は村上朝の女御歌人とされる御形宣旨の詠。

（2）他にも上限に近い作として、365は詞書に年月は記されていないが、康保三年（九六六）九月の賀茂社詣での折の道綱母詠、584は題知らずであるが冷泉天皇の東宮時代に献じたといわれる重之百首中の詠など。

（3）135の作者実円を実因として②の中に数える。359の作者少将乳母は斎院中将のこと、434の作者中宮内侍は有家女で、それぞれ後拾遺集の作者。また888の作者師綱を師経として③の中に数える。清輔は二度本精選本系の本文を金葉集の証本としていたと思われ（河合一也「続詞花集と前代勅撰集」『語文』59、一九八四年五月）、いま新編国歌大観をもとにして数える。したがって、覚雅、親隆、為真、意尊、淳国、勝超、盛清、季通、実重、季遠、盛経、忠兼らは④の中に含まない。また、三奏本にみえる安法法師女、高松北方も数に入れない。⑤の中に被除歌の作者範綱、頼保および読人不知で入集している西行は数えていない。各作者については、作者略伝参照。

（4）④の六二名中には、待賢門院堀河一三首（736歌は崇徳院作となっているが、久安百首における堀河の作であり、これを数える）、顕輔、基俊、俊頼一一首、肥後九首、兵衛、忠通八首、行宗、行尊六首などの作者がみえる。顕輔、基俊、俊頼が同数入集というのは、各歌人や歌壇事情に対する清輔の配慮がうかがえる。歌数上だけの問題に限ってであるが、例えば顕輔が撰者であった詞花集では、顕輔六首、基俊一首、俊頼一一首、千載集では、顕輔一三首、基俊二六首、俊頼五二首となっておりかなりの変動がある。⑤の三四名中には、集中第一位の崇徳院一八首（736歌は崇徳院の作に数えない）をはじめ、顕広（俊成）八首、教長七首、季通六首などがみえる。崇徳院歌壇の作者が中核である。⑥の一六八名中には、覚性法親王一六首、二条天皇七首、顕方（清輔兄）六首がみえる。他の多くは群小歌人と見なされる。また、そのうちで二条天皇崩御時に生存が確認できる歌人は五六名（④には二名、⑤には一〇名）、前代の歌人（拾遺、後拾遺、金葉、詞花のそれぞれの時代に該当することが明らかな作者）が六一名見出される。当代歌人の入集をめぐって、河合一也「『続詞花集』の入集歌人について」（『研修ノート』25、一九九八年一二月）は当代歌人を軽視しているという詞花集に対する批判に配慮していると指摘している。

（5）例えば、前述の尚歯会和歌および59・60歌の注を参照。

（6）千載集が多く続詞花集入集歌をとり入れていることは一定の評価を示すと同時に、私撰の烙印を押したことに他ならない。百七十四首の共通歌がある。

四、底本

本注の底本は国立歴史民俗博物館蔵本（以下、歴博本）である。『田中穣氏旧蔵典籍古文書目録［国文学資料・聖教類編］』（国立歴史民俗博物館資料目録［4］、二〇〇五年三月）は、次のように紹介している。【極等】の項にみえる川瀬目録は、川瀬一馬編『田中教忠蔵書目録』（一九八二年、自家版）を指す。なお二重箱に収められており、桐の外箱（縦二七・四センチ、横一九・一五センチ、高八・二センチ）の蓋裏に貼られた縹色短冊に「松園蔵」とあり、松雲公前田綱紀手択本だったことが知られる。箱書には「風早相公證文一通／曰為相卿真蹟而世上流布本筆勢成異雖然此筆／官庫有之証筆無疑旨被／仰出之趣筆之為証本也実種」とある。

【数量】写本二帖
【装丁】列帖装、①六折綴、②八折綴
【表紙】白地金銀砂子横刷毛目に金銀切箔切金散、上部に菱紋、二三・一×一四・九
【外題】打付、左肩、墨書①「続詞華和□（歌カ）集上」、②「続詞華□□（和歌カ）集□（下カ）」
【本文】九行　字高一九・五
【丁数】①遊紙一丁＋墨付一一五丁、②遊紙一丁＋墨付一四〇丁＋遊紙一丁
【首題】①「続詞華和歌集巻第一」、②「続詞華和歌集巻第十一」
【奥書等】②巻末「以九条三位隆教本撰者自筆／書写校合畢」
【極等】川瀬目録・南北朝頃

【備考】①六折目、一・二枚目欠丁

藤原清輔が二条天皇に献呈するべく編んだ私撰集。第七代勅撰集として認定されることを期待した編纂作業であった。しかし永万元年（一一六五）、二条上皇の崩御に逢い、私撰集に留まった。集中の歌人の官位表記等は崩御の時点に合わせせられている。歌道家として御子左家（藤原俊成―定家の家）より一歩早く成立した六条家は、第六代の『詞花和歌集』（清輔の父顕輔撰）に続き本集を撰進することで、その地位を確かなものにするはずであったが、実現しなかった。田中本は現存する本集の伝本すべての祖本であり、貴重な資料である。重要文化財。奥書に見える九条隆教は六条家の末裔。

【影印】『国立歴史民俗博物館蔵　貴重典籍叢書』文学篇　第六巻　私撰集（臨川書店、一九九九年一月）

続詞花集の伝本は、松野陽一「続詞花和歌集雑考」（『鳥帚　千載集時代和歌の研究』風間書房、一九九五年、初出は『平安文学研究』36、一九六六年六月）や河合一也「続詞花和歌集の伝本研究ノート」（『静岡英和女学院研修ノート』15、一九八八年一一月）が整理している。それらによると、群書類従本（その転写本二本）の他に端本を含め十数本の写本が知られるが、本文的には同一系統である。真名の跋文を有する本とこれを欠く本とに分類できる。前者は、歴博本・陽明文庫本（陽明叢書5『中古和歌集』所収）・天理図書館本（新編国歌大観の底本）・静嘉堂文庫本（五二〇・九・二二一六九）・日本大学総合図書館本（九一一・一三七）・無窮会神習文庫本（清水浜臣・会田安昌校正本）・名古屋市立鶴舞図書館河村文庫本・三手文庫本（未・一八五）等、後者は群書類従本・静嘉堂文庫文政五年十月塙包忠書写校正本（五二〇・九・二二二七二）等である。なお藤本孝一・万波寿子「山本家典籍目録―賀茂季鷹所持本―」（『京都市歴史資料館紀要』21、二〇〇七年三月）に一本がみえる（「写本　書入」とあるが未見）。

歴博本によって、本文についての不審箇所は随分解消されたが、なお残った疑問点がないわけではない。前掲の貴重典籍叢書の解題で、松野陽一は、歴博本が「現存諸本全ての源流に位置づけられ」る最善本であり、従来知られている近世期の写本が内包していた「本文上の諸問題は解決し得ることとなったが、指摘されてきた幾つかの欠点はこの本の段階で既に存在していたことも判明することとなった」とし、その例（23、37、169、289、378、386、736）を示している。各歌の注を参照されたい。

参考文献

続詞花集に即した主要文献を掲げる。後に著作に所収のものはできるだけ↓で示した。鈴木21、22、24は28に所収。

1　谷山茂「千載集と諸私撰集―類型と個性とに関する基礎的一調査―」『人文研究』2―11、一九五一年一一月
↓谷山茂著作集『千載和歌集とその周辺』（角川書店、一九八二年）

2　谷山茂「詞花集をめぐる対立―拾遺古今・後葉・続詞花の諸問題―」『人文研究』13―5、一九六二年六月
↓谷山茂著作集『千載和歌集とその周辺』（同右）

3　小林勝己「続詞花和歌集所載百首和歌・歌合・歌会・私家集等の歌に関する覚書」『名古屋大学国語国文学』10、一九六二年五月

4　小林勝己「続詞花和歌集所載百首和歌・歌合・私家集の歌に関する覚書―資料編」『名古屋大学国語国文学』12、一九六三年三月

5　青木賢豪「続詞花集について―堀河百首の成立をめぐっての関連―」『語文』（日本大学）19、一九六四年一〇月

6　松野陽一「続詞花和歌集雑考」『平安文学研究』36、一九六六年六月　↓『鳥帚　千載集時代和歌の研究』（風間書房、一九九五年）

7　神作光一・王朝文学研究会「後葉集・続詞花集・雲葉集の初句索引―続群書類従完成会本―」『王朝文学』13、一九六六年一一月

8　松野ゼミ「平安末期私撰和歌集の研究（1）」『文芸論叢』3、一九六七年二月

9 松野ゼミ「平安末期私撰和歌集の研究（2）」『文芸論叢』4、一九六八年二月
10 遠田晤良「「続詞花集」の特質に関する覚え書き（一）」『苫小牧工業高専紀要』3、一九六八年三月
11 遠田晤良「「続詞花集」の特質に関する覚書（二）―旅・雑部を中心に―」『国語国文研究』44、一九六九年九月
12 連歌研究会「続詞花和歌集聯歌評釈」『藤女子大学国文学雑誌』7、一九六九年一一月
13 伊藤敬「続詞花和歌集聯歌評釈に寄せて―十二世紀連歌の一側面―」『藤女子大学国文学雑誌』7、一九六九年一一月
14 関根敏子「和歌史における続詞花集の意義」『都留文科大学研究紀要』8、一九七二年三月
15 上条彰次「俳諧歌の変貌上（中・下）」『静岡女子大学紀要』7（8・9）、一九七四年二月（七五年二月・七六年三月）→『中世和歌文学諸相』和泉書院、二〇〇三年一一月
16 高城功夫・王朝文学研究会「後葉集・続詞花集・雲葉集―作者索引―」『王朝文学』19、一九七五年一二月
17 阿部方行「続詞花和歌集恋部の配列構成」『中古文学』18、一九七六年九月
18 国枝利久・千古利恵子「続詞花和歌集釈教部私注（一）―釈教歌研究の基礎的作業（五）―」『親和国文』11、一九七七年三月
19 森本元子「新古今集・続詞花集の共通作覚えがき」『和歌史研究会会報』73、一九八〇年五月
20 河合一也「続詞花集の撰集資料について」『語文』（日本大学）52、一九八一年六月
21 鈴木徳男「『続詞花和歌集』の一考察―赤染衛門と和泉式部の入集歌をめぐって―」『相愛女子短期大学研究論集』30、一九八三年二月
22 鈴木徳男「『続詞花和歌集』についての試論」『国文学論叢』28、一九八三年三月
23 河合一也「続詞花集と前代勅撰集―勅撰集被除歌入集の問題を中心として―」『語文』（日本大学）59、一九八

四年五月
24 鈴木徳男『『続詞花和歌集』の秋月歌群について」『平安文学研究』72、一九八四年一二月
25 河合一也「続詞花和歌集四季部における配列構成（一）―春部―」『静岡英和女学院研修ノート』11、一九八四年一一月
26 河合一也「続詞花和歌集四季部における配列構成（二）―夏部―」『静岡英和女学院研修ノート』12、一九八五年一一月
27 河合一也「続詞花和歌集四季部における配列構成（三）―秋部―」『静岡英和女学院研修ノート』13、一九八六年一一月
28 鈴木徳男『続詞花和歌集の研究』（和泉書院、一九八七年）
29 河合一也「続詞花和歌集四季部における配列構成（四）―冬郡―」『静岡英和女学院研修ノート』14、一九八七年一〇月
30 鈴木徳男「『続詞花集』の撰集について―勅撰集初出別入集作者一覧―」『国文学論叢』33、一九八八年三月
31 河合一也「続詞花和歌集の伝本研究ノート」『静岡英和女学院研修ノート』15、一九八八年一一月
32 鈴木徳男「『続詞花集』の成立」『国語と国文学』791、一九八九年一二月
33 河合一也「『続詞花集』別部の配列構成について」『語文』（日本大学）75、一九八九年一二月
34 河合一也「『続詞花集』旅部の配列構成について」『語文』（日本大学）76、一九九〇年三月
35 八木意知男「私撰集入集大嘗会和歌―後葉集・続詞花集・月詣集の場合」『京都文化短期大学紀要』13、一九九〇年三月
36 芦田耕一「『続詞花集』撰集のための『袋草紙』」『島大国文』19、一九九〇年一一月 →『六条藤家清輔の研究』（和泉書院、二〇〇四年）

37 河合一也「『続詞花集』賀部の配列構成について」『古典論叢』23、一九九二年七月
38 鈴木徳男「続詞花集の方法」『相愛国文』6、一九九三年三月
39 鈴木徳男「続詞花集「釈教」部について」『仏教文学』17、一九九三年三月
40 山田洋嗣「神宮文庫蔵「散木抄異本」をめぐる諸問題—混入部分の「続詞花集」、「順徳院御集」、特に「堀河百首題末付注」について」『福岡大学日本語日本文学』3、一九九三年一〇月
41 千古利恵子「『続詞花和歌集』釈教部攷」『仏教文学』18、一九九四年三月
42 鈴木徳男・北山円正「『続詞花和歌集』跋文注」『相愛女子短期大学研究論集』41、一九九四年三月
43 鈴木徳男「続詞花集の注釈　—神習文庫本の浜臣注をめぐって—」『相愛国文』7、一九九四年三月
44 千古利恵子「続詞花集攷—続詞花集と七巻本宝物集との一致歌をめぐって」『仏教大学大学院紀要』24、一九九六年三月
45 野村卓美「『宝物集』と『続詞花和歌集』」『宝物集研究』1、一九九六年五月　→『中世仏教説話論考』（和泉書院、二〇〇五年）
46 河合一也「『続詞花集』の入集歌人について」『静岡英和女学院研修ノート』25、一九九八年一二月
47 中村康夫「コンピュータを使って和歌を研究する—後葉集・続詞花集・今撰集を入口にして」『古代中世和歌文学の研究』（和泉書院、二〇〇三年）
48 仁尾雅信「実方集と私撰集（一）」『山辺道』47、二〇〇三年三月
49 若林俊英「『続詞花和歌集』の「詞書」の語彙について」『湘南文学』39、二〇〇五年三月　→『詞書の語彙論』（笠間書院、二〇〇八年）

入集作者略伝

凡例

一、続詞花集入集作者の略伝を示すとともに、作者別索引を兼ねる。
二、配列は現代仮名遣いによる五十音順とし、作者名は原則として漢音による音読によった。五十音の見出し語の他に（ ）内に、そこに含まれる漢字等を一括し見出しとして掲出した。
三、略伝は、入集歌数と歌番号・部立、生没年月日、家系、官位、歌壇活動、家集、勅撰集初出その他を記した。
四、末尾に作者名不注記歌と連歌前句作者の項を付した。

あ（あ・安）

あこ丸（傀儡）　一首　六九六（別）。伝未詳。本集入集歌は道因法師（俗名藤原敦頼、寛治四年〈一〇九〇〉生まれ治承三年〈一一七九〉以後没、承安二年〈一一七二〉に出家）に送った歌か。新続古今集にこの一首のみ。

安芸　一首　六四九（恋下）。生没年未詳。待賢門院安芸のことか。大宮大進橘俊宗の女。待賢門院璋子に仕えた。また後葉集には前斎院安芸としてみえ、統子内親王に奉仕した。久安百首に出詠。袋草紙（雑談）に「詞花集に安芸がよめる、人しれず物思ふ折もありしかどこのたびばかりかなしきはなしと云ふ歌、また予が歌なり。一字違はざるなり。安芸の歌に用ゐられ政業の跡を継げり、甚だ以て堪へ難きか」とある。なお袋草紙（撰者の故実）に「頼基・能宣・輔親・伊勢大輔・伯母・安芸君と、六代相伝の歌人なり」とある郁芳門院安芸（忠俊女、金葉集入集歌人）と同人か。詞花集初出。

安法女　一首　六四五（恋下）。生没年伝未詳。安法法師の女。安法法師は河原左大臣源融の曽孫。昇の孫。父は適、母は大中臣安則女である。金葉集初出。

い（伊・為・惟・意・維・尹・因・胤）

伊家（藤原）　二首　二一九・二一八（秋下）。永承三年（一〇四八）―応徳元年（一〇八四）七月一七日、三七歳。周防守公基の男。母は藤原範永女。右中弁正五位下民部大輔。承暦二年（一〇七八）四月二六日の内裏歌合などに出詠。袋草紙（雑談）、今鏡などに説話が伝えられる。後拾遺集初出。

伊行（藤原）　一首　四八四（恋上）。生没年未詳。定信男。仁安二年（一一六七）八月経盛家歌合に出詠。

伊勢大輔　一首　九三五（聯歌）。生没年未詳。大中臣輔親女。高階成順と結婚して、康資王母・筑前乳母・兼俊母らの勅撰歌人を生む。寛弘四、五年頃から上東門院彰子に仕え、晩年には白河天皇の傅育の任にもあたる。永承四年（一〇四九）内裏歌合・同五年祐子内親王家歌合・天喜四年（一〇五六）皇后宮寛子春秋歌合などに参加。明尊九十賀に出詠した康平三年以後に、かなりの高齢で没したか。伊勢大輔集（私家集大成２）がある。中古三十六歌仙の一人。後拾遺集初出。

伊通　三首　七四（春下）・一一二（夏）・三三一（賀）。八三六の詞書にもみえる。藤原。九条大相国と号す。寛治七年（一〇九三）―長寛三年（一一六五）二月一五日、七三歳。宗通男。母は顕季女。康治三年（一一四四）正二位権大納言。永暦元年（一一六〇）に太政大臣、長寛三年二月三日病によりて辞す。自邸でしばしば歌合を催した。雲井物語、除目抄の著がある。古事談、今鏡に逸話が伝わる。金葉集初出。

伊房（治部卿）　一首　三六八（神祇）。藤原。長元三年（一〇三〇）―嘉保三年（一〇九六）九月一六日、六七歳。行経男。母は源貞亮女。行成の孫。正二位中納言。世尊寺流の能書家。永承四年（一〇四九）内裏歌合・天喜四年（一〇五六）皇后宮寛子春秋歌合などに出詠。袋草紙（故撰集子細）に通俊の後拾遺集浄書の依頼を自詠の少ないことにより拒んだことが伝えられる。後拾遺集初出。

為基（大江）一首 八九二（雑下）。生没年未詳。参議斉光の男。定基の兄。正五位下摂津守。晩年に出家。赤染衛門と親交があった。本集入集歌は赤染衛門集にみえる。拾遺集初出。

為業（藤原）四首 四五・八〇・八八（春下）・二五〇（秋下）。生年未詳、寿永元年（一一八二）頃没か。為忠の男、母は待賢門院女房、橘大夫の女。二条院内侍三河の父。常磐三寂の一人。伊豆守、伊賀守などを経て、仁平元年（一一五一）に皇后宮大進。仁安元年（一一六六）頃に出家、寂念と号した。為忠家百首・仁安元年重家家歌合・安元元年（一一七五）一〇月兼実家歌合などに参加、また、自邸においても歌合を催した。千載集初出。

為具（藤原）一首 五一八（恋上）。生没年、伝未詳。為真（本集作者）の誤りか。

為憲（源）一首 八七七（雑下）。生年未詳、寛弘八年（一〇一一）八月没。筑前守忠幹の男。源順に師事し、文章生より蔵人などを経て、伊賀守正五位下。規子内親王前栽合・道長家歌合などに出詠。著書には口遊、空也誄、三宝絵詞、世俗諺文など。詩文が本朝文粋、本朝麗藻に収められている。また、源信や慶滋保胤とも交流があった。本集入集歌は源順集にみえる。拾遺集のみ。

為言（菅原）一首 一六〇（秋上）。生没年未詳。後拾遺集勘物（陽明文庫本）に「散位従五位下。三河守正五位下為程男。性好和歌故号菅和歌」とある。後拾遺集初出。

為信女（藤原）一首 八一四（雑中）。生没年未詳。兄の理明の母は宮道忠用女である。右少弁為時の室、紫式部の母か。

為真（藤原）二首 五四〇（恋上）・五四七（恋中）。生没年未詳。信濃守永実の男。五位肥後守。為実とも。元永元年（一一一八）一〇月、保安二年九月忠通家歌合や元永元年六月実行家歌合、長承三年（一一三四）九月顕輔家歌合などに出詠。金葉集初出。

為親（藤原）一首 六三五（恋下）。生没年未詳。親隆男、母は左大弁為隆の女。従四位下右中弁。仁安二年（一一六七）八月経盛家歌合に出詠。

為仲（橘）二首 六九八・七一五（旅）。生年未詳、応徳二年（一〇八五）一〇月二一日没。筑前守義通の男。蔵人、陸奥守などを歴任し、太皇太后宮亮、正四位下に至る。四条宮や頼通、俊綱の邸に出入りした。袋草紙（雑談）によれば、和歌六人党の一人に数えられている。経信・兼房・良暹・四条宮下野・周防内侍らと親交があった。橘為仲朝臣集（私家集大成2）がある。後拾遺集初出。

為忠（藤原）四首 一二五八（秋下）・五九八（恋中）・六四八（恋下）・八四四（雑中）。生年未詳、保延二年（一一三六）没。四二歳前後か。皇后宮少進知信の男、母は近江守藤原有佐の女。為業（寂念）・頼業（寂然）・為経（寂超）の常磐三寂の父。常磐丹後守と号する。俊成の岳父。左衛門尉・皇后宮権大進・安芸守・三河守・丹後守などを歴任し、正四位下木工権頭に至る。永久四年（一一一六）五月顕輔家歌合をはじめ、六条宰相家歌合・忠隆家歌合・雲居寺結縁経後宴歌合・長実家歌合・顕輔家歌合・家成家歌合などに出詠。この間、名所歌合を行い、次いで長承三年（一一三四）六月に歌合を、長承元年

（一一三二）から保延二年（一一三六）にかけては両度の百首を催している。金葉集初出。

為通（参議）一首　六一二（恋下）。藤原。天永三年（一一一二）―久寿元年（一一五四）六月一三日、四三歳。伊通男、母は定実女。久安六年（一一五〇）参議正四位下中宮権大夫に至る。千載集のみ。

惟規（藤原）二首　五三三（恋上）・五八三（恋中）。天禄三年（九七二）頃―寛弘八年（一〇一一）か。越後守為時の男、母は藤原為信女。紫式部の弟（兄とも）。少内記、兵部丞兼蔵人、式部丞などを歴任。寛弘八年老父為時の越後赴任の折、従五位下に叙されて下向したが、任地到着後間もなく病没したか。今昔物語集に「極ク和歌ノ上手」と評される。藤原惟規集（私家集大成1）がある。後拾遺集初出。

惟成（藤原）三首　四七八（恋上）・五六九（恋中）・六一〇（恋下）。天暦七年（九五三）―永祚元年（九八九）一一月、三七歳。右少弁雅材の男、母は藤原中正女。正五位上権左中弁に至る。五位の摂政と呼ばれる。寛和二年（九八六）に花山天皇が落飾した後を追い、出家して長楽寺辺に住した。天延三年（九七五）為光家歌合・寛和元年八月内裏歌合・同二年六月内裏歌合などに出詠。類聚句題抄、和漢朗詠集、新撰朗詠集などに漢詩文がみえる。惟成弁集（私家集大成1）がある。拾遺集初出。

惟方（前左兵衛督）一首　八五〇（雑中）。天治二年（一一二五）生まれ、没年未詳、なお建仁元年（一二〇一）八月三日影供歌合に沙弥寂信として参加、時に七七歳。中納言顕頼の男、母は藤原俊忠女。粟田口別当入道と号す。二条天皇近臣。保元三年（一一五八）八月参議、一一月左兵衛督。永暦元年（一一六〇）二月二八日解任。長門国に配流、出家して法名寂信。仁安元年（一一六六）三月召還された。保延二年（一一三六）家成家歌合・顕輔家歌合・勧修寺歌合などに出詠。粟田口別当入道集（私家集大成2）がある。千載集初出。

意尊　一首　三三（春上）〔九八八（戯咲）は左注によると意尊の作〕。生没年未詳。永久四年（一一一六）四月雅定家歌合・同七月忠隆家歌合・為忠家名所歌合などに出詠。袋草紙（雑談）に逸話がみえる。金葉集のみ。

意尊母　一首　六四六（恋下）。生没年、伝未詳。

維光（大江）一首　三三六（賀）。生没年未詳。維順（匡時）男。匡房の孫。式部少輔従四位上。大江広元は子。妹は千載集作者。

尹明（藤原）一首　六五〇（恋下）。生没年未詳。知通男、母は花園左大臣家女房。兵部少輔、文章生。安徳天皇蔵人。安元元年（一一七五）兼実家歌合に出詠。

因幡内侍　一首　五九五（恋中）。生没年、伝不詳。

胤材（大蔵）一首　九七八（戯咲）。生没年未詳。寛仁三年（一〇一九）に七〇歳以上で生存。種材とも。種光男。大宰大監、壱岐守。従五位下。岩門将軍と号す。刀伊襲来に際し功があった。新続古今集のみ。

う（宇）

宇治入道前太政大臣→頼通

え（永・栄・衛・越・延）

永縁（権僧正）　五首　三四〇（賀）・四一八（哀傷）・四四六（釈教）・七一六（旅）・九一五（雑下）。永承三年（一〇四八）―天治二年（一一二五）四月五日、七八歳。藤原永相男、母は大江公資女。初音僧正と称す。保安二年（一一二一）興福寺別当、天治元年（一一二四）権僧正。承保三年（一〇七六）経仲家歌合・元永元年（一一一八）実行家歌合に出詠。天治元年頃には、奈良花林院歌合を主催した。堀河百首の作者。俊頼・基俊・顕季らと交流があった。金葉集初出。

永源　一首　九四三（聯歌）。生没年未詳。後拾遺集勘物（陽明文庫本）に、「観世音寺前別当。以家集称山人。肥後守藤原敦舒男、母阿波守惟任乳母」とある。尊卑分脈では藤原永相男、母は大江公資女とする。承保三年（一〇七六）一一月一四日経仲家歌合に参加。後拾遺集初出。

永実（藤原）　三首　一一九（夏）・七三一（旅）・九四四（聯歌）。生年未詳、永久三年（一一一五）以後に没か。清家男、範永の孫。母は橘季通女。袋草紙（雑談）によれば堀河朝蔵人。因幡・信濃守を歴任、永久二年（一一一四）従五位上に至る。永久三年忠通家歌合に参加。金葉集初出。

永範（藤原）　一首　三五五（賀）。康和二年（一一〇〇）―治承四年（一一八〇）一一月一〇日、八一歳。文章博士永実の男、母は中原師平女。仁安三年非参議従三位。正三位宮内卿式部大輔に至る。後白河・六条・高倉三代の大嘗会和歌を献進、また侍読を勤める。忠通家歌会などに出詠する。千載集初出。

永輔（大中臣）　一首　二九二（冬）。長保二年（一〇〇〇）―延久三年（一〇七一）八月六日、七二歳。冨小路と号す。長暦三年（一〇三九）祭主、天喜元年（一〇五三）大副。従四位に至る。本集入集歌は永承四年（一〇四九）一一月九日内裏歌合の作。ただし歌合では少納言伊房の作となっているが、八雲御抄・作法部「番事　歌人与非歌人番事」に「永承（経信与大中臣永輔。伊房替也）」とある。

栄職（橘）　一首　六二一（春下）。生没年未詳。能因（古曾部入道）の孫。袋草紙（雑談）に「橘太の君栄職は内記大夫取任の子、古曾部入道の孫なり。管絃者、歌仙、経読、歌唱にて、末代の好士なり」として好事の逸話を伝える。

衛門佐（高松院）　一首　五五三（恋中）。生没年未詳。久安元年（一一四五）頃の生まれか。二条天皇中宮・高松院（鳥羽天皇の皇女姝子内親王）に仕えた。教長の子覚慶（長慶）の女、大納言宗家との間に左近中将宗経を、禅智との間に建春門院左京大夫を儲けた。新古今集のみ。

衛門佐（二条大宮）　一首　六〇六（恋中）。生没年、伝未詳。二条大宮は令子内親王（白河皇女、准三宮、鳥羽准母）。本集入集歌は、保延元年（一一三五）八月家成家歌合の作。

越後　四首　一八三（秋上）・五七九（恋中）・六二九（恋下）・八二四（雑中）。生没年未詳。越後守季綱の女。花園左大臣有仁の乳母。大治三年（一一二八）九月顕仲南宮歌合に出詠。金葉集初出。

延真（律師）　一首　六〇〇（恋中）。長元九年（一〇三六）―康和二年（一一〇〇）九月七日、六五歳。若狭守橘貞任の男。

寛治三年（一〇八九）権律師。嘉保三年（一〇九六）法隆寺別当。

か（下・加・花・河・家・嘉・雅・懐・覚・寛・観）

下野　二首　三一五（冬）・五一二（恋上）。生没年未詳。四条宮下野・四条太皇太后宮下野・宮の下野などとも。従五位下下野守源政隆の女。永承五年（一〇五〇）、頼通の女寛子入内と共に出仕、治暦四年（一〇六八）四月の後冷泉天皇崩御、同年末の皇后寛子落飾などに接して程なく出家、晩年は洛外に庵居したらしい。永承六年正月庚申禖子内親王家歌合・天喜四年（一〇五六）四月皇后宮寛子春秋歌合・治暦二年五月皇后宮寛子歌合などに出詠。四条宮下野集（私家集大成２）がある。後拾遺集初出。

加賀左衛門　一首　五一九（恋上）。生没年未詳。加賀守丹波泰親の女。母は菅原為現（理）女か。聴子内親王家のち女御延子女房か。永承から承暦年間にかけての禖子内親王家歌合に出詠。後拾遺集初出。

花園左大臣→**有仁**

花園左大臣北方→**有仁北方**

花山院（御歌）　四首　四六五（釈教）・五四二（恋上）・九〇一・九一四（雑下）。安和元年（九六八）一〇月二六日―寛弘五年（一〇〇八）二月八日、四一歳。諱は師貞。法名入覚。冷泉天皇の第一皇子、母は一条摂政藤原伊尹女懐子。第六五代の天皇。永観二年（九八四）即位。寛和二年（九八六）退位、出家。寛和元、二年に内裏で歌合を催したり、大中臣能宣らに家集を献上させた。出家後もしばしば歌合を主催し、自ら作者として加わった。御集は中世の頃まであったが現存しない。後拾遺集初出。

河内　一首　三六三（神祇）。生没年未詳。後三条天皇の皇女俊子内親王に仕えた女房。別に百合花、前斎院河内ともよばれた。本集入集歌は堀河百首出詠の作。金葉集初出。

家経（藤原）　二首　一八二（秋上）・四五三（釈教）。正暦三年（九九二）―康平元年（一〇五八）五月一八日、六七歳。広業男、母は安部信行女。正四位下式部権大輔兼文章博士。後冷泉天皇の大嘗会和歌を献じ、永承四年（一〇四九）内裏歌合・同五年祐子内親王家歌合に出詠。能因・伊勢大輔・範永らと親交があった。上東門院に献上する万葉集を書写。家経朝臣集（私家集大成２）がある。後拾遺集初出。

家俊（源）　一首　一一四（夏）。生没年未詳。家賢男。従四位下陸奥守。子に賢智。

家通（藤原）　一首　六二二（恋下）。康治二年（一一四三）―文治三年（一一八七）、四五歳。重通男。長寛二年（一一六四）一月二一日蔵人頭、仁安元年（一一六六）参議正四位下。千載集初出。

家明　一首　三五〇（賀）。藤原。大治三年（一一二八）―承安二年（一一七二）一二月二四日、四五歳。家成男、母は高階宗章女。応保二年（一一六二）非参議従三位に至る。仁安三年（一一六八）出家。本集の作者名表記は「家明卿」とある。

嘉言（大江）　五首　三三二（春上）・一七九（秋上）・七一四（旅）・八〇二（雑中）・九一八（雑下）。生年未詳、寛弘七年

（一〇一〇）没か。大隈守従五位下仲宣の男。正言・以言の兄弟も勅撰集歌人。正暦三年（九九二）一二月文章生、長保三年（一〇〇一）正月弾正少忠、寛弘六年（一〇〇九）対馬守に任ぜられ、任地で没す。正暦四年五月五日東宮居貞親王帯刀陣歌合・長保五年五月一五日道長家歌合などに出詠。長能・能因・道済らと親交があった。中古三十六歌仙の一人。大江嘉言集（私家集大成1）がある。拾遺集初出。

雅兼（前治部卿）三首　一五一（秋上）・二二三（秋下）・五〇六（恋上）。源。薄雲中納言と号す。承暦三年（一〇七九）—康治二年（一一四三）一一月八日、六五歳。六条右大臣顕房の男、母は因幡守藤原惟綱の女、因幡掌侍惟子。大治五年（一一三〇）参議に任ぜられ、天承元年（一一三一）従三位権中納言に至る。長承四年（一一三五）四月辞任し、同年一二月出家。天永元年（一一一〇）四月二九日師時家歌合、忠通家歌合、大治三年九月二八日住吉社歌合などに出詠する。白河御堂供養記、雅兼卿記を著す。雅兼卿集（私家集大成2）がある。金葉集初出。

雅光（源）五首　九五（春下）・一七六・二〇八（秋上）・五一六・五四一（恋上）。寛治三年（一〇八九）—大治二年（一一二七）一〇月三日、三九歳。顕房男、あるいは雅兼・雅定の男とも伝えられる。母は八幡別当清円の女。従五位上治部大輔に至る。長治元年（一一〇四）五月源広綱家歌合（両度）、また永久三年（一一一五）以降しばしば催された忠通家歌合に出詠。本集入集歌（一七六、二〇八、五四一）も忠通家での詠。大治元年（一一二八）八月忠通家歌合が名のみえる最後の歌合である。金葉集初出。

雅重（源）三首　五七（春下）・四九一（恋上）・八九〇（雑下）。生年未詳、長寛元年（一一六三）没。行宗男。従五位上紀伊守中務権大輔。倫円の兄。二条内裏歌壇のメンバーであった。永暦元年（一一六〇）清輔家歌合に出詠。千載集のみ。

雅親（藤原）一首　五〇〇（恋上）。生没年、伝未詳。本集入集歌は保延元年（一一三五）家成家歌合の作。長承三年（一一三四）九月顕輔家歌合にも名がみえる。

雅通（大納言）二首　四三〇（哀傷）・五〇四（恋上）。源。久我内大臣と称す。元永元年（一一一八）—承安五年（一一七五）二月二七日、五八歳。顕通男、中院右大臣雅定の養子。平治二年（一一六〇）八月一一日権大納言。千載集初出。

雅定　二首　一二二（夏）・四三六（哀傷）。源。中院入道右大臣と号す。嘉保元年（一〇九四）—応保二年（一一六二）五月二七日、六九歳。雅実男。久安六年右大臣正二位左大将に至る。仁平四年（一一五四）五月出家。永久四年（一一一六）四月鳥羽殿北面歌合・同年六月・元永元年（一一一八）六月実行家歌合（顕季判）・保安二年（一一二一）閏五月長実家歌合（顕季判）・長承二年（一一三四）九月顕輔家歌合などに出詠。また、永久四年四月・元永元年五月には自邸で歌合を主催（本集入集歌一二二）。顕季は義父、実行・長実・顕輔とは義兄弟にあたる。今鏡、無名抄、古今著聞集などに逸話が伝えられる。金葉集初出。

雅頼（右大弁）一首　四六（春下）。源。猪隈中納言と号す。大治二年（一一二七）—建久元年（一一九〇）八月三日、六四

歳。雅兼男。永万元年（一一六五）八月一七日、右大弁から左大弁になる。文治三年（一一八七）出家。千載集初出。

懐寿（僧都）　一首　四一二（哀傷）。生年未詳、万寿三年（一〇二六）四月二八日没。寛弘八年（一〇一一）六月一二日権律師。少僧都。後拾遺集のみ。

覚延　一首　四七二（釈教）。生没年未詳。仁和寺阿闍梨。梢少将藤原公重の猶子。守覚法親王家五十首に出詠。顕昭らと交遊があった。千載集初出。

覚雅（僧都）　五首　二八七（冬）・四四九（釈教）・五六八・五八〇（恋中）・六八二（別）。寛治四年（一〇九〇）―久安二年（一一四六）八月一七日、五七歳。源顕房男。永治二年（一一四二）権少僧都となる。東大寺の僧。大治三年（一一二八）神祇伯顕仲西宮歌合などに出詠。久安百首の作者に選ばれたが、詠進を果たさずに没した。金葉集初出。

覚基（僧都）　一首　六六五（恋下）。生没年未詳。良基男か。権少僧都。なお、兄の隆宗は康和四年（一一〇二）五八歳で没している。

覚慶（天台座主）　一首　七六八（雑上）。延長五年（九二七）―長和三年（一〇一四）一一月、八八歳。大僧正。二三代天台座主、長徳四年（九九八）から長和三年（一〇一四）まで。東陽和尚と号す。慈恵大師弟子。本集入集歌は八十賀の時、大僧正勧修への返歌。

覚樹（僧都）　一首　七三（春下）。生没年未詳。法印顕房男。金葉集のみ。

覚性法親王　一六首　七九（春下）・一三七・一四一（夏）・一六四・一八九・二〇七（秋上）・二九九（冬）・五五四・五六一（恋中）・七一一・七三四（旅）・七八一・七九三（雑上）・八二九（雑中）・九五六・九五八（戯咲）。大治四年（一一二九）―嘉応元年（一一六九）一二月一一日、四一歳。諱は本仁。鳥羽天皇第五皇子。母は待賢門院璋子。七歳で仁和寺に入り、覚法法親王に師事。仁平三年（一一五三）仁和寺の寺主、仁安二年（一一六七）総法務となり、法務大僧正になった。紫金台寺御室と呼ばれた。紫金台寺には西行・教長や徳大寺の人々が出入りし、しばしば歌会が開かれた。出観集（私家集大成2）がある。千載集初出。

覚然　一首　四五二（釈教）。生没年、伝未詳。本集入集歌は今撰集にみえるが、作者は寂然とある。

覚忠（大僧正）　五首　一二四（夏）・三七七（神祇）・四〇〇（哀傷）・八三六（雑中）・九六六（戯咲）。元永元年（一一一八）―治承元年（一一七七）一〇月一六日、六〇歳。忠通男。保延七年（一一四一）五月五日高陽院（泰子）の出家の御剃手をつとめる。長寛二年（一一六四）閏一〇月一三日、大僧正。長谷前大僧正・宇治大僧正と称される。天台座主、三井寺長吏。俊恵・重家らと親交があった。千載集初出。

覚法法親王　一首　七三五（旅）。寛治六年（一〇九二）―仁平三年（一一五三）一二月六日、六二歳。白河天皇第四皇子。母は顕房女、師子。なお、師子はのちに忠実と結婚して泰子、忠通を生む。覚法は高野御室と呼ばれる。本集入集歌も高野山参詣の折の詠。

寛暁（大僧正）　一首　八七一（雑下）。康和五年（一一〇

三)―保元四年(一一五九)一月八日、五七歳。堀河天皇の子。母は隆宗女、典侍宗子。なお、宗子はのちに家保と結婚して家成を生む。崇徳院の乳母でもある。寛暁は保元三年(一一五八)大僧正。花蔵院大僧正と呼ばれる。

観教(僧都)一首 九六三(戯咲)。承平四年(九三四)―寛弘九年(一〇一二)一一月二六日、七九歳。右大弁源公忠の子。寛弘九年三月に権大僧都。俊頼髄脳に逸話がみえる。御願寺僧都と号す。拾遺集初出。

き(季・紀・基・徽・義・御・匡・京・教・近)

季遠(源)一首 一九(春上)。生没年未詳。五位木工允。宮内丞源重時の男。もと若狭国住人。重時の養子。内舎人左兵衛尉、平忠盛青侍、後白河院武者所北面。詞花集のみ。

季経(藤原)一首 四八八(恋上)。天承元年(一一三一)―承久三年(一二二一)閏一〇月四日、九一歳。顕輔男。清輔の異母弟。清輔の和歌文書を相伝し、清輔没後の六条藤家を支えた。季経入道集(私家集大成3)がある。千載集初出。

季広(源)一首 四四五(釈教)。生没年未詳。季兼男。本名は清季。正五位下下野守。俊恵歌林苑歌合はじめ、嘉応から治承の歌壇で活動。千載集初出。

季行(前中宮亮)三首 二九四(冬)・五八七(恋中)・八〇七(雑中)。藤原。讃岐三位と号す。永久二年(一一一四)―応保二年(一一六二)、四九歳。刑部卿敦兼の男、母は顕季女。久寿二年(一一五五)正月二八日から保元二年(一一五七)三月二六日まで讃岐守。清輔集に「守季行朝臣はしたしかるべき人なり」(四一九歌詞書)とみえる。保元三年三月一三日から八月一〇日、大宰大弐。保元四年正月六日従三位、同二月二一日中宮亮(永暦二年八月一九日辞す)。楊梅家の祖。良経母の父。久安二年(一一四六)六月顕輔家歌合などに出詠。千載集のみ。

季通(藤原)六首 三四(春上)・七五(春下)・一〇一・一五〇(夏)・二二二(秋上)・五二四(恋上)。承徳元年(一〇九七)頃に生まれ、保元三年(一一五八)頃まで生存か。宗通男、母は顕季女。伊通の弟、成通の兄。琵琶、箏などにすぐれていた。永久四年(一一一六)鳥羽殿北面歌合・元永二年(一一一九)忠通家歌合・長承三年(一一三四)顕輔家歌合に出詠。また、久安百首には、行宗・覚雅・公行らが途中で没したために、作者の一人に加えられた。金葉集(二度本のみ)初出。

紀伊(新院)一首 一七七(秋上)。生没年、伝未詳。

基俊(藤原)一一首 一一五(夏)・四三三(哀傷)・六〇二(恋中)・六四〇(恋下)・七〇五(旅)・七五七・七六二(雑上)・八三九・八五六(雑中)・八六四・八六五(雑下)。没年は康治元年(一一四二)一月一六日。生年は諸説があり、康平三年(一〇六〇)説だと八三歳。天喜四年(一〇五六)説、同二年説がある。俊家男、母は高階順業女。永保二年(一〇八二)に左衛門佐を辞して以後、従五位上前左衛門佐のままおわり、官途は不遇であった。公実・国信・顕季などの私邸で催された歌合・歌会などへ参加する。しだいに歌人としての力量を認められて堀河百首の作者に加えられ、堀河天皇から家集を召されるに至った。鳥羽朝になると、永久四年（一一一六）雲居寺結縁経後宴歌合に出詠して判者を勤め、元永・保安以降は忠通家歌壇の歌合に招かれて作者・判者となり、俊頼と共に院政期歌壇の指導者となった。基俊の判詞が知られる現存歌合としては、元永元年（一一一八）忠通家歌合・保安二年（一一二一）忠通家歌合・天治元年（一一二四）奈良花林院歌合・長承三年（一一三四）顕輔家歌合などがある。また、新撰朗詠集を編み、本朝無題詩には漢詩を残している。基俊集（私家集大成2）がある。金葉集初出。

基貞（藤原）一首　三三九（賀）。生没年未詳。頼宗男、母は源高雅女。右大臣俊家の弟。本集入集歌は美濃守の時の詠。

徽子　三首　四一五（哀傷）・六三八（恋下）・八九九（雑下）。延長七年（九二九）—寛和元年（九八五）、五七歳。斎宮女御・式部卿宮女御とも呼ばれた。醍醐天皇皇子重明親王の女。母は忠平女、寛子。承平六年（九三六）九月、八歳で斎宮に卜定され、天慶八年（九四五）母の喪により退下、天暦二年（九四八）二〇歳で入内、叔父村上天皇の女御となった。天暦三年規子を生む。三十六歌仙の一人。家集にさいくうの女御（私家集大成1）などがある。拾遺集初出。

義光（源）一首　九四五（聯歌）。生年未詳、大治二年（一一二七）一〇月二〇日没。新羅三郎と号す。頼義男、母は上野介平直方女。義家の同母弟。弓馬の達者であった。

義孝（少将・藤原）三首　五〇三（恋上）・九二二（物名）・九八三（戯咲）。（八一〇の詞書中にも作がみえる）。天暦八年（九五四）—天延二年（九七四）九月一六日、二一歳。一条摂政伊尹の男、母は代明親王女、恵子女王。源保光女との間に一男行成を儲けた。侍従を経て、左兵衛佐・右少将と進み、天禄三年（九七二）正五位下に至ったが、疱瘡にかかり兄挙賢が朝に、義孝が夕に死んだ。左近少将であった兄を前少将、弟を後少将と呼ぶ。藤原義孝集（私家集大成1）があり、ほかに義孝日記一巻があったという。中古三十六歌仙の一人。拾遺集初出。

義忠（藤原）一首　三九九（哀傷）。生年未詳、長久二年（一〇四一）一〇月一一日没。袋草紙（雑談）に「義忠は、大和守たりし時、吉野河に遊浮の間、水に入りて死去すと云々」とある。三八四は没後に範永が詠んだ作。為文の男。道雅女を妻とした。後一条、後朱雀天皇の大嘗会和歌を詠進。万寿二年（一〇二五）東宮学士阿波守義忠歌合を催し、自ら判者となった。長久二年弘徽殿女御生子歌合の判者も勤める。和漢兼作集、新撰朗詠集などにも作品がみえる。後拾遺集初出。

御形宣旨　一首　七〇〇（旅）。生没年未詳。右大弁源相職（九〇一—九四三）の女。村上天皇時代の宮廷女房か。東宮の宣旨であったことや、晩年に出家して尼になったことが知られる。御形宣旨集（私家集大成1）がある。新古今集初出。

御製→二条天皇

匡衡（大江）二首　六三七（恋下）・八三二（雑中）。天暦六年（九五二）—長和元年（一〇一二）七月一六日、六一歳。従四位上式部大輔重光の男、母は一条摂政伊尹の女房三河。赤染衛門を妻として、挙周・江侍従を儲けた。天延三年（九七五）二四歳で文章生。一条、三条二代の侍読を勤め、正四位下式部大輔に至る。漢詩文が江吏部集、本朝文粋、本朝麗藻などに採られている。中古三十六歌仙の一人。匡衡集（私家集大成1）がある。後拾遺集初出。

匡房（大蔵卿）　一一首　七二（春下）・一三九（夏）・一九一・二〇二（秋上）・二二〇・二四七（秋下）・四二五（哀傷）・五五八（恋中）・七〇七（旅）・七八五（雑上）・八八九（雑下）。大江。長久二年（一〇四一）―天永二年（一一一一）一一月五日、七一歳。江帥と号す。成衡男、母は橘孝親女。匡衡曾孫、赤染衛門は曾祖母に当たる。後三条・白河・堀河三帝の東宮学士。左大弁・式部大輔などを経て、寛治八年（一〇九四）六月権中納言、同年一二月従二位。白河院の近臣として重用され、儒家出身ながら異例の昇進を果たした。天永二年七月大蔵卿に任ぜられる。江家次第、本朝神仙伝、続本朝往生伝、狐媚記、遊女記、傀儡子記、洛陽田楽記など多くの著述を残す。承暦二年（一〇七八）内裏歌合・寛治八年（一〇九四）高陽院殿七番歌合に参加、自邸において歌合も催した。堀河百首には題を献じ、作者に加わり、白河・堀河・鳥羽三代の大嘗会和歌を献ず。万葉集の訓点研究に貢献。江帥集（私家集大成2）がある。後拾遺集初出。

京極前太政大臣→師実

教源（律師）　一首　九六四（戯咲）。生没年、伝未詳。

教盛母（平）　一首　六五六（恋下）。生没年未詳。太皇太后宮権大夫藤原家隆の女。平忠盛室。待賢門院に仕えた。新古今集のみ。

教長（前左京大夫）　七首　一一・一七（春上）・七七（春下）・一七〇（秋上）・八四七・八四八（雑中）・九五〇（聯歌）。藤原。天仁二年（一一〇九）生まれ、没年未詳（治承年間には没したか）。忠教の男、母は源俊明の女。崇徳院の近臣で、保延四年（一一三八）蔵人頭などを経て参議正三位左京大夫に至る。保元の乱に連座、出家後捕らえられて常陸国へ配流。応保二年（一一六二）召還され、その後は北山・東山・高野を転々とした。久安百首・経盛家歌合・頼輔家歌合・広田社歌合・別雷社歌合に出詠。さらに自邸で歌合を催し、三井寺山家歌合の判者を勤めた。拾遺古今（散佚）、才葉抄、古今集註を著す。前参議教長卿集（貧道集と称す、私家集大成2）がある。詞花集初出。

教通　一首　八〇八（雑中）。藤原。大二条関白と号す。長徳二年（九九六）―承保二年（一〇七五）九月二五日、八〇歳。道長男、母は源倫子。頼通、彰子の同母弟。延久二年（一〇七〇）従一位太政大臣。祐子内親王家歌合などに出詠。玉葉集のみ。

教良母（藤原）　三首　一二〇（夏）・六二八（恋下）・九三〇（物名）。生没年未詳。賀茂神主成継（経）女。藤原忠教に嫁し、頼輔・教良（有教）を生む。金葉集には有教母として入集。金葉集初出。

卿（左大臣家）　一首　六六一（恋上）。生没年未詳。左大臣基房家女房。菩提院関白家卿、摂政家卿とも。永万二年（一一六六）五月経盛家歌合・嘉応二年（一一七〇）住吉社歌合などに出詠。基房は長寛二年閏一〇月二六日から永万二年一一月四日まで左大臣に在任。

近衛院（御歌）二首　四四八（釈教）・八五四（雑中）。保延五年（一一三九）五月一八日―久寿二年（一一五五）七月二三日、一七歳。諱は体仁。鳥羽院皇子、母は美福門院藤原得子。第七六代の天皇。永治元年（一一四一）一二月三歳で即位、在位一四年。千載集初出。

近江（皇嘉門院）一首　五一一（恋上）。生没年、伝未詳。なお皇嘉門院聖子は、養和元年（一一八一）没、六〇歳。

く（具・堀）

具平親王　二首　九四（春上）・一七四（秋上）。応和四年（九六四）六月一九日―寛弘六年（一〇〇九）七月二八日、四六歳。六条宮。後中書王、千種殿とも称された。村上天皇の第七皇子、母は代明親王女、庄子女王。二品中務卿に至る。本朝麗藻、和漢朗詠集、本朝文粋に漢詩文が残る。袋草紙（雑談）に、公任との間で交わされた人麿・貫之優劣論争が載る。そのほか管弦・書道・医術などにも長じていた。六帖抄を著す。中務親王集（古筆断簡のみ、私家集大成1）がある。拾遺集初出。

堀河　一三首　一三四（夏）・二〇四（秋上）・二四一（秋下）・三八一（神祇）・四一〇（哀傷）・四八九・五一〇・五一五（恋上）・五五五（恋中）・六二四（恋下）・七〇三・七一二・七三六（旅）。七三六は作者名表記は新院であるが堀河の作。生没年未詳。神祇伯源顕仲の女。はじめ前斎院令子内親王に仕えて六条、のち待賢門院璋子に仕えて堀河と呼ばれた。康治元年（一一四二）待賢門院の落飾により出家。忠通家歌合・西宮歌合などに出詠し、また久安百首の作者となる。待賢門院堀河集（私家集大成2）がある。金葉集初出。

堀河院（御歌）一首　一三三（夏）。承暦三年（一〇七九）七月九日―嘉承二年（一一〇七）七月一九日、二九歳。諱は善仁。白河天皇の第二皇子、母は顕房女、賢子。第七三代の天皇。応徳三年（一〇八六）即位、在位二一年。堀河院歌壇を形成、堀河百首・堀河院艶書合など盛んな和歌活動があった。金葉集初出。

堀河右大臣→**頼宗**

け（恵・経・景・慶・馨・妍・兼・賢・顕・元・玄・源）

恵慶　四首　九七（夏）・一八〇・二一一（秋上）・三七八（神祇）。生没年未詳。播磨講師と号す。寛和頃の人といわれるが出自、閲歴などは不明。安法法師の河原院に参会するグループの一人で、能宣・元輔・重之・兼盛・時文らと交流をもった。中古三十六歌仙の一人。恵慶集（私家集大成1）がある。拾遺集初出。

経衡（藤原）七首　一四九（夏）・二〇六（秋上）・三二七（賀）・四九三（恋上）・六八七（別）・七七四（雑上）・九九一（戯咲）。寛弘二年（一〇〇五）―延久四年（一〇七二）六月二一日、六八歳。公業男、母は敦信女。和歌六人党の一人。大和・筑前等の国守を歴任、正五位下に至る。九九一は筑前守時代の詠。後三条天皇の大嘗会和歌を詠進。師房家歌合や永承五年（一〇五〇）祐子内親王家歌合に出詠。袋草紙によると、道雅の八条山荘などにも出入りし、能因・相模・範永らと親交を結んだ。経衡十巻抄という打聞を撰んだらしいが散佚した。経衡集（私家集大成2）がある。後拾遺集初出。

経重（高階）二首　六九二（別）・七〇八（旅）。生没年未詳。播磨守明頼の男。後冷泉天皇の頃の人。従四位下大和守。本集入集歌中、六九二は陸奥国の介として下向した時、範永へ送った作、七〇八は紀伊守であった時の詠。新古今集のみ。

経章（高階）一首　四一一（哀傷）。生没年、伝未詳。本集入集歌は詞書に「斉信のわざの夜」とあり斉信は長元八年（一〇三五）三月二三日に六九歳で没しているからそれ以後の詠。

経章（平）一首　五二二（恋上）。生年未詳。承暦元年（一〇七七）八月二九日没。範国男、母は高階業遠女。春宮亮従四位上に至る。延久二年（一〇七〇）春宮亮を辞す。後拾遺集のみ。

経信（大納言）八首　七（春上）・三七（春下）・二一〇（秋上）・二八二・三一一・三二三・三二八（冬）・七六四（雑上）。源。長和五年（一〇一六）―承徳元年（一〇九七）閏一月六日、八二歳。道方男、母は源国盛女。俊頼らの父。桂大納言、源都督と称された。承保四年（一〇七七）正二位に叙され、寛治五年（一〇九一）に大納言に任ぜられた。同八年六月大宰権帥に任ぜられ、翌年七月赴任、任地で没した。長久二年（一〇四一）祐子内親王家名所歌合をはじめとして永承四年（一〇四九）内裏歌合・同六年内裏根合や頼通後見の後宮雅会に参加し、和歌六人党や橘俊綱の伏見亭歌会のメンバーと親交を結ぶなど後冷泉朝歌壇の指導的立場にあった。しかし白河天皇は近臣通俊に後拾遺集の撰進を下命、経信は後拾遺問答（散佚）、難後拾遺を著して批判した。晩年にあたる堀河朝においては、歌壇の長老として重きをなし、寛治三年（一〇八九）四条宮寛子扇合、寛治八年（一〇九四）師実家歌合の判者をつとめた。日記に帥記がある。大納言経信集（私家集大成2）などがある。後拾遺集初出。

経信母　二首　一九六（秋上）・五九一（恋中）。生年未詳、天喜四年（一〇五六）一二月没か。播磨守源国盛の女。源道方の妻。公忠曾孫、信明孫にあたる。大納言経信の母。琵琶・琴に長じていた。帥大納言母集（私家集大成2）がある。後拾遺集初出。

経盛（平）二首　一九八（秋上）・五七三（恋中）。天治元年（一一二四）―元暦二年（一一八五）三月二四日、六二歳。忠盛男、母は陸奥守源信雅の女。安元三年（一一七七）正三位。養和元年（一一八一）参議。寿永二年（一一八三）解官、元暦二年（一一八五）壇ノ浦に戦死。清輔、重家、俊成らと親交があった。また仁和寺守覚法親王の歌会の常連でもあった。永万二年（一一六六）五月をはじめ、何度か自邸で歌合を催す。経盛卿家集（私家集大成2）がある。千載集初出。

経泰（惟宗）一首　九五三（戯咲）。生没年、伝未詳。本集入集歌は中原致時（後拾遺歌人）に送った詠。

経忠（中納言・大蔵卿）二首　二二六（秋下）・七六一（雑上）。藤原。堀河中納言と号す。承保二年（一〇七五）―保延四年（一一三八）七月一六日、六四歳。師信男、母は法橋増守の女。妻の公実女は鳥羽天皇の乳母。長承二年（一一三三）大蔵卿、保延二年（一一三六）中納言。白河院の近臣で、篳篥の名手。長実・顕輔らの歌合に出詠。金葉集初出。

経頼（左大弁） 一首 三八三（哀傷）。源。貞元元年（九七六）―長暦三年（一〇三九）八月二四日、六四歳。扶義男、母は讃岐守源是輔女。長暦三年左大弁。

景基（津守） 一首 七九八・八一七（雑中）。生没年未詳。国基男。従五位下。千載集のみ。

慶基 一首 六〇七（恋中）。生没年、伝未詳。

慶範 一首 四一四（哀傷）。長徳三年（九九七）―康平四年（一〇六一）五月一日、六五歳。藤原安隆男、後拾遺集勘物などでは中原致行男とする。比叡山の僧。法性寺別当、無動寺検校を歴任。僧正（ただし、本集の表記は法師）。越の国在住時に良暹の来訪を受けたほか、伊勢大輔・永成らと親交があった。後拾遺集初出。

馨子 一首 六四七（恋下）。長元二年（一〇二九）―寛治七年（一〇九三）、六五歳。西院皇后宮。後一条皇女、母は道長女威子。後三条后。

妍子 一首 六七六（別）。正暦五年（九九四）―万寿四年（一〇二七）九月一四日、三四歳。枇杷殿皇后宮。道長女、母は倫子。彰子らの妹。三条天皇皇后。新古今集初出。

兼昌（源） 一首 二七四（秋下）。生没年未詳。俊輔男。従五位下皇后宮少進。出家して、大治三年（一一二八）生存。国信家歌合・忠通家歌合・長実家歌合・大治三年住吉社歌合などに参加、永久百首の作者。堀河院・忠通家歌壇で活躍した。家集があったらしいが散佚。金葉集初出。

兼盛（平） 四首 二三（春上）・四九五・五三五（恋上）・八二五（雑中）。生年未詳、正暦元年（九九〇）一二月二八日没。光孝天皇皇子是忠親王の孫、篤行王男。天暦四年（九五〇）臣籍に下り平姓となった。天暦九年（九五五）従五位下、天元二年（九七九）駿河守。天徳四年（九六〇）内裏歌合・貞元二年（九七七）頼忠前栽合・寛和二年（九八六）皇太后詮子瞿麦合などの作者となった。また、寛和元年の円融院の子の日の御遊には、和歌の題と序を献じた。袋草紙（雑談）には「兼盛は和歌を毎度に沈思すと云々」とある。三十六歌仙の一人。兼盛集（私家集大成1）がある。後撰集初出。

兼澄（源） 一首 三三六・三四六（賀）。生没年未詳。天暦九年（九五五）生まれか。信孝男。祖父公忠や伯父信明は三十六歌仙。命婦乳母の父。また能宣の女婿。帯刀・左馬允などを経て、従五位上加賀守に至った。永観元年（九八三）為光家名所屏風歌・長保三年（一〇〇一）詮子四十賀屏風歌・寛弘元年（一〇〇四）一条天皇松尾社行幸和歌・長和元年（一〇一二）大嘗会屏風歌などを詠進、長保五年道長家歌合（本集入集歌三四六）に参加。輔親・元輔・実方・好忠・安法らと交流をもつ。兼澄集（私家集大成1）がある。拾遺集初出。

兼房（藤原） 五首 四一（春下）・四二七・四三五（哀傷）・六二三（恋下）・八八三（雑下）。長保三年（一〇〇一）―延久元年（一〇六九）六月四日、六九歳。中納言兼隆の男、母は左大弁源扶義の女。中宮亮正四位下に至る。長元八年（一〇三五）頼通家歌合・永承四年（一〇四九）内裏歌合・同五年祐子内親王家歌合・道雅障子絵合などに列し、天喜二年（一〇五四）兼房家歌合を主催した。能因・相模・為仲・出羽弁らと交流があった。後拾遺集初出。

賢智 二首 五六（春下）・四八二（恋下）。生没年、伝未詳。従四位下陸奥守源家俊の男か。詞花集初出。

顕季（修理大夫） 八首 三六（春上）・一五四（秋上）・二一八・二二一・二三五（秋下）・三一四（冬）・七五一・七五三（雑上）。藤原。天喜三年（一〇五五）―保安四年（一一二三）九月六日、六九歳。隆経男、母は親国女で白河院乳母従二位親子。のち閑院実季の猶子、経平の婿となる。六条藤家始祖。六条修理大夫と称す。承保二年（一〇七五）任讃岐守以来、受領を歴任、「受領三十年相続不断」といわれ、天仁二年（一一〇九）大宰大弐、翌年正三位となった。白河院の信任厚く、応徳三年（一〇八六）院庁初任の別当となり勢威があった。承暦二年（一〇七八）内裏歌合・寛治七年（一〇九三）郁芳門院根合・堀河百首などに参加、忠通・実行・長実の家の歌合に判者を勤め、自身も主催するなどして、歌壇の庇護者として活躍。元永元年（一一一八）初めての人麿影供を行うなど、六条藤家の基礎を作った。六条修理大夫集（私家集大成2）がある。後拾遺集初出。

顕広（藤原） 八首 五〇（春下）・一二七（夏）・一八五（秋上）・二八四（冬）・三七二（神祇）・七二四（旅）・八九一・九一一（雑下）。永久二年（一一一四）―元久元年（一二〇四）一一月三〇日、九一歳。俊忠男、母は伊予守敦家の女。保安四年（一一二三）七月五日に父が没した後、葉室顕頼の養子となり、顕広と称す。仁安二年（一一六七）一二月二四日に本流に復して俊成と改名。通称は五条三位。安元二年（一一七六）九月二八日重病に陥り出家、法名は釈阿。正三位皇太后宮大夫。天承頃から詠作活動を始め、青年期は為忠家歌壇において詠作。保延六、七年には述懐百首を詠む。崇徳院歌壇で活動、康治二年（一一四三）久安百首の作者となり、次いで仁平三年（一一五三）には同百首を部類した。嘉応から治承にかけて歌壇での地位を確立、寿永二年（一一八三）には後白河院の下命を受けて千載集の編纂に着手、最終的には文治四年（一一八八）に奏覧完成した。最晩年も後鳥羽院歌壇において活躍。建仁三年（一二〇三）一一月二三日、後鳥羽院より九十の賀を賜り、翌年没す。古来風体抄、古今問答、万葉集時代考、正治奏状などを著す。長秋詠藻（私家集大成3）がある。詞花集初出。

顕綱（藤原） 五首 四四（春下）・三〇七（冬）・三四七（賀）・四二九（哀傷）・八一一（雑中）。生没年未詳、嘉承二年（一一〇七）頃没か。讃岐入道と号す。兼経（大納言道綱息）の男、母は藤原順時女、弁乳母。丹波・讃岐・但馬などの地方官を歴任、正四位下に至ったが、康和二年（一一〇〇）に出家。承暦二年（一〇七八）内裏歌合・寛治八年（一〇九四）八月一九日師実家歌合のほか、嘉保二年（一〇九五）鳥羽殿前栽合などの歌合に出詠。また、法性寺宝蔵の万葉集を書写、陽明門院本古今集を所持、源氏物語を借覧するなどが注目される。顕綱朝臣集（私家集大成2）がある。後拾遺集初出。

顕国（源） 一首 五八九（恋中）。永保三年（一〇八三）―保安二年（一一二一）五月二九日、三九歳。国信男、母は高階泰仲女。四位左少将皇后宮権亮。俊忠家サロンの一員として活躍、永久・元永の数度の忠通家歌合に出詠、自邸においても歌会を催す。金葉集初出。

顕昭　三首　六三（春下）・四一九（哀傷）・五七五（恋中）。大治五年（一一三〇）頃生まれ、承元三年（一二〇九）以後没。顕輔の猶子。亮公・亮君・亮阿闍梨とも。叡山で修学したが、治承頃から石清水社との関係がみられ、寿永から元暦の間に仁和寺に住んだ。文治三年（一一八七）頃に阿闍梨となり、晩年には法橋。現存初見の歌は、久安五年（一一四九）山路歌合（散佚）のもの。以後、歌合出詠数は二十余回に及ぶ。また、千五百番歌合をはじめ、二十二番歌合、建久二年（一一九一）三月三日若宮社歌合などの判者となった。また、袖中抄をはじめとする多くの歌学書や勅撰集の注釈書などを著述した。それらの多くは守覚法親王に献進したもの。千載集初出。

顕仲（神祇伯）　四首　四七一（釈教）・五〇八（恋上）・六一六（恋下）・六八一（別）。源。康平七年（一〇六四）―保延四年（一一三八）三月二九日、七五歳。顕房男、母は藤原定成女。国信の異母兄、堀河・兵衛らの父。非参議従三位神祇伯。笙の名手。堀河天皇・中宮篤子を中心とする雅宴の常連。多くの歌会・歌合に出詠。また歌合を主催し、晩年には家成家歌合の判者や堀河百首・永久百首の作者になる。夫木抄によれば家集があったらしいが伝存しない。金葉集初出。

顕輔（左京大夫）　一〇首　一八七（秋上）・二六八（秋下）・五二三・五二六（恋上）・六九七（別）・七〇四（旅）・七四一・七八四（雑上）・八七九（雑下）・九九六（戯咲）（四五四（釈教）は詞書により顕輔の作であり、また、九五〇の聯歌の前句）。藤原。寛治四年（一〇九〇）―久寿二年（一一五五）五月七日、六六歳。六条藤家の始祖顕季の男、母は経平女。清輔の父。白河院近臣の父の庇護下に、諸官職を歴任して近仕したが、父の没後讒言によって白河院の勘気を蒙り、沈淪した。官界復帰後、近江守・左京大夫・皇太后宮亮などを経て、久安四年（一一四八）七月一七日正三位に至る。永久四年（一一一六）鳥羽殿北面歌合・同年六条宰相家歌合・元永元年（一一一八）中将雅定家歌合・同年実行家歌合・保安二年（一一二一）長実家歌合（二度）・大治三年（一一二八）西宮歌合・保延元年（一一三五）家成家歌合（二度）・同二年・永治元年（一一四一）伊通家歌合など多くの歌合に出詠。元永元年顕季家人麿影供・康治元年（一一四二）大嘗会和歌・久安百首などにも加わった。また、天永四年以降久安三年までの間に七回に及ぶ歌合を催行。基俊没後は歌壇の第一人者となり、仁平元年（一一五一）に、詞花集を奏覧した。相伝の人麿影供を清輔に譲り、歌学知識を口伝として清輔・顕昭に伝えた。左京大夫顕輔卿集（私家集大成2）がある。金葉集初出。

顕方（藤原）　六首　五五（春下）・一六五（秋上）・三二二（冬）・五一七（恋上）・六三九（恋下）・七六〇（雑上）。生没年未詳。保元四年（一一五九）まで存命。顕輔男、母は高階能遠女。清輔の同母兄。本名顕時。顕賢とも。蔵人、五位信濃守。顕輔家歌合・山路歌合（散佚）・家成家歌合に出詠。千載集初出。

顕房　一首　一三二（夏）。源。長暦元年（一〇三七）―寛治八年（一〇九四）九月五日、五八歳。六条右大臣と号す。右大臣師房の男、母は関白道長女。女の賢子は白河院后で、堀河天皇の母。顕仲・国信ら子息に歌人が多い。永承四年（一〇四九)・承暦二年(一〇七八)の内裏歌合、郁芳門院媞子内親王根合などに判者・作者となり、天喜四年(一〇五六)には歌合を主催。後拾遺集初出。

元輔(清原) 一三首 二四(春上)・六九(春下)・三三三・三三四・三三五・三四二・三四三・三四九(賀)・三九七(哀傷)・六七二(別)・八〇一・八五二(雑中)・八九八(雑下)。延喜八年(九〇八)—永祚二年(九九〇)六月、八三歳。春光男。深養父の孫。清少納言の父。天暦五年(九五一)河内権少掾、それ以後少監物、中監物、大蔵少丞、民部少丞、民部大丞、河内権守、周防守、兼鋳銭長官を経て、従五位上、寛和二年(九八六)に肥後守に任ぜられ、永祚二年に任地で客死した。天暦五年一〇月、梨壺に設置された撰和歌所の寄人に召される。麗景殿女御・中将御息所歌合、応和二年(九六二)五月四日庚申内裏歌合、円融院・資子内親王乱碁歌合、為光家歌合、頼忠前栽歌合などに出詠。また、実頼・頼忠・実資・師輔・伊尹・師尹・源高明・在衡などの邸宅に出入りし、屏風歌や祝賀の歌など多くの歌を残している。なお袋草紙(雑談)に「故人語りて云はく、兼盛は和歌を毎度に沈思すと云々。而して元輔これを難ず。かくの如く案ぜば堪ふべからず。予は口に任せてこれを詠む。読まんと思ふ時、歌を深く沈思すと云々」とある。元輔集(私家集大成1)がある。拾遺集初出。

玄範(聖人) 二首 八四〇(雑中)・九八〇(戯咲)。生没年、伝未詳。詞花集のみ。

源信(僧都) 一首 九八(夏)。天慶五年(九四二)—寛仁元年(一〇一七)六月十日、七六歳。卜部正親の男、母は清原氏。恵信僧都。比叡山の良源に師事。寛弘元年(一〇〇四)権少僧都に任ぜられたが、翌年辞退。袋草祇(雑談)などに逸話が伝わる。千載集初出。

源心(天台座主) 一首 六七八(別)。平。天禄二年(九七一)—天喜元年(一〇五三)一〇月一一日、八三歳。西明房。父未詳、母は平元平の女。永承三年(一〇四八)座主に任ず。法性寺権別当を兼ねる。後拾遺集初出。

こ(公・行・好・江・孝・後・高・康・国)

公円(僧都) 一首 七五五(雑上)。生没年未詳。経家男。公任孫。本集入集歌は行尊に送った作。金葉集のみ。

公教 一首 三七五(神祇)。一一二九に没後に詠まれた作が載る。藤原。康和五年(一一〇三)—平治二年(一一六〇)、五八歳。後三条内大臣。実行男、母は顕季女。保元二年(一一五七)正二位内大臣。大治三年(一一二八)八月二九日神祇伯顕仲西宮歌合などに出詠。金葉集初出。

公経(藤原) 一首 七六五(雑上)。生没年未詳。成忠男、母は伊勢守源光忠の女。主殿頭、少納言を歴任して、従四位下に至る。能書家。後拾遺集のみ。

公行(右兵衛督) 五首 七一(春下)・一九二(秋上)・四三二(哀傷)・八六八・八七三(雑下)。藤原。長治二年(一一〇五)—久安四年(一一四八)六月一二日、四四歳。実行男、母は顕季女。公教の同母弟。永治元年(一一四一)従三位右兵衛督に至る。天承元年(一一三一)九月内裏十五首歌会ほかに参加。本集入集歌(七一・一九二・八六八)は崇徳内裏歌壇での詠。詞花集初出。

公資（大江）二首　八〇九・八四六（雑中）。生年未詳、長久元年（一〇四〇）六月二五日以前没。薩摩守清言の男。嘉言の甥。相模の夫。子の広経も勅撰歌人。相模守・遠江守などを歴任、従四位兵部権大輔となる。長元八年（一〇三五）頼通家歌合に出詠。能因や範永などと親交を結ぶ。後拾遺集初出。

公実（大納言）五首　一六六（秋上）・二五一（秋下）・五二七（恋上）・五八二・五八八（恋中）。藤原。天喜元年（一〇五三）―嘉承二年（一一〇七）一一月一四日、五五歳。実季男、母は経平女。康和二年（一一〇〇）正二位権大納言に至る。承保二年（一〇七五）九月内裏歌合・承暦二年（一〇七八）四月二八日内裏歌合・太皇太后宮寛子扇歌合・従二位親子草子合・郁芳門院媞子内親王根合・堀河院艶書合・堀河百首などの作者となり、堀河院近臣グループの一人として活躍。公実集（私家集大成2）がある。後拾遺集初出。

公重（藤原）三首　二五六（秋下）・三一六（冬）・七五八（雑上）。元永元年（一一一八）―治承二年（一一七八）九月頃、六一歳。梢少将・紀伊少将と号す。通季男、母は忠教女。叔父実能の猶子となる。紀伊守・侍従・右少将などを歴任、正四位下に至る。閑院流の名門に生まれながら官途に不遇であった。今鏡や和歌色葉は歌よみとして評す。清輔、重家などの家歌合に出詠。治承三十六人歌合の作者。風情集（私家集大成2）がある。詞花集初出。

公通（大納言）三首　一六八（秋上）・三三七（賀）・四二三（哀傷）。藤原。閑院按察と号す。永久五年（一一一七）―承安三年（一一七三）四月九日、五七歳。通季男、母は忠教女。久安六年（一一五〇）参議、永暦二年（一一六一）九月一三日権大納言、正二位按察使権大納言に至る。保延元年（一一三五）四月内裏歌合・建春門院滋子北面歌合・広田社歌合などに出詠、承安二年には自邸で十首歌会を催した。千載集初出。

公任（前大納言）五首　四五八・四五九（釈教）・五二〇（恋上）・八一九（雑中）・九〇四（雑下）。藤原。康保三年（九六六）―長久二年（一〇四一）一月一日、七六歳。頼忠男、母は代明親王の女厳子。通称は四条大納言。寛弘六年（一〇〇九）権大納言、長和元年（一〇一二）正二位に至った。万寿元年（一〇二四）致仕、同三年出家して北山長谷に隠栖した。「三船の才」を兼備し、有職故実にも通じ、北山抄、和漢朗詠集、和歌九品、新撰髄脳、拾遺抄、如意宝集、深窓秘抄、金玉集、前十五番歌合、後十五番歌合、三十人撰、三十六人撰など多くの著作がある。大納言公任集（私家集大成2）がある。拾遺集初出。

公能　三首　五一（春下）・三三八（賀）・五四九（恋中）。藤原。大炊御門右大臣と号す。永久三年（一一一五）―永暦二年（一一六一）八月一一日、四七歳。実能男、母は顕隆女。俊忠女を妻とする。実定、多子らの父。保延四年（一一三八）参議、のち右大臣正二位に至る。天承元年（一一三一）中殿御会・長承元年（一一三二）内裏十五首歌会・保延元年内裏歌合・同三年経定家歌合などに出詠、久安百首の作者となる。また、自邸でも歌会を催す。八〇七は公能の代作をした季行の詠。詞花集初出。

公保（右衛門督）　二首　一一六（夏）・九七一（戯咲）。藤原。長承元年（一一三二）―安元二年（一一七六）九月二三日、四五歳。実能男、母は右衛門督通季の女。応保二年（一一六二）一〇月二八日から永万元年（一一六五）八月一七日まで右衛門督。正二位権大納言に至る。

行慶（前大僧正）　四首　二五九・二六二（秋下）・七二七（旅）・七九〇（雑上）。康和三年（一一〇一）―永万元年（一一六五）七月一六日、六五歳。白河院の子。母は備中守政長の女。桜井僧正・狛僧正といわれる。近衛・後白河・二条三代の護持僧。保延五年（一一三九）天王寺別当、久寿三年（一一五六）三月、大僧正。行尊の弟子。千載集初出。

行盛（藤原）　一首　一七五（秋上）。承保元年（一〇七四）―長承三年（一一三四）、六一歳。行家男、母は実範女。四位文章博士。本集入集歌は忠通の歌会での作。金葉集のみ。

行宗（前大蔵卿）　六首　一一三（夏）・二三四・二三六・二三七・二五三（秋下）・七九九（雑中）。源。康平七年（一〇六四）―康治二年（一一四三）一二月二四日、八〇歳。基平男。行尊大僧正は兄。保延四年（一一三八）大蔵卿に任ぜられ、翌年従三位。康治二年（一一四三）閏二月出家。鳥羽殿前栽合・鳥羽殿北面歌合。六条宰相家歌合・南宮歌合・顕輔家歌合・経定家歌合などに出詠。崇徳天皇初度百首を詠進し、久安百首の作者にも加えられたが、間もなく没した。行宗集（私家集大成2）がある。金葉集初出。

行家（藤原）　一首　五三六（恋上）。生没年未詳。日向守行国の男。四位左近将監。上西門院判官代。本集入集歌は作者が諸本とも「藤原行宗」となっているが、行宗であれば「前大蔵卿」とあるべきで、同歌は月詣集にみえ「行家」とある。千載集初出。

行尊（前大僧正）　六首　二五（春上）・三八七（哀傷）・六七四（別）・八一三（雑中）・八六一・八八一（雑下）。源。天喜三年（一〇五五）―保延元年（一一三五）二月五日、八一歳。基平男、母は藤原良頼女。姉基子は後三条天皇後宮の梅壺の女御。治暦二年（一〇六六）園城寺に入り、平等院の明行法親王に入室。大僧正覚円、頼豪阿闍梨の弟子。嘉承二年（一一〇七）五月、鳥羽天皇護持僧の宣下を蒙り、法眼和尚位権少僧都に叙され、天承二年（一一三二）八月権大僧都、永久四年（一一一六）園城寺長吏、同六年四天王寺別当、保安四年（一一二三）天台座主、天治二年（一一二五）大僧正に叙された。和歌、管弦、書道に堪能。寛治三年（一〇八九）太皇太后宮寛子扇歌合・宗通家歌合・神祇伯顕仲西宮歌合に出詠、同南宮歌合では判者。行尊大僧正集（私家集大成2）がある。金葉集初出。

好忠（曽禰）　七首　三・六（春上）・九二（春下）・一四四（夏）・一五三（秋上）・二四四（秋下）・五七二（恋中）。生没年未詳。丹後掾に任ぜられたことから、曽丹後、曽丹とも称された。延長元年（九二三）頃の出生か。貞元二年（九七七）頼忠家前栽合・天元四年（九八一）斉敏君達謎合・寛和二年（九八六）内裏歌合・長保五年（一〇〇三）道長家歌合などに出詠。今昔物語集などにみえる円融院の子の日の御遊の話は有名。能宣・順・恵慶・重之・兼澄などとの交流があった。本集における好忠歌の高い評価は注（私家集大成1）がある。曽禰好忠集

意される（鈴木著『続詞花和歌集の研究』参照）。拾遺集初出。

江侍従　二首　九五九・九六五（戯咲）。生没年未詳。大江匡衡女、母は赤染衛門。高階業遠の妻とされるが、和歌色葉は藤原兼房との間に、後拾遺集歌人の少輔を生んだと伝える。枇杷殿皇太后妍子や、その女陽明門院に仕えた。後拾遺集勘物（陽明文庫本）によると、左大臣源俊房の乳母であった。永承四年（一〇四九）内裏歌合・同五年祐子内親王家歌合などに出詠。後拾遺集初出。

孝清（藤原）一首　一三二（秋下）。生没年未詳。良綱男、母は美濃守源頼国の女。範永の孫。正五位下、周防守、伊賀守。承保二年（一〇七五）九月内裏歌合に出詠。八一六に和泉守時代に国基から送られた詠が載る。散木奇歌集などにも名がみえる。

孝善（藤原）二首　二〇（春上）・二六〇（秋下）。生没年未詳。貞孝男。五位右衛門尉に至る。承暦二年（一〇七八）内裏歌合では家忠（本集入集歌二〇）、寛治七年（一〇九三）郁芳門院根合では経実の代作をしている。良暹・俊綱らと交友があった。袋草紙（雑談）に逸話がみえる。後拾遺集初出。

後三条内大臣→公教

高遠（前大弐）二首　六八（春下）・八四三（雑中）。藤原。天暦三年（九四九）—長和二年（一〇一三）五月一六日、六五歳。斉敏男、母は播磨守尹文の女。小野宮実頼の孫。弟に実資、従兄弟に佐理・公任がいる。永祚二年（九九〇）非参議。正三位大宰大弐に至る。康保三年（九六六）閏八月十五夜内裏前栽合・頼忠前栽合・寛和二年（九八六）六月一〇日内裏歌合に出詠、自邸においても歌合を催した。中古三十六歌仙の一人。枕草子によれば、一条天皇の笛の師であった。大弐高遠集（私家集大成1）がある。拾遺集初出。

高松北方　一首　六六七（恋下）。源明子。康保二年（九六五）—永承四年（一〇四九）七月二二日、八五歳。源高明女、母は藤原師輔女。盛明親王の猶子となり、その没後東三条院に養われる。道長との間に頼宗ら四男二女がある。金葉集初出。

康資王母　二首　三三〇（賀）・三九八（哀傷）。生没年未詳。高階成順女、母は伊勢大輔。大中臣重代の歌人の一人。後冷泉皇后四条宮寛子に仕えて筑前と称した。神祇伯延信王に嫁し、康資王を生み、伯母とも呼ばれた。妹の筑前乳母・源兼俊母も勅撰集歌人。寛治八年（一〇九四）八月一九日師実家歌合で経信判に対し、歌合陳状を呈する。康和四年（一一〇二）堀河院艶書合などにも出詠し、かなり高齢まで活躍。後拾遺集撰進の時には撰者通俊から歌の提出を求められる（本集七四四）。長治三年（一一〇六）大江匡房の大弐再任の折の贈答歌が判明する最終詠で、その後間もなく没したか。康資王母家集（私家集大成2）がある。後拾遺集初出。

国基（津守）七首　二九（春上）・一五九（秋上）・二八一（冬）・五六〇・五九七（恋中）・六七七（別）・八一六（雑中）。治安三年（一〇二三）—康和四年（一一〇二）七月七日、八〇歳。神主基辰男、母は神主頼信女という。康平三年（一〇六〇）三九代の住吉神主、以後四十三年間社務に携わった。康平六年公基家歌合・延久四年（一〇七二）通宗家歌合などに参加。橘俊綱の伏見邸歌会にもしばしば出席した。袋草紙（雑談）などに数々の和歌説話が伝えられているが、後拾遺集撰進の時、国基は自歌の撰入を望んで撰者通俊に小鯵を贈った逸話は有名である。歌道家津守家の祖。津守国基集（私家集大成2）がある。後拾遺集初出。

国信（中納言） 一首 四（春上）。源。坊城中納言と号す。延久元年（一〇六九）―天永二年（一一一一）一月一〇日、四三歳。顕房男、母は藤原良任女。姉に白河皇后賢子（堀河天皇生母）がいる。康和五年（一一〇三）権中納言正二位に至る。嘉保二年（一〇九五）三月内裏歌合にはじめて出詠、康和二年には自邸で歌合を催した。また、堀河院艶書合、堀河百首に出詠、万葉集の次点などの活動も知られる。金葉集初出。

国能（源） 一首 八七五（雑下）。生没年未詳。国信男。顕国弟。従五位下。肥後守。

国房（藤原） 一首 七五〇（雑上）。生没年未詳。承保四年（一〇七七）八月二二日出家。範光男。従五位下石見守に至る。天喜四年（一〇五六）五月顕房家歌合などに出詠。俊綱・良暹らと交流。袋草紙（雑談）によると、和歌に関する故実を子孫に書き残した。後拾遺集初出。

さ（宰・斎・最・三・讃）

宰相 一首 六一三（恋下）。生没年、伝未詳。本集入集歌は今撰集にみえ、作者は「女御殿宰相」とある。女御殿は後白河女御琮子か。

宰相（斎院） 一首 七六六（雑上）。生没年未詳。選子内親王家の女房。新勅撰集のみ。

斎宮女御→徽子

最慶（僧都） 一首 一九五（秋上）。生没年、伝未詳。千載集を書写した最慶法師がいるが（新古今集一七二四詞書）、僧位の記載が本集作者とあわない。本集入集歌は秋風集にみえ、作者名表記は「権律師済慶」。

三河 三首 二四三（秋下）・六一五（恋下）・七四七（雑上）。生没年未詳。源頼綱の孫。仲正女。頼政の妹。七四七によれば重代の勅撰歌人と評価されている。忠通家女房で、法性寺入道関白家三河などとも呼ばれる。大治元年（一一二六）八月忠通家歌合・長承三年（一一三四）九月顕輔家歌合・保延三年（一一三七）閏九月経定家歌合・仁安二年（一一六七）八月経盛家歌合などに出詠。金葉集初出。

三河内侍 二首 一五八（秋上）・五八五（恋中）。生没年未詳。保延頃の生まれか。正治二年（一二〇〇）生存。藤原為業の女。実綱室となり公仲を生む。また定隆との間に女子（新中将）がある。二条天皇に東宮時代から仕え、内裏歌壇で活躍。のち、後白河院女御琮子に仕え兵衛佐と呼ばれる。重家家歌合などに出詠。千載集初出。

三宮→輔仁親王

三条院（御歌） 一首 一六七（秋上）。天延四年（九七六）一月三日―長和六年（一〇一七）五月九日、四二歳。諱は居貞。第六七代の天皇。冷泉天皇第二皇子。母は兼家女の超子。寛弘八年（一〇一一）践祚。道長の圧力に屈し、在位六年で譲位。後拾遺集初出。

讃岐 一首 一九三（秋上）。生没年未詳。兼房女か。なお、兼房は本集作者、延久元年（一〇六九）没。本集入集歌は寛治八年（一〇九四）八月一九日師実家歌合の作で仮名日記に「左大殿に侍る讃岐、兼房の君の女とぞ」とあり、また和歌童蒙抄にみえ「寛治八年大殿歌合、左方兼房女詠也」とある。

讃岐（頼政女）二首　五五〇・五六六（恋中）。永治元年（一一四一）頃―建保五年（一二一七）頃、七七、八歳か。源頼政女、母は藤原友実女。初め二条天皇に出仕、その間に、内裏御会に参加・出詠した。以後治承元年（一一七七）に至る間に藤原重頼の妻となり、二男一女を生んだ。建久年間に中宮任子に再出仕、建久七年（一一九六）に辞し、出家。正治二年（一二〇〇）院初度百首・建仁元年（一二〇一）新宮撰歌合・千五百番歌合などに出詠。順徳内裏歌壇でも活躍。二条院讃岐集（私家集大成3）がある。千載集初出。

し（師・紫・資・治・時・日・実・寂・寿・脩・重・出・俊・淳・順・女・如・小・少・承・尚・勝・証・彰・上・常・式・心・信・新・親・仁・尋）

師賢（源）一首　一〇九（夏）。長元八年（一〇三五）―永保元年（一〇八一）七月二日、四七歳。資通男。左中弁・蔵人頭などを勤め、正四位下に至る。和琴の名手。承保三年（一〇六七）殿上歌合・承暦二年（一〇七八）内裏歌合に出詠。梅津山荘に経信・頼家らを招き歌会を催した。後拾遺集初出。

師綱（源）一首　八八八（雑下）。生没年、伝未詳。ただし、本集入集歌は玄々集にみえる作で、作者は「師継」とある。師経ことか。とすると、寛弘六年（一〇〇六）―治暦二年（一〇六六）三月一一日、五八歳。登朝男。朝光の孫。母は安親女。後拾遺集のみ。

師時（皇后宮権大夫）二首　六四一（恋下）・七五六（雑上）。源。承暦元年（一〇七七）―保延二年（一一三六）四月六日、六〇歳。俊房男、母は源基平女。権中納言正三位太皇太后宮権大夫に至る。堀河院艶書合・堀河百首・雲居寺結縁経後宴歌合・雅定家歌合などに出詠、堀河院・忠通家両歌壇で活躍。また、自邸において歌合・歌会を催した。長秋記を残す。金葉集初出。

師実　一首　三九（春下）。藤原。京極殿・後宇治殿と号す。長久三年（一〇四二）―康和三年（一一〇一）二月一三日、六〇歳。頼通男、母は藤原種成女、祇子。従一位摂政太政大臣。寛治八年（一〇九四）八月一九日歌合など、しばしば歌合や歌会を主催した。日記に京極関白記がある。本集入集歌三九は京極大殿御集（冷泉家時雨亭叢書）にみえる。師実集の断簡（私家集大成2、伝源俊頼筆切、十六首）が残る。後拾遺集初出。

師尚（中原）一首　五七四（恋中）。大治四年（一一二九）―建久八年（一一九七）、六九歳。明経博士師元男。正四位下外大記。千載集初出。

師俊（前中納言）二首　一八八（秋上）・二七七（秋下）。源。承暦四年（一〇八〇）―永治元年（一一四一）一二月七日、六二歳。俊房男、母は平重経女。源俊頼女を妻とする。元永元年（一一一八）忠通家歌合などに出詠。金葉集初出。

師長（前中納言）一首　六九四（別）。藤原。保延四年（一一三八）―建久三年（一一九二）七月一九日、五五歳。頼長男。

保元元年（一一五六）権中納言従二位で土佐国に配流。長寛二年（一一六四）六月二七日召し返され、閏一〇月一三日従二位に復す。永万元年（一一六五）現在、二七歳で前中納言。安元元年（一一七五）従一位太政大臣に至るが治承三年（一一七九）解官、尾張に配流。その地で出家。千載集のみ。

師頼（春宮大夫）　二首　二三八（秋下）・二九三（冬）。源。小野宮大納言と号す。治暦四年（一〇六八）―保延五年（一一三九）一二月四日、七二歳。俊房男。大納言正二位春宮大夫に至る。太皇太后宮寛子扇歌合・郁芳門院媞子内親王根合・長実家歌合などに出詠、堀河百首の作者。天仁二年（一一〇九）冬には俊頼を判者に迎えて自邸に歌合を催す。万葉集次点の一人。金葉集初出。

紫式部　一首　二九八（冬）。天禄元年（九七〇）生まれ、長和三年（一〇一四）春頃没か。藤原為時女、母は為信女。藤原宣孝と結婚し、賢子（大弐三位）を生む。寛弘二年（一〇〇五）中宮彰子（道長の女）に出仕。源氏物語、紫式部日記を著し、紫式部集（私家集大成1）がある。後拾遺集初出。

資業（式部大輔）　三首　四〇（春下）・四〇一（哀傷）・七一三（旅）。藤原。永延二年（九八八）―延久二年（一〇七〇）八月二四日、八三歳。日野三位と称す。有国男、母は橘仲遠女徳子。実綱・実政（ともに本集作者）の父。従三位式部大輔に至る。永承六年（一〇五一）出家、日野に隠栖。永承四年内裏歌合・同五年祐子内親王家歌合（本集入集歌四〇）などに参加。後拾遺集初出。

資仲（前大宰帥）　一首　五二一（春下）。藤原。治安元年（一〇二一）―寛治元年（一〇八七）一一月一二日、六七歳。資平男、母は知章女。権中納言正二位大宰権帥に至る。永承四年（一〇四九）内裏歌合・同六年内裏根合などに出詠。資仲後拾遺四巻という未完の私撰集があったと伝えられる。後拾遺集初出。

資通（前大弐）　一首　六八八（別）。源。寛弘二年（一〇〇五）―康平三年（一〇六〇）八月二三日、五六歳。済政男、母は源頼光女。大宰大弐に至る。永承四年（一〇四九）内裏歌合などに出詠、家歌合を主催し、経衡・伊勢大輔らと交流があった。後拾遺集初出。

資隆（藤原）　三首　二一八（春上）・二二七（秋下）・三一九（冬）。生没年未詳。重兼男、母は高階基実の女。越前守、少納言、肥後守などを歴任、従四位下に至る。晩年、出家して、文治元年（一一八五）九月には存命。永暦元年（一一六〇）清輔家歌合をはじめ、歌林苑歌合・経盛家歌合・重家家歌合・頼輔家歌合・実国家歌合などに出詠、漢詩文にも堪能であった。禅林瘀葉集（私家集大成2）がある。千載集初出。

治部卿　一首　九〇六（雑下）。生没年未詳。兵部少輔源信綱の女、従三位盛子。経信の曽孫で心覚の姉妹。琵琶の名手。皇嘉門院聖子に仕えた。詞花集のみ。

時文（紀）　一首　二四六（秋下）。生年未詳、長徳二、三年（九九六、七）没か。貫之男、母は藤原滋望女。貞元二年（九七七）頼忠前栽歌合に出詠。袋草紙（雑談）に逸話がみえる。後拾遺集初出。

時房（藤原）　二首　六〇（春下）・二三〇（秋下）。生没年

未詳。本集入集歌六〇は嘉保三年（一〇九六）の尚歯会での詠で「やそぢになり」とあり、時に八〇歳を越えていた。上野守従五位下成経の男、母は紀伊守源致時の女。蔵人、皇后宮権大進、従五位下。後拾遺集初出。

日向　一首　九二三（物名）。生没年、伝未詳。本集入集歌は、天禄三年（九七二）八月規子内親王前栽歌合での作。

実叡　一首　六八五（別）。生没年、伝未詳。南都巡礼記の作者か。新続古今集のみ。

実円（僧都）一首　一三五（夏）。生没年、伝未詳。ただし、本集入集歌は玄々集にみえ「実因僧都」の作とある。実因は天慶八年（九四五）—長保二年（一〇〇〇）八月一二日、五六歳。橘敏貞男。長徳四年（九九八）大僧都。拾遺集のみ。

実基（源）一首　五四四（恋中）。生没年未詳。権中納言経房の男。正四位下左中将。千載集のみ。

実源（律師）一首　六四（春下）。万寿元年（一〇二四）—嘉保三年（一〇九六）一月二三日、七三歳。比叡山の僧。寛治五年（一〇九一）三月八日権律師。袋草紙（雑談）に和歌を好む逸話がみえ、筑紫下向の折の話もある。後拾遺集のみ。

実行　四首　一五（春上）・一九九（秋上）・三〇五（冬）・三五八（神祇）。藤原。八条太政大臣と号す。承暦四年（一〇八〇）—応保二年（一一六二）七月二八日、八三歳。公実男、母は藤原基貞女。顕季女（本集作者）を妻とする。長承二年（一一三三）内裏十首歌会（本集入集一五）などに参加、また、永久四年（一一一六）、元永元年（一一一八）に歌合を主催。久安二年（一一四六）顕輔家歌合の判者。袋草紙（雑談）にその言説がみえる。金葉集初出。

実行北方　一首　一六三（秋上）。生没年未詳。顕季女。公教、公行の母。

実綱（藤原）一首　八七〇（雑下）。長和元年（一〇一二）—永保二年（一〇八二）三月二三日、七一歳。資業男、母は師長女。日野儒門に生まれ、家学を継ぐ。本朝無題詩に詩作がある。後拾遺集初出。

実国（権中納言）一首　六五七（恋下）。藤原。保延六年（一一四〇）—寿永二年（一一八三）一月二日、四四歳。公教男、母は家の女房、または藤原憲方女とも。長寛三年（一一六五）一月二三日任権中納言。正二位権大納言に至る。重家家歌合・住吉社歌合などに参加。嘉応二年（一一七〇）五月二九日には歌合を主催（判者清輔）している。前大納言実国集（私家集大成2）がある。千載集初出。

実資　二首　六五（春下）・六七三（別）。藤原。後小野宮、賢人右府と号す。天徳元年（九五七）—寛徳三年（一〇四六）一月一八日、九〇歳。斉敏男、母は藤原尹文女。祖父小野宮実頼の後を継いだ。長元一〇年（一〇三七）、従一位右大臣に至る。有職故実に通じ、和歌をよくした。家集があったらしい。日記に小右記がある。拾遺集初出。

実重（平）四首　一六一（秋上）・三九五・三九六（哀傷）・六六六（恋下）。生没年未詳。昌隆男。近衛天皇蔵人となり、久安六年（一一五〇）に至る。従五位上。久安三年一二月顕輔家歌合に参加、のち出家して西山に隠栖した。和歌色葉には式部大輔入道願西とみえる。詞花集初出。

実政（前大宰大弐）　一首　三四八（賀）。藤原。寛元二年（一〇一八）―寛治七年（一〇九三）二月一八日、七六歳。資業男。実綱の弟。応徳元年（一〇八四）六月二三日大宰大弐となる。寛治二年伊豆国に配流、かの地で卒す。後拾遺集初出。

実清（藤原）　二首　九三（春下）・三二三（冬）。生没年未詳。公信男。四位左馬権頭。妻は為経（寂超）女。崇徳院別当。保元の乱で配流。久安百首の作者。千載集初出。

実能　四首　五四（春下）・一四七（夏）・三七四（神祇）・四九六（恋上）。藤原。徳大寺左大臣と号す。永長元年（一〇九六）―保元二年（一一五七）九月二日、六二歳。公実男、母は堀河院乳母従二位藤原光子。従一位左大臣に至る。異母兄実行主催の歌合などに出詠。日記に実能記がある。金葉集初出。

実方（藤原）　九首　六六（春下）・三六〇（神祇）・五七一（恋中）・六一八（恋下）・七七二（雑上）・七九六・八二七（雑中）・九三六・九三八（聯歌）。生年未詳、長徳四年（九九八）没。定時男、母は源雅信女。師尹の孫。父早世のため叔父済時の養子となる。左近将監・左近少将・右馬頭・左近中将などを経て、長徳元年陸奥守に任ぜられ、四年後に任地において客死した。数寄な生涯は多くの伝説を生む。寛和二年（九八六）六月一〇日内裏歌合に出詠。中古三十六歌仙の一人。実方中将集、実方朝臣集（私家集大成1）がある。拾遺集初出。

寂然　三首　四五〇・四五五（釈教）・九〇二（雑下）。生没年未詳。寿永元年（一一八二）まで存命。俗名は藤原頼業。為忠男、母は橘大夫の女か。兄弟の寂念（為業）・寂超と共に常磐三寂の一人。従五位下壱岐守に至ったが久寿以前に出家して唯心房と号した。保元から長寛の間、讃岐へ下って崇徳院を慰め、歌を奉った。また、西行と親しく交わった。唯心房集（私家集大成3）や法門百首がある。なお、本集四五二（覚然）は今撰集では寂然の作、七八七（寂超）は新千載集では寂然の作。千載集初出。

寂超　一首　七八七（雑上）。生没年未詳。治承四年（一一八〇）までは生存。俗名は藤原為経。為忠男、母は橘大夫の女か。隆信の父。寂念（為業）の弟、寂然の兄で常磐三寂の一人。康治二年（一一四三）五月出家。為忠家歌合などに出詠。また、久寿二、三年頃、顕輔の詞花集を難じて後葉集を撰す。治承四年四月には貫之自筆の古今集を書写。千載集初出。

寿円　一首　九四〇（聯歌）。生没年、伝未詳。入集する連歌の前句作者は定誓（長徳二年―天喜三年）。

脩範（藤原）　一首　七二一（旅）。康治二年（一一四三）―寿永二年（一一八三）、四一歳。通憲男、母は従二位藤原朝子。平治の乱で隠岐国に配流。翌年には召還され、長寛二年（一一六四）従四位上、承安四年（一一七四）非参議従三位、正三位左京大夫に至る。千載集初出。

重家（藤原）　三首　四八五・五〇九（恋上）・七三九（雑上）。大治三年（一一二八）―治承四年（一一八〇）一二月二一日、五三歳。顕輔男、母は家女房。兄弟に清輔・顕昭・季経、子に経家・顕家・有家。従三位大宰大弐に至る。安元二年（一一七六）出家。顕輔家歌合・山路歌合・家成家歌合・清輔家歌合などに出詠。また、二条内裏の歌会に参加している。兄清輔没後には、兼実家歌合の判者となった。承安元年（一一七一）

六月に平経盛から万葉集を借りてこれを書写し伝えている。大宰大弐重家集（私家集大成2）がある。千載集初出。

重之（源）　四首　四二四（哀傷）・五八四（恋中）・六八三（別）・九二七（物名）。生没年未詳。長保二年（一〇〇〇）、六〇余歳で没か。兼信男。伯父兼忠の猶子となる。冷泉天皇の東宮時代の帯刀先生。康和四年（九六七）一一月従五位下左近将監・相模権介に任ぜられ、貞元元年（九七六）七月相模権守となり、以後、肥後や筑前の国司を歴任。長徳元年（九九五）以後陸奥守に任ぜられた実方に随行し同地で没した。貞元二年頼忠家歌合や寛和元年（九八五）円融院子日行幸和歌に出詠。三十六歌仙の一人。重之百首、家集にしけゆき（私家集大成1）などがある。拾遺集初出。

重如（山口）　二首　六八九（別）・七二八（旅）〔九三七の聯歌の前句〕。生没年未詳。袋草紙（雑談）に「河内重如は山次郎判官代と号す。下賤者なり」として数寄の逸話が載る。また、後拾遺集勘物、和歌色葉などには河内国人とある。後拾遺集のみ。

重如女（山口）　一首　四六六（釈教）。生没年、伝未詳。山口重如の女。

重保（賀茂）　一首　九五四（戯咲）。元永二年（一一一九）－建久二年（一一九一）一月一二日、七三歳。賀茂神主重継の男。仁安頃から経盛家歌合・歌林苑歌合などに出詠。治承に至ると、賀茂社で歌合・歌会を主催。また、三十六人の現存歌人に百首からなる家集（いわゆる寿永百首）を奉納せしめる。寿永元年（一一八二）一一月には、それらを資料として月詣集を編む。千載集初出。

出雲（前前斎院）　一首　七八九（雑上）。生没年未詳。本集入集歌は寛治三年（一〇八九）から承徳二年（一〇九七）の作。したがって後白河皇女統子内親王（上西門院）に仕えた出雲とは別人か。

俊恵　四首　九一（春下）・一九〇（秋上）・五六四（恋中）・六五九（恋下）。永久元年（一一一三）生まれ、没年未詳。建久六年（一一九五）以前に没したか。源俊頼男、母は橘敦隆女。通称大夫公。父と一七歳で死別。東大寺の僧。永暦元年（一一六〇）清輔家歌合・仁安二年（一一六七）経盛家歌合などに出詠。白河にあった自坊、歌林苑で歌合・歌会を催した。その活動は保元から治承の二〇余年間にわたり、歌苑抄、影供集、歌撰合（ともに散佚）などの私撰集も編んだ。林葉和歌集（私家集大成2）がある。詞花集初出。

俊憲（前参議）　二首　三五六（賀）・九一六（雑下）。藤原。保安三年（一一二二）－仁安二年（一一六七）、四六歳。通憲（信西）男。平治の乱で越後に配流、出家。本集入集歌（三五六）は平治元年（一一五九）二条天皇の大嘗会歌である。千載集初出。

俊重（源）　三首　七六三（雑上）・八六〇（雑下）・九四八（聯歌）。生没年未詳。俊頼男、俊恵の兄。従五位上伊勢守。千載集のみ。

俊成（橘）　一首　七四九（雑上）。生没年未詳。讃岐守俊遠の男。越中守従五位下。本集入集歌は経衡との贈答。詞花集のみ。

俊宗（前律師）二首　三二四（冬）・六六〇（恋下）。生没年未詳。散位藤原親信の男。保安、天治頃活躍。千載集のみ。

俊忠（大宰帥）一首　五二八（恋上）。藤原。延久五年（一〇七三）―保安四年（一一二三）七月九日、五一歳。忠家男、母は藤原敦家女、藤原経輔女とも。俊成の父。保安三年（一一二二）従三位権中納言大宰権帥に至る。堀河内裏の歌会や堀河院艶書合、顕隆家歌合などに列し、また長治元年（一一〇四）五月には俊頼を判者にし、自邸で歌合を催した（本集入集歌はその時の作）。帥中納言俊忠集（私家集大成2）がある。金葉集初出。

俊頼（源）一一首　一（春上）・一四二（夏）・二四九・二七二（秋下）・三〇九（冬）・七二二（旅）・七五二・七八〇（雑上）・八八〇（雑下）・九二六（物名）・九七五（戯咲）。能貧と号す。天喜三年（一〇五五）―大治四年（一一二九）、七五歳。経信男、母は土佐守源貞亮女。右近衛少将、左京権大夫を経て、長治二年（一一〇五）従四位上木工頭となる。天永二年（一一一一）に退き、以後は散位。晩年に出家。寛治八年（一〇九四）八月一九日師実家歌合（本集入集歌三〇九）に出詠。嘉保二年（一〇九五）二月、父経信に随って筑紫に下り承徳元年（一〇九七）その死により帰京。その後、堀河院歌壇の中心として活動。康和二年（一一〇〇）国信家歌合・長治元年俊忠家歌合などの判者を勤め、堀河百首を企画した。退官後も忠通家歌壇、顕季の歌壇などで活躍。本集入集歌には伊通家、師時家、公実家などでの歌会、歌合の詠がみえる。俊頼髄脳の著者。五番目の勅撰集、金葉集の撰者となる。大治三年（一一二八）頃には散木奇歌集（私家集大成2）を自撰。金葉集初出。

淳国（源）一首　二八〇（冬）。生没年、伝未詳。陽明門院蔵人家光男か。文章生従五位下勘解由判官、本名家遠。なお、本集の伝本中、歴史民俗博物館本、陽明文庫本などには「涼国」とあるが、静嘉堂文庫本、神習文庫本及び金葉集二度本（公夏筆本）には淳国とある。

順（源）二首　三二八（賀）・四二二（哀傷）。延喜一一年（九一一）―永観元年（九八三）、七三歳。左馬助挙の男。天暦五年（九五一）、梨壺の五人として万葉集の訓点作業（古点）と後撰集の撰進に従事。天禄三年（九七二）規子内親王家前栽歌合の判者となっている。また和名類聚抄を著し、本朝文粋に漢詩文が載る。三十六歌仙の一人。源順集（私家集大成1）がある。拾遺集初出。

女　三首　五二二（恋上）・五九〇（恋中）・六七九（別）。

女房　二首　九六九・九九〇（戯咲）。

如覚　三首　四六二（釈教）・七九五（雑中）・九一〇（雑下）。藤原高光。天慶三年（九四〇）頃―正暦五年（九九四）三月一〇日、五五歳か。通称多武峰少将入道。師輔男、母は醍醐天皇皇女雅子内親王。伊尹・兼家らの異母弟。従五位上左近衛少将に至る。天暦三年（九四九）三月尽日尚書竟宴歌、同一〇年師輔家前栽合・天徳四年（九六〇）内裏歌合・某所紅梅合などに出詠。応和元年（九六一）一二月比叡山横川で出家。翌年八月多武峰に移って草庵極楽房に住む。多武峰少将物語がある。栄華物語、大鏡ほかに説話が残る。三十六歌仙の一人。家集にたかみつ（私家集大成1）がある。拾遺集初出。

小左近　二首　三五（春上）・一一一（夏）。生没年未詳。後拾遺集勘物（陽明文庫本）に「三条院女房。散位従五位下中原経相女」とある。本集入集歌（一一一）は経信へ送った歌。後拾遺集初出。

小侍従（大宮）　三首　一〇五（夏）・四五六（釈教）・五六五（恋中）。生没年未詳。石清水八幡宮別当紀光清の女、母は菅原在良女、花園左大臣家小大進。待宵の小侍従と呼ばれた。応保元年（一一六一）頃四〇歳前後で二条天皇に出仕、その没後は太皇太后宮多子に仕える。のち、高倉天皇に出仕したが、治承三年（一一七九）出家した。経盛家歌合・重家家歌合などに出詠。建仁年間、八〇歳をこえる頃まで作家活動をつづけた。小侍従集（私家集大成3）がある。千載集初出。

小式部（斎院）　一首　六二一（恋下）。生没年、伝未詳。本集入集歌は、新千載集にみえ、作者は「小式部内侍」とある。とすれば、橘道貞女（母は和泉式部。後拾遺集初出）または藤原義仲女（祐子内親王家女房。後拾遺集初出。禖子内親王家の歌合に出詠）のことか。

小大君　四首　六一四（恋下）・八五五（雑中）・九二〇（雑下）・九六〇（戯咲）。生没年未詳。寛弘頃まで生存か。三条院女蔵人左近とも。寛和二年（九八六）の三条院立坊後女蔵人として仕える。後拾遺集の巻頭歌人。前十五番歌合や長承二年（一一三三）相撲立詩歌合の作者などにも選ばれる。朝光との恋愛をはじめ、道信・為頼・高光・兼盛・実方らと交わりをもった。小大君集（私家集大成1）がある。三十六歌仙の一人。拾遺集初出。

小大進　四首　六六二（恋下）・九二九（物名）・九六二・九七四（戯咲）。生没年未詳。式部大輔菅原在良の女。源有仁（花園左大臣）家女房。石清水別当光清の妻。小侍従の母。堀河院艶書合・久安二年（一一四六）六月顕輔家歌合などに出詠。久安百首の作者。金葉集初出。

小弁　四首　九（春上）・二一四（秋上）・二六五（秋下）・五四六（恋中）。生没年未詳。一宮の小弁、宮の小弁とも。越前守藤原懐尹の女。一宮紀伊の母。祐子内親王家の女房。祐子内親王家の歌合に出詠。本集入集歌（二六五）は頼通の紅葉狩の折の作。天喜三年（一〇五五）禖子内親王物語合では、岩垣沼の物語を提出した。家集があったか。後拾遺集初出。

小野宮右大臣→実資

少将井尼　一首　八九四（雑下）。生没年、伝未詳。出家後大原に住んだ。本集入集歌は和泉式部との贈答。家集があったか。後拾遺集初出。

少将乳母　一首　三五九（神祇）。生没年未詳。源為理女、母は大江雅致女。選子内親王家の女房。中務の姉。斎院中将とも。本集入集歌は玄々集にみえ、作者名表記は「中将乳母」とする。また千載集に採られ、作者名表記は「大斎院中将」。なお、金葉集三奏本にもみえるが、読人不知である。後拾遺集初出。

承香殿女御　一首　四〇二（哀傷）。生没年未詳。顕光女、元子。一条院女御。本集入集歌は一条院をいたむ作。拾遺集初出。

尚忠（藤原）　一首　九九（夏）。生没年未詳。後拾遺集勘物

（陽明文庫本）に「東宮少進武蔵守従五位上利仁曽孫、加賀介吉信男」とある。道命法師との交流があった。後拾遺集のみ。

勝超　一首　一二三（夏）。治暦元年（一〇六五）生まれ、没年未詳。興福寺の僧。奈良花林院歌合に出詠。金葉集のみ。

勝範（天台座主）　一首　四二八（哀傷）。吉美。長徳二年（九九六）―承保四年（一〇七七）正月二七日、八二歳。近江国野洲郡の人。延久二年（一〇七〇）三三代天台座主。後三条院護持僧。千載集のみ。

証蓮　一首　六四四（恋下）。生没年、伝未詳。本集入集歌は今撰集にみえる。

彰子　三首　四六八（釈教）・七四〇（雑上）・八三四（雑中）。永延二年（九八八）―承保元年（一〇七四）一〇月三日、八七歳。一条天皇中宮。上東門院。道長女、母は源雅信女、倫子。長保元年（九九九）一一月に入内し、翌二年二月中宮となる。後一条・後朱雀二帝の母后となったが、寛弘八年（一〇一一）二四歳にして一条帝崩御（三二歳）。万寿三年（一〇二六）に出家して院号宣下。長元五年（一〇三二）に兄頼通の後見で菊合を催す。後拾遺集初出。

上東門院→彰子

上野（新院）　一首　四三七（哀傷）。生没年、伝未詳。

常陸乳母　一首　三八八（哀傷）。生没年未詳。藤原豪子。常陸前司基房女、刑部卿忠俊（良頼男、実仁の母基子は姪に当たる）の妻。実仁親王乳母。本集入集歌は、行尊との贈答の作で、新続古今集にみえる。

式部（三条大宮）　二首　八二二（雑中）・八八一（雑下）。生没年未詳。本集の作者名表記は「三条大宮式部」であるが不審。八二二歌の〔補説〕参照。金葉集初出の二条太皇太后宮式部のことか。

式部命婦　一首　八三八（雑中）。生没年未詳。後拾遺集勘物（陽明文庫本）に「後冷泉院女房。筑後権守従五位下藤原信尹女。母式部卿敦貞親王家女房」とある。本集入集歌は後冷泉院を偲ぶ清家との贈答の作である。後拾遺集のみ。

心覚　三首　三一（春上）・一四〇（夏）・九一三（雑下）。源。生没年未詳。治承四年（一一八〇）八月一〇日に故阿闍梨心覚の追善のために法印権大僧都勝国が造仏写経を高野山に供養している。兵部少輔源信綱（経信孫、俊頼甥）の男。比叡山の僧。永万二年（一一六六）重家家歌合・仁安二年（一一六七）経盛家歌合に出詠。詞花集初出。

心覚母　二首　一六（春上）・二七六（秋下）。生没年、伝未詳。

心也　一首　九四六（聯歌）。生没年、伝未詳。入集する連歌の前句作者は琳賢。

信綱（藤原）　一首　九四一（聯歌）。生没年、伝未詳。入集する連歌の前句作者は頼綱（万寿元年―永長二年）。金葉集のみ。

信宗（源）　一首　八二（春下）。生年未詳、承徳元年（一〇九七）八月三〇日没。小一条院敦明親王男、母は下野守源政隆の女。三条天皇孫。正四位下左中将。伊勢大輔と交流があった。後拾遺集初出。

信宗　一首　五四三（恋上）。生没年未詳。藤原行通男、寺

門竜花院阿闍梨か。ただし、本集入集歌は今撰集にみえ、作者は宗忠法師とある。宗忠とすれば、左将監源宗清の男か。

信通（左近中将）　一首　一〇〇（夏）。藤原。寛治五年（一〇九一）―保安元年（一一二〇）一〇月二一日、三〇歳。宗通男、母は顕季女。伊通は同母兄、成通は同母弟。参議従三位左中将。本集入集歌は永久四年（一一一六）鳥羽殿北面歌合の作。

新院（御歌・御製）→**崇徳院**

新少将　三首　一〇（春上）・五六二（恋中）・八二六（雑中）。生没年未詳。俊頼女。待賢門院に仕えた。なお今撰集では故北政所新少将とある。後に忠通室（宗通女、宗子）に出仕したか。新古今集初出。

親経（前参議）　一首　七八二（雑上）。生没年、伝未詳。「前参議」とあるから、親隆の誤りか。なお親経の名は、承保三年（一〇七六）源経仲朝臣出雲国名所歌合にみえる。

親佐（藤原）　一首　五四五（恋中）。生没年、伝未詳。行佐男で、八条院判官代散位従五位下（改盛佐）親佐のことか。仁安二年（一一六七）歌林苑歌合に出詠。

親重（藤原）　二首　六〇三（恋中）・六二二（恋下）。天永三年（一一一二）生まれ、文治三年（一一八七）頃まで生存、七六歳か。佐渡守親賢の男。従五位下美濃守に至る。法名勝命。承安二年（一一七二）一二月広田社歌合では親重、治承二年（一一七八）三月の別雷社歌合では勝命で出詠。その間に出家か。他に安元元年（一一七五）重家家歌合などに参加。難千載（散佚）を著す。

親房（源）　三首　五〇一（恋上）・九六七・九八一（戯咲）。生没年未詳。仲房男、母は藤原実宗女。神祇伯顕仲の孫。従五位上遠江守。大治三年（一一二八）顕仲主催の歌合をはじめ、顕輔家歌合・山路歌合などに出詠。金葉集初出。

親隆（前参議）　三首　九六（夏）・二二四（秋下）・九〇五（雑下）。七八二は親隆作とするべきか。藤原。四条と号す。康和元年（一〇九九）―永万元年（一一六五）八月二三日、六七歳。為房男、母は忠通乳母、法橋隆尊女。永暦二年（一一六一）参議正三位に至る。長寛元年（一一六三）出家。忠通家歌合・顕輔家歌合・為忠家後度百首などに出詠、また久安百首の作者。重家と交流があった。金葉集初出。

仁昭　一首　四四七（釈教）。生没年未詳。織部正親仲の男。今撰集に詠作がみえる。千載集のみ。

仁和寺一宮母　二首　四〇六（哀傷）・七四二（雑上）。生没年未詳。兵衛佐のこと。法勝寺執行信縁女。行宗の養女。崇徳院の寵愛をうけ、保延六年（一一四〇）に第一皇子重仁親王（仁和寺一宮）を生む。親王は保元元年（一一五六）七月、仁和寺大僧正寛暁のもとで出家、応保二年（一一六二）正月二八日没。なお、忠成が親王の傅であったところから近い関係にあった（本集入集歌七四二）。

仁和寺宮→**覚性法親王**

尋禅（権僧正）　一首　九七九（戯咲）。天慶六年（九四三）―正暦元年（九九〇）二月一七日、四八歳。師輔男、母は醍醐天皇皇女雅子内親王。高光（如覚）などの同母弟、伊尹、兼家などの異母弟。天元四年（九八〇）権僧正。一九代天台座主。諡号慈仁。本集入集歌は恵慶法師へ送った作。

す（帥・崇）

帥（斎院）　一首　五八六（恋中）。生没年、伝未詳。

崇徳院　一八首　二（春上）・四八・六一・八五（春下）・二〇三（秋上）・二五二（秋下）・二九一・三〇〇（冬）・四〇八・四二〇（哀傷）・四六一・四六三・四六四（釈教）・五二五（恋上）・五八一（恋中）・七三七（旅）・七三八（雑上）・九五二（戯咲）。七三六は堀河の作とする。元永二年（一一一九）五月二八日―長寛二年（一一六四）八月二六日、四六歳。諱は顕仁。第七五代の天皇。讃岐院とも。没後の安元三年（一一七七）崇徳院と諡号。鳥羽天皇第一皇子、母は待賢門院璋子。保安四年（一一二三）二月一九日即位。永治元年（一一四一）鳥羽院の意志により体仁親王（近衛天皇）に譲位。鳥羽院を本院、崇徳院を新院と称する。保元の乱（一一五六）で、新院は讃岐に配流、配所で崩御した。大治五年（一一三〇）頃から、忠通・成通・公通・公行・教長・顕広（俊成）・行宗ら近臣、縁者を中心とする歌会、歌合を頻繁に催した。また堀河院題の初度百首・久安百首（二度百首）・句題百首を召し、仁平元年（一一五一）頃、顕輔に命じて詞花集を撰進せしめた。詞花集初出。

せ（正・成・西・斉・政・清・盛・済・静・赤・摂・選・瞻・前）

正家（藤原）　二首　三〇六（冬）・五五九（恋中）。万寿三年（一〇二六）―天永二年（一一一一）一〇月一二日、八六歳。式部権大輔家経の男。正四位下右大弁。本集入集歌（三〇六）は寛治八年（一〇九四）師実家歌合での作。鳥羽天皇大嘗会和歌の作者。金葉集初出。

成元（橘）　一首　一三一（夏）。生没年未詳。能因の孫とする説がある。従五位下。永保元年（一〇八一）一一月六日近江掾。本集入集歌は通宗家での詠。後拾遺集初出。

成助（賀茂）　二首　三九〇（哀傷）・四八六（恋上）。大池神主と号す。長元七年（一〇三四）―永保二年（一〇八二）、四九歳。神主成真の男。永承五年（一〇五〇）賀茂社権禰宜、翌六年に同社神主となる。天喜四年（一〇五六）従五位下。津守国基らと親しく、橘俊綱の伏見邸にも出入りした。賀茂成助集（私家集大成2）がある。後拾遺集初出。

成親（藤原）　一首　六〇一（恋中）。生没年未詳。本名秀遠また成近。経秀（秀成）男。鳥羽院蔵人所衆。従五位下刑部丞。千載集のみ。

成尋　二首　三八九（哀傷）・四七〇（釈教）。藤原。寛弘八年（一〇一一）―永保元年（一〇八一）、七一歳。阿闍梨。実方の孫かという。六二歳の時入宋し、かの地で寂した。没後、天皇から善慧大師の号をおくられた。詞花集初出。

成仲（祝部）　三首　四〇九（哀傷）・五四八（恋中）・七七八（雑上）。康和元年（一〇九九）―建久二年（一一九一）一〇月一三日、九三歳。神主成実の男。日吉社の禰宜惣官、正四位上、大舎人頭に至る。永万二年（一一六六）重家家歌合など多くの歌合に出詠。承安二年（一一七二）白河尚歯会和歌に参加、文治四年（一一八八）五月には九十賀を催した。歌林苑の会衆。

祝部成仲集（私家集大成2）がある。詞花集初出。

成通（前大納言）一二一一（夏）・一七八（秋上）。藤原。承徳元年（一〇九七）―応保二年（一一六二）頃没か。六六歳。宗通男、母は顕季女。保元元年（一一五六）大納言に至る。平治元年出家。長承三年（一一三四）顕輔家歌合に出詠。詩歌の才にくわえ、蹴鞠・郢曲の名手。なりみち集（私家集大成2）がある。金葉集初出。

成範（藤原）一二首　一〇八（夏）・八四九（雑中）。桜町中納言と号す。保延元年（一一三五）―文治三年（一一八七）三月一七日、五三歳。通憲（信西）男、母は従二位藤原朝子。小督の父。平治の乱で下野に配流されたが、永暦元年（一一六〇）位に復し、正二位中納言民部卿に至った。嘉応元年（一一六九）俊成を判者に迎えて自家で歌合を催す。千載集初出。

成保（賀茂）二首　八七六・九〇九（雑下）。生没年未詳。成忠の男。応保二年（一一六二）閏二月二〇日、片岡祝になる。本集入集歌によって晩年に出家したことが知られる。今撰集に片岡祝部成保入道とある。千載集のみ。

西院皇后宮→馨子

西行　一首　二一六（秋上）。元永元年（一一一八）―建久元年（一一九〇）二月一六日、七三歳。左衛門尉佐藤康清の男、母は監物源清経女。俗名義清。法名円位。大宝房と号す。左兵衛尉、鳥羽院下北面の武士。保延六年（一一四〇）、二三歳で出家。本集撰集期は高野山在住の時期にあたる。家集に山家集、西行上人集、聞書集、残集（私家集大成3）などがある。詞花集に「読人不知」で入集が初出。

斉信（民部卿）二首　六六三（恋下）・七六九（雑上）。藤原。康保四年（九六七）―長元八年（一〇三五）三月二三日、六九歳。為光男、母は藤原敦敏女。道信の異母兄。長徳二年（九九六）参議。正二位大納言民部卿に至る。寛和二年（九八六）六月内裏歌合・道長家歌合・上東門院彰子菊合などに出詠。後拾遺集初出。

政時（藤原）一首　三六四（神祇）。生没年、伝未詳。ただし、本集入集歌は金葉集（初度本・二度本）にみえ、作者は藤原致時とする。

政平（賀茂）三首　八一（春下）・六八〇（別）・八九六（雑下）。生年未詳、安元二年（一一七六）六月没。神主成平の男。応保二年（一一六二）片岡祝。四品片岡禰宜に至る。今撰集に片岡禰宜賀茂政平とある。広田社歌合や実国、経盛、重家らの家歌合に出詠。詞花集初出。

政平母（賀茂）一首　八一二（雑中）。生没年、伝未詳。

清家（藤原）一首　八三七（雑中）。生没年未詳。範永男、母は但馬守藤原能通の女。伊賀・伊予・相模守となり従四位下に至る。入集歌は後冷泉院崩御後の詠。後拾遺集のみ。

盛家（源）一首　六九九（旅）。延久二年（一〇七〇）―天治二年（一一二五）二月二〇日、五六歳。地下の諸大夫として忠通の家司。本集入集歌は永久三年（一一一五）一〇月二六日忠通家歌合での作。

盛経（藤原）一首　二三一（春上）。生没年、伝未詳。季正男か。従五位下上総介。本集入集歌は、詞花集被除歌である。

盛清（源）一首　一〇二一（夏）。生没年、伝未詳。成実男。

金葉集のみ。

済円（僧都） 二首 二四八（秋下）・九九八（戯咲）。生年未詳、久安元年（一一四五）九月二九日没。師行男。西大寺別当。康治二年（一一四三）権少僧都。美福門院御産（近衛）願文を草する。本集入集歌（九九八）は、仲胤との贈答。

静円（権僧正） 一首 五九四（恋中）。（なお、没後に上東門院の夢で詠んだ作が四四一にある）。木幡僧正と号す。長和五年（一〇一六）―承保元年（一〇七四）五月一一日、五九歳。教通男、母は小式部内侍。大江定基の弟子。延久二年（一〇七〇）法成寺権僧正。後拾遺集初出。

静賢（法眼） 二首 七一九・七二〇（旅）。天治元年（一一二四）生まれ、建仁元年（一二〇一）存命。藤原通憲（信西）男、母は高階重仲女。平治の乱で配流。法勝寺執行。寿永二年（一一八三）法印。嘉応二年（一一七〇）住吉社歌合などに出詠。千載集初出。

静厳 三首 八四（春下）・四二六（哀傷）・八八六（雑下）。生没年未詳。藤原仁季男。興福寺四室得業。金葉集初出。

静蓮 一首 二一五（秋上）。侍従入道と号す。生没年未詳。俗名は藤原重茂（義）。頼綱男。清輔と出家を誓い合ったという（清輔集）。本集入集歌は、西山に住んでいたころ西行におくった詠。ただし、山家集、西行上人集では、忍西入道（西忍入道）の作となっている。千載集のみ。

赤染衛門 一三首 三〇二（冬）・四六〇（釈教）・四九八・五三八（恋上）・六三〇・六五五（恋下）・七二九・七三三（旅）・八三一・八三三・八四一（雑中）・九〇三（雑下）・九八四（戯咲）。生没年未詳。赤染時用の女。袋草紙（雑談）には「江記に云はく、赤染は赤染時用が女なり。右衛門志尉等歴るによりて、赤染衛門と号す。実は兼盛の女なりと云々」などとある。匡衡と結婚、挙周・江侍従などの子女を生んだ。鷹司殿倫子の女房、ついで上東門院彰子にも仕えた。結婚後、長保三年（一〇〇一）、寛弘六年（一〇〇九）の二度にわたる匡衡の尾張赴任に同行した。袋草紙（雑談）によれば、寛弘二年、藤原公任から中納言を辞する上表文執筆を依頼された匡衡に、適切な助言をしたという。長和元年（一〇一二）に夫と死別、その数年後に出家。長久二年（一〇四一）曾孫匡房の誕生の折には、産衣につけて歌を贈った。その後まもなく八〇余歳で没した。長元六年（一〇三三）倫子七十賀の屏風歌、同八年頼通家歌合、長久二年弘徽殿女御生子歌合などに出詠。和泉式部・清少納言・伊勢大輔などと交流をもった。紫式部日記には人柄・歌才についての評がみえる。中古三十六歌仙の一人。赤染衛門集（私家集大成2）がある。また、栄花物語前編の作者ともいわれる。拾遺集初出。

摂津 二首 七四五・七四八（雑上）。生没年未詳。藤原実宗女。皇后宮摂津・太皇太后宮摂津・前斎院摂津などの呼称がある。白河天皇の皇女令子内親王（二条太皇太后宮）に仕える。また、その妹の禎子内親王に仕えたこともあるか。承暦二年（一〇七八）内裏後番歌合・郁芳門院媞子内親王家根合・師実家歌合・堀河院艶書合・忠通家歌合などに出詠。前斎院摂津集（私家集大成2）がある。金葉集初出。

選子 三首 七六七・七七七（雑上）・九二一（雑下）。応和

四年（九六四）四月二四日―長元八年（一〇三五）六月二二日、七二歳。村上天皇の第十皇女、母は藤原師輔女の中宮安子。天延三年（九七五）六月二五日、一二歳で賀茂斎院に卜定される。長元四年（一〇三一）九月二二日老病のため斎院を退下するまで、円融・花山・一条・三条・後一条の五代五七年にわたって賀茂斎院に奉仕。大斎院と呼ばれる。大斎院前の御集、大斎院御集、発心和歌集（私家集大成2）がある。拾遺集初出。

瞻西（上人）一首　四六七・四六九（釈教）。生年未詳、大治二年（一一二七）六月二〇日没。比叡山の僧。東山雲居寺に止住。雲居寺においてしばしば歌合を催している。基俊と親交があった。金葉集初出。

前仁和寺宮→**覚法法親王**

そ（宗・相・増・贈・則）

宗延　一首　二六九（秋下）。生没年未詳。興福寺の僧。奈良花林院歌合に出詠。山階集を編む。金葉集初出。

宗家（右近権中将）一首　六〇九（恋中）。藤原。保延五年（一一三九）―文治五年（一一八九）、五一歳。宗能男、母は長実女。本名信能。長寛二年（一一六四）宗家と改める。永暦元年（一一六〇）参議、長寛三年正月二三日参議正三位右中将。俊成女を妻とする。神楽・催馬楽の名手。千載集初出。

宗国（藤原）一首　二八八（冬）。生没年未詳。行家男、母は実範女。行盛（金葉集歌人）の同母弟。上西門院蔵人高階行遠女を妻とする。従五位上、宮内少輔、下総守。金葉集（二度本）のみ。

宗子（従一位）二首　六二六（恋下）・七四六（雑上）。八五四の詞書中に名がみえる。嘉保二年（一〇九五）生まれ、没年未詳。仁平元年（一一五一）出家。宗通女。忠通室。准后従一位。皇嘉門院母。兄弟に信通・伊通・季通・成通がいる。

相円　一首　九四七（聯歌）。生没年、伝未詳。連歌の前句作者は前中宮越後。

相模　五首　二〇五（秋上）・三二五（冬）・五五二（恋中）・六一九（恋下）・九七六（戯咲）。正暦五年（九九四）頃生まれ、康平四年（一〇六一）以後没。源頼光女といわれるが未詳、母は能登守慶滋保章の女。乙侍従と称したが、大江公資の妻となり、夫の任国により相模と呼ばれる。治安元年（一〇二一）夫の任国に下る。走湯権現百首（本集入集歌六一九）には、東国での恵まれぬ結婚生活の嘆きがみえる。長元五年（一〇三二）公資は遠江守となるが、その折は別の女を連れて下向した。公資と離別後、一品宮修子内親王家に出仕。長元八年頼通家歌合・長久二年（一〇四一）弘徽殿女御生子歌合・永承四年（一〇四九）内裏歌合・同五年前麗景殿女御延子歌絵合・同年祐子内親王歌合（本集入集歌二〇五）・同六年内裏根合・天喜四年（一〇五六）皇后宮寛子春秋歌合などに出詠。範永・経衡・為仲らと親しく、指導者の地位にあった。中古三十六歌仙の一人。相模集、思女集（私家集大成2）がある。後拾遺集初出。

相方（源）一首　一〇三（夏）。生年未詳。長徳四年（九九八）に流行した疫病に罹り没したか。左大臣重信の男。備後、播磨などの国司を経て、正四位上、権左中弁となる。拾遺集初出。

増基　二首　一九四（秋上）・九八九（戯咲）。生没年、伝未詳。朱雀から一条期の人。盧主と号す。袋草紙（故撰集子細）は永延から寛徳までの歌を選んだと自序する能因の玄々集に採られていることなどから、後撰集や大和物語にみえる増喜とは別人と説く。子に聖源という僧があった。中古三十六歌仙の一人。増基法師集（私家集大成1）がある。後拾遺集初出。

贈左大臣→長実

則光（橘）一首　四一七（哀傷）。生没年未詳。橘敏政男。四位陸奥守。則長の父。金葉集のみ。

則長（橘）一首　六八四（別）。天元五年（九八二）―長元七年（一〇三四）四月、五三歳。陸奥守則光の男、母は清原元輔女、清少納言か。正五位下越中守に至る。後拾遺集初出。

た（太・大・但）

太政大臣→伊通

大斎院→選子

大弐三位　六首　二三九・二五七・二六三（秋下）・五七六（恋中）・六一七（恋下）・九二八（物名）。生没年未詳。長保元年（九九九）頃の生まれか。藤原宣孝女、母は紫式部。名は賢子。越後弁・越後弁乳母とも。上東門院彰子に出仕。藤原兼隆の妻。後冷泉天皇の乳母となり三位典侍に至る。のち、大宰大弐高階成章に再嫁し、大弐三位・藤三位と呼ばれる。上東門院彰子菊合（なお本集入集歌二六三はこの時の詠であるが、「弁乳母」の表記のままとられている）・師房家歌合・永承四年（一〇四九）一一月九日内裏歌合・祐子内親王家歌合などに出詠。藤三位集（私家集大成2）がある。後拾遺集初出。

大炊御門右大臣→公能

大夫典侍　一首　三九二（哀傷）。生没年未詳。神祇伯顕仲の女。堀河、兵衛と姉妹。崇徳院女房。大治三年（一一二八）の顕仲家歌合に出詠。金葉集のみ。

大輔　二首　五六三（恋中）・九七三（戯咲）。天承元年（一一三一）頃生まれ、正治二年（一二〇〇）頃没。殷富門院大輔。藤原信成の女、母は菅原在良の女。後白河院皇女、斎宮亮子内親王（のちの殷富門院）に出仕。清輔家歌合・歌林苑歌合などに出詠。歌林苑の会衆の一人。殷富門院大輔集（私家集大成3）がある。千載集初出。

但馬　一首　二四五（秋下）。生没年未詳。規子内親王家但馬。本集入集歌は、天禄三年（九七二）八月二八日規子内親王家前栽歌合での作。続古今集のみ。

ち（知・中・仲・忠・長・鳥・朝）

知足院入道前太政大臣→忠実

知房（藤原）一首　七三一（旅）。生没年未詳。越中守良宗の男。四位美濃守。本集入集歌は永実との贈答。金葉集のみ。

中院入道右大臣→雅定

中宮内侍　一首　四三四（哀傷）。生没年未詳。藤原有家女か。後拾遺集勘物（陽明文庫本）に「関白家女房。前伊賀守従五位下藤原有家の女。前中宮立后時為掌侍。本号山井中務。讃岐守高階泰仲の母」とある。頼通家女房、前中宮は嫄子。有家は式家宇合の七代の孫。後拾遺集のみ。

中将（斎院）一首　二七〇（秋下）。生没年、伝未詳。入集歌は今撰集にみえるので当代歌人、式子内親王家女房か。とすれば、千載集の入集歌人「式子内親王家中将」と同人か。

中将（土御門斎院）一首　六五二（恋下）。生没年、伝未詳。土御門斎院は白河院第九皇女、禎子内親王（康和元年ト定）。千載集のみ。

中納言女王　一首　四二（春下）。生没年未詳。後拾遺集勘物（陽明文庫本）には「関白家女房、小一条院女。母伊賀守従五位下源光清女。二条関白家女房、号源式部。中納言通任卿猶子、仍号中納言」とある。本集入集歌は寛治八年（一〇九四）八月師実家歌合での作。後拾遺集初出。

仲胤（僧都）一首　九九七（戯咲）。生没年未詳。権中納言季仲の男、母は賀茂成助女。延暦寺の僧。大治四年（一一二九）一月一五日阿闍梨。久安四年（一一四八）四月五日権律師。保元元年（一一五六）九月一九日権少僧都、同二年七月に辞す。台記の久安四年六月一八日条に「説法優美、満座感嘆、多落涙之人」とあるほか、その説法に関する説話が古事談、宇治拾遺物語などにみえる。

仲綱（源）一首　六〇五（恋中）。大治元年（一一二六）―治承四年（一一八〇）五月二六日、五五歳。頼政男。久寿二年（一一五五）九月二三日守仁親王（二条天皇）の立太子に当って東宮蔵人。正五位下伊豆守に至る。嘉応二年（一一七〇）住吉社歌合に出詠。歌林苑、兼実家の歌会、歌合に参加している。千載集初出。

仲実（藤原）四首　一二六（夏）・二六四（秋下）・四四四（釈教）・五九一（恋中）。天喜五年（一〇五七）―元永元年（一一一八）三月二六日、六二歳。越前守能成の男、母は源則成女。正四位下中宮亮に至る。承暦二年（一〇七八）内裏歌合・経仲家歌合・篤子内親王侍所歌合・国信家歌合・俊忠家歌合・師時家歌合・鳥羽殿北面歌合・実行家歌合・雲居寺結縁経後宴歌合などに出詠、また、堀河百首の作者、自邸においても女子根合を催す。永久百首はその勧進によってなった。綺語抄、古今和歌集目録、類林抄（散佚）などの著がある。金葉集初出。

仲正（源）三首　八六七・八七四（雑下）・九五七（戯咲）。生没年未詳。保延六年（一一四〇）頃没か。仲政とも。三河守頼綱男、母は師実室麗子の女房中納言局。頼政・三河・美濃らの父。堀河天皇の蔵人、師通家の勾当をも勤め、左衛門尉・皇后宮大進・下総守・下野守などを歴任、従五位上兵庫頭に至る。長治元年（一一〇四）俊忠家歌合・長承三年（一一三四）顕輔家歌合、為忠家百首などに出詠。蓬屋集という家集があったらしい。これとは別に、後世編まれた源仲正集がある。金葉集初出。

仲文（藤原）一首　九九五（戯咲）。延喜二三年（九二三）―正暦三年（九九二）二月、七一歳。公葛男。上野介正五位下に至る。元輔・能宣・公任らと交流があった。三十六歌仙の一人。仲文集（私家集大成1）がある。拾遺集初出。

忠季（源）二首　三五一（賀）・三七三（神祇）。生没年未詳。神祇伯顕仲の男、母は源俊輔女。正五位下宮内大輔。忠通家歌合・雅定家歌合・久安二年（一一四六）顕輔家歌合などに出詠。金葉集初出。

忠教（民部卿）　一首　五一三（恋上）。藤原。承保二年（一〇七六）―永治元年（一一四一）、六六歳。師実男、母は藤原永業女。師通の弟。保安二年（一一二一）民部卿。大納言正二位に至る。金葉集初出。

忠兼（藤原）　一首　一三八（夏）。生没年未詳。隆忠男、母は若狭守通宗の女。顕季の甥。長承三年（一一三四）顕輔家歌合（太皇太后宮大進として参加）・久安五年（一一四九）家成家歌合（忠兼入道として参加）などに出詠。詞花集初出。

忠実　一首　八五一（雑中）。藤原。知足院・富家殿と号す。承暦二年（一〇七八）―応保二年（一一六二）六月一八日、八五歳。師通男、母は藤原俊家女。祖父師実の養子。長治二年（一一〇五）関白、天永三年（一一一二）従一位太政大臣。保延六年（一一四〇）宇治平等院で出家。寛治八年（一〇九四）・嘉承二年（一一〇七）の鳥羽殿御会に出詠。日記に殿暦がある。新古今集初出。

忠尋（天台座主）　一首　五三九（恋上）。東陽房座主と号す。治暦元年（一〇六五）―保延四年（一一三八）一〇月一四日、七四歳。源忠季男。四六代天台座主、大僧正。

忠盛（平）　三首　二九五（冬）・六三二（恋下）・九四九（聯歌）。永長元年（一〇九六）―仁平三年（一一五三）一月一五日、五八歳。七四二はその六波羅家を訪れた仁和寺一宮母の詠。正盛男。清盛・経盛・忠度らの父。白河院・鳥羽院の北面に伺候。長承元年（一一三二）昇殿。正四位上刑部卿に至る。四条宮斎院・顕隆家・為忠家・顕仲家・顕輔家・遍照寺などの歌会・歌合に出詠。久安百首の作者。忠盛集（私家集大成2）がある。金葉集初出。

忠清（藤原）　一首　一二八（夏）。治暦四年（一〇六八）生まれ、没年未詳。清綱男。永久三年（一一一五）、四八歳で出家。正五位下。詞花集のみ。

忠節（多）　一首　三六二（神祇）。天永元年（一一一〇）―建久四年（一一九三）、八四歳。従五位下。仁安三年（一一六八）八月、右将監。文治四年（一一八八）出家。

忠通　八首　四九（春下）・一〇七・一一七・一四三（夏）・二〇一（秋上）・五五七（恋中）・七八三（雑上）・九六一（戯咲）（九四八の聯歌の前句）。藤原。承徳元年（一〇九七）―長寛二年（一一六四）二月一九日、六八歳。法性寺関白と呼ばれた。忠実の男、母は源顕房女、従一位師子。兼実・慈円らの父。保安二年（一一二一）関白、翌三年従一位関白左大臣となり、鳥羽・崇徳・近衛・後白河四代の関白を歴任。なお、大治三年（一一二八）と久安五年（一一四九）に二度太政大臣に任ぜられ、ともに翌年辞す。弟頼長との対立は保元の乱の一因となった。保元三年（一一五八）に職を辞し、応保二年（一一六二）法性寺で出家。俊頼や基俊らを指導者として、永久から保安にかけて、しばしば自邸に歌合・歌会を催す。二十巻本類聚歌合の編纂にも参画した。また、能書家。漢詩集に法性寺関白集、家集に田多民治集（私家集大成2）がある。金葉集初出。

忠命（法橋）　二首　八六九（雑下）・九六八（戯咲）。寛和二年（九八六）―天喜二年（一〇五四）三月一日、六九歳。園城寺住僧。万寿四年（一〇二七）一二月、道長の鳥辺野の葬送

に従っている。長久二年（一〇四一）法橋。後拾遺集初出。

長家（民部卿）一首　四三一（哀傷）。藤原。寛弘二年（一〇〇五）八月二〇日―康平七年（一〇六四）一一月九日、六〇歳。道長男、母は高松殿明子。御子左家の祖。治安四年（一〇二四）正二位、万寿五年（一〇二八）権大納言に至る。寛徳元年（一〇四四）民部卿。長元八年（一〇三五）頼通家歌合に出詠。家集があったらしい。後拾遺集初出。

長実　一首　一四五（夏）。藤原。承保二年（一〇七五）―長承二年（一一三三）八月一九日、五九歳。顕季男、母は藤原経平女。美福門院の父。大治五年（一一三〇）中納言正三位に至る。久安二年（一一四六）一〇月四日正一位左大臣を贈られる。永久四年（一一一六）鳥羽殿北面歌合などに出詠、また、保安二年（一一二一）閏五月に両度の歌合を主催。金葉集初出。

長成母（藤原）一首　四〇七（哀傷）。生没年未詳。大蔵卿長忠の女。忠能室。本集入集歌は忠能の死を悼む作。忠能は保元三年（一一五八）三月六日に六五歳で没している。

長能（藤原）六首　一三一・一四二・一六七（秋下）・二九七（冬）・三四五（賀）・五五一（恋中）。生没年未詳。天暦三年（九四九）生まれか。伊勢守倫寧の男、母は源認女。道綱母は同母姉である。右近将監・蔵人・近江少掾・図書頭・上総介などを経て、寛弘二年（一〇〇五）従五位上、同六年に伊勢守に任ぜられた。その後の消息は不明である。袋草紙（雑談）は、自作を公任に非難されて、不食の病となり、死んだと伝える。また能因の師となり、歌道師承のはじめとされる。天延元年（九七三）為光家歌合・寛和元年（九八五）内裏歌合・長保五年（一〇〇三）道長家歌合などに出詠。中古三十六歌仙の一人。長能集（私家集大成1）がある。拾遺集初出。

長方（藤原）一首　五三七（恋上）。保延五年（一一三九）―建久二年（一一九一）三月一〇日、五三歳。顕長男、母は藤原俊忠女。応保元年（一一六一）右少弁、蔵人などを経て安元二年参議、権中納言正二位に至る。文治元年（一一八五）出家。別雷社後番歌合・石清水社歌合に出詠、また、自邸において歌合を催す。長方集（私家集大成3）がある。千載集初出。

鳥羽院（御歌）一首　七〇（春下）。康和五年（一一〇三）―保元元年（一一五六）七月二日、五四歳。諱は宗仁。第七四代天皇。堀河天皇第一皇子、母は藤原実季女、苡子。嘉承二年（一一〇七）一二月即位、在位一六年。永久二年（一一一四）八月十五夜・同五年に内裏歌合を催す。金葉集初出。

鳥子　一首　六二七（恋下）。生没年、伝未詳。

朝日尼　一首　四五一（釈教）。生没年、伝未詳。

つ（通）

通俊（治部卿）五首　四三（春下）・二一三（秋上）・二八三・三〇八（冬）・七四四（雑上）。藤原。永承二年（一〇四七）―康和元年（一〇九九）八月一六日、五三歳。経平男、母は藤原家業女。実母は高階成順女か。兄に通宗がいる。蔵人・右中弁・蔵人頭などを歴任し、応徳元年（一〇八四）右大弁、参議に任ぜられた。寛治二年（一〇八八）に白河院別当、正三位、同八年六月権中納言に至る。同年一二月治部卿を兼任、同時に従二位に叙された。妹経子は白河天皇の内侍として寵愛され、通俊も白河天皇の近臣として信任厚く、白河歌壇で活躍。承保二年（一〇七五）勅命を受け、応徳三年（一〇八六）九月後拾遺集を撰進した。ただし袋草紙（故撰集子細）には、「ただしある人云はく、私にこれを撰じて後に御気色を取ると云々」とみえる。承保・承暦の三度の内裏歌合・寛治七年（一〇九三）郁芳門院根合・同八年師実家歌合などに参加し、応徳三年通宗女子達歌合の判者となった。後拾遺集初出。

通清（源）一首　一二九（夏）。保安四年（一一二三）生まれ、没年未詳。清雅男。治承四年（一一八〇）に五八歳で五位蔵人に補される。住吉・広田社歌合に出詠。千載集のみ。

通能（源）一首　四八〇（恋上）。生年未詳、承安四年（一一七四）一二月二四日没。雅兼男。左中弁源師能の養子となる。正四位下右少将。永暦元年（一一六〇）清輔家歌合の判者。千載集初出。

て（定）

定信（源）二首　二八六（冬）・八九七（雑下）。生没年未詳。信宗男。従五位上刑部大輔に至る。忠通家歌合の常連として活躍。本集入集歌は元永元年（一一一八）忠通家歌合の作（二八六）と忠通へ送った作（八九七）。金葉集初出。

定頼（中納言）七首　八三（春下）・二九〇（冬）・七二五（旅）・七七〇（雑上）・八一八・八五九（雑中）・九三二（物名）。藤原。長徳元年（九九五）―寛徳二年（一〇四五）一月一九日、五一歳。公任男、母は四品昭平親王の女。寛弘四年（一〇〇七）叙爵、右中弁・蔵人頭などを経て、寛仁四年（一〇二〇）参議正四位下、長元二年（一〇二九）権中納言従三位。長久二年（一〇四一）公任に死別。権中納言正二位兵部卿に至る。寛徳元年六月病によって出家。長元五年上東門院彰子菊合・同八年頼通家歌合などに出詠。四条中納言と呼ばれる。袋草紙（雑談、その他）に逸話がみえる。中古三十六歌仙の一人。四条中納言集、四条中納言定頼集（私家集大成2）がある。後拾遺集初出。

と（と・登・道・徳・敦）

とく（遊女）一首　六三三（恋下）。生没年、伝未詳。本集入集歌は、仲実が備中守在任中の作で康和元年（一〇九九）から同五年までの詠か。

登蓮　四首　七〇六・七二三（旅）・七九二（雑上）・八四五（雑中）。生没年未詳。寿永元年（一一八二）没か。歌林苑の会衆。無名抄に数寄の逸話が載る。経盛家歌合・広田社歌合・別雷社歌合などに出詠。登蓮集（私家集大成2）がある。また、螢雪集（散佚）があった。詞花集初出。

道経（藤原）四首　一四六（夏）・一六九・一九七（秋上）・三七一（神祇）。生没年未詳。顕綱男。従五位上和泉守。忠通家歌壇で活躍。俊成を基俊に紹介したという。師時家歌合・顕輔家歌合などに出詠。本集入集歌（三七一）は、大教院一品宮（後三条皇女聡子内親王）の天王寺参詣の時に詠んだ作。金葉集初出。

道綱母　二首　一八（春上）・三六五（神祇）。承平六年（九三六）頃生まれ、長徳元年（九九五）五月二日没。陸奥守藤原

倫寧の女。長能は同母弟。大納言道綱の母。天暦八年（九五四）、藤原兼家と結婚、翌年道綱を生む。その結婚生活の苦悩を蜻蛉日記に記した。本集入集歌三六五は蜻蛉日記中の詠。安和二年（九六九）藤原師尹五十賀屏風歌・正暦四年（九九三）東宮居貞親王帯刀陣歌合などに詠進。寛和二年（九八六）内裏歌合で、道綱の代作をした郭公の歌は、袋草紙（雑談）で郭公の秀歌五首中に数えられている。中古三十六歌仙の一人。傅大納言殿母上集（私家集大成1）がある。拾遺集初出。

道時（橘）　一首　七一八（旅）。生没年未詳。仲任男、仲遠男とも。道貞兄。備中守正五位下。本集入集歌は、備中介にて下向の途上に詠んだ作、玄々集にみえる。

道信（藤原）　三首　三〇（春上）・三〇一（冬）・九七〇（戯咲）。（九三五・九三八の聯歌の前句）。四一三に道信の葬送時の頼孝詠がみえる。天禄三年（九七二）―正暦五年（九九四）七月一一日、二三歳。為光男、母は一条摂政伊尹の女。寛和二年（九八六）、兼家の養子として宮中凝華舎で元服。右兵衛佐、左近少将を経て、正暦二年には左近中将、美濃権守に任ぜられ、同五年正月従四位。大鏡には「いみじき和歌の上手」とみえる。中古三十六歌仙の一人。道信集（私家集大成1）がある。拾遺集初出。

道済（源）　一三首　八（春上）・九〇（春下）・一一八（夏）・一五二・一七三・一八一（秋上）・二五五（秋下）・三四一・三四四（賀）・三八六（哀傷）・七九一（雑上）・八二〇（雑中）・八八五（雑下）。生年未詳、寛仁三年（一〇一九）没。能登守方国の男、伊豆守有国の男とも。公忠の曾孫、信明の孫。宮内少丞・蔵人・式部大丞などを経て、正五位下筑前守に至った。寛仁三年、任国筑前で没した。長保三年（一〇〇一）一〇月東三条院詮子四十賀屏風歌詠進、同五年五月一五日道長家歌合に出詠、長能とともに拾遺集撰集に助力。能因と親交があった。道済十体を著す。中古三十六歌仙の一人。道済集（私家集大成1）がある。拾遺集初出。

道長　二首　三三二・三五七（賀）。藤原。康保三年（九六六）―万寿四年（一〇二七）一二月四日、六二歳。兼家男、母は時姫、摂津守中正の女。寛仁元年（一〇一七）一二月従一位太政大臣に至る。同三年三月出家。一条・三条・後一条の三代の天皇の外戚。長保五年（一〇〇三）五月の歌合ほか多くの歌合を催す。本集入集歌は、後一条院の五十日の詠（三三二、ただし紫式部の作）と、自らの六十賀の時、彰子におくった詠（三五七）。日記に御堂関白記、家集に御堂関白集（私家集大成2）がある。拾遺集初出。

道命　八首　二三二（秋下）・三八五（哀傷）・七五九（雑上）・八二八（雑中）・八八四・九〇八（雑下）・九五五・九九二（戯咲）。天延二年（九七四）―寛仁四年（一〇二〇）七月四日、四七歳。藤原道綱の男、母は中宮少進源広の女か。兼家の孫。長和五年（一〇一六）天王寺別当となる。天台座主慈恵に師事。花山院歌合に出詠。誦経に秀でていたことや和泉式部と交渉があったことなど多くの説話が伝わる。中古三十六歌仙の一人。道命阿闍梨集（私家集大成1）がある。後拾遺集初出。

徳大寺左大臣→**実能**

敦隆（橘）　一首　八七八（雑下）。生年未詳、保安元年（一一二〇）七月、五〇余歳で没。肥前守俊清の男。天仁二年（一一〇九）師頼家歌合・同三年四月山家五番歌合に出詠。

に（二・入）

二条関白前太政大臣→**教通**

二条天皇　七首　三八（春下）・一七二・一八六（秋上）・三〇四（冬）・四九一・四九七（恋上）・八六二（雑下）。康治二年（一一四三）六月一七日―永万元年（一一六五）七月二八日、二三歳。諱は守仁。後白河天皇第一皇子、母は藤原経実女、懿子。第七八代の天皇。保元三年（一一五八）一二月即位。内裏において百首や歌会をしばしば催す。本集入集歌（一七二・一八六・三〇四）は内裏百首の作。また、清輔に本集の撰進を命じたが完成を見ずに崩御した。なお、清輔は注古今、袋草紙、題林などを奉っている。千載集初出。

入道前太政大臣→**道長**

の（能）

能因　一一首　一一（春上）・二九六（冬）・四〇三（哀傷）・四八三（恋上）・六七一・六七五・六九〇（別）・七三〇（旅）・八一五・八二一（雑中）・八八七（雑下）。永延二年（九八八）生まれ、没年未詳。永承六年（一〇五一）頃六四歳で没か。俗名は橘永愷。古曾部入道とも。元愷の男（為愷とも）。長元八年（一〇三五）頼通家歌合・永承四年（一〇四九）内裏歌合・同五年祐子内親王家歌合、師房や俊綱の家歌合などに出詠。長能は歌の師といわれる。道済・資業・公任・保昌・兼房・為善・正言・嘉言・公資・相模らと交流があった。出家後は諸国に漂泊して、作品を残している。玄々集、能因歌枕を著す。八十島記（散佚）、題抄（散佚）もその著という。袋草紙（雑談）に数奇の説話が多く載る。自撰の能因集（私家集大成2）がある。本集において能因は高く評価されている。後拾遺集初出。

能宣（大中臣）　六首　一三（春上）・八九（春下）・二一七（秋上）・二六六（秋下）・九八五・九八七（戯咲）。三条と号す。延喜二一年（九二一）―正暦二年（九九一）八月、七一歳。頼基男。輔親の父。蔵人所衆から家職を継いで伊勢神宮に奉仕、神祇権少副・少副を経て、天禄三年（九七二）神祇大副、翌四年四月に祭主となった。正四位下。父子三代にわたり祭主。袋草紙（撰者故実）には、「頼基・能宣・輔親・伊勢大輔・伯母・安芸君と、六代相伝の歌人なり」とある。天暦五年（九五一）讃岐権掾の時、撰和歌所の寄人（梨壺の五人）となる。天徳四年（九六〇）内裏歌合・天禄四年円融院・資子内親王乱碁歌合・貞元二年（九七七）頼忠家前栽合・寛和二年（九八六）内裏歌合・同二年七月詮子瞿麦合などに出詠。また、安和元年（九六八）冷泉天皇、天禄元年円融天皇二代の大嘗会悠紀方歌人、安和二年太政大臣実頼の七十賀、永延二年（九八八）摂政兼家六十賀の屏風歌などを詠進。円融・花山両天皇からの再度の召しに応じて自撰家集を献上する。家集によしのふ、能宣集（私家集大成1）がある。三十六歌仙の一人。拾遺集初出。

能通（藤原）　一首　六六九（恋下）。生没年未詳。皇太后宮権大夫永頼の男、母は木工頭宣雅の女。但馬守、左兵衛佐に任

ぜられ、従四位上に至る。道長、教通の家司。応和元年（九六一）頃の出生と推定され、永承三年（一〇四八）に生存。後拾遺集のみ。

は（馬・白・八・範）

馬内侍　四首　二八五・三〇三（冬）・五〇五（恋上）・六五四（恋下）。生没年未詳。中宮内侍とも。右馬頭源時明の女。養父説もある。天暦頃の生まれか。斎宮女御徽子に仕え、円融朝には中宮媓子に仕えた。永観・寛和の頃に、大斎院選子に仕え、一条院后定子の立后の際には掌侍となっている。晩年は出家して宇治院に住んだ。紫式部・清少納言・和泉式部・赤染衛門らに比肩する才女とされる。中古三十六歌仙の一人。馬内侍集（私家集大成1）がある。拾遺集初出。

白河院（御歌）　一首　三一一（冬）。天喜元年（一〇五三）六月二〇日―大治四年（一一二九）七月七日、七七歳。第七二代の天皇。諱は貞仁。後三条天皇の第一皇子、母は藤原公成女、茂子。延久四年一二月即位。応徳三年（一〇八六）一一月二六日譲位、以後、堀河・鳥羽・崇徳の三代にわたって院政を執った。永長元年（一〇九六）出家。承保三年（一〇七六）大井河行幸、承暦二年（一〇七八）内裏歌合・鳥羽殿歌合などを催す。後拾遺集を撰ばしめ、さらに、金葉集を奏進せしめた。続本朝秀句もその下命によるされる。後拾遺集初出。

八条入道太政大臣→実行

八条入道太政大臣北方→実行北方

範永（藤原）　六首　一〇六（夏）・二七五（秋下）・三八四（哀傷）・六九三（別）・七一〇（旅）・八六六（雑下）。生没年未詳。津入道と号す。尾張守仲清の男、母は藤原永頼女。和歌六人党の一人。蔵人・春宮少進・大膳大夫・但馬守などを歴任、天喜四年（一〇五六）左大臣家司賞により正四位下に叙された。さらに阿波守を経て、康平八年（一〇六五）六月摂津守。延久二年（一〇七〇）頃出家し、後三条朝頃までは存命していたか。永承五年（一〇五〇）祐子内親王家歌合（本集入集歌一一〇は作者名が隆資になっているが、この歌合での範永作）・天喜四年皇后宮寛子春秋歌合に出詠、同六年と康平六年（一〇六三）の両度の公基家歌合の判者。道雅・俊綱邸にも出入りし、六人党、能因・相模・出羽弁・家経らと交流をもつ。袋草紙に多くの逸話が載る。範永朝臣集（私家集大成2）がある。後拾遺集初出。

範兼（刑部卿）　三首　二五四・二七九（秋下）・七八六（雑上）。藤原。嘉承二年（一一〇七）―長寛三年（一一六五）四月二六日、五九歳。能兼男、母は高階為賢女。応保二年（一一六二）刑部卿、翌三年従三位に至る。長寛三年出家。岡崎三位と称せられた。大治五年（一一三〇）殿上蔵人歌合・家成家歌合に出詠。二条内裏百首の作者であり、二条歌壇の有力歌人。自邸においても歌合を催す。袋草紙（雑談）に、中宮育子貝合で顕広ともども清輔に論破された逸話がみえる。頼政とは従兄弟。俊恵と親交が深かった。著書に和歌童蒙抄、五代集歌枕、後六々集がある。千載集初出。

範綱（藤原）　四首　八六（春下）・一五六（秋上）・五六七（恋中）・七七一（雑上）。七四一歌の詞書に顕輔が歌を送った相手としてみえる。生没年未詳。永雅（範永の孫）男、母は肥前守成季の女。従五位上右馬助。法名西遊。仁安元年（一一六六）重家家歌合に西遊として出席。無名抄・諸浪の名の事に、小波についての歌学知識が伝えられる。詞花集初出（ただし被除歌）。

ひ（肥・枇・尾・美・備）

肥後　九首　五（春上）・二二五（秋下）・三五二（賀）・四七五（釈教）・五一四（恋上）・七〇一・七二六（旅）・九三一・九三四（物名）。生没年未詳。肥後守藤原定成の女。肥後守藤原実宗の妻となる。師実家に出仕し、師実が崩ずる康和三年（一一〇一）二月頃まで、三〇余年仕えたといわれる。晩年は、白河皇女令子内親王（二条太皇太后、二条大宮）に出仕した。堀河院艶書合に出詠。堀河百首、永久百首の作者。肥後集（私家集大成2）がある。金葉集初出。

枇杷殿皇后宮→妍子

尾張（前斎院）一首　一二三二（秋下）。生没年未詳。源兼昌女。前斎院は白河皇女、愼子内親王か。金葉集のみ。

美濃　二首　一四（春上）・一四八（夏）。生没年未詳。源仲正女。皇后宮美濃。上西門院讃岐とも。待賢門院璋子の女房。本集入集歌（一四）は姉の三河との贈答。金葉集のみ。

備前（皇后宮）一首　八三〇（雑中）。生没年、伝未詳。本集入集歌は、近衛院の崩御（久寿二年七月二三日）後の七夕の詠で、おそらく保元元年（一一五六）の作。皇后宮は多子のこと。本集入集歌は風雅集にみえる。

へ（兵・別・弁）

兵衛　八首　七八（春下）・一三〇（夏）・三二九（賀）・三九四・四二一（哀傷）・九〇〇・九一二・九一七（雑下）。生没年未詳。寿永二（一一八三）三年頃没か。神祇伯顕仲の女。はじめ中宮璋子（待賢門院）に仕えた。没（久安元年）後に統子内親王（上西門院）に出仕。久安五年（一一四九）家成家歌合などに出詠。久安百首の作者（本集入集歌中四首）。実家・実定・隆信・西行らと親交があった。本集入集歌（四二一）に新院との贈答がみえる。兵衛には自撰家集が存したようで、寿永百首の一つに推定される。金葉集初出。

別当（二条大宮）一首　六五一（恋下）。生没年未詳。基俊女。二条大宮は令子内親王。二条太皇太后宮別当、皇后宮別当とも。金葉集初出。

弁（関白家）一首　六五三（恋下）。生没年未詳。石清水別当紀成清女か。関白基実の家女房。仁安元年（一一六六）重家家歌合に出詠。

弁乳母　三首　二七三（秋下）・六五八（恋下）・九八六（戯咲）。なお、本集入集歌二六三は作者を「弁乳母」と表記するが、長元五年（一〇三二）一〇月上東門院菊合に弁乳母の呼称で出詠している大弐三位の作。生没年未詳。明子。藤原順時の女、母は紀敦経女。兼経の室となり、顕綱を生む。長和二年（一〇一三）に三条天皇皇女禎子内親王（陽明門院）の乳母として出仕した。承暦二年（一〇七八）の内裏歌合では、孫家通のために代作をした。周防内侍・江侍従らと親交があった。弁乳母集（私家集大成２）がある。後拾遺集初出。

ほ（輔・法・木）

輔以（大中臣）　一首　七七九（雑上）。生没年、伝未詳。輔長男の斎宮助以輔のことか。輔長の祖父が能宣男の宣理（輔親弟）。

輔親（祭主）　二首　八七（春下）・七七六（雑上）。大中臣。天暦八年（九五四）―長暦二年（一〇三八）六月二二日、八五歳。能宣男、母は藤原清兼の女。伊勢大輔の父。寛弘五年（一〇〇八）神祇大副、翌六年従四位下に叙す。長元九年（一〇三六）大中臣家でははじめて正三位に至る。三条・後一条・後朱雀の三代の大嘗会和歌の作者。また、長元八年頼通家歌合の判者を勤めた。長保五年（一〇〇三）道長家歌合などに出詠。袋草紙（雑談）には「南院海橋立なりは輔親卿の家なり。月を見んが為に、寝殿の南庇を差さずと云々」などの逸話が多くみえる。中古三十六歌仙の一人。輔親家集（私家集大成２）がある。拾遺集初出。

輔仁親王　三首　二〇九（秋上）・四八一（恋上）・八二三（雑中）。延久五年（一〇七三）―元永二年（一一一九）一一月二八日、四七歳。三宮、延久三宮と呼ばれた。後三条天皇の第三皇子。母は基平女。本朝無題詩に詩がみえる。金葉集初出。

法性寺入道前太政大臣→忠通

木綿四手（賀陽院）　一首　三九三（哀傷）。生没年未詳。忠実女、鳥羽院中宮泰子（賀陽院）に仕えた。新古今集初出。

め（明）

明快（天台座主）　一首　三二一（冬）。寛和元年（九八五）―延久二年（一〇七〇）三月一八日、八六歳。藤原俊宗男。天喜二年（一〇五四）第三二代天台座主兼法成寺別当。大僧正。後拾遺集初出。

明兼（坂上）　一首　三一七（冬）。永暦三年（一〇七九）―久安三年（一一四七）一〇月二九日、六九歳。範政男。五位大判事明法博士。詞花集初出。

明賢（源）　一首　四八七（恋上）。生没年未詳。大納言俊明の男。四位弾正大弼。千載集のみ。

ゆ（右・有・祐）

右大臣→公能

有基（津守）　一首　三七〇（神祇）。生没年未詳。国基男。五位大隅守。千載集初出。

有慶（僧都）　一首　九三三（物名）。寛和二年（九八六）―延久三年（一〇七一）二月二二日、八六歳。藤原有国男。治暦元年（一〇六五）権大僧都。東大寺別当。千載集のみ。

有信（藤原）　一首　四〇四（哀傷）。長久元年（一〇四〇）―承徳三年（一〇九九）、六〇歳。実綱男。従四位右中弁、和泉守。詞花集初出。

有仁　三首　五三（春下）・三五三（賀）・五二九（恋上）。源。康和五年（一一〇三）―久安三年（一一四七）二月一三日、四五歳。輔仁親王男、母は源師忠女。花園左大臣と称す。元永

二年（一一一九）源の姓を下賜される。保延二年（一一三六）左大臣に至る。久安三年出家。詩歌・管弦に秀でる。著書に春玉秘抄園記などがある。金葉集初出。

有仁北方　三首　二六一（秋下）・三九一（哀傷）・八三五（雑中）。生年未詳、仁平元年（一一五一）没か。大納言公実の女。源有仁の室。待賢門院、徳大寺実能の姉。本集入集歌二六一は鳥羽天皇に送った作、また八三五は、父公実の没後何年か経て父をしのんだ作。千載集初出。

祐盛　一首　二七（春上）。元永元年（一一一八）生まれ、没年未詳。正治二年（一二〇〇）に八三歳で存命。源俊頼男。俊恵の弟。叡山阿闍梨。歌林苑会衆の一人。永暦元年（一一六〇）清輔家歌合などに出詠。著書に難歌撰（散佚）がある。千載集初出。

よ（よ）

よみ人しらず　四一首　二六（春上）・一〇四・一三六（夏）・一五七・一八四（秋上）・二二九・二七一・二七八（秋下）・三六六・三六七・三七六（神祇）・四〇五（哀傷）・四五七（釈教）・四九九・五三一・五三二（恋上）・五七〇・五七七・五七八・五九三・六〇八（恋中）・六三六・六四三・六六八（恋下）・六八六（別）・七一七（旅）・七五四・七七三（雑上）・八〇〇・八〇三・八〇四・八一〇・八五八（雑中）・八七二・八九五（雑下）・九二五（物名）・九五一（聯歌）・九七二・九八二・九九三・九九四（戯咲）。

ら（頼）

頼家（源）　三首　三二〇（冬）・七〇九（旅）・九〇七（雑下）。生没年未詳、承保二年（一〇七五）以後の没か。頼光の男、母は平惟仲女（実父は藤原忠信とも）。頼実の叔父。長元八年（一〇三五）一月補蔵人。備中・越中守を経て従四位下に至る。和歌六人党の一人。長暦二年（一〇三八）、長久二年（一〇四一）両度の師房家歌合・橘義清家歌合・頼通家蔵人所歌合・道雅障子絵合に出詠。天喜元年（一〇五三）には名所歌合を主催した。後拾遺集初出。

頼言（高丘）　一首　四一六（哀傷）。生没年未詳。後拾遺集勘物（陽明文庫本）に「前安房守従五位下。前飛騨守従五位下相如男」とある。後拾遺集のみ。

頼行（源）　一首　六九一（別）。生年未詳、保元二年（一一五七）七月没。仲正男、母は藤原友実女。頼政の同母弟。宜秋門院丹後の父。蔵人大夫。保元二年七月安芸に配流となり、押領送使を殺して西七条で自害した。久安二年（一一四六）六月顕輔家歌合に出席。本集入集歌は父が東国（下野守としてか）に下る時の詠。

頼光（源）　一首　八四二（雑中）。天暦二年（九四八）―治安元年（一〇二一）七月、七四歳。満仲男、母は源俊女。摂津守などを歴任、正四位下に至る。武略に長じて著名。相模・小大君・長能・実方・赤染衛門らと交流がある。拾遺集初出。

頼孝（藤原）　一首　四一三（哀傷）。生没年未詳。播磨守季孝の男。従五位上山城守。冷泉院判官代。本集入集歌は、道信の死を悼む作。千載集のみ。

頼綱（源）　一首　七四三（雑上）〔九四一の聯歌の前句〕。多田歌人と号す。万寿元年（一〇二四）―永長二年（一〇九七）、七四歳。頼国の男、母は尾張守藤原仲清の女。和歌六人党頼実の弟。子に仲正、孫に頼政がいる。後冷泉天皇蔵人。三河守従四位下。寛治八年（一〇九四）師実家歌合などに出詠。能因・経信・匡房・俊頼らと親交があった。袋草紙（雑談）には後拾遺集への非難があったとして、「頼綱歌指せる事なきに多くこれを入ると云々。予これを案ずるに不審なり。件の人の歌四首なり。皆もつて肝胆に染む」などとある。後拾遺集初出。

頼実（源）　二首　一二五（夏）・三六一（神祇）。長和四年（一〇一五）―寛徳元年（一〇四四）六月七日、三〇歳。頼国男、母は藤原信理女。頼綱の異母兄。頼家、相模の甥。和歌六人党の一人。長久四年（一〇四三）雑色から蔵人。従五位下左衛門尉。長暦二年（一〇三八）・長久二年の両度の師房家歌合に出詠。袋草紙（雑談）は「源頼実は術なくこの道を執して、住吉に参詣して秀歌一首詠ましめて命を召すべきの由祈請すと云々」と、秀歌を得て夭亡した逸話を載せる。故侍中左金吾家集（私家集大成2）がある。後拾遺集初出。

頼成（源）　一首　九三九（聯歌）。生没年未詳。頼義（永保二年出家、八八歳）の従兄弟源頼成か。頼親男、母は但馬守藤原文貞の女。蔵人、肥後守、従五位下。

頼政（源）　四首　七六（春下）・五三〇（恋上）・七〇二（旅）・八六三（雑下）。蓮華寺と号す。長治元年（一一〇四）―治承四年（一一八〇）五月二六日、七七歳。仲正男、母は藤原友実女。子に仲綱・二条院讃岐らがいる。また、妹に三河・美濃、弟に頼行がいる。白河院判官代・蔵人・兵庫頭・右京権大夫などを歴任、治承二年（一一七八）に従三位に叙された。翌三年病により出家。保元の乱では天皇方、平治の乱では平家方に従う。治承四年五月以仁王の乱で敗れ、平等院で自害。為忠家両度百首・保延二年（一一三六）家成家歌合・久安二年（一一四六）顕輔家歌合・永万二年（一一六六）重家家歌合などに出詠。承安二年（一一七二）三月一九日の清輔主催の白河尚歯会に参加。源三位頼政集（私家集大成2）がある。詞花集初出。

頼宗　三首　六七（春下）・五〇二（恋上）・九二四（物名）。正暦四年（九九三）―康平八年（一〇六五）一月三日、七三歳。堀河右大臣・入道右大臣と呼ばれる。道長の男、母は源高明女、従三位明子。康平元年従一位、同三年右大臣に至る。康平八年一月出家。長元八年（一〇三五）頼通家歌合・永承四年（一〇四九）内裏歌合・同五年麗景殿女御延子歌絵合などに出詠。永承五年祐子内親王家歌合・同六年内裏根合・天喜四年（一〇五六）皇后宮寛子春秋歌合では判者を勤める。入道右大臣集（私家集大成2）がある。後拾遺集初出。

頼通　一首　一五五（秋上）。藤原。宇治殿と号す。正暦三年（九九二）―延久六年（一〇七四）二月二日、八三歳。道長の男、母は源雅信女倫子。後一条・後朱雀・後冷泉三代の摂政・関白。宇治入道前太政大臣。従一位に至る。多くの歌合を後援したほか、家集の集成や歌合類聚などの功績を残す。後拾遺集初出。

頼定女（源）　一首　二八九（冬）。生没年、伝未詳。なお本集入集歌は千載集にみえ、作者は「中納言定頼女」とする。

頼保（藤原）二首　四九〇・五三四（恋上）。生没年未詳。美濃守家保の男か。久安五年（一一四九）家成家歌合・仁安元年（一一六六）重家家歌合などに出詠。詞花集のみ（ただし被除歌）。

頼輔（藤原）二首　六二〇（恋下）・九一九（雑下）。天永三年（一一一二）―文治二年（一一八六）四月五日、七五歳。忠教男、母は賀茂成継女。教長の弟。嘉応二年（一一七〇）刑部卿、養和二年（一一八二）従三位に至る。永暦元年（一一六〇）清輔家歌合などに出詠。嘉応元年には頼政・顕昭・俊恵・俊成らを招き歌合を催す。また、安元元年（一一七五）兼実家歌合や治承二年（一一七八）右大臣百首に出詠。飛鳥井蹴鞠の祖となり、蹴鞠口伝集を撰述した。刑部卿頼輔集（私家集大成2）がある。千載集初出。

り（隆・良）

隆縁　四首　二二（春上）・二〇〇（秋上）・三一〇（冬）・五〇七（恋上）。生没年未詳。藤原隆忠男。顕季の甥。長承三年（一一三四）顕輔家歌合・久安五年（一一四九）山路歌合・同年家成家歌合などに出詠。久安、仁平頃の教長家二十五名所歌会が最終期の事蹟か。詞花集のみ。

隆季（参議）二首　三六九（神祇）・四九四（恋上）。藤原。大治二年（一一二七）―元暦二年（一一八五）一月一一日、五九歳。家成男、母は高階宗章女。隆房の父。永暦二年（一一六一）九月参議正三位、仁安二年（一一六七）権中納言。権大納言正二位に至る。養和二年（一一八二）五月病により出家。久安百首の作者。家成家歌合・重家家歌合などに出詠。詞花集初出。

隆恵　一首　四七九（恋上）。生没年、伝未詳。保延四年（一一三八）に天台座主行玄の推挙で阿闍梨となっている隆恵のことか。詞花集のみ。

隆資（藤原）二首　五九（春下）・一一〇（夏）。武蔵入道観心と号す。生没年未詳。右近将監頼政の男（また頼政の兄弟とも）。母は相如女。従五位下武蔵守。長久二年（一〇四一）弘徽殿女御生子歌合などに参加。本集入集歌五九は尚歯会（嘉保三年〈一〇九六〉三月）での作、一一〇は永承五年（一〇五〇）祐子内親王家歌合での範永の作。後拾遺集初出。

隆信（藤原）一首　七九四（雑上）。康治元年（一一四二）―元久二年（一二〇五）二月二七日、六四歳。為経（寂超）の男、母は親忠女（美福門院加賀）で、のち俊成と再婚し定家を生む。正四位下右京権大夫に至る。建仁二年（一二〇二）法然に従って出家。永万二年（一一六六）重家家歌合などに出詠。なお新古今集撰進の和歌所寄人。また似絵の開祖。うきなみ、弥世継（ともに散佚）を著す。隆信朝臣集（私家集大成3）がある。千載集初出。

良覚　一首　七八八（雑上）。生没年、伝未詳。資業男か。とすれば承徳二年（一〇九八）七月没。永保三年（一〇八三）権律師。日野上乗院。本集入集歌は頼基僧都（行尊弟、金葉集作者。天喜元年―保延元年、八十一歳）へ送った作。

良喜　一首　九七七（戯咲）。生没年、伝未詳。通基男、良

基（改良喜）か。とすれば叡山僧。阿闍梨。千載集のみ。

良勢　一首　七九七（雑中）。生没年、伝未詳。後拾遺集勘物（陽明文庫本）に「山、号二大門供奉一。住二鎮西一」とある。また彰考館本勘物には「成章大弐時、召誡之、成悪霊、其家霊也」とあり成章が大弐であった天喜二年（一〇五四）～康平元年（一〇五八）の間に没したか。難後拾遺に「つくしに侍りしほど」「七十の法師」良勢から直接聞いた記事（後拾遺集一七八歌に関する）が載り経信が太宰府にいた長元のころ七〇歳だったとすると九六〇年代の生まれか。本集入集歌は、筑後守為道との贈答。後拾遺集のみ。

良暹　三首　五八（春下）・三五四（賀）・八五七（雑中）。生没年未詳。康平七年（一〇六四）頃、六七歳で没か。母は藤原実方家の童女白菊と伝えられる。叡山の僧。祇園別当となり、大原に隠棲、晩年は雲林院に住んだ。長暦二年（一〇三八）九月師房家歌会・長久二年（一〇四一）弘徽殿女御歌合・永承三年（一〇四八）鷹司殿倫子百和香歌合・同六年五月内裏根合に出詠。また橘俊綱家歌会などに参加。賀茂成助・津守国基・橘為仲・素意・懐円らと交流。良暹打聞（散佚）という私撰集があった。また、良暹の家集（散佚）が後拾遺集編纂時に良暹の妹から、二条太皇太后宮大弐のもとに届けられている。袋草紙（雑談）に多くの逸話が載る。後拾遺集初出。

れ（冷）

冷泉（上西門院）　一首　一六二一（秋上）。生没年、伝未詳。上西門院は統子内親王、平治元年（一一五九）二月一三日に諡号。

ろ（六）

六条右大臣→顕房

六条宮→具平親王

わ（和）

和泉式部　一三首　一七一（秋上）・二四〇（秋下）・五五六・五九六・五九九・六〇四（恋中）・六二五・六三一・六四二・六六四（恋下）・六九五（別）・八〇六（雑中）・八九三（雑下）。八〇九詞書に名がみえる。生没年未詳。生年は貞元・天元頃（九七六―九七九）か。大江雅致女、母は越中守平保衡の女。太皇太后宮昌子に出仕。長徳頃には橘道貞と結婚、翌年小式部が生まれた。道貞は長保元年（九九九）二月和泉守となるが、和泉式部はその官名による呼称。六三〇の詞書に道貞との破局と冷泉天皇皇子帥宮敦道親王との出会いが記される。この帥宮との恋愛を描くのが和泉式部日記である。帥宮と関係する前に宮の同母兄為尊親王との恋があったと語られる。寛弘四年（一〇〇七）一〇月には帥宮と死別、挽歌が一二二首の歌群として残る。この歌群から本集に二首が採られる（五九六・六二五）。二人の間には「石蔵の宮」という子があり、出家して永覚という。同六年四月頃、一条天皇中宮彰子に出仕、翌七年に道長の家司、丹後守藤原保昌に再嫁、任地丹後国へ下向する。万寿二年（一〇二五）には小式部が死去。万寿四年九月皇太后妍子追善供養に、夫の代作をした以後の消息は不明。保昌は、この九年後の長元九年（一〇三六）九月、任地摂津国で没した。その生涯は、後世多くの説話を生んだ。自撰とみられる歌群を中心に後人が編んだ和泉式部集、和泉式部集続集（私家集大成2）がある。中古三十六歌仙の一人。拾遺集初出。

希代歌　一三首　三七九・三八〇・三八二（神祇）・四三九・四四〇・四四一・四四二・四四三（哀傷）・四七三・四七四・四七六・四七七（釈教）・八五三（雑中）。

作者名不注記歌（希代歌を除く。なお、前歌と同一作者であるために表記しない場合は含まない）一〇首　四七（春下、詞書により作者は鞍馬の住僧）・四三八（哀傷、贈皇后宮苡子注1）・四五四（釈教、顕輔）・六三四（恋下、信濃なりける女）・六七〇（恋下、四条宰相注2）・七七五（雑上、輔親のおとむすめ）・八〇五（雑中、女）・九三七（聯歌、さぶらひ）・九四二（聯歌、さぶらひ）・九八八（戯咲、左注により作者は意尊）。

注1　**贈皇后宮**（苡子）　一首　四三八（哀傷）。承保三年（一〇七六）―康和五年（一一〇三）一月二五日、二八歳。藤原実季女、母は経平女。堀河天皇女御、鳥羽天皇の母。嘉承二年（一一〇七）一二月一三日皇太后を追贈される。

注2　**四条宰相**　一首　六七〇（恋下）。生没年未詳。明祐法師の女。四条中宮遵子（頼忠女）女房。また粟田宰相とも称したという。後拾遺集のみ。

〈連歌前句作者〉

越後（前中宮）　一首　九四七（聯歌）。生没年、伝未詳。金葉集作者、前中宮（前斎宮）越後のことか。篤子内親王女房。

慶暹（律師）　一首　九四三（聯歌）。正暦四年（九九三）―康平七年（一〇六四）四月二四日、七二歳。宇佐大宮司大中臣公宣の男。伊勢国の人。輔親の猶子。叡山律師。康平三年一一月二六日明尊の九十賀に杖の歌の返歌を詠んだ。袋草紙（雑談）に逸話が載る。連歌の上手。後拾遺集初出。

周防内侍　一首　九四四（聯歌）。本名は仲子。長元九年（一〇三六）頃生まれ、天仁二年（一一〇九）頃、七〇余歳で没か。平棟仲女、母は源正職女。後冷泉天皇に出仕し、以後、白河・堀河両天皇に仕えた。寛治七年（一〇九三）郁芳門院媞子内親王家根合・同八年師実家歌合・康和二年（一一〇〇）仲実家女子根合・同四年堀河院艶書合などに出詠。周防内侍集（私家集大成2）がある。後拾遺集初出。

盛房（藤原）　一首　九四二（聯歌）。生没年未詳。定成の男。肥後守従五位下。

定誓（律師）　一首　九四〇（聯歌）。長徳二年（九九六）―天喜三年（一〇五五）六月二七日、六〇歳、天喜二年権律師。比叡山の僧。

頼茂（源）　一首　九三九（聯歌）。生没年未詳。頼成の甥の頼茂か。頼基男。ただし、本集入集の連歌は俊頼髄脳にみえ、前句作者は頼義とある。頼義は永保二年（一〇八二）出家、八八歳。

琳賢　一首　九四六（聯歌）。生没年未詳。従五位下伊勢守橘義清の男。叡山の僧。金葉集初出。

初句索引

凡例

一、初句（初句が同一の場合は第二句まで）を、五十音順で配列し、歌番号によって示した。

二、表記は本文のままとし、漢字は仮名に改めた。なお、梅は「むめ」、埋もれ木は「むもれぎ」とした。

あ

い

か

き

く

け

こ

わ

を

あとがき

続詞花和歌集（以下、本集）の撰者、藤原清輔について、新注和歌文学叢書1を飾る清輔集の注釈をはじめ、近時もさまざまな研究成果が公表されている。清輔編である扶桑葉林の一部が新たに紹介され、清輔の生没年が確定された。扶桑葉林の全体は散佚しているが、史上最大の和歌資料集成といわれる二百巻の大部であり、清輔の業績の大きさがさらに明らかになった（以上、本書解説参照）。扶桑葉林は、二条院に献上されたという題林（散佚）百二十巻を増補したものであり、本集跋文冒頭に自ら記している若いころからの研鑽ぶりが知られ、その手元に集積されていた和歌作品の量が想像できる。清輔の撰集である本集が豊饒の世界をもつ理由のひとつがここにあろう。

本集を奏覧されるはずであった二条院は、現在、京都市北区にある香隆寺陵（かつての陵墓は不明ながら所伝によって定められた）に祀られている。私は、ある晴朗の秋日、住宅街の一画にある御陵をひとり訪れた。前著（『続詞花和歌集の研究』）の後記に「（勅撰の）のぞみのかなわなかった撰者の無念さは痛切なものがあった」と記した気持ちは今も変わらないが、さらに本集の完成を前に夭折した二条院の側にも思いをいたしたのであった。後白河、後鳥羽と続くその後の和歌史の躍動の中でうもれがちな本集の意義をたどると、時代の怨嗟といったものを感じ、課題を負う思いがした。秋のやわらかな陽射しを受けて、松樹に囲まれた御陵はあくまで静かにたたずんでいた。

先学や同志、多くの方々からの学恩を忝なくしたが、とりわけ、清輔集新注の著者、芦田耕一氏、跋文の注をともに発表した北山円正氏には貴重なご教示をいただいた。また、本書に用いた底本を所蔵する国立歴史民俗博物館において該書を閲覧した折、館員の方にお世話いただいたことなど、感謝すべきことはまことに多い。

注釈はごまかしがきかない（恩師の言葉）といわれる。いざまとめるとなると、愚かにも前著以来いくらかの蓄積があるとたかをくっていたが、注釈の作業がいかに大変であるかをあらためて知った。一段落つけられたことを、もどかしさはあるが、何よりのよろこびとしたい。

最後になったが、本書刊行につき、相愛大学より出版助成を受けた。大学関係各位に記してお礼申し上げる。

二〇一一年新春

鈴木徳男

鈴木徳男（すずき・のりお）

1951年生まれ。

早稲田大学第一文学部卒業。龍谷大学大学院文学研究科博士後期課程単位取得。博士（文学）。

現在、相愛大学人文学部教授。

著書：『続詞花和歌集の研究』（和泉書院、1987）、『俊頼髄脳の研究』（思文閣出版、2006）、冷泉家時雨亭叢書『俊頼髄脳』（共著、朝日新聞社、2008）など。

新注和歌文学叢書 8

続《しょく》詞《し》花《か》和《わ》歌《か》集《しゅう》 新注 下

二〇一一年二月二五日 初版第一刷発行

著 者 鈴木徳男
発行者 大貫祥子
発行所 株式会社青簡舎
〒一〇一-〇〇五一
東京都千代田区神田神保町一-二七
電 話 〇三-五二八三-二二六七
振 替 〇〇一七〇-九-四六五四五二
印刷・製本 株式会社太平印刷社

ISBN978-4-903996-37-0 C3092